하트
램프

Heart
하트　　Lamp
램프

열린책들

김석희 옮김

바누무슈타크 지음

모든 꽃이 신부를 장식하는 행운을 얻는 것은 아니다.
어떤 꽃은 무덤을 위해서만 꽃을 피운다.

# 차례

# 샤이스타마할을 위한 석판들

콘크리트 정글로부터, 성냥갑처럼 하늘까지 쌓아 올려진 화려한 아파트 건물들로부터, 끊임없는 이동만이 삶의 유일한 목적인 양 연기를 내뿜고 경적을 울리며 밤낮으로 움직이고 있는 차량들로부터, 그리고 사람들, 사람들, 사람들—서로에 대한 사랑도 없고, 서로에 대한 믿음도 없고, 화합도 없고, 알아보았을 때도 미소조차 없는 사람들로부터—그런 숨 막히는 환경으로부터 나는 필사적으로 벗어나고 싶었다. 그래서 무자히드가 전출되었다는 소식을 가지고 왔을 때 나는 정말 뛸 듯이 기뻤다.

아차, 깜박했는데, 무자히드가 누구인지부터 말해야 할 것 같다. 무자히드는 나의 집-사람이다. 아니, 이건 좀 이상하게 들린다. 대개 집에 머물러 있는 것은 아내이고, 그래서 아내가 집-사람이 되니까. 그렇다면 무자히드는 나의 사무실-사람이다. 이런! 내가 또 실수를 했군. 사무실은 내 것이 아니니까. 그렇다면 이걸 달리 뭐라고 말할 수 있을까? 내가 '야자마나'라는 말을 써서 그를 주인님이라고 부르면, 나는 마치 개나 동물이라도 되는 것처럼 그의 하녀가 되어야 할 것이다. 나는 그래도 약간 교육을 받았고, 학위도 땄다. 나는 주인과 하녀 같은 역할 설정을 좋아하지 않는다. 그렇다면 남편을 '간다'*라고 부를까? 그것도 너무 무거운 말이다. 마치 큰 재앙을 뜻하는 '간단타라'**가 나를 기다리고 있는 것 같다. 하지만 왜 쓸데없이 사서 고생이야? 남편을 뜻하는 '파티'라는 멋진 말을 쓰면 되잖아? 여러분은 그렇게 제안할 수도 있을 테지만, 여러분 집에 찾아오는 어떤 여자도 자기 남편을 "이쪽은 내 파티예요"라고 소개하지는 않을 것이다. 이 단어는 일상 대화에서는 별로 쓰이지 않는다. 그건 매우 유식한 척하는 표현이다. '파티'라는 단어를 쓰면 왠지 '하늘 같은'***을 덧붙이고 싶어진다. 그건 남편을 신처럼 여기는 통속적인 관행이다. 하지만 나는 무자히드에게 그런 높은 지위를 주고 싶지 않다.

생각해 보면 우리 무슬림들에게 남편은 하늘에 계신 '알라' 이외에 지상의 신으로 불린다. 남편의 몸이 상처투성이이고 거기서 피고름이 흘러나오는 상황이 온다고 가정해 보라. 아내가 이 상처들을 혀로 깨끗이 핥는다 해도 남편에게 진 빚을 완전히 다 갚지는 못할 거라고 한다. 남편이 주정뱅이거나 바람둥이거나, 지참금 때문에 날마다 아내를 괴

---

* 인도 칸나다어로 남편을 지칭하는 표현이다.
** 인도 칸나다어로 위험에 처한 경우를 나타낸다.
*** 원문 '데바루'는 남인도의 무슬림 사회에서 힌두어의 '파라메슈바라(최고
신)'에 상응하는 말이다.

롭힌다 해도, 설령 이 모든 게 사실이라 해도, 사람들은 여전히 아내를 남편의 가장 순종적인 하녀, 남편에게 묶여 있는 종으로 여긴다.

지금쯤은 여러분도 무자히드와 나의 관계가 무엇인지 이해했을 것이다. 동시에 내가 이 모든 것을 어떻게 생각하는지도 알아차렸을 것이다. 그것은 내 잘못이 아니다. 무자히드, 즉 내 평생의 반려자가 전출되면서 우리는 크리슈나 라자사가라* 지역의 아름다운 동네로 이사를 왔다. 그런 다음 그는 나를 앞마당에서 자라고 있는 잭프루트와 레몬 나무, 달리아, 재스민, 국화, 장미, 그리고 뒷마당에서 자라고 있는 커리잎, 콩, 여주 덩굴과 함께 놓아두었다. 한편 무자히드 자신은 하루 24시간 가운데 28시간을 사무실에서 일하거나 '카르나타카 공학 연구소'에서 일하느라 바빴다.

지금도 마찬가지다. 시원한 산들바람이 내 몸과 마음을 간질이고 있다. 나는 대화할 상대가 없기 때문에 여기 정원 한가운데에 앉아서, 이른바 남편이라는 사람에 대해 여러분에게 털어놓고 있다. 하지만…… 아니! 저게 뭐지? 무자히드의 스쿠터잖아. 그것도 지금 이 시간에! 나는 시계를 바라보았다. 겨우 5시밖에 안 됐는데. 나는 눈썹을 치켜올렸다. 나는 앉은 자리에서 움직이지 않았다. 무자히드는 하얀 이를 드러내며 싱긋 웃었다. 나는 내 치아를 입술 뒤에 꽁꽁 가두었다. 그는 허리를 구부려 자기 헬멧을 내 머리 위에 올려놓

---

* 인도 남서부 카르나타카주의 남동부 지역으로, 이곳을 흐르는 카비리강에 1932년에 세워진 댐 이름이자, 그 결과 생겨난 호수 이름이기도 하다.

고 내 손을 잡아당기며 말했다.

"자, 어서 서둘러! 당신한테 8분 줄게. 그때까지 준비를 마치고 나와야 해. 안 그러면……."

잠깐만 시간을 내 달라. 여러분에게 자초지종을 털어놓겠다. 우리는 신혼부부다. 좀 더 구체적으로 말하면 우리는 열 달 하고도 13일 전에 결혼했다. 무자히드는 전에도 이런저런 수작을 부린 적이 있다. 한번은 내 머리를 열심히 땋아서 틀어 올렸고, 그 머리 모양을 유지하기 위해 118개나 되는 핀을 머리에 꽂아 주었다. 그 모양이 아주 예뻐 보인다면서 사진까지 찍었다. 하지만 내가 보기엔 원숭이 같았다. 또 어느 날은 나한테 바지를 입히려고 했지만, 가장 헐렁한 그의 바지도 내가 입으면 솔기가 틀어져 버렸기 때문에 결국은 그도 포기할 수밖에 없었다. 그 후 무자히드는 사람들한테 매우 살갑고 너그러운 사람으로 여겨지고 싶어서, 나를 부추겨 담배를 피우게 하려고 애썼다. 그런데 나는 다른 사람들이 담배를 피우면 몹시 짜증이 난다. 그래서 나는 담배 연기를 내뿜는 대신 목구멍 안에 가두고 기침을 멈출 수 없는 것처럼 행동했고, 숨쉬기가 어려운 것처럼 굴었다. 남편은 가엾게도 당황하여 어쩔 줄 몰랐다. 하지만 이 모든 재난은 우리가 결혼한 지 석 달도 되기 전에 다 지나갔고, 이제 우리는 매우 '정상적인' 부부다.

"어디 갈 건지 물어봐도 돼?"

"물론 물어봐도 되지." 무자히드가 대답했다. "벨라골라 공장에 이프티카르 아메드라는 분이 있어. 겨우 여드레 전에 그분을 처음 만났는데, 오늘 우리를 집에 초대했어. 그래서 벨라골라에 가야 해.”

내가 준비를 마치고 나오는 데에는 8분도 채 걸리지 않았다. 첼루바가 내 뒤에서 달려와 대문 옆에 섰다.

“오늘은 저녁 준비하지 마. 내가 돌아와서 직접 요리할 테니까.” 내가 말하자 첼루바는 기뻐했다.

무자히드도 그날은 기분이 좋은 것 같았다. 그는 스쿠터를 아주 천천히 몰았다. 나는 그가 힌두어 노래를 휘파람으로 부는 것을 들으면서, 그를 기쁘게 해 주어야 하나 생각했다. 하지만 그때쯤 우리는 벌써 벨라골라 구역에 다다라 있었다.

우리가 탄 스쿠터가 어떤 집으로 다가가자, 밖에 서 있던 남자가 미소를 지으며 우리를 위해 대문을 활짝 열어 주었다. 나는 스쿠터에서 내려 집으로 이어진 길을 걸어 올라갔다. 이 저택은 부지만으로도 우리 동네보다 넓은 것 같았다. 그곳에 있는 온갖 쾌적한 설비들을 보았을 때 나는 여기가 정원이나 공원이 아닐까 생각했다. 보도 양쪽에는 구아바나무가 한 그루씩 서 있었고, 나무의 굵은 가지에는 그네가 쇠줄로 매달려 있었다. 그 주위에는 덩굴식물인 재스민과 다양한 장미가 활짝 피어 있었다. 나는 너무 놀라서 말문이 막힐 지경이었다.

나는 밖에 서 있는 남자가 이프티카르일 거라고 짐작했다. 바로 그때 안주인이 나와서 정중한 인사로 우리를 맞이하고, 자기 집에 온 것을 환영한다고 말했다. 30분도 지나지 않아 이프티카르 형님과 샤이스타 형수는 우리와 무척 잘 어울리게 되었고 나는 적잖이 놀랐다. 무자히드가 주로 샤이스타 형수에게 말을 거는 것을 보고, 나는 우리가 단둘이 있을 때 그걸 가지고 남편을 좀 놀려 먹어야겠다고 생각했다. 하지만 그녀가 무자히드보다 훨씬 나이가 많을 뿐 아니라 마음이 순수하고 딴 속셈도 전혀 없어 보인다는 것을 알아차리자, 그녀에 대해 농담하고 싶은 마음이 싹 사라졌다. 샤이스타는 아주 순박하고 열린 마음을 가진 여자였고, 몇 분도 지나기 전에 아이 여섯 명을 모두 우리 앞에 불러서 소개해 주었다. 딸 셋, 아들 셋이었는데, 맏이인 아시파를 빼고는 모두 꼬리 없는 원숭이 같았다. 샤이스타는 내 마음을 읽은 것처럼 말했다.

"어쩌겠어, 지나트. 나는 아무 계획도 세우지 않았어. 무슨 일이 일어났는지 알아차리기도 전에 아이를 여섯이나 낳았더라고. 그런데 내가 불임수술을 하려고 마음먹었을 때는……." 샤이스타는 이프티카르 쪽으로 고갯짓을 하며 말했다. "저기 형님이 수술을 방해했지 뭐야. 이제 곧 일곱 번째 아이를 낳고 나면 꼭 수술하고 말 거야."

"그럴 필요 없어, 샤이스타." 이프티카르가 불쑥 끼어들었다. "아이들을 키우는 건 나야. 그런데 왜 당신이 걱정하지? 신의 은총 덕분에 나는 아이들을 모두 잘 돌볼 수 있을 만큼 돈을 벌고 있잖아."

"돈벌이만 충분하면 그만인가요? 큰딸 아시파는 나 때문에 공부를 포기해야 했어요. 그게 나한테 얼마나 큰 아픔을 주는지, 당신 알기나 해요?"

"그건 그런 게 아니야. 여자는 교육을 많이 받을 필요가 없기 때문에 내가 아시파의 공부를 중단시킨 거야. 여자는 고등학교 졸업장만 있으면 충분해. 대학에 다니려고 마이소르*에 가서 여기저기 얼쩡거릴 필요가 없어. 우리는 내년에 아시파를 시집보낼 수도 있어.”

“그건 절대 안 돼요. 나는 스무 살에 결혼해서 지난 17년 동안 애를 여섯이나 낳았어요. 당신이 내 딸을 그렇게 일찍 시집보내면…….” 샤이스타의 목소리가 점점 작아지다가 스러졌다.

무자히드와 나는 그들 부부의 대화에 조용히 귀를 기울였다. 이 토론의 주제인 아시파는 남동생을 안은 채 창가에 서 있었다. 풋풋하고 아름다운 아시파의 모습을 보면서, 그녀의 장래에 대한 결정이 내려지는 것을 듣고 있자니 안타까운 기분이 들었다. 생각해 보니 샤이스타는 나보다 더 매력적이었다. 이프티카르는 무언가를 방금 생각해 낸 것처럼 일어나서 말했다.

“샤이스타, 지나트하고 밖에 나와서 여기 앉아요. 내가 꽃을 좀 꺾어 올 테니…….”

샤이스타와 나는 밖으로 나갔다. 아시파는 남동생에게 젖병을 물려 주고 다정하게 토닥이고 있었다. 샤이스타는 한쪽 그네에 앉았고 나는 다른 쪽 그네에 앉았다. 나는 그네를 무척 좋아해서, 더 높고 더 빠르게 그네를 구르기 시작했다. 위로 올라가는 기쁨, 아래로 내려올 때 다시 땅을 차는 즐거움! 바로 그때, 이프티카르가 플라스틱 바구니를 허리

◆ 카르나타카주에서 두 번째로 큰 도시. 옛 마이소르왕국의 도읍으로, 화려한 궁전과 대학이 있는 아름다운 도시이다.

에 차고 작은 재스민 꽃봉오리를 따기 시작하는 게 보였다. 무자히드는 앞마당에서 아이들과 놀고 있었다. 잠시 뒤에 이프티카르가 와서 바구니를 아내에게 건네주더니 구아바 나무를 타고 올라갔다. 샤이스타는 그네에 앉은 채 꽃봉오리를 끈으로 엮어 화환을 만들기 시작했다.

이프티카르는 나와 샤이스타에게 구아바열매를 가져다주더니, 아내와 나란히 그네에 앉으려고 그녀의 옆구리를 팔꿈치로 밀치면서 소리쳤다.

"아시파, 우리가 마실 차를 좀 가져오렴."

마침 아시파는 남동생을 잠자리에 눕히고 밖으로 나온 참이었다. 하지만 무자히드도 밖에 나와 있어서 머뭇거리며 그 자리에 조용히 서 있었다. 아시파는 아버지의 외침을 듣자마자 차를 가지러 안으로 들어갔다. 우리가 이 집에 도착한 것이 한 시간 전인데, 그 후 이프티카르가 마신 차는 그것이 열 잔째였다.

샤이스타는 재스민 꽃봉오리를 엮어서 만든 화환을 둘로 똑같이 나누어, 하나는 나에게 주고 다른 하나는 제 정수리에 올려서 밧줄처럼 늘어지게 했다. 숱 많은 머리카락을 길게 땋아 늘어뜨린 그녀의 머리 모양에 잘 어울렸다. 아시파가 와서 이프티카르에게 찻잔을 건네주었다. 샤이스타가 다 자란 딸을 무시한 채 그렇게 많은 꽃으로 자신을 꾸미고 있는 모습은 별로 좋아 보이지 않았다.

"아시파, 이리 와." 나는 그녀를 불러 내 몫의 꽃을 주려고 했다. 아시파는 꽃을 받지 않았지만, 나는 그녀를 억지로 옆에 앉히고 꽃으로 그녀의 머리를 묶어 주었다. 소녀는 눈물을 글썽이며, 이프티카르의 빈 찻잔과 받침 접시를 들고 집 안으로 사라졌다.

날이 어두워지고 있었다. 내가 떠날 생각을 하고 있을 때 이프티카르가 말했다.

"지나트, 여길 좀 봐요. 이 구아바나무는 내가 샤이스타를 위해 심은 거야. 여기 있는 나무와 꽃은 모두 샤이스타가 좋아하는 것들이지. 이 포도나무도 아내를 위해 심었고 이 그네들도…… 아내는 이 그네들을 무척 좋아하지."

"이프티카르 형부, 두 분을 함께 뵙게 돼서 정말 기뻐요. 형부는 언니가 좋아하는 것과 싫어하는 것에 많은 주의를 기울이시는 것 같아요."

"이것만이 아니야. 내가 황제라면 타지마할˙조차도 무색할 만큼 아름다운 궁전을 짓고 그것을 샤이스타마할이라고……."

그때쯤 무자히드는 아이들과 노는 것을 그만두고 우리 옆으로 다가오다가 그 말을 듣고는 이프티카르의 말을 잘랐다.

"아니, 그게 무슨 말씀이세요, 이프티카르 형님. 무슨 실수를 저지르고 있는지 모르시나 보군요. 황제는 타지마할을 죽은 아내의 무덤으로 지었다고요. 알라여, 여기 형수님께 장수를 누리게 해 주소서. 형수님이 바로 앞에 앉아 있는데 형님은 샤이스타마할을 짓겠다는 이야기를 하다니!"

---

˙ 인도 우타르프라데시주 아그라에 있는 이슬람교 묘당. 무굴제국의 제5대 황제 샤자한이 사랑하는 왕비를 위해 세운 것으로, 훗날 황제 자신도 여기에 묻혔다. 1632~1653년에 건립되었으며, 인도 이슬람 건축을 대표하는 걸작이자 세계에서 가장 화려한 건물로 꼽힌다.

이프티카르는 잠시 움찔하는 것 같았다.

"하지만 아무도 타지마할을 무덤으로 생각지 않아. 사람들은 그걸 '사랑의 상징'으로 여기지. 나는 그런 의미로 말한 걸세."

하지만 무자히드는 그 문제를 그냥 넘기지 않고 다시 받아쳤다.

"그래요. 죽은 사랑의 상징이죠."

"하지만 사랑은 죽지 않아, 무자히드."

"으흠…… 그건 그렇죠. 하지만 그건 너무 영화 같은 소리예요. 어머니가 돌아가시면 어머니의 사랑도 함께 죽습니다. 그런 종류의 사랑은 다른 누구한테서도 받을 수 없을 테니까요. 하지만 아내가 죽는 건 다른 문제예요. 아내는 다시 얻을 수 있으니까요."

나는 무자히드의 말에 충격을 받았다.

희미한 미소가 샤이스타의 얼굴을 언뜻 스치고 지나갔다. 그녀는 벌떡 일어나더니 이렇게 말했다.

"그래요. 우리 할머니는 늘 말씀하셨죠. 마누라가 죽으면 그게 남편에게는 팔꿈치에 입은 상처 같은 거라고. 이거 알아, 지나트? 팔꿈치를 다치면 한순간은 통증이 심해. 참을 수 없을 만큼 아프지. 하지만 그 통증은 몇 초밖에 가지 않아. 그 몇 초만 지나면 아무것도 못 느껴. 상처도 없고, 피도 안 나고, 흉터도 안 남고, 고통도 없고……."

나는 이 대화가 흘러가고 있는 방향이 마음에 들지 않았다. 하지만 갑자기 이프티카르가 몹시 흥분한 얼굴로 벌떡 일어났다. 그는 샤이스타의 두 손을 잡고 말했다.

"여보, 대체 무슨 소리를 하고 있는 거야? 내 몸의 모든 세포는 당신 이름이 가진 힘 덕분에 팔팔하게 살아 있어. 내 심장이 뛰는 것은 모두 당신이 가진 활력과 정력 덕분이야. 당신이 방금 한 말, 그거 당신 심장에서 나온 말이야? 당신은 정말로 그렇게 믿고 있어?"

나는 가까스로 웃음을 참았다. 남편이 자기보다 열 살 많다고 샤이스타가 말한 게 생각났다. 쉰 살이 다 된 남자가 사춘기 소년처럼 제 사랑의 불멸성을 맹세하려 애쓰는 모습, 여왕처럼 앉아서 어떤 죄도 용서해 주겠다는 듯이 자애로운 눈길로 남편을 바라보고 있는 여자의 모습은 두 번 다시 볼 수 없을 듯한 광경이었다. 결국 무자히드는 입을 크게 벌리고 활짝 웃었다. 샤이스타는 부끄러움에 사로잡혀 키득거렸다.

우리는 곧 그 집을 나왔다.

우리는 샤이스타네 집에서 잔뜩 먹었기 때문에, 무자히드는 저녁을 먹고 싶지 않다면서 우유 한 잔만 마셨다. 나도 같은 기분이어서 요리에 대해서는 생각할 필요가 없었다. 무자히드는 읽을 책을 들고 의자에 앉았다. 나도 《페미나》 잡지를 뒤적거리고 있었지만, 마음은 온통 샤이스타네 가족에 대한 생각으로 가득 차 있었다.

"난 알아…… 당신은 잡지를 읽는 척하고 있을 뿐이라는 걸……."

"그럼 말해 봐. 내가 무슨 생각을 하고 있는지……."

"그걸 꼭 말해야 돼? 당신은 샤이스타네 막내 아이에 대해 생각하고 있잖아. 눈이 까맣고 볼이 토실토실한 그 아이."

무자히드가 대답했다.

"그럴지도. 하지만 그보다는 당신이 그 집에서 한 말에 대해 생각하고 있어."

"그럴 줄 알았어. 당신이 거기에 대해 괘념하리라는 것은 알고 있었지. 솔직히 말하면 당신은 알아야 해. 사랑 때문에 세계적으로 유명한 기념물을 지은 그 황제도 아내와 함께 죽지는 않았다는 걸 말이야. 그 황제의 '제나나'*에는 헤아릴 수 없이 많은 여자가 있었어."

"그건 황제에 대한 이야기가 아니잖아."

"좋아. 샤자한에 대해서는 더 이상 언급하지 않을게. 그러면 우리의 현대판 사랑의 왕, 못된 사랑의 왕에 대해 이야기할까? 기본적으로 이프티카르는 함께 살 여자가 필요해. 그가 샤이스타를 위해 특별한 집을 지은 건 그들이 오랫동안 사이좋게 지내 왔기 때문이야. 그게 샤이스타든 나르기스든 메룬이든 간에."

"됐어. 그만해. 당신은 열 번을 죽었다 깨어나도 이프티카르가 샤이스타를 사랑하는 만큼 나를 사랑하진 못할 거야."

"무엇보다 우선, 우리에게는 환생이라는 개념이 없어. 나는 환생이니 뭐니 하는 걸 믿지 않아. 둘째, 나는 이프티카르가 샤이스타에게 퍼붓는 사랑의 백배나 되는 사랑을 지금 당장 당신에게 보여 줄 준비가 되어 있어. 당신이 아무리 싫다고 해도……."

그가 얼마나 영리하게 화제를 바꾸었는지를 내가 알아

---

* 남아시아의 무슬림 사회에서 부인들의 처소. 아랍 지역의 '하렘'에 해당한다.

차릴 기회도 갖기 전에 무자히드는 나를 꽉 끌어안고 미친 사랑을 퍼부었다. 짐승 같으니!

이프티카르가 샤이스타와 함께 우리 집에 온 것은 그 일요일 아침 9시였다. 그때 무자히드는 아직 잠자리에 누워 있었다. 나는 무자히드가 아직 자고 있다고 말했고, 그들은 의자에 앉아서 나와 잡담을 나누었다. 나는 따끈따끈한 사모사*를 가져와서 그들에게 권했지만, 이프티카르는 한 개도 먹지 않았다. 그는 자기 몫의 사모사를 샤이스타의 접시에 덜어 주고, 자기는 차만 한 잔 마시고 시장으로 채소를 사러 갔다.

청록색 사리** 차림에 장신구 몇 개로 치장한 샤이스타는 유난히 아름다워 보였다. 나는 우리 결혼사진을 모아 놓은 앨범을 그녀에게 건네주고 집 안으로 들어갔다. 내가 돌아왔을 때 샤이스타는 깊은 상념에 잠긴 얼굴로 사진 한 장을 들여다보고 있었다. 그것은 나의 대학 졸업식 사진이었다. 졸업 가운을 입고 찍은……. 내가 곁에 앉자 그녀가 말했다.

"지나트, 우리 아시파도 이런 가운을 입고 이런 사진을 찍는 걸 보는 게 내 소원이야. 아시파는 고등학교 졸업 시험을 단번에 통과했어. 하지만 아시파 말고는 집과 아이들을 돌봐 줄 사람이 없었기 때문에, 우리는 그 애가 공부를 계속하는 것을 허락하지 않았지."

---

* 감자, 완두, 다진 고기 등을 향신료로 간을 한 다음 세모꼴 밀가루 반죽에 싸서 기름에 튀긴 요리.
** 남아시아 여성들이 착용하는 전통 의상. 바느질되지 않은 긴 직사각형 천의 양쪽 끝으로 어깨와 다리를 감싸 입는다.

"가정부를 고용하세요, 언니."

"전에는 가정부가 있었지. 그런데 고향에 다녀오겠다고 떠난 뒤 돌아오지 않았어. 소개업자가 그 여자를 담맘*으로 보낸 것 같아. 그 후로는 다른 사람을 찾지 못했어."

"아시파는 어차피 올해 공부를 계속할 수 없어요. 하지만 적어도 내년부터는 대학에 들어가게 해 주세요."

"그럴 생각이야. 그냥 우리 편하려고 그 아이를 괴롭힐 필요가 어디 있어? 어이쿠, 동생에게 물어보는 걸 깜박 잊고 있었네. 불임수술, 그거 위험해?"

"언니, 거기에 어떤 위험이 있죠? 우리 외가에서는 언니 둘과 올케 셋이 아이를 둘이나 셋 낳고 나서 불임수술을 받았어요. 그런데 모두 건강하게 잘 지내요."

"그래? 그렇다면 나도 이번에 수술을 받아야겠어. 좀 무섭긴 하지만, 동생이 나랑 함께 가 줄 수 있다면 그 두려움도 사라질 거야, 지나트."

"형수님, 오늘 정말 아름다워 보이네요! 이 지나트에게도 형수님처럼 멋지게 꾸미는 법을 좀 가르쳐 주세요." 방금 잠에서 깨어난 무자히드가 밖으로 나오면서 말하고는, 샤이스타에게 지분거리는 것처럼 의자를 그녀 가까이 끌어다 앉았다.

"짓궂게 굴지 말고 저리 가요, 게으름뱅이!" 샤이스타는 장난스럽게 무자히드의 등을 찰싹 때리면서 말했다.

<hr>

◆  사우디아라비아에서 세 번째로 큰 도시. 인도인 공동체가 형성되어 있을 만큼 많은 인도인이 건너가 살고 있다.

나는 그들에게 점심을 먹고 가라고 권했다. 그들은 내 권유를 받아들였고, 저녁이 되어서야 벨라골라로 떠났다. 크리슈나라자사가라에서 보내는 날들도 전과는 달리 이제는 더 이상 쓸쓸하지 않았다. 나는 가고 싶을 때마다 샤이스타네 집에 갔다. 그 집 아이들과 놀다 보면 시간이 쏜살같이 지나갔다. 샤이스타도 마찬가지였다. 그녀는 아이들에게 좋은 교육을 시키고 싶어 했고, 특히 아시파를 집안일의 의무에서 해방시켜 학위를 따게 해 주고 싶어 했다. 그것 말고는 아무것도 바라는 게 없었다. 샤이스타는 늘 활기차 보였고, 그녀의 얼굴은 환하게 빛났다.

그날 샤이스타를 진찰한 여자 의사는 출산 예정일이 아직도 15일 내지 20일쯤 남았다고 말했다. 내가 그 일요일에 그들 부부를 우리 집에 초대하고 아시파도 꼭 데려오라고 말한 것은 그 때문이었다. 즐거운 하루였다. 나는 할 일이 많아서 잠시도 쉴 겨를이 없었다. 여느 때처럼 샤이스타와 무자히드는 서로를 놀려 대고 있었다. 이프티카르는 아내에 대한 영원한 사랑을 그녀에게 확신시키려 애쓰고 있었다. 시끌벅적한 아이들, 아시파의 침묵과 외로움. 이 모든 소란 속에서 푸짐한 식사를 마치고 그들에게 작별 인사를 할 때쯤에는 벌써 9시가 지나고 있었다.

새벽 5시에 자명종이 울렸을 때 나는 잠에서 깨어났지만, 담요를 더욱 몸에 휘감고 좀 더 자고 싶었다. 그때 초인종 울리는 소리가 들렸다. 이제는 일어날 수밖에 없었기 때문에 솔을 단단히 두르고 밖으로 나갔다. 찾아온 사람은 이프티카르였다.

"어머나, 이프티카르 형부, 어서 들어오세요. 이렇게 일찍 웬일이세요?"

"들어가서 앉아 있을 시간이 없어. 우리가 여기를 떠난 뒤 밤중에 1시쯤 샤이스타가 진통을 시작했어. 당장 아내를 공장 지프에 태우고 마이소르로 데려갔지. 아내는 지금 실파 조산원에 있어. 3시쯤 아기를 낳았는데 아들이야." 이 말을 할 때 이프티카르의 얼굴이 약간 상기된 것 같았다.

나는 무척 기분이 좋았다. 갓난아기를 보고, 탄생을 둘러싼 온갖 잔치에 참석해 본 게 몇 넌 만인가! 나는 이프티카르를 그 자리에 남겨 두고, 쿰바카르나*처럼 잠꾸러기인 무자히드에게 달려갔다. 나는 그가 덮고 있는 담요를 걷어던지고는 그를 깨우려고 애썼다.

"일어나, 빨리 일어나. 샤이스타가 아들을 낳았대. 그런데 당신은 아직도 자고 있네!"

무자히드는 나를 꽉 끌어안고 중얼거렸다.

"약속할게, 지나트. 당신이 아기를 낳으면 그게 아들이든 딸이든, 나는 밤새 안 자고 깨어 있을 거야. 당신이 낳은 아기 옆에 앉아서 아기만 들여다보고 있을게."

"부끄러운 줄도 모르고 왜 그래? 이프티카르 형님이 밖에 와 계셔. 빨리 일어나서 형님과 이야기 좀 해."

내가 차 한 잔을 가져갔을 때쯤, 이프티카르는 담배를 벌써 너덧 대나 피운 뒤였다. 나는 그에게 찻잔을 건네면서

---


◆ 인도의 고대 서사시 『라마야나』에 나오는 인물. 락샤사(악마)의 왕 라바나의 동생으로, 대단한 용사이지만 잠꾸러기에 식탐이 강하다.

물었다.

"언니는 어때요? 건강은 괜찮겠죠?"

"으흠, 그건 괜찮아. 하지만 문제가 있었어. 의사가 수혈이 필요할지도 모른다고 말했지만, 결국 그럴 필요는 없었지. 그렇지만 샤이스타는 몹시 허약해진 상태야. 그래서 나도 이젠 가 봐야겠어." 이프티카르는 찻잔을 내려놓고, 게으른 무자히드가 방에서 나오기도 전에 자리에서 일어나면서 말했다.

무자히드와 나는 마이소르로 출발했다. 무자히드는 가는 내내 내가 아기를 낳으면 자기는 이렇게 하겠다느니 저렇게 하겠다느니, 아기는 자기가 직접 키우겠다느니, 그런 따위의 말을 계속하면서 나를 귀찮게 굴었다.

조산원에 도착해 보니, 이프티카르의 온 가족이 거기에 모여 있었다. 아이들이 안에서 시끄럽게 떠들며 소란을 피웠기 때문에, 아시파는 동생들을 모두 밖에다 모아 놓았다. 아시파는 우리를 보고 방긋 웃었다.

"너는 왜 그렇게 행복해 보이니?" 내가 묻자 아시파는 대답했다.

"아기가 너무 귀여워요. 아줌마도 아기를 보면 정말 행복해질 거예요."

아기는 정말로 귀여웠다. 살갗은 보드랍고 장미처럼 분홍색이었다. 아기는 눈을 꽉 감고 쌔근쌔근 자고 있었다. 샤이스타는 핏기 잃은 입술로 힘없이 미소를 지었다. 나는 그녀 옆에 앉아 아기를 안아 들었다.

"언니, 이 아기는 사악한 눈길을 끌지도 몰라요. 언니는 어쩜 이처럼 아름다운 아기들을 낳았어요?” 나는 그녀를 놀렸다.

“걱정하지 마. 무자히드는 이보다 훨씬 더 귀여운 아기를 동생 품에 안겨 줄 테니까.” 그녀가 대답했다.

바로 그때, 무자히드가 이프티카르와 함께 방으로 들어왔다. 무자히드는 내게서 아기를 받아 안고는 잠시 바라보다가 품에 살며시 끌어안았다. 그리고 샤이스타에게 말했다.

“형수님, 이 아기를 훔쳐서 달아나고 싶은데, 그러면 어떡하실래요?”

그의 질문이 끝나기가 무섭게 샤이스타가 대답했다.

“남의 아기를 훔쳐서 도망가는 사람은 대체 어떤 족속의 인간이죠? 아마 군대를 준비해 둬야 할 거예요. 어떻게 될지 두고 봅시다.” 그녀의 우스갯소리에 이프티카르는 큰 소리로 웃었다.

우리는 저녁까지 머물러 있다가 떠날 준비를 했다. 나는 샤이스타에게 말했다.

“아시파가 동생들을 돌보면서, 언니가 먹을 음식까지 조산원에 보내기는 어려울지 몰라요. 언니가 집에 돌아갈 때까지만이라도 샬루와 임무, 나벤과 카말은 내가 대신 돌보면 안 될까요?”

“괜찮아, 지나트. 아시파는 내 딸이 아니라 엄마 같아. 지금만이 아니라 학교를 그만둔 뒤부터 줄곧 그랬어. 집안 살림을 도맡아 하고 동생들을 모두 돌봤지. 나는 여기 오래 있지 않을 거야. 낼모레면 집에 돌아갈 수 있을 거야.”

“그럼…… 수술은요?”

“지금은 내가 좀 허약해. 의사가 보름 뒤에 다시 오래. 수술은 그때 받을 거야.”

“좋아요. 그럼 나도 갔다가 다시 올게요.”

샤이스타가 퇴원해서 집으로 돌아간 뒤 나는 두세 번 그 집을 찾아갔다. 하지만 나를 가장 놀라게 한 것은 무자히드와 내가 어느 일요일 마이소르로 가는 길에 본 광경이었다.

그날 우리는 식료품을 집에 들여놓아야 했기 때문에 기차를 타고 가는 중이었다. 기차가 벨라골라에 정차했는데, 놀랍게도 샤이스타가 긴소매 스웨터를 입고 머리에는 스카프를 두른 채 이프티카르와 함께 플랫폼에 서 있었다. 무자히드는 열차 문간에 서서 그들에게 손을 흔들었고, 그들은 우리가 있는 객차에 서둘러 올라탔다.

“마이소르엔 어쩐 일로 가시는 거예요?” 나는 바보처럼 물었다.

샤이스타는 예전의 활력을 되찾고 있었다. 해산한 지 겨우 보름밖에 안 된 산모가, 게다가 아무런 부족함도 없이 안락한 삶을 살았던 사람이 무슨 볼일이 있기에 마이소르까지 직접 가야 할까? 샤이스타는 내 마음을 읽은 것처럼 말했다.

“나는 지금까지 보름 이상 산후조리를 한 적이 없어. 그냥 몸을 따뜻하게 유지하기만 하면 돼. 내가 함께 있지 않으면 남편이 몹시 따분해지거든. 난 건강해. 그런데 왜 줄곧 드러누워 있어야 하지? 큰애가 태어났을 때도 나는 보름 동안만 자리에 누워 있었어.”

그 후 나는 다른 어떤 것도 감히 묻지 못했다. 나는 언니들과 올케들이 산후조리를 하는 것을 보았다. 그들은 해산한 뒤 석 달 동안 침대에서 내려오지 않았다. 그들은 찬물을 손에 묻히는 것도 허락되지 않았다. 그들이 아침에 일어나면, 엄마는 커다란 솥 세 개에 담긴 더운물을 그들에게 부어 주고는, 당장 그들을 다시 침대에 눕히고 담요 열 장을 덮어 주었다. 결국 엄마는 담요 열 장도 충분치 않다고 판단했는지 산모에게 매트리스 하나를 통째로 뒤집어씌웠다. 15분 뒤에 산모가 땀을 뻘뻘 흘리기 시작하면, 엄마는 산모를 일어나게 해서 나쁜 물—엄마는 땀을 그렇게 불렀다—을 말끔히 닦아 낸 다음, 양의 염통이나 다리로 끓인 수프를 산모에게 먹였다. 엄마는 안식향 연기로 산모의 머리카락을 말리고, 산모를 눕힌 다음 한 손으로 산모의 뱃가죽에 생긴 주름을 움켜잡고, 배가 납작해지도록 커다란 사리를 산모의 허리에 단단히 감았다. 그런 다음 산모에게 호로파 가루를 주고 버터기름 한 접시와 함께 삼키게 했다. 하지만 산모의 남편들은 버터기름을 먹으면 살이 찌니까 먹지 말라고 경고했기 때문에, 산모들은 엄마가 알아차리지 못하도록 재치있게 버터기름 접시를 침대 밑에다 밀어 넣곤 했다.

그 후 산모는 아기에게 젖을 물리고 오후 1시쯤 일어났다. 산모가 깨어나자마자 그녀 앞에는 밥과 후추를 친 수프, 칠리를 묻혀 튀긴 부드러운 고기 네 토막이 차려졌다. 산모는 끓인 물만 마셔야 했다. 저녁에는 버터기름을 듬뿍 넣어 만든 쌀국수, 그 안에 들어 있는 아몬드와 카다멈을 먹거나 단 음식을 먹었고, 밤에는 로티*를 고기 카레와 함께 먹었다. 이런 엄격한 식이요법을 40일 동안 계속하고 나면, 그제야 비로소 산모는 장신구로 치장하고 새 사리를 입을 수 있었다. 산모는 꼭 새 신부처럼 보이곤 했다.

나의 오빠나 형부들이 아내가 산후조리를 하는 동안 아내와 함께 너무 많은 시간을 보내면, 엄마는 늘 이렇게 투덜거리곤 했다. "도대체 부끄러운 줄을 모른다니까! 부부가 함께 지내는 걸 허락해 주면…… 개들은 그걸 이용하려고 들지…… 내가 걱정하는 건…… 네가 완전히 건강하다면 남편은 계속 너랑 함께 머물러 있을 테고…… 너의 젊은 몸이 원하는 대로 하게 내버려두면, 나중에 고통받는 건 결국 너라는 거야…… 브람브라네를 봐. 셰트루네 여자들을 봐! 그 여자들은 해산한 지 다섯 달이나 지난 뒤에도 여전히 산후조리를 하면서 집에 틀어박혀 있어. 우리도 그들처럼 할 수 있을까? 우리도 그렇게 많은 보살핌을 받을 수 있어? 그 여자들이 모두 튼튼하고 건강한 건 바로 그 때문이야."

엄마는 이런 견해를 털어놓곤 했다. 방금 아기를 낳은 산모들이 일어나 앉으면, 엄마는 나쁜 물이 산모의 허리로 흘러내릴 거라고 말했고, 산모들이 일어서면 기절해서 쓰러질 거라고 겁을 주면서 일어나지 말고 가만히 누워 있으라고 당부했다. "해산한 뒤 40일 동안은 40개의 무덤이 아기와 산모를 삼키려고 입을 벌리고 있단다. 하루가 지날 때마다 무덤이 하나씩 입을 닫지. 새로운 생명이 사람 몸에서 태어나는데, 그게 어디 작은 일이냐? 그건 어머니 자신이 새

---

• 인도에서 주식으로 먹는 납작한 빵. 밀가루 반죽을 얇게 펴서 번철이나 화덕에 구워 낸다.

생명을 얻는 거나 마찬가지야." 엄마는 이렇게 말하곤 했다.

엄마의 말을 믿는다면, 샤이스타에게는 아직도 25개의 무덤이 입을 벌린 채 기다리고 있을 터였다. 그런데 그녀는 벌써 이렇게 밖을 돌아다니고 있었다. 이 모든 생각이 순식간에 내 마음에 떠올랐다.

하지만 그 25개의 무덤은 입을 닫았다. 40일이 지나자 샤이스타네 집에서 잔치가 열렸다. 나는 그 잔치에 가려고 준비하는 중이었다. 샤이스타의 갓 난 아들에게 줄 은색 양말과 아기 옷, 샤이스타에게 줄 블라우스를 챙기고 있을 때, 전보 한 통이 도착했다.

'어머니 위중. 즉시 출발할 것.'

무자히드와 나는 어떤 준비를 어떻게 해야 할지 알 수가 없었다. 우리는 가까이에 있는 옷가지 몇 벌을 손에 집히는 대로 여행 가방에 쑤셔 넣고, 즉시 마이소르로 갔다. 그리고 그곳에서 우리 고향 마을로 출발했다. 우리가 집에 도착했을 때 엄마의 상태는 별로 좋지 않았다. 심각한 심장 발작을 일으킨 뒤, 몹시 쇠약해진 엄마는 핏기를 잃고 핼쑥해져 있었다. 오래 살지 못하리라는 것을 알았을 때, 엄마는 자식들이 모두 곁에 있기를 간절히 원했다. 나는 막내였고, 마지막으로 도착한 자식이었다. 사흘째 되는 날, 엄마는 숨을 거두었다. 엄마는 그냥 잠이 든 것처럼 보였다. 나의 어머니. 나를 키우고 사랑한 어머니, 나를 안고 귀여워해 준 어머니가 나무 그루터기처럼 내 눈앞에 누워 있었다. 그 광경을 내가 어떻게 참고 견뎠는지 모르겠다.

엄마의 마지막 의식이 거행되었다. 나는 감각이 마비된

것처럼 멍해 있었다. 우리가 크리슈나라자사가라로 돌아가면 나는 혼자일 테고, 그러면 더 깊은 슬픔 속으로 빠져들 거라고 염려한 무자히드는 직장에서 한 달간 휴가를 얻어 계속 나와 함께 지냈다. 엄마가 돌아가신 지 40일째 되는 날 치르는 의식이 끝나고 사나흘 뒤에 우리는 크리슈나라자사가라로 돌아왔다.

그날, 나는 집에서 앉지도 서지도 못했다. 설명하기 힘든 고통이 느껴졌다. 슬픔의 절정에 다다른 듯한 감각이었다. 나는 그것이 어쩌면 사람들로 가득 찬 집에 있다가 갑자기 혼자가 되었기 때문일 거라고 생각했다. 무자히드가 아직 휴가 중이었기 때문에 우리는 샤이스타네 집에 갈 준비를 했다. 나는 샤이스타와 아기에게 선물로 주려고 사 둔 것들도 챙겼다.

그 집에 도착해서 보니, 정원이 왠지 방치되어 있는 것처럼 보였다. 집에 아이들이 있는 기미도 없었다. 나는 거실 의자에 앉아서 주위를 둘러보았다. 샤이스타의 방으로 통하는 문은 닫혀 있었다. 무자히드는 의자에 앉아 신문을 집어 들었다. 달리 무엇을 해야 좋을지 몰라서 그러는 것 같았다. 샤이스타는 무슨 낮잠을 오후 4시가 다 되도록 자고 있는지 이상해서 나는 문을 쾅쾅 두드렸다.

"언니…… 샤이스타 언니…… 저예요. 지나트예요. 2분 안으로 나오세요. 안 그러면 문을 부술 거예요."

빗장 열리는 소리가 들렸다. 그 소리에 이어 이프티카르가 나타났다. 나는 그가 공장에 있을 거라고 생각했기 때문에 좀 당황해서 두세 걸음 뒤로 물러섰다. 이프티카르는 무자히드 쪽으로 걸어갔고, 나는 방으로 들어갔다. 그게 다였다. 나는 현기증을 느꼈다. 창문과 출입문은 모두 닫혀 있었고, 실내에는 청록색 사리 차림의 여자가 침대 조명등의 희미한 불빛 옆에 서 있었다. 하지만 샤이스타는 아니었다. 기껏해야 열여덟 살밖에 안 되어 보이는 여자, 고개를 숙이고 두 손과 다리에 새로 문신을 한 여자, 기다란 베일로 얼굴과 머리를 완전히 가린 여자, 초록색과 빨간색 팔찌로 두 팔을 장식한 여자는 절대로 샤이스타가 아니었다. 눈물이 볼을 타고 흘러내리기도 전에 나는 방에서 나와 이프티카르에게 물었다.

"언니는, 샤이스타는 어디 있죠?"

"샤이스타는 더 이상 여기 없어. 무슨 일이 일어났는지 미처 알아차리기도 전에 우리한테서 아주 멀리 떠나 버렸어."

"그럼 저 여자는 누구죠?" 나는 가차 없이 물었다.

"샤이스타가 죽은 지 40일째 되는 날 의식을 치르고, 바로 그 이튿날 저 여자랑 결혼했어. 저 여자는 가난한 집 출신이야. 어쨌든 나는 아이들을 돌봐 줄 사람이 필요해. 그게 이유야."

"아아, 물론…… 저 여자는…… 저 여자는 아이들을 잘 돌봐 주고 있어요. 그건 분명해요. 형부가 무엇을 하든, 그건 다 좋아요. 하지만 형부가 언니에게 했던 사랑의 맹세를 저 여자한테도 되풀이하지는 마세요. 형부가 샤이스타마할을 짓지 않는다 해도, 샤이스타의 무덤 주위에 둘러칠 석판을 준비하지 않는다 해도 괜찮아요. 하지만 형부의 영원하고 강렬한 사랑이 언니가 있는 곳에 다다르면, 그래서 샤이스타가 깨어나 여기로 돌아오면, 형부는 난처해질 거예요."

막판에는 어떤 말까지 하게 될지 두려워서, 나는 밖으로 달려 나왔다. 아시파는 학교에서 남동생과 여동생들을 모두 데려와 정원에 앉혀 놓았다. 아마 아버지를 방해하고 싶지 않았기 때문일 것이다. 나는 아시파를 보고 잠깐 걸음을 멈추었다.

"지나트 아줌마!" 아이들이 모두 달려와서 순식간에 나를 에워쌌다. 아시파도 내 옆에 와서 섰다. 어린아이들은 아시파 주위에 모여 있었고, 두 달밖에 안 된 갓난아기는 아시파의 품에 안겨 있었다. 아시파의 눈에서 눈물이 넘쳐흘렀다. 어딘가 멀리서 샤이스타가 속삭이고 있었다. "아시파는 내 딸이 아니라 엄마야……."

# 불의 비

아침 예배를 알리는 종소리가 모스크*에서 막 울리기 시작했을 때, '무타왈리'**인 우스만 씨는 침대 위에 일어나 앉았다. 아내 아리파가 옆에 없는 것을 알아차리고는 거실로 나와서 아내와 아들 안사르가 양탄자 위에서 곤히 잠들어 있는 것을 보았다. 얼핏 보기만 해도 세 살배기 아들의 호흡이 고르지 않은 것은 분명했다. 그는 아들의 이마에 젖은 헝겊이 얹혀 있고, 우유병과 컵, 숟가락과 물 주전자, 온수가 담겨 있는 병이 바닥에 널려 있는 것을 보고는 무슨 일이 일어났는지 알아차렸다. 아리파는 밤새 깨어 있다가 지친 나머지 복도나 다름없는 곳에 누워 자고 있는 게 분명했다. 그는 죄책감이 가슴을 찌르는 것을 느꼈다. 하지만 막내

---

* 이슬람교의 예배와 집회가 이루어지는 사원.
** 이슬람 공동체에서 '와크프'(자선이나 공익을 목적으로 기부된 토지 재산)를 관리하는 사람. 와크프는 모스크·학교·병원·공동묘지 등이며, 무타왈리는 기부자의 지명이나 공동체의 합의에 의해 정해진다.

누이인 자밀라와 남편이 바로 옆방에서 자고 있었다는 것을 문득 생각해 내고 심란해졌다. 그는 아리파에게 담요를 덮어 줘야 하나 생각했지만, 그때 자밀라의 남편이 옆방에 있다는 게 생각나서 미간을 찌푸리고 허리를 구부려 아내를 거칠게 흔들어 깨웠다. 지쳐서 잠든 아내는 쉽게 깨어나지 않았고, 그는 화가 치밀었다.

예전에 어느 파키르*가 불렀던 짧은 노래가 떠올랐다.


한디 옌데케 히갈레유베
마나달리 한디, 마네얄리 한디
마이얄리 한디 홋타바네……


돼지고기는 '하람'**이다. 마음속 돼지도, 가정의 돼지도 마찬가지다. 독실한 자들은 돼지를 보기만 해도 부정해진다고 믿는다. 이 노래는 무슬림들의 몸과 마음과 가정을 꿰뚫는 분노를 돼지와 동일시한다. 우스만 씨도 이 노래를 여러 번 불렀다. 하지만 그날 아침에 이 노래는 터무니없는 그의 분노 앞에서 어디론가 사라져 버렸다. 그는 초조하게 마음을 졸이며 안절부절못했고, 그러다가 갑자기 무언가를 깨달은 것처럼 아내의 다리를 난폭하게 걷어찼다. 아리파는 겨우 잠에서 깨어나 똑바로 일어나 앉았다.

---

* 이슬람 전통에서 속세를 떠나 알라를 숭배하여 명상과 기도에 일생을 바치는 수행자.
** 이슬람 율법에서 무슬림에게 금지된 행동·음식·물건을 말한다. 무슬림에게 허용된 '할랄'의 반대 개념이다.

"왜 방에서 자지 않는 거야?" 그는 쉰 목소리로 묻고는 아내의 대답도 기다리지 않고 밖으로 나가 버렸다.

모스크는 집에서 200미터쯤 떨어져 있었다. 그는 긴 보폭으로 새벽안개의 베일을 뚫으며 성큼성큼 걸었다. 그의 몸은 모스크를 향해 빠르게 움직였지만, 그의 마음은 계속 집 쪽으로 되돌아가고 있었다. 특히 간밤에 있었던 일이 자꾸만 떠올랐다.

그가 가장 아끼는 막내 누이, 그는 누이가 중학교를 졸업할 때까지 애정을 가지고 보살폈고, 5년 전에 결혼할 때는 비단 사리 열여덟 벌과 금제 장신구를 결혼 선물로 주고 매제에게는 오토바이를 사 주었다. 그런데 그 여동생이 와서 집안 재산 일부를 자기 몫으로 달라고 요구하는 바람에, 그녀를 위해 특별히 만든 비리야니*와 샤비게 파야사**의 맛까지 씁쓸해져 버렸다. 도대체 어디서 배워 먹은 짓이람? 그의 몸은 다시 분노에 타올랐다.

게다가 말다툼을 먼저 시작한 것도 여동생이었다!

"오빠, 알라와 선지자의 샤리아***에 따르면, 이건 나도 나누어 받을 권리가 있어요. 오빠가 힘들게 일해서 얻은 재산에서 내 몫을 달라고 요구하는 게 아니라고요."

---

◆　남아시아의 음식. 쌀에 닭고기·소고기·양고기 등의 육류와 새우·생선 등의 해산물을 혼합하고 각종 향신료와 채소를 첨가해서 찌거나 볶는다.

◆◆　인도의 디저트 요리. 우유에 쌀국수와 설탕, 캐슈너트, 건포도 등을 넣고 끓인다.

◆◆◆　쿠란(이슬람교 경전)과 순나(선지자 무함마드의 언행)에 기반한 이슬람의 신성한 율법 체계.

내가 얻은 재산이 뭐지? 그는 아버지가 모은 재산을 관리만 하고 있을 뿐이었다.

"아버지 재산의 6분의 1은 내 거예요."

오호라! 나를 찾아오기 전에 이미 모든 걸 계산하고 있었군. 그는 "그래, 네 몫으로 6분의 1을 가져가라"고 말한 다음 누이를 한 대 때려 주고 싶었다. 하지만 그는 그의 몸을 점거한 채 쉴 새 없이 뛰어다니고 있는 분노의 돼지를 억누르려고 애썼다. 6척 장신인 매제도 보디가드처럼 가까운 의자에 앉아 있었다.

"오빠는 이 동네에서 많은 문제를 해결하고 있잖아요. 그러니 마땅히 나를 불러서, '자, 여기 네 몫을 가져가라'고 했어야죠. 내 사정은 그렇다 치고, 사키나 언니를 보세요. 그 언니는 남편도 없고 돈벌이할 만큼 장성한 자식도 없어요. 그러니 다 자란 두 딸애의 결혼은 어떻게 준비해야 하죠?"

우스만 씨는 계속 마룻바닥만 내려다보고 있었다. 자밀라가 이렇게 말을 많이 하다니, 정말 놀라운 일이다. 그런데 그는 왜 침묵을 지키고 있지? 망고 과수원, 코코넛 과수원, 목초지, 누에를 키우던 뽕나무밭, 도시에 있는 눈부신 집들의 이미지가 그의 눈앞을 지나갔다. 이 재산들 가운데 무엇을 네 명의 누이와 나누어 가질 수 있단 말인가?

자밀라는 개구리처럼 계속 꽥꽥거렸다.

"오빠, 오빠는 나를 좋은 집안에 시집보내 주셨죠. 거기에 대해서는 나도 고맙게 생각해요. 하지만 생각해 보세요. 아버지가 돌아가신 지 벌써 10년이 지났어요. 그때 오빠가 내 몫을 주었다면, 나는 그걸 밑천으로 지금쯤은 아마 오빠가 내 결혼에 쓴 돈의 열 배는 벌었을 거예요. 그렇다고 지금 그 돈을 다 달라고 요구하는 게 아니에요. 하지만……."

우스만 씨의 마음속에서 인내심의 둑이 무너졌다. 아리파는 문 옆에 서서 이 모든 대화를 걱정 어린 표정으로 듣고 있었다. 자밀라의 말과 목소리와 주장이 모두 불운하고 난처하게 느껴졌다. 하지만 자밀라의 요구는 공정하지 않나? 누가 그 요구를 반박할 수 있단 말인가? 우스만 씨에게 매달 4천 루피의 임대료 수입을 안겨 주는 집과 커피 농장은 둘 다 아리파가 친정 부모에게 받은 것이었다. 아리파는 굳이 부모에게 요구하지 않고도 자기 몫을 받았다. 부모는 딸 아리파와 사위인 우스만 씨를 집으로 초대하여 좋은 음식을 대접하고, 딸에게 새 사리와 블라우스를 선물로 사 주고, 명의를 이전한 재산의 등기 서류를 건네주고, 딸과 사위를 다정하게 집으로 돌려보냈다. 그런데 자밀라는 지금 이 권리를 쟁취하기 위해 싸워야 하는 것이다.

우스만 씨는 한마디도 하지 않았다. 그는 툴툴거리며 일어나서 자밀라를 노려보았다. 그런 오빠를 보고 자밀라는 좀 겁이 났다. 하지만 남편을 힐끗 돌아보고는 조금 용기를 내어, 마치 외워 두기라도 한 것처럼 서둘러 말을 맺었다.

"법으로 정해진 정당한 몫을 오빠가 주지 않으면 나는 소송을 제기할 수밖에 없어요."

우스만 씨는 아무 말도 하지 않고 서둘러 침실로 걸어갔다. 문간에 서 있던 아리파는 남편의 성난 걸음걸이에 겁이 나서 얼른 옆으로 비켜섰다.

그는 모자도 벗지 않고 동상처럼 꼿꼿이 앉아 있었다.

구슬 같은 땀방울이 이마에 맺혀 있었다. 아리파가 선풍기를 켰다.

사건의 자초지종이 하나하나 자세히 그의 마음속을 스치고 지나갔다. 겨울이었기 때문에 모스크 뒤꼍에 있는 욕실에는 물이 데워지고 있었다. 습관의 힘으로 그는 목욕재계를 마쳤다. 예배도 끝냈다. 몸은 깨끗해졌지만, 그의 마음속에는 고통이 그대로 남아 있었다. 한편으로는 자밀라의 뻔뻔함이 그를 괴롭혔고, 또 한편으로는 재산을 나누어 주어야 하는 고통이 그를 괴롭혔다. 그의 주된 관심사는 어떻게 하면 자밀라에게 벌을 주고 재산을 고스란히 차지할 수 있을지, 그 방법을 알아내는 것이었다. 모스크는 컸고, 그 부지는 넓었다. 아침 예배를 드리러 온 사람들의 수는 손가락으로 꼽을 수 있을 정도였다. 그들 가운데 그와 가까운 무리에 속한 사람은 아무도 없었다. 그래서 그는 결국 집으로 발길을 돌릴 수밖에 없었다.

하지만 그는 아직 집에 가고 싶지 않았다. 그가 느릿느릿 걸어서 읍내 로터리에 다다랐을 때쯤에는 마디나 호텔 문이 열려 있었다. 호텔로 들어가서 차를 한 잔 마셨지만 위안을 느끼지는 못했다. 시큰둥한 기분으로 호텔을 나와 로터리 한복판에 이르자, 교통경찰이 서 있을 수도 있는 위치에 멈춰 섰다. 그는 호루라기를 불지도 않았고 교통정리를 하지도 않았다. 어디로 갈지 결정할 수가 없어서, 처량한 모습으로 사방을 두리번거렸다.

툭! 문득 어떤 소리가 들렸다. 그게 무슨 소리인지 그가 미처 알아차리기도 전에 도로 위 전깃줄에 앉아 있던 까마귀 한 마리가 마른 나뭇잎처럼 떨어졌다. 몇 미터 떨어진 곳에서 이를 지켜보던 우스만 씨는 자리를 떠나려던 참이었다. 바로 그때 또 다른 까마귀가 까악까악 울면서 어디선가 나타났다. 그 소리가 메아리치기 시작하면서 마치 마법처럼 까마귀들이 모여들기 시작했다. 까마귀들의 까악거리는 울음소리 가운데 일부는 그에게 애처롭게 들렸고, 일부는 난폭하고 분노에 가득 찬 듯 들렸으며, 또 일부는 의무적으로 어쩔 수 없이 까악거리고 있는 것처럼 나른하게 들렸다. 일부는 저주의 깊은 한숨 소리처럼 들렸고, 일부는 자유를 찬양하는 나팔 소리처럼 들렸고, 또 일부는 즐거운 외침처럼 들렸다. 그는 온갖 것들을 한꺼번에 느끼며 그곳을 떠나기로 마음먹었다. 까마귀들은 당장이라도 그를 공격할 것처럼 그의 머리 주위를 맴돌기 시작했다. 그는 당황하여 앞으로 한 걸음 내디뎠다. 그의 시야 한 켠에는 미동도 없는 까마귀 하나가 보였다. 아니! 이처럼 꿰뚫을 수 없는 저 불가해한 검은색 속에 저렇게 많은 무지갯빛이 들어 있었나?

여전히 멍한 상태로 집에 돌아와 침실에 이르렀을 때쯤 우스만 씨는 졸음이 오는 것을 느꼈다. 아리파는 집안의 허드렛일을 하고, 아픈 아이를 돌보면서 다른 아이들을 위해 아침과 점심을 챙기고, 학교 가방과 신발과 양말을 준비하고, 자밀라와 그녀의 남편을 위해 특별 요리까지 마련하느라 바빴다. 아리파는 이 집안의 딸인 시누이가 친정을 저주하면서 슬픈 마음으로 떠나는 것을 바라지 않았다. 그녀는 친정어머니의 말을 기억해 냈다. "하크다르 타르세 토흐 앙가르 카 누흐 바르세." 권리를 가진 사람이 불만을 품으면 불의 비가 내릴 것이다.

아리파는 전날 밤 남편에게 낮은 소리로 부드럽게 속삭였다. "이 집안의 딸에게 아픔을 주지 마세요. 딸도 자기 몫을 받을 권리가 있다고 쿠란에 분명히 나와 있잖아요? 누이 넷을 모두 불러서 주어야 할 것을 주고 당신은 거기서 손을 씻으세요. 남은 재산만으로도 우리는 알라의 가호로 유복하게 살 수 있을 거예요." 평소에는 남편에게 충고를 하지 않았다. 그녀는 속으로 겁이 났지만, 결국 이 문제에 대해 말하지 않을 수 없었다. 우스만 씨는 지금까지 수많은 결정을 내려 왔다. 그녀가 말하고 있는 것은 그도 이미 다 알고 있었다. 그런데 왜 부르카*를 뒤집어쓰고 다니는 하찮은 여편네의 말을 참고 들어야 한단 말인가? "입 닥치고 당신 할 일이나 해." 그는 고함을 지르고는 침대에 누워 코를 골기 시작했다.

아리파는 심란한 기분으로 로티 반죽을 납작하게 밀고 있었다. '오, 알라여, 그이한테 분별을 주소서.' 그녀는 속으로 외쳤다. 그녀는 젖은 헝겊을 안사르의 이마에 막 얹어 놓은 참이었다. 그녀는 기계적으로 반죽을 밀고, 번철에 올려놓은 로티를 뒤집고 있었지만, 안사르가 괴로워하고 있는 것을 느끼고 아이를 눕혀 놓은 거실로 달려갔다.

아리파가 그 여자를 본 것은 바로 그때였다. 여자는 부

---

* 무슬림 여성들의 전통 복장 가운데 하나로, 머리에서 발목까지 전신을 가리는 겉옷.

르카를 걸치고 니캅으로 얼굴을 가리고 있었지만, 아리파는 그 여자를 당장 알아보았다. 한때는 검은색이었지만 너무 오래 입어서 이제 연갈색으로 바래 버린 부르카에 뚫린 구 멍으로 더러운 사리가 엿보였다. 갈라진 발뒤꿈치, 창백한 피부, 옷핀으로 대충 수선한 샌들. 아리파는 한눈에 여자의 처지를 알아차리고 당혹감을 느꼈다. 여자는 안으로 들어오 지 않고, 무타왈리를 면담하러 온 많은 남자들과 함께 베란 다에 남아 있었다. 여자가 구석에 서 있는 것을 보고 아리파 는 목이 메는 것을 느꼈다. 아리파는 베란다와 거실을 구분 하고 있는 커튼 뒤에 서서, 여자의 귀에만 들릴 정도로 낮게 속삭였다.

"사키나, 왜 거기 서 있어요? 안으로 들어와요."

아리파는 베일에 가려진 여자의 표정을 볼 수 없어서, 여자가 그 말을 들었는지도 알 수가 없었다. 하지만 여자 옆 에 서 있던 젊은이가 잔인하게 들리는 말투로 대답했다.

"됐어요, 외숙모. 외숙모는 외숙모 일이나 하세요. 외삼 촌이 오면 우리는 외삼촌과 이야기하고 떠날 테니까."

사키나는 아리파의 시누이 가운데 맏이였고, 자존심이 아주 센 여자였다. 과부가 된 뒤 그녀는 세 아이를 키우고 가정을 꾸려 나가기 위해 삯바느질을 시작했다. 그녀는 친 정에서 물 한 방울도 바라지 않았다. 축제 기간에는 이따금 친정에 와서 오빠의 축원 기도를 받기도 했다. 그런데 그날 사키나는 남인 것처럼 다른 사람들과 함께 줄을 서 있었다. 아리파는 사키나도 자밀라처럼 제 몫의 재산을 요구하러 온 게 아닐까 생각했지만, 이런 생각을 곧 내려놓고 사키나에게 안으로 들어오라고 다시 말했다. 아리파는 남편이 방에서 나오기 전에 어떻게든 사키나를 거실에 앉히려 했지만 소용없었다.

우스만 씨는 몸이 무겁게 느껴졌지만, 그래도 충분한 수면을 취했다. 그는 아리파가 베란다에 있는 사람들을 엿보고 있는 것을 보고 당황했다. 아리파가 지금까지 한 번도 한 적이 없는 행동이었다. 아리파는 밖에 있는 누군가에게 손짓을 하고 있었다. 그의 목소리가 자기도 모르는 사이에 높고 날카로워졌다.

"아리파아아아!"

당황한 아리파는 잡고 있던 커튼을 얼른 내려놓고 혼잣말처럼 중얼거렸다.

"사키나가 남자들과 함께 저기 밖에 서 있어요. 남의 집에 온 손님처럼요. 사키나한테 안으로 들어오라고 말하고 있었어요."

"뭐라고?" 우스만 씨가 밖으로 나가서 사키나와 그녀의 아들을 본 순간, 얼굴에서 피가 거꾸로 솟았다.

사키나는 두 손을 맞잡고 낯선 말투로 자신의 요구 사항을 제시했다.

"오빠, 나처럼 가난한 과부를 제발 좀 도와주세요. 알라께서 오빠와 오빠 가족에게 행복과 번영을 주실 거예요. 우리 아들은 공부하고 있어요. 문학사를 따고 1년 차인데, 행사 참관자 일자리를 얻으려고 공과대학에서 면접을 보기로 했어요. 오빠가 그곳 위원회 위원이라는 말을 들었는데, 우리 아들이 그 일자리를 얻게 힘 좀 써 주세요. 이름은 사예드

아브라르예요. 여기 지원서가 있으니까, 제발 부탁할게요. 그 애가 일자리를 얻으면, 비록 나처럼 불행한 여자 몸에서 태어났지만 우리 가족의 버팀목이 될 거예요. 다들 그러더군요. 오빠가 한마디만 해 주면 그 일자리를 얻을 수 있을 거라고. 오빠는 가난한 사람들의 기쁨과 슬픔을 함께 나누는 사람이잖아요. 나한테도 자비심을 보여 주셔야 해요.”

우스만 씨가 한마디도 하기 전에 그녀는 지원서를 그에게 건네준 다음, 그의 발치에 엎드려 절을 하고는 서둘러 떠났다.

까마귀들이 우스만 씨의 마음속에서 날카로운 소리를 내기 시작했다. 그의 얼굴이 더 붉어졌다. 추위 속에서도 이마에 땀방울이 맺혔다. 그는 두꺼운 쿠션이 놓인 의자에 털썩 주저앉았다. 커튼 뒤에 있던 아리파의 눈에 눈물이 고였다.

한 젊은 여자가 아기를 품에 안은 채 출입문 가까이 서 있었다. 그녀는 머리에 쓴 사리를 매만지면서 그로부터 조금 떨어진 곳으로 이동하여 말했다.

“나리, 이 아이의 아버지는 소달구지를 갖고 있었는데, 보름 전에 수술을 받았답니다. 그래서 남편 수술비를 마련하기 위해 소와 달구지를 팔아야 했지요. 그런데 또 긴급 수술을 받아야 한대요. 의사가 그러더군요. 저는 이제 가진 게 아무것도 없어요. 나리께서…… 나리께서…….”

그녀는 목이 메어 금세 눈에 눈물이 어렸다. 그러다가 머뭇거리며 흐느껴 울었다.

우스만 씨는 그녀에게 병원 이름과 의사 이름과 그 밖의 세부 사항을 묻고, 남편의 수술 문제를 자기가 알아서 처리하겠다고 말하고는 그녀를 돌려보냈다. 그녀는 감사의 뜻을 표하고 진심으로 그를 축복하면서 떠났다.

한 남학생이 공책을 그에게 내밀었다. 공책에는 상급 초등학교*의 여교장이 둥글둥글한 글씨체로 쓴 편지가 적혀 있었다. 그날 오후 3시에 학교 발전위원회가 열리니까 무타왈리님이 참석해 주면 고맙겠다는 내용이었다. 그는 편지에 서명하고 소년을 돌려보냈다. 그런 다음, 남자들이 무슨 문제로 찾아왔는지 들으려고 그들 쪽으로 막 돌아서려는데, 그때 다우드가 폭풍처럼 다가왔다.

다우드는 그의 오른팔이었다. 무의식적인 호흡처럼 그에게 없어서는 안 될 존재가 되어 있었다. 그들의 생각이 같은 방향으로 나아간다는 것은 그들의 우정을 보여 주는 증거였다. 다우드는 우스만 씨의 표정 변화, 좌우나 상하로 움직이는 눈썹, 콧수염의 떨림, 코의 주름과 입가의 주름만 보고도 그의 기분을 알아차리는 데 선수였다. 다우드는 거기에 따라 자신의 말과 행동을 조절하고, 허리를 숙이는 각도까지 맞추었다. 그는 또한 교활한 뻔뻔함도 갖추고 있었지만, 자존심이 부족했다. 그래서……

그는 아침 예배에 참석하지 않았다. 이 빌어먹을 녀석은 이제야 오는 거야? 녀석이 어디서 빈둥거리며 시간을 보내고 있었는지 궁금하군……. 우스만 씨는 이를 갈았지만, 침착한 체하면서 다우드에게 물었다.

"어디 갔었나, 다우드? 어디에도 안 보이던데."

---

* 인도의 교육제도에서 제6~8학년(11~14세). 우리나라의 중학교 과정이다.

다우드는 무타왈리의 질문과 태도를 둘 다 이해했다. 그는 속으로 웃으면서 대답했다. "앗살라무 알라이쿰,* 무타왈리님." 그러고는 공손한 체하며 자리에 앉았다.

무타왈리는 모스크 위원회의 수장일 뿐만 아니라 정치에도 관여했다. 그는 선거에서 자신이 지지하는 후보에게 모든 무슬림의 표를 몰아줄 수 있는 능력을 가지고 있다는 환상에 빠져 있었다. 야심 있는 몇몇 후보들은 그를 믿고 뻔질나게 찾아왔다. 아침부터 그의 집에 많은 사람이 모여드는 이유는 바로 그 때문이었다. 여동생인 사키나가 그에게 도움을 청한 것도 오빠의 우애가 아니라 그의 정치적 수완을 인정했기 때문이다. 사키나는 가족이 아니라 외부인처럼 행동했고, 또한 그의 감정을 상하게 했다. 그는 베란다에 모여 있는 사람들에게 힐끗 눈길을 던졌다.

많은 사람이 그와 면담하기 위해 아직도 차례를 기다리고 있었다. 하지만 그는 다우드에게 급한 볼일이 있었다. 그는 벤치에 앉아서 안절부절못하고 있는 사람들을 다시금 힐끗 바라보며 일어나라고 손짓을 했다. 사브잔 노인이 백내장 때문에 안개 낀 것처럼 흐릿해진 눈과 길게 자란 하얀 눈썹 사이로 앞을 보려고 애쓰다가 발이 걸려 앞으로 고꾸라졌다.

"이보게, 무타왈리…… 내 막내딸이 다음 주에 결혼하기로 되어 있는데, 나는 돈이 한 푼도 없다네. 아량을 좀 보

---

여 주시게. 딸이 결혼만 하면 나는 마음 편히 눈을 감을 수 있다네. 나한테 자네는 어버이나 마찬가지야. 나 같은 늙은 이한테 자비를 좀 베풀어 주시게." 그는 무타왈리의 발치에 쓰러질 것처럼 비틀거리면서 말했다.

'아하! 당신은 자식이 아주 많군. 막내딸이라고? 예순 살에 딸을 낳았나? 결국은 당신도 줄을 서 있군.' 무타왈리의 마음 한구석에서 악마가 키득거렸다. 그는 탁 트인 넓은 부지 한복판에 오도카니 서 있는, 다 쓰러져 가는 집 한 채를 떠올렸다. 그 땅을 지날 때마다 그는 그곳에 거대한 쇼핑센터를 짓는 것을 상상했다.

"지금 나한테 요구하는 게 뭡니까, 사브잔 아저씨?" 그는 자비심이라고는 털끝만큼도 보이지 않고 냉정하게 물었다.

"그렇게 많은 걸 바라지는 않네." 사브잔은 당황하여 잠시 뜸을 들이다가 말을 이었다. "알라의 축복이 자네한테 내리기를…… 나는…… 그저…… 이번 결혼식에 적어도 4만 루피가 필요하다네."

우스만 씨는 충격을 받은 체했다.

"4만 루피라…… 어떡하나…… 도대체 어디서 그 돈을 구하지?"

그는 깊은 생각에 잠긴 척했다. 다우드가 낮은 소리로 기침을 했다.

"안나브레*…… 한 가지 문제가…… 그 문제에 대해 아셔야 할 게 있을 것 같은데요……. 시간을 좀 내실 수 있다

---

◆　인도 남부 지역에서 나이가 많거나 존경받는 남성을 부르는 호칭

면…… 아니, 생각해 보면 세상이 도대체 어떻게 돌아가는 건
지…… 법률이나 도덕이나 계율 중에 뭐 한 가지라도 제대로
남은 게 있나요?”

“흐음, 무슨 일인가, 다우드?”

“이 문제를 모르세요? 정말로?” 누구의 입에서도 이
질문에 대한 답변이 나오지 않자 다우드는 말을 이었다. “이
슬람이 무너지고 있다고요, 형님. 무슬림에 대한 존중은 이
제 털끝만큼도 남아 있지 않단 말입니다.”

그는 서론이 너무 길었다.

“무슨 일인지 그냥 말해 줄 수는 없나?” 우스만 씨가
답답한 얼굴로 물었다.

“형님, 우마르라는 사람 아시죠? 말편자 만드는 사람
요. 그 사람의 둘째 딸이 넬라망갈라로 시집을 갔는데, 남편
이 다른 여자랑 이미 결혼했잖아요. 기억하시죠? 어쨌든 첫
번째 아내의 오빠가…….”

“도대체 그 사람이 누구야?” 우스만 씨가 점점 더 답답
해져서 짜증스럽게 물었다. 그는 거미줄처럼 얽힌 인간관계
를 푸는 데 필요한 인내심을 가지고 있지 않았다.

“그 사람 이름은 니사르이고, 칠장이예요. 지난 라마단•
때 모스크에 페인트칠을 해 주겠다 하고서는 200루피를 받
은 뒤 그대로 도망쳤잖아요, 기억하시죠?”

“아아, 그래, 그래. 생각나.”

---

• 이슬람교에서 단식과 재계를 하는 달. 이슬람력의 아홉 번째 달로, 해가 뜰
때부터 질 때까지 식사, 흡연, 음주 따위를 금한다.

이제 우스만 씨는 모든 것을 기억해 냈다. 모스크의 돈을 횡령한 죄로 그 칠장이를 나무에 묶어 놓고 매질을 하게 한 적이 있었다.

"그 사람이 연못에 빠져 죽었어요. 아시다시피 한 달 반쯤 전에 사람들이 시신을 발견했죠. 경찰이 시신을 연못에서 꺼냈어요."

"흐음…… 그래서 그다음엔 무슨 일이 일어났는데?"

"무슨 일이 일어났냐면, 모든 게 완전히 파괴되었죠. 경찰이 니사르의 시신을 갖다가 힌두교 묘지에 묻었다니까요."

다우드는 그 소식을 천천히 전했고, 그것은 마치 총알을 맞는 것 같았다. 이게 정말로 가능한 일인가? 이런 일은 이제껏 아무도 들어 본 적이 없었다. 우스만 씨는 잠시 심장이 멎은 듯한 기분을 느꼈다. 그의 이마에 주름이 잡혔다. 그는 땀을 흘리기 시작했다. 거기에 모인 사람들은, 심지어 사브잔까지도 자기가 여기 온 이유를 잊어버렸다. 마음속 깊은 곳에서는 딸의 결혼이 여전히 사브잔을 괴롭히고 있었지만, 그 문제에 대해서는 아무 말도 하지 않았다. 그 뉴스를 들은 사람은 모두 부들부들 떨었다.

무슬림의 시신이 수의도 없이, '구슬'*도 없이, 심지어는 장례 기도도 없이, 무슬림 공동묘지가 아니라 그냥 화장터에 격식도 차리지 않고 매장될 수 있다고 생각해 보라! 우스만 씨는 무언가를 생각해 냈다.

"하지만 다우드, 니사르는 할례를 받지 않았나?"

---

◆　이슬람에서 마음을 정화시키기 위해 몸을 깨끗이 씻는 의식.

이 전문적인 질문에 대해서는 다우드도 대답을 알지 못했다.

"글쎄…… 할례는 당연히 받지 않았을까요? 하지만 경찰이 무엇 때문에 그 모든 걸 생각하겠습니까? 그들은 매장을 빨리 끝내고 손을 털고 싶었던 게 분명합니다. 그것뿐이에요."

더 많은 의문이 있었다. 호기심을 불러일으키는 점들.

"그게 니사르의 시신이라는 걸 경찰은 어떻게 알았지?"

"니사르가 사라진 지 한참 뒤에야 그의 마누라가 실종 신고를 하러 경찰서에 갔답니다. 경찰은 신원 불명의 시신이 입고 있던 옷을 그 여자한테 보여 주었고, 그 여자는 그 옷이 남편 옷이라는 걸 알아보았지요. 그러자 경찰은 시신 사진을 그 여자한테 보여 주었는데, 시신은 퉁퉁 부풀어 올라 있었지만 니사르의 시신이었답니다."

"아니면……."

"아니면, 경찰은 일부러 그런 짓을 한 게 분명합니다. 마치 자신들은 모르는 것처럼! 경찰이 여기 이 모스크에 와서 무슬림의 시신이 발견되었다고 우리한테 말했다면, 우리는 당장 그 시신을 여기 가져와서 제대로 매장했을 겁니다." 다우드는 약간 미심쩍은 듯이 덧붙였다. "제가 알고 있기로는, 경찰에 이야기해서 그 시신이 힌두교 묘지에 매장되도록 손을 쓴 건 그 말썽쟁이인 샨크라였습니다."

그 자리에 있던 사람들은 모두 깜짝 놀랐다.

"아이고! 끔찍한 세상이군. 누군가가 죽으면 시신을 어깨에 메고 묘지로 갈 준비가 되어 있는 사람이 수천 명이나 돼. 그런데 그 불쌍한 사람은 수의도 못 입고 예법에 따라 제대로 매장되지도 못했어.”

1년에 단 두 번, 라마단과 바크리드* 때를 제외하면 니사르는 모스크에 발을 들여놓은 적이 없었다. 그는 집을 페인트칠하고 싶어 하는 사람들에게 선금을 받고는 일도 하지 않고 사라지는 수법으로 수백 명에게 사기를 쳤다. 그는 그 돈으로 술을 마시고 비틀거리며 돌아다니곤 했다. 한번은 모스크를 칠하겠다고 속여서 교단의 돈까지 꿀꺽했다. 그런데 그에게 사기당한 사람들에게, 이제 그를 제대로 매장하는 일은 가장 신성한 의무처럼 느껴졌다. 그의 시신은 순교자의 지위를 얻기 시작했다. 그리고 무엇보다도 니사르의 시신이 정식 장례 절차를 거쳐 매장되도록 보장하는 일은 무타왈리의 많은 문제에 대한 해결책으로 보였다. 우스만 씨는 고민하고 슬퍼하는 척했다.

“뭘 할 수 있겠나?” 그가 말했다. “어쨌든 사람들은 자기가 지은 죄 때문에 고통받을 수밖에 없어.”

다우드를 포함하여 거기에 모인 사람들은 이미 일어난 비극을 생각하고 불안감을 느꼈다.

“타우바,** 타우바.” 사브잔은 자신의 두 볼을 손바닥으로 찰싹찰싹 때렸다. “죽음은 아무도 피할 수 없어. 하지만 아무도 이런 끔찍한 죽음을 당하면 안 되지. 선지자의 칭찬

---

* 이슬람력으로 12월에 열리는 축제. 라마단과 더불어 이슬람의 양대 명절이다.
** 이슬람 사회에서 '회개'를 뜻하는 단어로, 종종 '알라여, 저를 용서하소서'라는 기도문으로 쓰인다.

도 없고 인사도 없이 매장되다니! 내일도 누군가가 자신이 원하는 곳에 자기가 원하는 방식대로 우리 시신을 매장할 거야. 어쩌면 변덕이 나서 우리 시신을 그냥 아무 데나 내다 버릴지도 모르지.”

다우드도 자기가 가진 두 가지 정보를 합할 기회를 놓치지 않았다.

“무타왈리님은 어쨌든 우리에게 지시를 내리기 위해 거기 계신 겁니다. 우리가 여전히 인간다운 이유도 바로 그거지요. 언젠가 놈들은 쿠란과 관련된 일을 법정으로 끌고 갔어요. 그 여자, 샤 바노 사건*을 놈들은 중대 사건으로 만들어 우리를 거듭 모욕했지요. 그런데 이제 무슬림의 시신을 가져가서 힌두교 묘지에 묻는다고요? 이렇게 불의한 처사가 어딨습니까? 도대체 이보다 더 중대한 어떤 처사가 우리에게 필요합니까?”

다우드는 이것을 심각한 문제로 보기 시작했다. 모든 사람이, 심지어는 우스만 씨까지도 불안에 사로잡혔다. 그는 턱수염을 잡아 뜯고, 이따금 손가락을 콧구멍에 쑤셔 넣어 코를 후비고, 깊은 생각에 잠겨 앉아 있었다. 그러다가 갑자기 정신을 차리고 사람들을 바라보았다. 그는 몹시 슬픈 것처럼 얼굴을 구기면서 눈을 가늘게 뜨고 헛기침으로 목청을 가다듬었다.

* 1978~1985년에 인도에서 논란이 많았던 소송 사건으로, 이혼당한 샤 바노가 남편을 상대로 위자료와 부양비를 청구하여, 처음엔 인도 법률과 이슬람 율법의 상충 때문에 불이익 처분을 받았으나, 대법원에 의해 승소 판결을 받았다.

문제가 너무 복잡했기 때문에, 아리파까지도 아이들의 등교 준비를 하지 않고 커튼 뒤에 와서 서 있었다. 좀 늦게 일어난 자밀라는 아리파에게 속삭이는 소리로 말을 걸었고, 무슨 일이 일어났는지 들은 뒤에는 커튼 뒤로 와서 올케 옆에 서 있었다. 그 여자들의 심장은 빠르게 고동치고 있었다.

"오, 알라여! 그게 누구든, 가엾은 그 남자가 고이 잠들기를. 그가 무슬림의 시신이 마땅히 받을 자격이 있는 모든 의식을 거쳐서 무슬림 묘지에 한 평 정도의 땅을 얻을 수 있기를."

그 뉴스를 알게 된 자밀라의 남편도 그곳에 와서 다른 사람들과 함께 밖에 서 있었다. 모두 불안과 흥분에 사로잡혀 있었다. 이슬람을 구하기 위해 성전을 치르자는 열정이 점점 고조되었다. 마침내 우스만 씨가 연설하기 시작했다.

"지금 우리는 니사르의 유해가 그곳에서 발굴되어 이곳에 묻히도록 하는 데 우리의 모든 노력을 쏟아부어야 합니다. 어떤 장애나 어떤 문제에도 맞설 준비를 갖춰야 해요. 알겠습니까? 다우드, 이 문제를 우리 청년회에도 알리게나. 그들이 도착하면 우리는 다 함께 군수과 경찰서장을 만나러 갈 수 있어. 여기에 대해서는 오늘 당장 일을 시작하세." 그는 이렇게 말한 다음 얼른 덧붙였다. "다른 문제에 대해서는 걱정하지 말라고 사람들에게 말해 주게. 지금 당장은 우리 교단에 돈이 한 푼도 없어. 비용이 얼마가 들든, 그 비용은 내가 내겠다고 사람들한테 말하게."

우스만 씨는 이 일로 그가 얻게 될 인기와 지지에 비하면 제 지갑에서 나가는 돈은 아무것도 아니라는 것을 잘 알고 있었다. 또한 그렇게 말하는 것은 무타왈리라는 그의 지위에 어울리는 것이기도 했다. 결국 그 돈이 어디로 가겠는가? 그의 경험에 따르면 사람들은 이런 종류의 명분에 기꺼이 돈을 기부하곤 했다. 그는 또한 이것이 지금까지 온갖 구실로 그를 비난하고 그로부터 멀어졌던 청년회와 좀 더 가까워질 수 있는 좋은 기회라고 생각했다.

만사가 그의 예상대로 진행되었다. 그가 공상에서 빠져나오기도 전에 자밀라의 남편은 주머니에서 250루피를 꺼내어 우스만 씨 앞에 있는 탁자에 그 돈을 올려놓았다.

"형님, 형님이 하시는 일에 이 돈을 써 주시면 나도 선행을 한 대가로 이익을 얻을 겁니다. 알라께서는 형님 같은 분들에게 더 많은 힘과 건강과 돈을 주셔야 해요." 그는 진심으로 말했다. 그는 이렇게 중차대한 일을 앞두고 있는 사람에게 그의 아내가 집안 재산에서 제 몫을 달라고 요구하는 것은 온당치 않다고 생각했다.

커튼 뒤에서 남편의 표정을 읽은 자밀라는 안도의 한숨을 내쉬었다. 오빠한테 제 몫의 재산을 달라고 요구한 것도 실은 그녀 자신이 원해서가 아니라 남편이 강요했기 때문이었다. 속담에서 말하듯, '회초리를 잃으면 1000년이 사라진다.'* 그녀는 적어도 지금 당장은 이 문제를 넘길 수 있어서 기뻤다. 아리파는 남편이 무척 자랑스러웠다. 남편이 식사도 하지 않고 이 힘든 일을 하러 가야 할지도 모른다고 생각하자, 걱정이 된 그녀는 남편을 위해 꽃처럼 가벼운 파

---

* 악마를 벌하지 않으면 평화의 삶도 1000년 동안 사라진다는 뜻.

로타*를 만들어 주려고 안으로 달려 들어갔다. 우스만 씨는 여동생과 매제의 태도가 달라진 것을 알아차리고 속으로 웃었지만, 겉으로는 속내를 드러내지 않고 마치 깊은 생각에 잠긴 것처럼 엄숙하게 안으로 들어갔다.

우스만 씨는 젊은이 몇 명을 데리고 우선 군수를 만나러 갔다. 그가 그렇게 하는 것은 자존심의 문제였다. 군수도 젊은 사람이었다. 벵골 출신의 브라만**이었고, 자와할랄 네루 대학을 졸업한 인물이었다. 그는 이 지역 공동체들 사이의 복잡하고 성가신 관계를 잘 알고 있었고, 그들 사이에 이따금 일어나는 감정 폭발에도 익숙했다. 그는 무타왈리가 건네준 문서를 읽고 상황을 이해했다. 속으로는 웃고 있었지만, 진지하고 위엄 있는 얼굴로 앉아 있었다. 그는 우스만 씨의 열변에 귀를 기울이고, 그 문제를 피해 우르두어***로 물었다.

"그것 말고 뭐 새로운 건 없습니까, 무타왈리님? 위원장님은 새 우물을 파 달라거나 학교 건물을 수리해 달라거나 그런 일로 나를 만나러 온 적이 한 번도 없으니 말입니다."

우스만 씨가 그의 말을 잘랐다.

"그런 문제에 대해서는 목록을 작성해서 나중에 다시

---

◆  남인도 지역의 납작하고 바삭한 빵. 밀가루에 물과 달걀·버터·식용유를 섞은 반죽을 얇게 펴서 여러 겹으로 접은 뒤 번철에 구워 낸다.

✦✦  카스트제도에서 가장 높은 계급으로, 힌두교 사제·승려·신학자 등 종교적·사회적 지도자 역할을 담당하는 계층이다.

✦✦✦  남아시아의 일부 지역에서 무슬림들이 주로 사용하는 공용어. 힌디어와 유사하며, 인도에서 5천만 명 정도가 모어로 쓰고 있다.

오겠습니다. 지금은 군수님이 명령만 내려 주시면 그걸로 충분합니다."

"하지만 위원장님, 흙은 어디나 같습니다. 안 그런가요? 흙에 무슨 차이가 있죠?" 군수는 별생각 없이 물었다.

무타왈리는 그에게 여러 논점에서 벗어난 답을 늘어놓았다. 군수는 일을 더 이상 질질 끌지 않고 부군수에게 지시를 내렸다. 보름이 지났다. 무타왈리는 이 사무실에서 저 사무실로, 이 부서에서 다음 부서로 옮겨 다녀도 지치지 않았다. 동행한 사람들에게 이따금 커피와 간식을 사 주는 것도 망설이지 않았다.

악명 높은 샨카르가 별다른 저항을 보이지 않자 그는 실망했지만, 그와는 반대로 경찰과 관리들은 일 처리를 늦추면서 충분히 시간을 끌어 주었다.

우스만 씨는 온종일 여러 사무실을 돌아다녔다. 그러고 나면 모스크 앞마당이나 마디나 호텔의 넓은 홀이나 그의 집 베란다에서 밤늦게까지 토론이 벌어지곤 했다. 그는 자기가 얼마나 어려운 일을 하고 있는지를 설명했다. 그리고 어떤 관리들의 권한을 어디서 어떻게 박탈할 것인지에 대해 계획을 세웠다. 여러 방면에서 이슬람에 가해지는 수많은 위협을 설명하고, 이 문제들을 어떻게 효율적으로 해결할 수 있을 것인지에 대해 젊은이들에게 설파했다. 이런 식으로 보름이 얼마나 빨리 지나갈 수 있는지, 그는 미처 깨닫지 못했다. 이슬람 공동체에서 사람들 입에 오르내리는 것은 오로지 니사르의 시신과 무타왈리의 노력에 대한 이야기뿐이었다. 여자들은 긴 베일로 얼굴을 가리고 모스크에 와서,

니사르의 시신이 무슬림 묘지에 묻히는 행운을 얻고 그의 영혼이 영원한 안식을 찾게 되기를 진심으로 기도했다.

이 숭고한 일을 위해 돈도 많이 모였다. 마침내 니사르의 시신이 발굴되었다. 무타왈리와 그의 부하들은 부패한 시신을 자신들이 가져온 새 수의로 감쌌다. 시신이 너무 심하게 부패해서 목욕시킬 수도 없었기 때문에, 시신에 성수를 뿌리는 것으로 대신했다. 악취 때문에 구역질이 났지만 아무도 내색하지 않았다. 경찰관들은 손수건으로 코를 막았다. 마침내 무타왈리와 그의 동료들이 시신을 어깨에 메고 장례 행진을 시작했다. 그들은 썩어 가는 살의 악취를 가리기 위해 관에 향수를 들이붓다시피 하고, 재스민 꽃봉오리를 줄줄이 엮어서 만든 차도르*로 관 뚜껑을 덮었다. 활짝 핀 재스민 꽃봉오리는 하나도 없었다. "하르 풀 케 키스마트 메인 카한 나아즈-에-아로스, 찬드 풀 토흐 킬테 하인 마자론 케 리예." 모든 꽃이 신부를 장식하는 행운을 얻는 것은 아니다. 어떤 꽃은 무덤을 위해서만 꽃을 피운다.

장례 행렬은 꽤 먼 길을 가야 했지만, 사람들은 충분히 모여 있었다. 관은 누구의 어깨에도 1, 2분 이상 머물지 않고 계속해서 다음 사람에게 넘어갔다. 행렬은 읍내를 통과하여 묘지 쪽으로 이어졌다. 이제 모퉁이를 돌기만 하면 바로 그곳에 묘지가 있었다. 아마 열 걸음만 더 가면 되었을 것이다. 그런데 바로 그때 행렬을 따라 비틀거리며 걷고 있던 한

---

◆ 인도와 이란 등지의 무슬림 여성들이 외출할 때 얼굴 외의 신체를 가리기 위하여 착용하는 의상.

남자가 마치 이 모든 상황의 엄숙함과 슬픔을 깨부수려는 것처럼 야릇하고 저속한 태도로 목청껏 추잡한 욕설을 내뱉었다. 앞쪽에서 관을 메고 있던 무타왈리는 그 남자를 본 순간 소스라치게 놀랐다. 그의 얼굴이 송장처럼 하얘졌다. 행렬에 끼어 있던 다른 사람들도 똑같은 반응을 보였다. 아무도 걸음을 내딛지 않았다. 모두 목이 바싹 말랐다. 그 남자는 큰 소리로 몇 마디 더 욕설을 내뱉고는 비틀거리며 좁은 골목을 내려가 사라졌다.

맨 먼저 정신을 차린 사람은 무타왈리 우스만 씨였다. 그는 성가신 말썽이 일어나지 않도록 장례 행렬에 동행하고 있던 경찰관들을 바라보았다. 경찰관들은 당장 경계 태세를 취했다. 행렬이 멈춘 것을 보고, 한 경찰관이 곤봉으로 주정뱅이를 위협하려고 앞쪽으로 이동했다. 우스만 씨는 천천히 한 걸음을 내디뎠다. 행렬이 그 뒤를 따랐다. 우스만 씨의 다리가 후들거리기 시작했다. 누군가가 다가와서 관 앞쪽을 메고 있던 무타왈리와 자리를 바꾸었다. 우스만 씨는 손수건을 꺼내 얼굴에서 뚝뚝 떨어지는 땀방울을 닦았다. 그는 다우드를 노려보았다. 다우드는 고개를 숙이고 눈을 내리깔았다. 많은 사람이 눈으로 대화를 나누고 있었다. 아무도 입을 열지 않았다. 대신 그들은 모두 성큼성큼 걸어서 묘지에 도착했다.

경찰관들은 묘지 바깥에 서 있고, 관은 무슬림 공동묘지에 정식으로 묻혔다. 우스만 씨의 머릿속에 있는 신경들은 금방이라도 터질 것 같았다. 우리가 매장한 시신은 도대체 누구지?

그는 아까 본 주정뱅이가 틀림없는 칠장이 니사르라고 확신했다. 그는 다우드와 칠장이 마누라에게 너무 화가 나서 그들을 토막 내 버리고 싶을 지경이었다. 하지만 그에게 한 가지 위안은, 장례 행렬의 많은 사람이 니사르를 알아보았지만 아무도 경찰관에게 그 사실을 알리지 않았다는 사실이다. 그들은 모두 무타왈리의 체면을 지켜 주었다. 잠깐의 위안은 덧없이 사라졌다. 까악까악 울어대는 수천 마리의 까마귀가 그의 머리를 쪼아 대기 시작했다. 그것은 힌두교도의 시신이었을까, 아니면 무슬림의 시신이었을까? 그 시신은 너무 심하게 부패해서 확인할 수가 없었다. 그것은 여기서 썩어야 할까, 아니면 저기서 썩어야 할까?

사람들은 서둘러 무덤을 메우고 있었다. 무덤이 완전히 흙으로 덮일 때까지 기다리지 않고 그는 서둘러 집으로 돌아갔다. 그는 혼자였다. 그와 함께 있는 것은 그를 공격하여 죽이려 드는 까마귀들뿐이었다.

기진맥진한 그는 거실 소파에 털썩 주저앉았다. 그런데 몇 분이 지나도 아리파가 보이지 않자 그는 불안한 마음으로 아내를 소리쳐 불렀다.

"아리파아아아! 물 한 잔만 갖다줘."

그는 아내 대신 딸이 나오는 것을 보고 물었다.

"넌 오늘 왜 학교에 안 갔니?"

"엄마가 집에 안 계시잖아요? 그래서 제가 집에 남았어요."

"집에 없다고? 어디 갔는데?"

딸은 울어서 빨개진 눈을 덮고 있던 속눈썹을 치켜올리며 대답했다.

"안사르가 많이 아프잖아요. 엄마는 병원에 안사르와 함께 있어요."

"뭐? 지금 뭐라고 했니? 누가 아프다고? 언제부터? 무슨 병이래?"

그가 연달아 묻자 소녀의 눈에서 굵은 눈물방울이 떨어졌다.

"안사르는 보름 전부터 고열에 시달렸잖아요? 의사 말이 뇌에 무슨 병이 있대요. 뇌수막염이라는 병인 것 같아요."

딸은 걷잡을 수 없이 흐느껴 울기 시작했다.

물잔이 무타왈리의 손에서 미끄러져 떨어졌다.

목소리들이 다시 천천히 그의 귓속에서 울리기 시작했다. 오빠, 재산에서 내 몫을 주세요. 오빠, 이 가엾은 과부를 도와주세요. 무타왈리, 내 딸 결혼식에 쓸 돈을 좀 빌려주게. 하크다르 타르세 토흐 앙가르 카 누흐 바르세…… 불의 비…… 까마귀들, 검은색, 회색…… 그들 안에 있는 무지개…….

# 검은 코브라

저녁 예배 시간에 딱 맞추어 타란눔이 뛰어 들어왔다. 가방에는 아랍어 책이 들어 있었고, 머리에는 책이 비를 맞지 않도록 두파타*를 쓰고 있었다. 그녀는 고개를 흔들어 머리에서 떨어지는 빗방울을 사방으로 흩날리면서 소리쳤다.

"엄마! 엄마아아아!"

연탄불 위에서 말린 고등어를 굽고 있던 라피야는 대답하지 않았다. 그러자 타란눔은 안으로 뛰어 들어와서 말했다.

"엄마, 하시나와 걔네 엄마가 모스크에 앉아 있어요."

"아니, 왜?"

"오늘 무슨 재판이 있나 봐요."

"아, 그래?"

---

◆   남아시아 여성들이 걸치는 긴 숄 모양의 스카프.

라피는 '마드라사'*에 공부를 하라고 보내면 자리에 앉아서 꾸벅꾸벅 조는 버릇이 있었다. 책을 가져오는 것을 잊어버리거나, 모자를 어딘가에 놔두고 잃어버리기도 했다. 라피가 집에 돌아오자 엄마인 와시마는 아들을 붙잡고 뭐라도 한 입 먹이려고 애썼지만, 라피는 엄마의 손을 뿌리치면서 말했다.

"엄마, 하시나랑 걔네 엄마가 그때부터 줄곧 모스크에 앉아 있어요."

"이 시간에? 왜?"

"오늘 무슨 재판이 있는 것 같아요."

"……아, 그거."


하미드는 학교 친구들에게 분필을 한 자루씩 받는 대가로 성냥갑 라벨과 남녀 배우들 사진을 나누어 주었다. 그러자 하미드의 주머니는 분필로 가득 찼지만, 집에 돌아왔을 때는 충치가 아파서 울고 있었다. 그는 엄마한테 달려가서 말했다.

"엄마…… 하시나가……."


그렇게 아이들이 모두 집에 가서 저마다 그 소식을 전하고 있을 때, 마지다는 바지가 더러워지지 않도록 왼손으

---

* 이슬람 신학과 율법 등을 아랍어로 가르치는 종교 교육기관. 농촌 지역에서는 기본적인 문해력을 가르쳐, 정규교육을 받지 못하는 아이들에게 배움의 기회를 제공하기도 한다.

로 조심스럽게 들어 올리고, 오른손으로는 쿠란을 가슴에 끌어안고 집 안으로 들어갔다.

마지다는 아버지가 거실에 느긋하게 앉아 있는 것을 보고 우뚝 멈춰 섰다. 그녀는 두 손으로 쿠란을 잡고 그 성스러운 책을 눈에 대고 누른 다음, 쿠란을 탁자 위에 내려놓고 물었다.

"아빠, 왜 모스크에 안 가셨어요?"

"흐음, 지금은 저녁 예배 시간 아니냐? 신자들이 모이려면 시간이 좀 남았어. 조금 이따 갈 거야." 무타왈리인 압둘 카데르 씨는 말하고서 탁자에서 모자를 집어 들어 천천히 머리 위에 올려놓았다.

"예배 이야기를 하고 있는 게 아니에요." 마지다는 짜증 난 투로 말했다. "모스크에서 하시나와 걔네 엄마가 지금 아빠를 기다리며 앉아 있다고요. 오늘 거기서 재판이 열리나 봐요."

"흐음…… 그건…… 잠깐만, 방금 뭐라고 했지? 무슨 여자가 모스크에 와서 앉아 있다고? 모스크의 어디에 있다는 거냐?"

무타왈리인 카데르 씨는 모스크 위원회를 소집해 놓고도 까맣게 잊고 있었던 터라, 생각에 잠긴 채 손가락 끝으로 자신의 숱 많은 검은 턱수염을 긁적였다.

"아빠, 장례식이 열리는 곳 그 근처에 앉아 있어요. 하시나와 걔네 엄마, 하시나의 두 여동생까지 모두 거기 앉아 있다고요. 빨리 가 보셔야 해요, 아빠. 가엾게도 그 가족은 지금 추위에 떨고 있어요."

63

비와 추위. 따뜻한 곳에 있고 싶다는 갈망! 여기에 재미를 더해 줄 수 있는 것은 파로타 빵, 팔 카레*, 닭고기 케밥, 그리고 이 모든 음식을 목구멍으로 넘기는 것, 거의 느껴지지 않을 정도로 살짝 취하는 것…….

그것과 함께 보석 같은 아미나, 10년의 결혼 생활 동안 그에게 자식을 일곱이나 낳아 준 아내, 그녀의 몸, 마늘과 생강과 마살라** 냄새가 나는 그녀의 사리, 아직 막내에게 젖을 먹이고 있었기 때문에 풍만하게 부풀어 오른 그녀의 둥근 젖가슴…….

카데르 씨의 상상이 절정에 이르렀을 즈음 아미나가 문간에 나타났다. 그녀는 양념이 잔뜩 묻은 손을 옷자락으로 훔치고, 막 싸움을 시작하려는 수탉처럼 고개를 갸웃하고는 작은 소리로 기침을 했다. 카데르 씨는 아내를 쳐다보았다.

"난 이제 완전히 넌더리가 났어. 골백번을 말해도 당신은 내 말을 귀담아듣지 않으니까. 다른 여자들은 지금 내 나이에 결혼하지도 않아. 하지만 난 벌써 할망구가 되어 버렸어." 아미나가 투덜거렸다.

"이번엔 또 무슨 일이야?"

"무슨 일이 일어날까? 내 등골이 부러지겠지. 아이들, 집안일, 삼사라…… 나한테 잠시라도 자유 시간이 있어? 연넌생으로 아이를 낳으면 나는 어떻게 될까? 당신은 내가 적

* 칠리를 잔뜩 넣은 카레로, 세계에서 가장 매운 요리로 꼽힌다.
** 인도에서 조미료로 사용하는 혼합 향신료.

어도 아이들한테 엄마 노릇을 할 수 있을 만큼은 오래 살기를 바라지 않아?”

“왜 지금 그런 이야기를 하는 거야? 나는 지금까지 당신에게 부족함이 없게 해 주었잖아? 당신이 요구하는 게 무엇이든, 그런 일은 절대 일어나지 않을 거야. 그건 똑똑히 알아 둬. 나는 무타왈리야. 내가 마누라한테 수술받게 한 걸 사람들이 알게 되면, 나는 그들에게 책임을 져야 할 거야.”

아무 일도 없었다면 대화가 계속 이어졌겠지만, 그때 현관 근처에서 소리가 났다. 아미나는 얼른 안으로 들어갔다.

“앗살라무 알라이쿰, 무타왈리님.”

“와 알라이쿰 앗살람.* 이봐 야쿠브, 이제야 왔군. 하지만 그 여자는 이미 오래전에 와서 지금까지 기다리고 있었어. 내가 결정을 내려야 하나 말아야 하나?”

“위원장님은 여기 계시잖아요. 그 여자가 위원장님보다 법률을 더 잘 압니까? 모든 게 위원장님 결정에 따라 일어나게 하세요. 위원장님이 지금 음식을 드실 수 있다면……”

야쿠브의 목소리가 점점 작아졌다.

“음식이라…… 식사는 나중에 할 테니 관두게.” 카데르 씨가 말했다.

“그럴 수는 없지요. 우선 음식을 드셔야 합니다. 오토릭샤**를 가져왔어요. 일단 식사를 끝내시고, 이야기는 그 뒤에 해도 됩니다.”

<hr>

* ‘앗살라무 알라이쿰’에 대한 답인사로, ‘당신에게도 평화가 있기를’이라는 뜻.
** 인도의 대표적인 교통수단으로, 오토바이를 개조해서 만든 삼륜 전동차.

"오호호, 어떤 음식인데? 아니, 그건 중요하지 않아. 일단 무타왈리가 되면 그걸로 끝이야. 집과 가족에 대해서는 잊어버려야 해. 한밤중에 누군가가 찾아와서 불러내도, 나는 그 사람을 도와주러 가야 한다니까. 그래, 하고픈 이야기가 뭔가?" 그는 투덜거렸다.

"아니, 저를 오해하진 마세요. 율법에는 한 여자하고만 결혼하지 말고 네 여자와 결혼하라고 나와 있잖습니까. 그런데 여자들은 자신의 명예와 품위를 포기하면서까지 모스크에 와야 할까요? 저는 1년이 아니라 10년을 기다렸습니다. 그 여자가 아들을 하나라도 낳았나요? 게다가 그 여자가 생각도 없이 아무 말이나 지껄이는 꼴이라니! 무타왈리님, 그게 훌륭한 가문에서 태어난 여자의 징표인가요? 그래서 저는 다른 여자랑 결혼한 겁니다. 그래서 어쨌다는 거죠? 제가 결혼하지 말았어야 했나요? 저는 그러고 싶을 때마다 매번 그 여자를 찾아갔잖아요? 요전 날 오토릭샤를 몰고 가다가 길에서 하시나를 보았어요. 그 애를 집 근처까지 태워다 주고 10루피를 손에 쥐여 주었죠. 우리는 사람이 아닌가요? 여자로서 아내가 이만한 일에도 순응하지 못한다면……." 야쿠브가 말했다.

아미나는 문 뒤에서 그들의 대화를 듣고 있다가 진심으로 그를 저주했다.

"아니, 저놈 봐! 잘 보이려고 아부를 하고 있어. 자신을 위해서라면 신도 거리낌 없이 넘어뜨릴 거야. '쿠란'을 들먹이고 '하디스'*를 인용하겠지. 하지만 그 가엾은 여자한테 음식을 주라는 말을 들으면 이런저런 핑계를 대느라 바쁘겠지. 알라여, 언제쯤이면 저놈에게 조금이라도 분별을 주실 건가요?” 아미나는 조용히 문 뒤에서 나와 안으로 들어갔다.

“좋아, 그 일은 일단 보류하세. 자네는 한번 말을 시작하면 끝이 없으니까 말이야.” 카데르 씨는 코트를 걸치면서 말했다. 그가 샌들을 신고 길거리로 나서자 야쿠브가 말했다.

“저랑 같이 프린세스 호텔로 가시죠. 그곳 패밀리룸은 마을 사람들도 엿보지 않을 겁니다.”

“누군가가 우리를 보면 안 되니까, 그보다 더 좋은 곳으로 가세. 쓸데없는 골칫거리가 생기면 곤란해. 누군가가 따지면 뭐라고 대답하지? 사람들이 어떻게 나올지는 자네도 알잖나. 이 비, 이 추위! 어이, 아미나, 나 나갔다 올게. 오늘은 늦게 돌아올 거니까 문단속 잘해.” 카데르 씨가 말했다.

안에서는 대답 대신, 그릇을 탁 내려놓는 소리와 아미나의 투덜거리는 소리가 들려왔다.

“무타왈리? 그래, 행색은 그럴싸해. 하지만 도대체 어떤 족속이지? 무타왈리가 된 뒤, 하루에 다섯 번 제대로 기도를 드린 적이 있어? 극장에 가는 걸 그만두기라도 했어? 좋아, 그런 건 다 눈감아 준다 쳐도, 최소한 악마의 오줌**을 마시는 건 그만두었냐고. 무타왈리라는 자리가 지옥의 불구덩이에 떨어져 불타 버려라!”

---

◆　이슬람에서 무함마드의 언행을 담은 전승록. 무함마드의 제자들이 무함마드에게 궁금한 점을 묻고 답하는 문답집 형식으로 되어 있다.
◆◆　이슬람에서는 술과 도박을 '악마의 짓'으로 여겨 엄격하게 금지하고 있다.

그들은 그녀의 투덜거림을 듣지 않았다. 야쿠브의 오토릭샤가 무타왈리를 태우고 달려가는 요란한 소리가 아미나의 귀에까지 들려왔다. 아슈라프는 이 추운 날씨에 쥐 죽은 듯 조용한 모스크의 적막 속에 유령처럼 앉아 있는 불행한 여자였다.

"가엾어라! 그 여자가 도대체 무슨 잘못을 저질렀지? 딸 셋을 연달아 낳은 게 그 여자 잘못이야? 애 낳는 게 로티를 찍어 내듯 마음대로 할 수 있는 일이야?" 아미나는 가슴이 쓰라렸다.

아미나는 뒷마당으로 가서, 모스크를 둘러싸고 있는 높은 담장으로 가려고 남쪽으로 돌아섰다. 그녀는 모스크 담벼락에 바싹 붙여서 커다란 돌 몇 개를 갖다 놓았다. 시간이 날 때 그 돌을 딛고 올라서면 모스크에서 행해지는 설교를 편리하게 들을 수 있고, 모스크 안에 있는 물탱크에서 물동이에 받은 물을 담장 너머로 건네받기에도 편리했기 때문이다.

아미나는 사리 자락을 머리에 뒤집어쓰고 돌 위에 올라서서, 얼굴을 살짝 가리고 모스크 경내를 엿보았다. 밤 기도를 끝낸 사람들이 넓은 모스크 경내의 정문으로 걸어 나오고 있었다. 그녀는 앞으로 몸을 숙였다. 모스크 북쪽에 지어진 기도당 앞에 아슈라프가 몸을 웅크리고 앉아 있었다. 그녀의 머리는 사리 자락에 덮여 있었지만, 누더기가 된 사리는 품에 안은 아기를 감싸고 있었다. 하시나는 차가운 마룻바닥 위에 다리를 쭉 뻗고 엄마 곁에 앉아 있었다. 이제 세 살이 된 하비바는 마룻바닥과 엄마 무릎에 엉덩이를 한쪽씩 걸치고 앉아서, 어떻게든 몸을 따뜻하게 하려고 애쓰고 있었다.

기도를 하러 왔던 사람들은 모두 그녀 쪽으로 의심스러운 눈길을 던지고는 한 사람씩 차례로 떠나갔다. 한 남자의 집에서는 비리야니 냄새가 풍겨 왔고, 다른 사람의 집에서는 생선 카레 냄새가 풍겨 오고 있었다. 신혼부부의 집에서는 아내가 남편을 기다리고 있었다. 또 다른 남자의 집에서는 아들이 방금 걸음마를 배워서 아장아장 걸어가고 있었다. 이렇게 그들은 저마다 집에서 기다리고 있는 행복을 기대하거나 끝없는 걱정과 고통에서 해방되기를 바라며 서둘러 모스크를 떠났다.

아슈라프는 여전히 그 자리에 앉아 있었다. 지난 이틀 동안 가차 없이 불어닥친 먼지 폭풍은 그녀의 뱃속에서 타고 있는 불을 식혀 주지 못했다. 그녀의 뼛속까지 스며든 추위도 그녀의 기력을 줄이지 못했다. 날카로운 발톱으로 그녀의 위장을 괴롭히고 있는 허기도 그녀를 약하게 하지 못했다. 그녀는 알라의 집 입구를 막고 있는 육중한 문을 쾅쾅 두드리고 있었다. 그녀 자신을 위해서가 아니라(그녀는 개와 마찬가지로 어떻게든 배를 채울 수 있었다), 자기 아이들을 위해 정의를 호소하기 위해서였다. 그녀는 아이들이 자신의 삶을 살 권리를 누릴 수 있도록 싸울 준비가 되어 있었다. 그녀는 제 잘못도 아닌 일로 왜 자신이 벌을 받고 있는지 묻기 위해 혼자 일어섰다. 하지만 알라의 집은 여전히 그녀에게 문을 열어 주지 않았다. 그녀 곁에 앉아 있는 아이들의 창백한 얼굴을 보고 그녀는 결심을 더욱 다잡았다. 아무리 소리쳐도 들어주는 사람이 없자, 그녀는 한바탕 소란을 피워 호소하기로 마음먹은 것이다.

그녀의 품에서 자고 있던 아기가 몸을 움찔했다. 아슈라프는 뻣뻣하게 굳은 다리를 조금 펴려고 애쓰면서, 머리를 덮고 있는 사리 자락을 벌려 아기 얼굴을 들여다보았다. 병 때문에 아기의 얼굴은 생기를 잃었고, 희미한 불빛 속에서 얼굴은 훨씬 더 핼쑥해 보였다. 아기의 코는 막혀 있었다. 숨결에 따라 아기의 가슴이 올라가면서 부풀자, 흉곽 밑에 움푹 함몰된 곳이 두 군데 보였다. 눈은 감겨 있었다. 아기의 속눈썹에 눈물이 말라붙어 있었다. 아기의 몸은 펄펄 끓고 있었다. 아슈라프는 아기를 뚫어지게 바라보았다.

그녀의 아기 무니. 아슈라프의 근심이 절정에 다다른 것은 무니가 태어난 뒤였다. 맏딸과 둘째 딸이 태어났을 때 야쿠브는 실망했지만, 그래도 집에 머물러 살았다. 아슈라프는 야쿠브가 집에 가져온 수입에서 돈을 조금 저축하여 금 장신구를 장만했다. 그뿐만 아니라 손가락 두 개 굵기의 은 발찌도 샀다. 그녀는 발에 발찌를 차고 찰랑찰랑 소리를 내면서 돌아다니는 것을 즐겼다. 세 번째에도 딸이 태어나자 야쿠브는 사라졌다. 병원 쪽은 쳐다보지도 않았다. 집에 발을 들여놓지도 않았다. 대신 그는 어머니와 함께 살러 갔다.

아슈라프는 살아남기 위해 호박잎을 끓여 먹었다. 가루 차를 사나흘 동안 여러 번 우려서 마셨고, 그 묽은 차로 목숨을 부지했다. 그녀는 또한 남편을 달래서 집으로 데려오기 위해 온갖 방법을 시도했다. 한번은 아기를 업고 시장에 가서 오토릭샤 대기소에 있는 야쿠브의 발치에 무릎을 꿇고 울면서 자비를 베풀어 달라고 간청했다. "알라가 당신을 파멸시킬 거야." 하고 저주를 퍼붓기도 했다. 하지만 다 소용이 없었다.

다른 어떤 방법도 찾아낼 수 없자 그녀는 줄레카 부인네 집에 가정부로 나가기 시작했다. 집안일쯤은 그녀에게 아무것도 아니었다. 하지만 그 집에서 그녀는 할 일이 있든 없든 상관없이 아침부터 밤까지 있어야 했다. 줄레카 부인의 남편은 어떤 사무실에서 일했다. 그들에게는 자식이 둘 있었는데, 둘 다 대학에 다니고 있었다. 줄레카 부인은 온종일 이런저런 책을 읽었다.

한번은 그녀가 책에서 눈을 들고 아슈라프에게 물었다.

"자네 남편은 무슨 일을 해?"

"오토릭샤를 몰아요, 마님."

"그러면 살림을 꾸려 나갈 만한 돈은 충분히 벌고 있을 텐데. 안 그래?"

"전에는 충분했죠." 그녀는 경멸하는 투로 대답했다.

그녀의 마음은 온통 맏딸 하시나에게 맡겨 두고 온 아기 무니에게 가 있었다. 젖이 줄줄 새어서 블라우스 앞자락이 흠뻑 젖어 있었다. '아기가 배고플 텐데⋯⋯.' 그녀는 아기를 생각하며 눈물을 흘렸다.

"그런데 왜 여기 일하러 오는 거야?"

아슈라프의 사연을 듣고 줄레카 부인은 깜짝 놀랐다. 요즘 같은 시대에도 이런 사람들이 있다니 놀랍다고 그녀는 생각했다.

"딸이 태어나면 그건 선지자께서 직접 그 집에 인사를 내렸다는 뜻이야. 그걸 알아, 아슈라프?"

"그만두세요, 마님. 선지자의 인사가 저처럼 가난한 여자 집에 몇 번씩 내려올 리 있겠어요?"

"무슨 소리야? 선지자께서는 딸만 낳았어. 아들도 태어나긴 했지만 어릴 때 죽었지. 선지자 그분이 딸들을 얼마나 사랑했는지, 그 이야기를 읽어 본 적 없어? 거기에 대해 배운 적 없어? 비비 파티마•는 선지자께서 목숨처럼 아낀 딸이었어. 선지자와 파티마는 아버지와 딸 사이에 존재할 수 있는 유대를 보여 주는 살아 있는 증거야." 줄레카 부인이 말했다.

아슈라프는 한마디도 이해하지 못했다. 무니에 대한 걱정이 아직도 그녀의 마음속을 맴돌고 있었다. 마침내 줄레카 부인이 말했다.

"이건 절대적으로 부당해. 모스크에 탄원서를 제출하는 건 어때?"

"어머나!" 아슈라프는 펄쩍 뛰어올랐다. "제가 왜 그 생각을 못 했을까요?" 그녀는 외쳤다. "마님, 제발 저를 위해 탄원서를 써 주세요."

아슈라프는 탄원서를 들고 무타왈리의 집을 네댓 번이나 찾아갔지만 그를 만날 수 없었다. 그러던 어느 날 집에서 나오는 무타왈리를 보고 달려가서, 그의 손에 탄원서를 쥐여 주었다. 그는 멍한 얼굴로 탄원서를 코트 주머니에 쑤셔 넣고 가 버렸다.

---

• 무함마드의 막내딸이자 제4대 칼리프인 알리 이븐 아비 탈리브의 아내. '비비'는 남아시아에서 여성에 대한 존칭.

그날 아침 길거리의 공중 수도에서 물이 공급되었다. 빗자루를 들고 집 앞 도로를 반쯤 쓸고 있던 하니파 아줌마는 두꺼운 벽처럼 뚱뚱한 라피야 뒤로 재빨리 몸을 숨겼다. 수도꼭지 밑에 물동이를 놓으러 온 라피야는 하니파가 '쉿' 소리를 내며 조용히 하라는 신호를 보내자, 물동이가 손에서 미끄러지는 것도 아랑곳하지 않고 집 안으로 뛰어 들어갔다. 동네에서 다양한 허드렛일을 하고 있던 여자들이 죄다 시야에서 사라졌다. 동네 여인네들이 보이는 존경에 기분이 좋아진 무타왈리는 혹시라도 그를 두려워하지 않고 허드렛일을 계속하고 있는 여자가 없는지 곁눈질로 확인하고는 한껏 근엄한 얼굴로 걸음을 옮겼다.

보름이 지나도 무타왈리가 부르지 않자 아슈라프는 다시 그의 집을 찾아갔다. 여느 때처럼 그는 집에 없었다. 그녀가 문간에 앉아서 기다리고 있을 때 아미나가 그녀에게 물었다.

"불임수술을 받은 여자는 천국에 못 갈 거라고 하던데, 그게 정말이야, 아슈라프?"

"그게 무엇이든, 전 몰라요. 줄레카 마님께 여쭤 보세요. 줄레카 마님은 날마다 아주아주 두꺼운 책을 읽고 계시거든요."

아미나는 아슈라프에게 바싹 다가가서 비밀이라도 털어놓는 것처럼 속삭였다.

"그럼 마님한테 물어보고, 다음에 여기 올 때 나한테 말해 줄래?"

"좋아요. 줄레카 마님은 그 밖에도 여러 가지 일에 대해 말씀하세요. 하지만 저는 바보 멍청이여서, 그걸 다 이해할 수 있을지 모르겠네요.”

아슈라프가 말을 끝내기도 전에 카데르 씨가 안으로 들어왔다. 그는 성난 얼굴로 씩씩거리고 있었다.

“당신이 준 탄원서를 어딘가에 두고 잃어버렸어. 원한다면 탄원서를 다시 써서 가져와.” 그는 그렇게 말하고는 자기 방으로 들어가 버렸다.

원한다면? 아니야. 난 원하지 않아. 나한테는 필요 없어. 내 남편도 필요 없어. 하지만 내 아이들은 음식이 필요해…….

아슈라프는 산더미처럼 많은 문제를 안고 있었지만, 그 와중에도 무니는 영양 상태가 좋은 아이였다. 하지만 그런 무니도 살이 빠지기 시작했고 허약해졌다. 팔다리는 막대기 같았고 배는 부풀어 올라 있었다. 코에서는 항상 콧물이 흘러내렸다. 온 세상을 다 먹을 수 있을 만큼 허기에 가득 찬 무니는 밤낮으로 울어 댔지만, 그래도 아슈라프는 무니를 무거운 짐으로 여기지 않았다. 아슈라프는 맏딸과 둘째 딸에게 준 것보다 더 많은 사랑과 음식을 무니에게 주었다. 하지만 무니에게 긴급히 필요한 것은 약이었다. 약을 살 돈을 어디서 구할 수 있지? 주사, 알약, 강장제, 날마다 들어가는 진료비, 게다가 의사를 만나기 위해 차례를 기다려야 하는 것까지. 겨우 약값을 구해서 이따금 무니에게 알약을 먹였지만 소용이 없었고, 무니의 병을 더욱 악화시킬 뿐이었다.

줄레카 부인에게 부탁하여 다시 탄원서를 쓰고 무타왈리를 만나러 그의 집에 네댓 번 찾아갔을 즈음, 그녀는 마음

속에서 타고 있던 불에 물을 끼얹는 소문을 들었다. '야쿠브
는 지금 읍내에 없고, 다른 곳으로 이사했다'는 소문이었다.
그는 남자잖아? 그가 거기에 있든 없든, 책임을 지고 있든
내팽개치든, 누가 그걸 따져 묻겠는가? 그는 누구에게 답해
야 하는가? 결국 그는 랑고티 야르,* 그러니까 남자다. 모두
의 가장 친한 친구인 남자 말이다. 그의 과거는 공공연히 드
러나 춤을 추지 않는다. 현재는 그에게 조금도 영향을 주지
않는다. 미래는 그를 움직이지 못하며, 수수께끼도 아니다.
그는 부끄러움 때문에 어둠 속에 숨어 있지 않아도 된다. 그
가 누구에게 속해 있는지 말하지 않아도 된다. 용서를 구하
지 않아도 된다. 그가 하는 일은 아무것도 잘못이 아니니까,
용서를 받으려고 애쓸 필요가 전혀 없다.

　　아슈라프는 마음이 너무 아팠다. 그녀의 품에서 녹아
버리듯 서서히 사라져 가고 있는 무니가 그녀의 가슴에 더
가까워졌다. 하지만 모정만으로는 역부족이었다. 당장 치료
와 간호가 필요했다. 생후 6개월 만에 무니는 뼈와 가죽만
남았다.

　　바로 그때, 물에 빠진 사람이 붙잡은 지푸라기처럼 야
쿠브가 돌아왔다는 소문이 들렸다. 아슈라프는 오토릭샤 대
기소로 달려갔지만, 야쿠브는 그녀를 보자마자 사라져 버렸
다. 다음에는 그녀가 좀 더 영리하게 굴었다. 야쿠브의 오토
릭샤 뒤에서 나와 아이들과 함께 그 오토릭샤에 올라탄 것

---


◆　아이들이 허리에 랑고티(천으로 된 샅바)만 두르고 놀던 어린 시절부터 가
　　까이 지낸 벗을 이르는 말로, 우리말의 '불알친구'와 같은 뜻이다.

이다. 그도 어쩔 수 없었는지, 아무 말도 않고 달리기 시작했다. 그녀의 오두막에 이르자 그는 오토릭샤를 멈추고 말했다. "딸들을 데리고 불쑥 나타나서 개처럼 쏘다니다니, 조금이라도 품위 있게 행동하는 법을 좀 배워 봐." 그는 침을 탁 뱉고는 아이들을 땅바닥에 내던졌다. 그녀가 당황하여 내리고 있을 때 오토릭샤는 요란한 소리를 내며 멀어져 갔다. 그녀는 눈물을 글썽거리는 아이들을 가슴에 끌어안았다.

다른 길이 보이지 않았기 때문에 그녀는 모스크 위원회와 무타왈리에게 수십 통의 탄원서를 보냈다. 야쿠브가 최소한 아이의 치료비로 푼돈이라도 지불하게 해 달라고 그들에게 간청했다. 그녀가 받은 답변은 나중에 다시 와라, 다른 날 와라, 이젠 꺼져라—라는 것뿐이었다. 이런 와중에 또 다른 소문이 날개와 깃털까지 갖추고 날아왔다. "야쿠브가 또 결혼할 거래. 오토릭샤를 물려받아서 몰 수 있는 아들을 원하는 모양이야." 아슈라프의 세계에서 그나마 남아 있던 것까지 그녀의 눈앞에서 모두 와르르 무너져 내렸다. 그녀는 밤새도록 울었고, 이튿날 다시 무타왈리의 집에 가서 문간에 앉아 있었다. 무타왈리는 아침 9시쯤 하품을 하면서 나오다가 그녀를 보고는 물었다.

"뭐야?" 그의 얼굴에는 짜증스럽고 귀찮은 기색이 역력했다.

아슈라프는 자신의 불만 사항을 자세히 설명했다. 무타왈리는 기침을 하고 요란한 소리를 내며 침을 뱉었다.

"당신 남편이 무슨 못 할 일이라도 했어? 마누라를 하나 더 얻었을 뿐이잖아. 안 그래? 다른 여자와 눈이 맞아서 달아난 것도 아니잖아. 그렇지? 그냥 남편이 하는 대로 내 버려둬. '샤리아'*에 남자는 네 여자랑 결혼할 수 있다고 나와 있는 건 당신도 알겠지? 그런데 왜 그걸 질투해? 여자들은 다 이 모양이야. 그저 질투할 줄밖에 모른다니까." 그는 아미나를 곁눈질하면서 말했다.

아미나는 막내에게 젖을 물리면서 '빌어먹을 남자들 같으니라고' 하고 생각했지만, 심장이 바늘로 찔리는 듯한 아픔을 느꼈다. 그녀는 자기도 아슈라프처럼 아이들을 한 줄로 세워 놓고 애걸복걸해야 할 날이 머지않았다는 것을 깨달았다.

아슈라프는 힘없는 목소리로 말했다.

"그 사람이 한 번이 아니라 수천 번을 결혼해도 상관없어요. 전 질투하지 않아요. 그 사람이 행복하다면 그걸로 족해요. 그 일로 그이를 괴롭히진 않을 거예요. 하지만 나리, 이 아이는 지금 죽어 가고 있답니다. 최소한 약만이라도……."

카데르 씨는 그녀의 말을 자르고 꾸짖었다.

"바보 같은 소리는 그만둬. 죽음과 삶, 우리의 생사는 오로지 알라의 손에 달려 있어. 어떤 사람들은 바위가 머리에 떨어져 박살이 나도 안 죽어. 그건 알라께서 그들이 살기를 바라시기 때문이지. 그와 마찬가지로, 이 아이가 사는 게 알라의 뜻이라면 아이는 살 거야. 그렇지 않다면 아이는 죽겠지. 왜 그런 일로 야쿠브를 귀찮게 구나?"

아슈라프는 이런 물음 앞에서 할 말을 잃었다. 그 말은 사실이었다! 그녀는 무슨 일이 일어나도 그것은 신의 뜻이라고 생각하면서 자신을 달래려고 애썼다. 하지만 아이는 쉴 새 없이 설사를 했고, 그런 아이를 보고 있으면 모든 짐을 알라께 떠넘기고 가만히 앉아 있을 수만은 없었다. 그녀가 부탁할 수 있는 사람이 또 누가 있단 말인가? 야쿠브는 다시 결혼해서 새 마누라의 마을로 가 버렸다.

다음에 아슈라프가 야쿠브를 보았을 때, 그의 손톱에는 헤나 문신이 있었다. 왼쪽 손목에 찬 시계는 반짝반짝 빛나고 있었다. 새 구두를 신고 유행에 따라 멋지게 머리를 빗고 오토릭샤 옆에 서 있는 그는 낯선 사람처럼 보였다. 오로지 자신에게만 마음이 사로잡힌 그는 아슈라프가 무슨 거지라도 되는 것처럼 그녀의 손에 10루피짜리 지폐 한 장을 밀어 넣고는 사라져 버렸다.

아슈라프는 돌처럼 굳어 버렸다. 하지만 무니의 생사 문제가 달려 있는 이상, 그녀는 계속 단호하게 행동해야 했다. 줄레카 부인은 책에서 고개를 들고 말했다.

"남자가 네 명의 아내와 결혼하려면 합당한 이유가 있어야 해. 만약 전시라면, 그래서 많은 남자가 전쟁터에서 죽어 나가고 있다면 남자는 한 번 이상 결혼할 수 있지. 아내가 불치병으로 오랫동안 고통받고 있다면, 또는 아내가 아이를 낳지 못하면 남자는 다시 결혼할 수 있어. 그 밖에 남자가 한 아내한테서 만족을 얻지 못하면……." 그녀는 말을 끝내지 못했다.

아슈라프가 갑자기 울분을 터뜨렸다.

"저는 어떤 범주에도 들어가지 않아요. 제가 아이를 낳지 못했나요? 남편이 저를 떠난 건 남편 잘못이잖아요? 남편이 저와 아이들을 궁핍하게 만든 것도 남편 잘못이잖아요?"

"샤리아에 따르면, 남자는 다시 결혼해도 두 아내를 조금이라도 차별하면 안 되고, 둘을 똑같이 대우해야 돼."

"그렇다면…… 어떻게요?"

"남편이 자네한테 집을 지어 주면 다른 아내에게도 비슷한 집을 지어 줘야 한다는 뜻이야. 자네한테 사리 한 벌을 사 주면 그 여자한테도 사 줘야 돼. 하룻밤을 자네와 함께 보내면 그 여자와도 하룻밤을 보내야 돼."

아슈라프의 눈에서 눈물이 넘쳐흘렀다.

"그런 건 바라지도 않아요. 남편이 제 아이를 위해 조금만 돈을 써서 아이의 목숨을 구해 주기만 한다면, 전 다시는 남편 쪽을 쳐다보지도 않을 거예요. 하지만 그래도 그 사람이 하고 있는 일은 잘못이죠? 안 그래요, 마님?"

"물론이지. 백 퍼센트 그 사람 잘못이야."

"그렇다면 왜 무타왈리 나리는 그렇게 말하지 않죠?"

"그게 바로 가장 큰 문제야. 많은 공동체에서 무타왈리들은 법률 자체를 몰라. 둘째로 그들은 법을 집행할 권한이 없어. 세 번째로, 아무도 무타왈리의 말을 귀담아듣지 않아. 그리고 사람들은 법률 중에서 제 입맛에 맞는 부분만 받아들이지. 이 샤리아 법이 머무는 곳은 결국 자네처럼 가난한 여자들이나 무니 같은 아이들의 품속인 거야."

"이런 걸 고칠 약은 없나요, 마님?"

"있지. 왜 없겠어? 왜 학자들은 여자들이 누릴 수 있는 권리에 대해 여자들한테 말해 주지 않을까? 그건 학자들도 여자를 억압하는 것만 바라기 때문이야. 전 세계는 지금 모든 사람이 여자와 여자아이들을 위해 뭔가를 해야 한다고 말하는 단계에 와 있어. 하지만 이들은 쿠란과 하디스를 이어받았어. 적어도 쿠란과 하디스의 구절대로 행동하게 해야 돼. 여자아이들도 교육을 받게 해야 돼. 마드라사에서 쿠란만 가르칠 게 아니라, 고등학교와 대학에서도 여자아이들을 가르치게 해야 돼. 여자들에게 남편을 선택할 권리도 줘야 돼. 고자 같은 놈들이 지참금을 받아서 시대착오적인 악습의 잔재를 핥아먹는 대신 여자들에게 더 많이 주고 결혼하게 해야 돼. 여자의 친정이 결혼한 딸에게도 재산을 나누어 주게 해야 돼. 남편과 아내가 서로 화합하지 못하면 여자는 이혼할 권리가 있고, 남자들은 그 권리를 존중해야 돼. 여자가 이혼하면, 누군가가 나서서 그 여자와 다시 결혼하게 해야 돼. 여자가 과부가 되면, 평생을 함께할 반려자를 다시 구할 수 있게 해야 돼."

"마님, 도대체 무슨 말씀을 하시는 거예요?" 아슈라프는 아무래도 줄레카 부인이 미친 것 같다고 생각했다.

"내 말이 옳아, 아슈라프. 이 모든 권리는 이슬람에서 여자들이 누릴 수 있는 권리야. 여자도 학교에 다닐 수 있고, 시장에 물건을 사러 갈 수 있고, 일하러 갈 수 있어. 집 밖에서 사회생활을 할 수 있어. 하지만 몸과 아름다움을 드러내면 안 된다는 조항도 있지……." 줄레카 부인은 열변을 토하기 시작했다.

아슈라프는 실망하여 고개를 끄덕였다. 그녀는 어떤 권리도 바라지 않았다.

"그럼 저는 우리 아기 무니에 대해 뭘 요구할 수 있죠?"

"뭘 요구할 수 있냐고? 우선 먹고 입는 데 필요한 비용, 아이들을 키우는 양육비, 살 집, 그리고 하루 걸러 한 번씩 남편과 밤을 보내는 것. 자네는 이 모든 것을 요구할 권리가 있어. 남편은 자네한테 이걸 다 줘야 해. 그러지 않으면 사람들 앞에서 남편 멱살을 잡고 당당하게 요구해. 자네가 신었던 슬리퍼를 벗어 들고, 그걸로 그 빌어먹을 무타왈리를 때리면서 강력하게 주장해. 애걸복걸하지 마. 정의를 요구해. 누가 공정한 대우를 받는지 알아? 그걸 요구하는 사람만 받아. 자네 같은 사람들은 요구하지 않으면 절대로 받지 못할 거야. 모스크에 청원하고, '판차야트'*를 소집해서 나를 불러. 그러면 내가 나가서 자네 남편과 무타왈리에게 샤리아가 무엇인지, 정의가 무엇인지 말해 주겠어. 힘없는 여자 앞에서 자기들이 원하는 대로 쿠란과 하디스를 왜곡하는 것은 정의가 아니야."

아슈라프는 너무 두려워서, 손과 발이 차가워지는 것을 느꼈다. 자기가 먹고사는 것만 문제였다면 이런 분란을 일으킬 필요는 전혀 없었다.

"알라께서 생명을 주셨다면 적어도 먹을 풀은 주시겠지. 나 혼자라면 이런 식으로 생각하면서 조용히 지낼 수도

---

◆　인도의 촌락공동체에서 5인(판차)의 장로로 구성된 협의체. 개인 또는 마을 간의 다툼을 조정한다.

있겠지만, 이 아기 무니는······."

아슈라프는 결심을 굳히고, 정의를 베풀어 달라고 간청하는 대신 그것을 자기 힘으로 쟁취할 준비를 했다. 무니가 품 안에서 꿈틀거렸다. 아기의 숨소리가 부자연스럽게 들렸다. 아기의 이마에 땀방울이 맺혀 있었다. 무니의 목은 흠뻑 젖어 있었다. 아슈라프는 아기의 목과 겨드랑이를 사리 자락으로 닦아 주었다. 아기의 몸을 만져 본 그녀는 열이 내리고 있는 것을 알고 그 고통스러운 상황에서도 안도감을 느꼈다. 좀 전에 하시나는 배가 고프다면서 울고 있었다. 그 희미한 불빛 속에서 하시나를 찾으려고 고개를 돌렸을 때 아슈라프는 심장이 거의 멎을 뻔했다. 마룻바닥에서 자다가 추위를 견디지 못한 하시나가 관을 올려놓는 상여 밑에 깔린 돗자리 아래로 기어 들어가 돗자리의 절반으로 몸을 감싸고 있었기 때문이다. 하비바는 가까운 마룻바닥 위에 웅크리고 누워 있었다.

모스크의 베란다에서 새어 나오는 초록 불빛은 평온했다. 폭우 때문에 선선한 산들바람이 불어왔고, 주위에 사람은 아무도 없었다. 아슈라프는 모스크의 성스러운 분위기 속에서도 야릇한 공포를 느꼈다. 지금이 몇 시인지 알 수가 없었다. 바깥세상의 업무는 끝난 게 분명하다고 생각하면서 그녀는 두려움에 떨었다. 아침부터 저녁까지 모든 무슬림이 계속해서 '비스밀라 이르라흐만 이르라힘'*을 영창했다. 가장 은혜롭고 가장 자비로운 알라의 마음까지도 움직일 상황이 여기 있었다. 하지만 적어도 무니는 어느 정도는 몸을 따뜻하게 유지할 수 있었다. 다른 두 아이는 몸을 완전히 가릴

옷조차 입고 있지 않았다. 갑자기 천 개의 가위가 한꺼번에 날아와 그녀의 배를 꿰뚫었다. 그녀의 입에서 깊은 한숨이 새어 나왔다. 그녀는 진심으로 외쳤다. "오오, 알라여!" 알라는 응답하지 않았다. 한때는 따뜻하고 조용했던 그녀의 배가 지금은 차갑게 느껴졌다. 마치 눈덩이가 뱃속에서 굴러다니고 있는 듯했다. 피가 차가워져서, 와들와들 떨지도 못하는 혈관은 얼음으로 변해 버렸다. 아슈라프는 누군가가 그녀를 부르고 있다는 것도 알아차리지 못했다. 마침내 아슈라프는 멀리서 그녀를 부르는 아미나의 목소리를 들었다.

아미나는 손에 접시를 들고 모스크의 담벼락 너머에 서 있었다. 그녀는 이렇게 외치고 있었다. "아슈라프, 이거 받아. 로티를 좀 가져왔어. 이리 와. 어서…… 이거라도 먹어……." 아슈라프는 아주 천천히 현실로 돌아왔다. 비는 계속 내리고 있었다. 마치 그것이 이 잔인한 세상의 법칙이라도 되는 것 같았다. 담장 너머, 저 멀리, 로티…… 엄청난 힘이 그녀의 몸을 가득 채웠다. 그녀는 무니를 가슴에 안고 일어섰다. 바로 그때—

모스크 정문이 삐걱거리며 열렸다. 행복의 절정에 있는 것처럼 보이는 무타왈리 카데르 씨가 야쿠브와 함께 들어오고 있었다. 무타왈리는 배를 두드리며 낮게 트림을 했다. 그

◆ 아랍어로 '가장 은혜롭고 가장 자비로운 알라의 이름으로'라는 뜻의 이슬람 구절. 무슬림은 무언가를 시작할 때(예를 들면 식사를 하거나 글을 쓰거나 중요한 일에 착수할 때) 이 구절을 읊는다.

는 '퉤!' 소리를 내며 침을 뱉었다. 그의 입술은 '빤'*을 씹어서 붉게 물들어 있었다. 그는 모스크 계단 꼭대기까지 천천히 걸어 올라갔다. 야쿠브도 똑같이 느긋하게 걸어오다가 조금 떨어진 곳에 멈춰 섰다. '세상에, 저년이 아직도 떠나지 않았네!' 하는 표정이 그의 얼굴을 스치고 지나갔다. 로티를 들고 있던 아미나의 손이 천천히 뒤로 미끄러졌다.

모스크를 둘러싸고 있는 집들에서는 이미 저녁 식사를 끝낸 뒤였다. 남자들은 TV를 보고 있거나 잠을 자러 갔다. 여자들은 집안일을 끝낸다는 핑계로 마당 끝으로 가서, 높은 발판 위에 발을 하나 올려놓거나 모스크의 젖은 담벼락 위에 손바닥을 올려놓고는 무슨 일이 일어나고 있는지 지켜보았다.

아슈라프는 그녀의 싸움에 영감을 주는 무니를 가슴에 안고, 천천히 남자들 쪽으로 다가갔다. 무타왈리는 계단 맨 위에 앉아 있었다. 야쿠브는 그의 왼쪽, 한 단 아래에 서 있었다. 아슈라프는 그들의 오른쪽에, 그들보다 서너 단 아래에 멈춰 섰다. 계단의 이 부분 위에는 지붕이 있어서, 그녀가 비 맞는 것을 막아 주었다. 하지만 습기를 잔뜩 머금은 바람 때문에 그녀는 똑바로 서 있기조차 어려웠다. 야쿠브는 황소처럼 그녀를 공격하여 들이받을 준비를 했다. 지붕에서 떨어지는 빗물이 아슈라프의 등을 타고 흘러내려 그녀의 사리 자락에서 뚝뚝 떨어지고 있었다. 세상에! 이 비조차

---

◆ 구장잎에 빈랑 열매와 향신료 따위를 싼 기호식품. 식후에 입가심으로 씹는데, 입안에 붉은 침이 생긴다.

도 남자들은 적시지 않는구나. 비도 남자들에게는 존경심을 가지고 조심스럽게 대하는구나. 그 순간에도 그녀는 놀라고 있었다.

무타왈리 카데르 씨는 입을 열기 전에 망설일 이유가 있었다. 빤을 씹어서 생긴 침이 입안에 가득 고여 있었기 때문이다. 그 성스러운 계단을 침으로 더럽힐 수는 없었다. 그는 멀리 떨어진 담벼락까지 걸어가서 물딱총으로 발사하는 것처럼 침을 뱉어야 했다. 그가 계단에서 막 일어나려 할 때 야쿠브가 마치 불을 뿜는 것처럼 내뱉었다.

"무타왈리님, 이 화냥년이 원하는 게 대체 뭡니까?"

무타왈리 카데르 씨는 갑자기 정신을 바짝 차렸다. 그는 결국 침을 꿀꺽 삼켜 버렸기 때문에 머리가 잠시 어지러 웠지만, 그럼에도 불구하고 그의 분별은 더 기민해졌다. 그는 모스크의 담장을 둘러싸고 있는 어둠 속에서 여자 모양을 한 도마뱀들이 까치발로 서서 지켜보고 있다는 것을 알아차렸다. 그는 아미나라고 불리는 도마뱀이 담벼락에 찰싹 달라붙어서 그를 집어삼킬 듯이 노려보고 있을 거라고 확신했다. 그들을 위해, 힘을 과시하기 위해, 야쿠브가 사 준 밥과 빤과 그 밖의 것들을 그가 목구멍의 한쪽 가장자리로 옮긴 것은 바로 그 때문이었다.

"이봐, 야쿠브. 그런 식으로 말하면 안 돼." 그가 말했다.

하지만 야쿠브는 그 말을 귀담아들을 상태가 아니었다. 이 여자는 내 삶을 지옥으로 만들었어. 발에 달라붙은 똥처럼! 이 여자는 나에게 딸년들을 책임지게 해서 나를 파멸시킨 악마야. 내가 바란 것은 단지 새 마누라 품에서 행복을 찾는 것뿐이었는데, 그리고 아들이 태어나면 그 녀석한테 내 오토릭샤를 물려주는 것뿐이었는데. 이 여자는 나를 괴롭히는 마녀야. 가푸르도, 이드리스도, 나시르도 모두 마누라를 둘씩 거느리고 재미나게 살고 있지만, 그 마누라들 가운데 이런 식으로 말썽을 피우는 여자는 아무도 없어. 그 여자들은 조용히 친정으로 가거나, 아니면 막노동이나 날품팔이를 하고 있지. 그런데 이 고약한 년은 2년 동안이나 나를 괴롭혔을 뿐만 아니라, 지금은 모스크 계단을 올라오기까지 했어.* "저 여자는…… 저년은……." 야쿠브는 추위 속에서도 걷잡을 수 없는 분노에 불타올랐다. "야! 쪼그려 앉아서 오줌 싸는 네년이 이만큼 건방지다면, 서서 오줌 싸는 나는 얼만큼 건방져야 하는 거냐?" 그는 매우 위엄 있는 태도로 소리를 질렀다.

　　아슈라프의 입에서는 한마디도 나오지 않았다. 그녀는 꼼짝도 않게 되었다. 그런 질문에 뭐라고 대답해야 할지는 줄레카 부인도 말해 주지 않았다. 그녀는 그런 질문을 예상조차 하지 못했다. 혼란에 빠진 그녀는 무니를 가슴에 더욱 끌어안았다. 그때쯤 분노로 끓고 있던 야쿠브가 빠른 걸음으로 다가오더니, 남은 힘을 다 끌어모아 있는 힘껏 그녀를 걷어찼다. 아슈라프는 한쪽으로 고꾸라졌다. 넘어지면서도 무니를 보호하려 했지만, 소용없었다. 그녀의 이마가 땅바닥에 부딪치는 순간 무니는 그녀의 두 손에서 날아가 버렸다. 일찍이 어떤 모스크에서도 들어 본 적 없는 애처로운 비

* 인도에는 아직도 무슬림 여성이 모스크에 출입할 수 없는 지역이 많다.

명 소리가 아슈라프의 입에서 터져 나왔다. 그 소리에 두 아이 모두 잠에서 깼고, 상여 안에서 자고 있던 하시나마저 눈을 떴다. 아마 몇 겹의 흙 속으로 녹아들기 전 그 들것에 실려 운구되었던 헤아릴 수 없이 많은 시신들까지도 깨어났을 것이다. 아슈라프는 그 자리에서 기절했다.

무타왈리는 충격에 빠졌다. 그의 취기는 사라졌다. 어둠의 베일을 뚫고, 추위와 비에 공격당하면서, 머리를 가린 채 발에 달라붙은 진흙과 오물을 털어 내고 있는 그 헤아릴 수 없이 많은 여자들은 어디 있었지? 그들은 누구이고 어디서 왔을까. 아미나도 그들 사이에 끼어 있나? 그 여자들 중 몇몇은 아슈라프를 일으켜 세웠고, 다른 여자들은 무니 쪽으로 달려갔다. 무니의 열은 가라앉아 있었다. 숨소리는 더 이상 거칠지 않았다. 고통은 전혀 없었다. 무니는 이 세상의 모든 고통으로부터 해방되었다. 고통으로 가득 찬 무니의 삶은 끝났다. 무니의 몸은 살기로 작정하고 싸웠지만, 지금은 죽음의 검은 차도르 밑으로 미끄러져 들어갔다.

무타왈리 카데르 씨는 움직일 수가 없어서 계속 앉아 있었다. 하니파 아줌마가 아슈라프와 그녀의 아이들을 집으로 데려갔다. 무니의 시신은 모스크에 남았다. 불이 모두 켜졌다. 모스크 뒤꼍에 있는 솥에서는 물이 끓기 시작했다. 자고 있던 남자들은 모두 천천히 일어나 밖으로 나왔다. 포목점 주인인 마틴 씨는 가게 문을 열고 수의로 쓸 붉은 천을 가져왔다. 그들은 무니를 목욕시키고 붉은 천을 시신 위에 덮고 울면서 향료와 향내 나는 붉은 가루를 시신에 바른 다음, 무니를 무슬림 묘지로 옮겼다.

묘지에서 아슈라프는 무니를 껴안고 격하게 울었다. 하지만 마음 한구석 어딘가에는 한 가닥의 조용한 평화가 깃들어 있었다. 이 세상엔 무니가 누릴 수 있는 행복이 전혀 없었어. 그러니까 무니가 이곳에 남아 있어야 할 이유는 전혀 없지. 무니는 이제 고통에서 해방되었고, 나도 고통에서 해방시켜 주었어. 이제 나는 야쿠브를 따라다니며 애걸복걸하지 않아도 돼. 무타왈리를 쫓아다니면서 간청할 필요도 없어. 몰인정한 질문에 대답하지 않아도 돼. 여기 있는 건 나와 두 딸뿐이야. 하지만 그래도 무니는 가여워. 새 옷 한 번 입어 보지 못했고, 인형을 갖고 놀아 보지도 못했어. 태어났을 때부터 주사만 맞고 쓴 알약을 삼켰을 뿐이야. 아슈라프의 마음속에서 모성 본능이 고개를 쳐들었다. 그녀는 또 걷잡을 수 없이 눈물을 흘렸다.

'몽매'라는 이름의 검은 암탉은 새벽에 '각성'이라는 이름의 알을 낳은 뒤, 곡식 부스러기와 나뭇조각을 쪼아 먹으러 어둠 속으로 사라졌다.

무타왈리 카데르 씨는 천천히 걷기 시작했다. 빗자루를 들고 도로를 반쯤 쓸고 있던 하니파 아줌마는 여기저기 널린 흙탕물을 맹렬히 쓸어 냈다. 흙탕물 몇 방울이 무타왈리에게 튀었지만, 그녀는 아랑곳하지 않고 오른손에 쥔 빗자루를 부채처럼 홱 들어 올렸다가 그것으로 자신의 왼쪽 손바닥을 탁탁 두드리고는 빗자루를 노려보면서 내뱉었다.

"네놈에게 알라의 저주가 내리기를. 저건 악마의 화신이 분명해."

수도꼭지 밑에 물동이를 놓으러 온 라피야는 물동이를

내려놓고 돌멩이 하나를 집어 들더니, 그곳에 있지도 않은 개에게 욕을 하면서 흙탕물이 철철 흐르는 가까운 도랑에다 돌멩이를 던졌다.

"개새끼. 쳐죽일 놈의 개새끼!" 그녀는 킬킬거리면서 내뱉었다.

나시마는 짧은 다리로 어슬렁거리는 암탉을 뒤쫓고 있었다. 등에 회색과 흰색이 섞인 넓은 깃털이 나 있고 넓적다리가 통통한 암탉이었다. 나시마는 암탉의 벗과 부리를 움켜잡고, 암탉 위에 올라탄 수탉을 밉살스럽다는 듯이 노려보면서 말했다.

"알라여! 당신의 자비심으로 이 빌어먹을 수탉 놈의 대를 끊어 주소서. 이놈은 부끄러움도 모르고 품위도 전혀 없습니다. 알라를 두려워하지도 않습니다. 이놈아, 무덤 속 벌레들에게 먹이가 되려고 그렇게 뒤룩뒤룩 살을 찌웠냐? 낯짝은 꼭 당나귀처럼 생겼구나. 냉큼 꺼져라!" 그녀는 손가락 관절로 우두둑 소리를 내면서 자기가 키운 수탉을 저주했다.

모퉁이 집에서는 카지 씨의 며느리가 모스크 경내로 들어가는 정문으로 걸어가서 남편이 스쿠터에 올라타는 것을 지켜보며 서 있었다. 그녀는 결혼한 지 벌써 2년이 지났지만, 그동안 현관문까지 나온 적이 없었다. 그녀는 무타왈리 카데르 씨를 보고는 품에 안은 아이에게 물었다.

"애야, 고릴라를 보고 싶니? 저길 보렴. 저게 고릴라란다!" 무타왈리가 그녀를 보려고 고개를 돌리자 그녀는 키득거리며 문을 쾅 닫았다.

　　멀리서 자밀라 아줌마가 누군가를 꾸짖고 있는 것처럼 큰 소리로 말했다.

　　"이제 좋은 일은 너한테 일어나지 않을 거다. 너는 심판의 날 돼지 얼굴을 갖고 태어날 거야. 검은 코브라들이 네 놈 주위에 똬리를 틀고 있기를. 네놈이 죽을 때 네 혓바닥이 '칼리마'*를 기억하지 못하기를." 그녀는 저주를 다이너마이트처럼 주위에 던졌다.

　　아시파는 사리 자락이 머리에서 흘러내리는 것도 개의치 않고 음식 찌꺼기가 가득 든 바구니를 들고 나왔다. 그녀는 쓰레기를 버린 다음, 지독하게 역겨운 거라도 본 것처럼 "퉤퉤" 소리를 내며 목구멍이 말라 버릴 만큼 침을 뱉었다. 그녀의 침은 그에게도 떨어졌을지 모른다.

　　무타왈리 카데르 씨는 그 붉은 천에 싸인 무니의 얼굴을 잊을 수 없었다. 무니의 눈은 감겨 있었지만, 그 아기가 자신을 노려보고 있는 듯한 느낌이 들었다. 사방에서 수많은 목소리가 그를 에워쌌다. 그는 마음이 무거웠고, 다리는 움직이려 하지 않았고, 그가 먹은 비리야니는 한 입 한 입이 모두 쇳덩어리로 변해 뱃속에서 그를 때리고 있는 것처럼 느껴졌다. 그가 마신 모든 것이…… 아미나가 말했듯이, 악마의 오줌처럼 느껴졌다. 그는 그것의 악취에 공격당하는 느낌을 받았다. 그 고약한 냄새 속에 금방이라도 빠져 죽을


* 이슬람의 신앙 고백 문구. 여섯 가지가 있으며, 그 첫 번째 칼리마를 '샤하다'라고 하는데, "알라 외에 신은 없으며, 무함마드는 그의 사도이다"라는 문구이다.

것만 같았다. 뱃속에 거북한 느낌이 감지되었다. 그는 덜컥 겁이 났다.

그가 집으로 통하는 계단을 힘겹게 올라가고 있을 때, 장모와 함께 어딘가 갈 준비를 하고 있는 아미나의 모습이 흐릿하게 보였다. 그는 이마의 땀을 훔치고 아내에게 말을 걸려고 했지만, 목이 바싹 말라서 목소리가 나오지 않았기 때문에 어디 가느냐고 몸짓으로 물었다.

"그야 뻔하잖아. 다른 데 갈 일이 있겠어?" 그녀는 차갑게 쏘아붙였다. "나는 벌써 당신한테 자식을 일곱이나 낳아 주었어. 지금이라도 늦지 않게 수술 받으러 가는 거야."

아내를 막을 기력도 없고, 아내에게 할 말도 없었다. 무타왈리 카데르 씨가 의자에 털썩 주저앉으려는데, 아미나가 그의 말투를 똑같이 흉내 내어 말했다.

"어이, 문단속 잘하고 애들 잘 보고 있어. 내가 돌아오려면 일주일은 넘게 걸릴 거야."

# 마음의 결정

유수프는 아침도 먹지 않고 7시쯤 집을 나가서 점심때만 집에 오곤 했다. 저녁에는 그리 멀지 않은 어머니 집에서 식사를 했다. 유수프네 집 앞쪽에는 큰 방이 하나 있었다. 그는 그 방과 건물의 나머지 부분을 이어 주는 문을 막고, 도로 쪽으로 새로운 입구를 내고, 공간 일부는 욕실로 지정하고 또 일부는 부엌으로 지정하여, 그 방을 집이라고 불렀다. 집의 왼쪽 부분은 아내인 아킬라의 구역이고 오른쪽은 어머니인 메하부브의 구역이었다. 젊은 나이에 과부가 된 어머니는 누구든 그녀에게 재혼을 권하면 침을 뱉었고, 외아들 유수프를 등에 업고 다니면서 지극한 사랑으로 키웠다. 그녀는 어떤 고생도 헤쳐 나갔고, 안 해 본 일이 없었다.

유수프는 일찍부터 과일 장사에 나서야 했다. 처음에는 앞마당에서 키운 파파야를 수확하여 창의적인 방법으로 종잇장처럼 얇게 잘라서 팔았다. 소금과 칠리 가루를 뿌린 얇은 오이 조각은 고객들의 손안에서 춤추듯 팔랑거렸고, 고객들의 입안에서 녹아 버리곤 했다. 이렇게 시작한 과일 장사는 날이 갈수록 번창했고, 마침내 그는 상당히 큰 과일 가게를 차릴 수 있었다. 전에는 밥 한술 먹기 위해 아등바등기를 써야 했지만, 지금은 꽤 형편이 좋았다. 걱정거리도 별로 많지 않았다. 그런데……

그의 아내는 그가 받는 스트레스의 유일한 원인이었다. 어머니가 가까이 있을 때마다 어린 송아지처럼 팔짝팔짝 뛰는 그를 보고 아킬라는 화를 냈다. 오후에 그녀가 점심을 만들어 줘도 그는 별로 좋아하지 않았다. 그녀가 생선 카레나 고기 카레를 만들면 그는 절대로 "어머니한테 카레 좀 갖다 드렸어?" 하고 묻지 않았다. 그랬다가는 아내한테 온갖 구박을 당하게 되리라는 것을 알고 있었기 때문이다. 대신에 그는 밥과 카레만 섞어서 먹고 고기와 생선은 접시 가장자리로 밀어낸 다음 손을 씻곤 했다. 저녁은 어머니 앞에 앉아서 실컷 먹었다. 때로는 배가 너무 불러 몸이 무거워질 때까지 먹어서 그 자리에 그냥 드러누워야 할 때도 있었다.

아킬라의 인생에서 시어머니인 메하부브가 가장 큰 적인 이유는 바로 그 때문이었다. 아킬라와 유수프가 결혼했을 때, 처음에는 셋이 함께 살았다. 유수프는 어머니가 자기와 떨어져서 다른 집에 산다는 것은 꿈에도 상상해 보지 못했을 것이다. 하지만 아킬라의 분노와 짜증은 날이 갈수록 심해졌다. 그녀에게는 남자 형제가 네댓 명 있었는데, 모두 가까이에 살고 있었다. 하루는 메하부브 문제로 일어난 부부 싸움이 심해지자, 아킬라의 남동생 하나가 끼어들어 유수프를 때려눕혔다. 이 사건이 일어난 뒤로 유수프는 자신에게 그런 굴욕을 안겨 준 마녀 아킬라보다 그를 품에 안고 위로해 준 어머니와 더 가까워졌다. 어머니는 사리 자락으로 아들에게 부채질을 해 주고, 아들의 상태를 보고 눈물을 흘렸다.

바로 그 이튿날, 유수프는 어머니가 투마쿠루*에 있는 외삼촌 집으로 떠날 준비를 하고 있는 것을 보고 속이 불덩이처럼 타올랐다. "어머니가 이 집에서 나가면 나는 아킬라와 헤어질 거예요." 그가 이렇게 단호하게 나오자, 판차야트** 위원 전부와 아킬라의 남자 형제들, 그리고 몇몇 이웃 사람이 문제를 해결하러 왔다. 그들이 결정한 바에 따라, 집의 앞쪽 방으로 통하는 문을 그 안쪽에 벽을 세워 막아 버리고, 앞쪽에서 그 방으로 들어가는 문을 새로 만들어, 그 방에서 메하부브는 살게 되었다.

유수프는 열심히 일했다. 아킬라를 위해 작은 TV를 사면, 똑같은 종류의 TV가 메하부브의 집도 장식했다. 아킬라를 위해 석유난로를 사면, 메하부브를 위해서도 비슷한 난로를 샀다. 이 집에서 먹을 수박을 사면 저 집에도 같은 크기의 수박을 사 주었다. 아킬라는 집의 안주인이었지만, 질투심으로 부글부글 속을 끓이곤 했다. 이 와중에 아킬라의 네 아들―라자, 문나, 바부, 초투―은 두 여자 사이의 불화를 최대한 이용했다. 메하부브가 며느리 아킬라와 대등하게 맞섰다면 유수프가 어머니를 그렇게 자주 편들지 않았을 가능

---

성도 있다. 하지만 아킬라가 아무리 소리를 지르고 울고불고 난리를 치며 소란을 피워도 메하부브는 입을 꾹 다문 채 아무 소리도 내지 않았다. 이런 태도가 유수프의 가슴을 아프게 했고, 그래서 그는 자연히 어머니 쪽으로 기울어지게 되었다.

한번은 열 살배기 문나가 할머니 옆에 앉아서 차에 적신 비스킷으로 배를 채웠을 뿐만 아니라 그 비스킷이 얼마나 바삭했는지를 엄마에게 떠벌린 적이 있었다. 유수프는 아킬라에게도 어머니에게도 비스킷을 사 준 적이 없었다. 그 비스킷은 메하부브의 조카가 찾아와서 한 봉지를 준 것이었다. 아킬라는 본능적으로 유수프에게 소리를 질렀고 '당신 어머니'를 저주했다. 그녀는 메하부브가 들을 수 있도록 앞문으로 가서, 시어머니를 가정 파괴자라고 부르며 손가락 관절을 꺾어서 우두둑 소리를 냈다. 그래도 아무 반응이 없자 그녀는 제 가슴을 치며 울기 시작했다. "당신은 '사바티'◆처럼 굴어서 내 속에 불을 지르고 있다고요."

아킬라의 네 아이는 겁이 나서 어머니를 에워쌌다. 아이들을 보고 그녀는 더욱 서럽게 흐느끼기 시작했다. 그녀는 남편이 아내인 자기보다, 또는 진주 같은 자식들보다 그 노인네를 더 극진히 사랑한다는 사실을 도저히 참을 수가 없었다. 그녀는 남편이 자기와 아이들을 발가락에 낀 때처럼 하찮게 취급한다고 믿어 의심치 않았다. 그녀는 울부짖

<hr>

◆ 영어로는 'co-wife'라고 번역되어 있는데, 이슬람 같은 일부다처제 사회에서 한 남자를 남편으로 둔 두 명 이상의 부인, 즉 '동료 아내'를 뜻한다.

고 고함을 지르며 한바탕 소란을 피우느라 유수프가 뒤에서 있는 것도 알아차리지 못했다. 이따금 유수프는 자기가 미쳐서 제정신을 잃고 아내를 때려죽이지나 않을까 걱정이 되곤 했다. 이번 경우도 그런 미칠 것 같은 상황 가운데 하나였다. 그는 어머니로부터 약간의 침착성을 물려받았기 때문에 입을 꾹 다물고 있었다. 그는 의자에 앉아서 양손에 낀 금반지들을 내려다보았다. 그는 반지 끼는 것을 좋아했다. 그의 차림새를 보고 무슬림 친구들은 그를 놀리곤 했다. 이슬람 전통에 따르면 남자들에게는 비단옷과 금붙이를 착용하는 게 금지되어 있었다. 하지만 유수프는 날마다 카팔리 반지*와 초록색 보석이 박힌 커다란 반지를 끼고 다녔다.

그는 왼손에 낀 반지를 손가락으로 비틀어 돌리면서 깊은 생각에 잠긴 채 멍하니 앉아 있었다. 마치 욕설 사전을 펼쳐 놓은 것처럼 온갖 욕설을 쏟아 내던 아킬라는 남편을 보고 사전을 닫았지만, 입으로는 여전히 작은 목소리로 중얼거리고 있었다. "나의 사바티……."

유수프의 인내심을 지키고 있던 둑이 터져 버렸다. 그는 벌떡 일어나서 물었다.

"도대체 당신 사바티가 누구야?"

그녀는 직접적으로 대답하기를 꺼렸다.

"내 가정을 망치고 있는 년, 내 남편을 빼앗아 가는 년, 늙은 독수리처럼 나를 쪼아 대는 년…… 그런 년을 나의 사바티라고 부를 거야." 그녀는 고집스럽게 말했다.

---

* 칠보 장식이 되어 있는 인도 남부 스타일의 반지.

그녀와 이야기해 봤자 소용없다고 생각한 유수프는 문쪽으로 걸어갔다. 하지만 그가 그녀의 항의를 무시할 뿐만 아니라 그녀가 보는 앞에서 어머니 집으로 도망가는 것을 보고 아킬라는 머리 꼭대기까지 화가 치밀어 올랐다.

그녀는 달려가서 남편의 셔츠 뒷자락을 잡아당기며 소리를 질렀다.

"당신은 그년이랑 살지 뭐 하러 나랑 결혼한 거야?"

유수프는 완전히 평정심을 잃었다.

"입 닥치지 못해? 또 그런 더러운 말을 하면 이빨을 몽땅 깨부숴 버릴 거야."

그녀는 놀라서 눈을 크게 뜨고는 소리를 지르며 그의 셔츠 자락을 더욱 잡아당기기 시작했다.

"나를 때리겠다고? 어디 한번 때려 봐! 저 화냥년이 그러라고 시킨 모양이지?"

그는 자제심을 잃고 그녀를 몇 대 때린 다음, 집에서 나가 버렸다.

그날 밤에 그는 집으로 돌아오지 않고, 대신 어머니 집에서 저녁을 먹고 거기서 잠을 잤다. 아침에 그는 맏아들 라자를 불러서 아킬라의 하루 생활비로 50루피를 주고 외출했다. 아킬라는 그날 오후 남편을 기다렸지만 유수프는 끝내 오지 않았다. 둘째 아들 문나는 아주 영리한 아이였다. 아킬라는 문나에게 학교를 빼먹고 할머니 집에 가서 앉아 있다가 거기서 무슨 일이 일어났는지 나중에 엄마한테 알려 달라고 말했다. 그녀는 문나가 돌아오기를 애타게 기다리다가 지쳐서 꾸벅꾸벅 졸았다. 유수프는 어머니 집으로 잠을 자러 갔고, 이튿날 아침 아내의 하루 생활비로 약간의 돈을 아들에게 건네주고는 일하러 나갔다. 아킬라는 꼬박 일주일 동안 고집스럽게 문나를 학교에 보내지 않고 계속 염탐하게 했다. 하지만 아무 소용이 없었다.

결국 패배를 인정한 것은 아킬라였다. 어느 날 오후 그녀는 셋째 아들 바부를 데리고 남편의 과일 가게로 갔다. 이때쯤에는 유수프의 분노도 가라앉아 있었다. 그는 아킬라가 제 오라비들을 데리고 온 게 아닐까 하고 좀 걱정하기도 했다. 하지만 아킬라가 요란하게 코를 훌쩍이면서 숨넘어가는 소리를 내기 시작했을 때 그는 아내의 전술이 완전히 달라졌다는 것을 알아차렸다. 시장에 있는 이웃들이 이런 사태를 어떻게 생각할지 걱정이 된 나머지, 머리를 써서 얼른 과일 한 봉지를 아들에게 건네주고는 "아빠가 오후에 집에 갈 테니까 지금 빨리 집으로 가." 하고 말했다.

그는 아킬라의 집으로 점심을 먹으러 왔다. 그녀는 남편을 위해 특별히 고등어를 튀겼다. 그는 고등어를 접시 한쪽으로 밀어 놓지 않고 한두 토막을 먹은 뒤 만족스럽게 트림을 했다. 지금까지 한 번도 본 적이 없는 가벼운 미소가 남편과 아내 사이에 영향을 주었다. 둘 다 마치 아무 일도 없었던 것처럼 행동했다.

하지만 유수프는 저녁을 먹으러 어머니 집으로 갈 때, 카카네 식품점에서 산 고등어 두 마리를 특별히 포장해서 가져갔다. 그는 그 고등어를 어머니 앞에 놓고 말했다.

"어머니는 이걸 씻어서 요리할 수 없잖아요. 그래서 제가 어머니를 위해 고등어를 몇 마리 포장해서 가져왔어요.

아킬라가 오후에 고등어를 튀겼는데, 정말 맛있었어요. 하지만 저는 먹을 수가 없었어요. 고등어가 목구멍에 달라붙는 것 같았거든요. 아킬라가 어머니한테도 고등어를 몇 마리 보냈으면 좋았을 텐데.”

메하부브는 대답했다.

“그냥 둬라. 중요한 건 너희 둘이 사이좋게 사는 거야. 생선이니 고기니 하는 건 대단한 게 아니야. 손과 입, 그것도 다 고기잖니, 안 그래? 너는 왜 그걸 그렇게까지 진지하게 생각하는 거냐? 아킬라에게 그런 예의가 없다면 네가 적응해서 어떻게든 함께 살아야지. 안 그러면 길바닥에서 소란이 일어날 뿐이야.” 그녀는 아들에게 충고하는 틈틈이 생선을 맛있게 발라먹고 있었다.

문나는 바로 옆에 앉아서 손에 든 책을 읽는 척하고 있었지만, 그의 귀는 아버지와 할머니가 무슨 이야기를 나누고 있는지에 쏠려 있었다. 하지만 유수프는 아들이 있는 것도 알아차리지 못했다. 고등어가 먹고 싶어 침을 흘리고 있는 문나에게 할머니가 고등어 튀김을 한 조각만이라도 주었다면 녀석은 엄마를 기꺼이 배신하고 할머니에게 충성을 바쳤을 것이다. 하지만 할머니와 아버지가 그를 무시한 채 서로에게만 관심을 갖자, 문나는 슬그머니 그 집을 빠져나와 엄마한테 갔다. 아킬라는 돗자리를 펴 놓고 남편이 돌아오기를 기다리면서 빈랑*을 씹고 있었다. 그녀는 문나를 무릎

---

◆　빈랑나무(인도·동남아시아 등지에서 자라는 야자나무의 일종)의 열매. 과육을 씹어서 섭취하거나, 씨앗을 구장잎에 싸서 씹기도 한다.

에 눕히고 손가락으로 머리카락을 쓰다듬으며 특별한 애정을 담아서 물었다.

"그래, 거기서는 무슨 일이 있었니?"

이때쯤 문나는 엄마와 할머니 사이에 무슨 일이 있었는지 알아차리고 있었다. 문나는 할머니 집에서 본 고등어 튀김 사건을 자세히 보고했을 뿐만 아니라 이런 말도 덧붙였다.

"그러고 나서 아빠와 할머니는 이러쿵 말했고, 다음엔 저러쿵 말했고, 엄마가 분별이 없고 미련한 것 같다고, 아무래도 엄마가 미친 것 같다고 말했어요." 문나는 모든 이야기에 소금과 칠리를 쳐서 양념을 했다.

아킬라는 남편과 화해하고 싶었고, 화해하기 위해서라면 어떤 짓도 마다하지 않을 각오가 되어 있었지만, 아들의 말은 그녀의 속을 뒤집어 놓았다. 그녀는 문을 활짝 열고 밖으로 나가서 도랑에 빈랑 씨앗을 뱉고는 목청껏 소리를 질렀다. 그렇게 해서 적이 밖으로 나오도록 유인한 다음 선전포고를 한 것이다. 지금 상황에서 아킬라는 자신의 적이 그녀의 마음을 어지럽히는 시어머니인지, 아니면 그녀의 사랑을 거부하고 있는 남편인지 판단할 수가 없었기 때문에, 두 사람에게 쉬지 않고 욕설을 퍼붓기 시작했다. 유수프가 당황하여 밖으로 나왔다. 이웃 사람들도 천천히 각자의 집에서 나오기 시작했다.

아킬라는 바보처럼 소란을 피우고 있었다. 그녀의 욕설에 고등어, 마살라 튀김, 카카네 가게, 미련한 놈, 미친년이라는 말들이 뒤섞여 있었기 때문에, 그리고 결백의 화신인 양 눈을 감고 있는 문나를 보고, 무슨 일이 일어났는지를 유수프가 알아차리는 데에는 그리 오랜 시간이 걸리지 않았다. 그는 아킬라를 집 안으로 끌고 들어가서 문을 쾅 닫고 빗장을 걸었다. 그는 이런 소동에 넌더리가 나 있었다. 그는 아킬라를 침대에 앉히고, 자신도 그 옆에 앉아서 아내를 진정시키려고 애썼다.

“이봐, 아킬라. 아무도 당신에 대해 이러쿵저러쿵하지 않았어.” 그는 미친 사람처럼 굴지 말라고 말하고 싶었지만, 간신히 혀를 깨물고 대신 이렇게 말했다. “그분은 내 어머니잖아? 당신은 아들을 하나가 아니라 넷이나 가졌어. 그런데 어머니를 돌볼 사람은 나밖에 없어. 어머니를 돌봐 줄 아들이 하나라도 더 있다면 나는 어머니한테 전혀 관심을 기울이지 않을 거야. 당신 아이들이 당신한테 식사하셨어요? 몸은 괜찮으세요? 하고 물어보면 그게 잘못이야? 말해 봐. 당신이 원하는 게 뭐야? 나는 당신을 마음 아프게 하고 싶지 않아. 내가 거지가 되더라도 당신이 원하는 건 뭐든지 다 들어주겠어. 다만 제발 어머니한테 소리 좀 지르지 마.” 그는 온갖 방법을 다 동원해서 아내를 달래려고 애썼다.

아킬라는 아무 말도 않고 흐느끼기 시작했다.

“난 아무것도 바라지 않아. 내가 보석을 사 달라고 했어? 새 옷을 사 달라고 했어? 큰 침대를 사 달라고 했어? 당신 사랑만 있으면 난 그걸로 족해. 하지만 내가 갖지 못한 건 바로 그거야.” 그녀는 계속 흐느껴 울었다.

그는 아내를 진정시키려고 애썼다. 손가락에서 반지를 빼내어 아내의 손가락에 끼워 주면서, 그것이 아내를 행복하게 해 주기를 바랐다. 결국 그들은 화해했다.

　　아침이 되었다. 아킬라는 아직 자고 있었다. 유수프는 잠에서 깨자마자 아내의 손가락에서 반지 두 개를 빼내어 제 손가락에 끼고 가게로 일하러 갔다. 아킬라는 어떤 것에 대해서도 지나치게 압박을 가하지 않고, 문나를 학교에 보낸 뒤 집안일을 했다. 하지만 눈 하나는 여전히 메하부브의 집 쪽으로 쏠려 있었다. 그녀의 귀는 아주 작은 소리에도 곤두서곤 했다. 희미한 마살라 냄새가 훅 풍겨 오자 그녀의 코가 벌름거렸다. 그녀는 남편이 집에 돌아오기를 기다렸다.

　　11시쯤, 메하부브는 목욕을 끝내고 상쾌한 기분으로, 깨끗한 베일 사리를 입고 발에는 샌들을 신고 손에는 가방을 들고 밖으로 나왔다. 아킬라는 궁금했다. 어디 가는 거지?

　　그녀가 막 요리를 끝내고, 남편이 왜 아직도 점심을 먹으러 오지 않는지 보려고 문으로 갔을 때, 어머니와 아들이 오토릭샤에서 내리고 있는 것이 보였다. 그녀는 화가 났다. 유수프는 수박 한 통을 꺼내 그것을 메하부브의 집으로 가져간 다음, 그것과 똑같은 크기의 수박 한 통을 아킬라의 집으로 가져왔다. 그가 그 수박을 아킬라에게 건네주자 그녀는 부주의하게 수박을 바닥에 떨어뜨렸다. 무슨 일이 일어났는지 유수프가 미처 알아차리기도 전에 아킬라는 수박을 마치 축구공처럼 힘껏 걷어찼다. 수박은 벽에 부딪혀 산산조각으로 부서졌다. 과육이 마룻바닥에 흩어졌다. 그의 신경은 완전히 결딴 나 버렸다. 그는 주먹을 움켜쥐었지만, 한마디도 하지 않고 침착하게 의자에 앉았다. 그의 침묵은 그녀의 분통을 더욱 부채질했다. 그녀는 소리를 질러야 할지

싸움을 걸어야 할지 아니면 울어야 할지 결정할 수가 없어서, 벽에다 머리를 짓찧기 시작했다. 그래도 그는 눈앞에서 상연되는 영화를 보고 있는 것처럼 무관심하게 그녀를 지켜보며 가만히 앉아 있었다. 그의 이해력 수준이 낮아졌는지, 아니면 일부러 침묵을 지키고 있는지, 아니면 그냥 그녀를 무시하고 있는지, 어느 쪽인지는 분명치 않았다.

그녀는 마룻바닥에 쓰러져 울부짖기 시작했다. 그의 침묵은 계속되었다. 한동안 울고 난 뒤, 그녀는 가슴을 치면서 유수프와 그의 어머니를 욕하기 시작했다. 그녀는 그에게 연달아 질문을 던졌다.

"당신, 지금까지 한 번이라도 나를 어딘가에 데려가 본 적 있어? 그런데 오늘 아침부터 지금까지 저 화냥년을 데리고 다니면서 자랑하고 있었다니, 부끄럽지도 않아?"

그는 얼어붙은 것처럼 보였지만, 어머니 이야기가 나오자 몸을 움찔했다.

"당신이 지금 하고 있는 짓은 그 어떤 것도 끝이 안 좋을 거야. 당신은 수박을 걷어찼어. 수박 대신 차라리 나를 걷어차. 그래도 괜찮아. 나는 개의치 않을 거야. 하지만 어머니에 대해서는 아무 말도 하지 마. 어머니가 많은 문제를 안고 있다는 거 알아? 무릎이 아파서, 통증 때문에 밤새도록 잠도 이루지 못하셨어. 내가 어머니한테 병원에 가 보시라고 말씀드린 건 그 때문이야. 어머니는 아침에 병원에 가셨다가 가게로 오셨어. 무릎이 아픈 어머니한테 집까지 걸어가시라고 할 수는 없잖아? 우리가 오토릭샤를 탄 건 그 때문이야. 그게 잘못이야? 사람들을 모아 놓고 내가 뭐 잘못한 게 있는지 물어볼까? 당신, 정말로 이러면 안 돼.”

그의 해명을 듣자 그녀의 심장은 불이라도 난 것처럼 뜨겁게 타고 있었다. 남편의 마음속에서 어머니에 대한 사랑이 더 큰 몫을 차지한다 해도, 그녀는 남편을 다른 사람과 공유하고 싶지 않았다. 그녀는 자기를 달래려 애쓰는 남편의 태도가 배신으로 가득 차 있다고 느꼈다. 그녀가 조금만 더 생각했다면 이 문제는 아마 거기서 끝났을 것이다. 하지만 그녀가 작은 불씨인 줄 알고 무시했던 것이 어느새 활활 타오르는 석탄불로 변해 있었다. 그녀는 제 가슴을 태우고 있는 석탄 덩어리들을 토해 내어, 거기에 더 많은 독을 집어 넣었다.

“아하, 당신이 나한테 어떻게 알랑방귀를 뀌고 있는지 좀 봐. 당신이 설명했으니까 이젠 당신 말을 믿어야 하나? 당신 어머니는 남자 넷과 맞먹어. 어머니를 쪼개면 분명 남자 넷이 될 거야. 그런 어머니가 도대체 무슨 큰 병에 걸리겠어? 어머니는 우리 가족을 집어삼키고 게다가 물까지 마시려고 찬달리*처럼 서 있다고!” 아킬라는 빽빽 소리를 질렀다.

좌절감을 느낀 유수프는 일어나서 나갈 준비를 하면서 말했다.

“당신과 이야기하면 누구라도 미쳐 버릴 거야. 당신 마음대로 해.”

아킬라는 그의 약점을 알고 있었다. 그의 차분한 성격은 그녀를 더욱 짜증 나게 했다. 여전히 싸우고 싶어서 좀이

---

◆  인도 신화에서 내면에 불을 가진 분노의 여신.

쑤신 그녀는 이렇게 말했다.

"그래, 그 쓸모없는 화냥년들이랑은 사이좋게 지내. 그러지 말라고는 하지 않겠어. 그년들을 먹이고, 옷도 사 주고, 하고 싶은 건 뭐든지 다 해. 하지만 이 사바티 화냥년은……."

그녀가 말을 끝내기도 전에 그는 그녀의 따귀를 찰싹 때렸다.

"뭐라고? 이 건방진 것 같으니라고! 어머니를 또 입에 올리기만 해 봐. 세상에 아예 태어난 적도 없는 것처럼 만들어 줄 테니까. 도대체 왜 그래? 바라는 게 뭐야? 그분은 내 어머니야. 아버지가 돌아가신 뒤 지극정성으로 나를 키우셨어. 아무짝에도 쓸모없는 당신 같은 여자는 열 명이라도 얻을 수 있지만, 우리 어머니 같은 분은 결코 얻을 수 없어. 어머니와 아들 사이에 끼어들다니, 당신이 도대체 뭔데? 내가 어머니한테 사리 한 벌이라도 사 드리면 당신은 샘이 나서 죽겠지. 기다려 봐. 당신이 보는 앞에서 어머니가 펀자비*를 입으시게 할 테니까. 온몸을 금붙이로 치장하시게 하고 거리 전체를 뒤덮는 커다란 천막을 쳐서 어머니를 결혼시킬 거야."

그녀가 그의 약점을 알고 있듯이, 그도 그녀의 약점을 잘 알고 있었다. 그녀는 화가 나서 그를 비웃었다.

"펀자비를 맞추겠다고? 어머니를 결혼시키겠다고? 당

---

* 인도 펀자브 지방의 전통 의상. 면으로 짓기 때문에 통풍성과 활동성이 좋아 최근에는 인도 전역에서 널리 입고 있으며, 원피스 같은 긴 상의 안에 바지를 입고 '오르니'라는 숄을 목에 두른다.

신이 남자라면 제발 그렇게 해. 어디 두고 보자고.”

“봐, 내가 말한 대로 어머니를 결혼시키지 못하면 내 콧수염을 밀어 버리겠어.” 그는 그녀의 도전을 받아들였다.

가엾은 메하부브는 아들과 며느리가 여느 때처럼 다투고 있다고 생각하고, 자기 집에서 쿡쿡 쑤시는 무릎에 연고를 문질러 바르고 있었다.

싸우고 난 뒤에는 늘 그랬듯이 유수프는 어머니 집에서 잠을 잤다. 여자는 항구적인 자기 집을 갖지 않는다고 한다. 아버지 집이나 남편 집이나 아들 집에서 살아야 한다는 것이다. 하지만 여기서 자기 집이 없는 것은 유수프였다. 메하부브와 아킬라는 둘 다 집을 갖고 있었다. 묘하게도 유수프는 그들 사이에 끼여, 아내한테 화가 나면 어머니 품으로 달려가고, 아내가 필요하면 슬그머니 아킬라한테 다가가곤 했다. 이제 그는 해결책을 찾아야 했다.

첫 번째 선택지는 아킬라와 이혼하는 것이다. 하지만 그가 진심으로 아킬라를 사랑하고, 그들에게 어린 자식이 넷이나 있다는 것을 생각하면 그것은 해결책이 아니라고 그는 판단했다. 어머니에 대한 격렬한 분노를 제외하면 아킬라는 꽤 좋은 여자였다. 게다가 그녀와 이혼하면 그가 읍내에 머물 수 있는 방법이 없었다. 처남들이 찾아와 팔다리를 부러뜨리진 않을까? 그래서 그는 그녀를 떠날 생각을 밀어 냈다.

두 번째 선택지는 아킬라를 벌주기 위해 또 다른 여자와 결혼하는 것이지만, 이 방법을 생각만 해도 땀이 줄줄 흐르기 시작했다. 아킬라는 그 여자를 죽이고 감옥에 가는 것도 마다하지 않을 것이다. 그는 어머니에 대해서도 걱정했다. 이런 걱정이 그를 괴롭히기 시작했다. 앉아 있어도, 서 있어도, 가게에 있어도, 어디서나 걱정이 끊이지 않았다. 마음의 평화는 그에게 존재하지 않았다. 잠이 달아났다. 일주일이 지날 즈음 그는 한 가지 결론에 이르렀다.

처음에는 단지 아내에 대한 도발로 입 밖에 냈던 일을 실행하기로 마음먹었다. 중매쟁이인 하야트 칸의 얼굴이 그의 머리에 떠올랐다. 하야트 칸은 수많은 결혼을 중매했지만, 유수프의 제안은 그에게도 충격이었다. 그는 유수프의 요청을 주의 깊게 검토하고, 그것이 그의 중매 사업에 어떤 영향을 미칠 것인가를 생각했다. 그 요청 자체에는 아무 문제도 없어 보였지만, 그래도 하야트 칸은 중앙 모스크를 찾아가서 마울비*와 상담했다. 마울비는 헛기침을 하고 턱수염을 쓰다듬으며 말했다.

"과부를 재혼시키는 것보다 더 좋은 일이 어디 있겠나? 이 결혼은 우리가 주관할 테니, 필요하면 우리를 부르게나."

마울비는 그를 격려하고, 율법상 어떤 이의도 없다는 점을 분명히 했다. 하야트 칸은 메하부브에게 어울리는 신랑감을 열심히 찾기 시작했다. 그는 아직 입을 열지 않았지만 그 소식은 읍내에 쫙 퍼졌다. 은밀하게 키득거리는 사람도 많았고, "그래서 어쨌다는 거야? 남자들은 재혼하지 않나? 하지만 그래도 이 여자는 역시 대단해." 하고 말하면서 자신의 관대함을 과시하는 사람도 많았다. "아들이 미쳤군."

---

◆ 이슬람 율법학자. 아랍어의 '울라마'에 해당한다.

하는 말로 판단을 내리는 사람도 많았다. 이렇게 유수프와 그의 어머니는 숱한 논란의 화제가 되었다.

유수프는 어머니의 커다란 컬러사진도 준비해 두었다. 그 사진은 어머니가 병원에 가려고 읍내에 나왔을 때 찍은 것이었다. 아킬라가 말했듯이 그날 메하부브는 매우 활기차고 정정해 보였다. 쉰 살이 다 되었지만, 잘생기고 풍채도 좋은 여자였다. 어머니의 신랑을 찾으려는 유수프의 노력에 걸림돌이 많지 않았던 것은 그 때문이었다.

하지만 담쟁이덩굴처럼 유수프의 발을 휘감는 훼방꾼이 있었다. 그 남자의 이름은 하심 씨였다. 유수프는 그의 내력을 주의 깊게 조사했다. 하심 씨는 상당히 유복한 집안 출신이고, 여섯 자녀는 모두 결혼하여 따로 살고 있었다. 아내는 중풍으로 전신 마비가 되어 침상에 누워 있었다. 하심 씨는 막내아들 부부와 함께 살고 있었는데, 아내를 돌봐 줄 여자가 절실히 필요했기 때문이다. 유수프는 중매쟁이를 통해 하심 씨와 연락하고, 적당한 구실을 붙여서 그를 아킬라의 집으로 초대했다. 그는 하심 씨가 누구이며 왜 아킬라의 집에 왔는지에 대한 정보를 아무한테도 주지 않았다. 아킬라는 요리를 제법 잘했지만, 늙은 염소 고기였기 때문에 하심 씨는 고기를 씹느라 애를 먹었다. 유수프는 하심 씨의 빈약한 턱수염과 그가 옆으로 밀어 놓은 고기 토막을 보고, 그의 입안에 진짜 이빨이 하나도 남아 있지 않은 것을 알아차렸다. 또한 유수프는 어머니를 하심 씨의 아내를 돌보고 똥오줌을 받아 내는 간병인으로 보낼 생각도 전혀 없었다. 그는 신랑감이 마음에 들지 않는다는 답변을 보내고, 계속해서 어머니에게 어울리는 남자를 찾았다.

유수프는 짜릿한 흥분을 느꼈다. 처음에는 아내에 대한 도발로, 그리고 일종의 앙갚음으로 시작한 일이었지만, 이제는 그 일을 하는 게 행복하고 즐거웠다. 그는 어머니의 신랑감을 찾는 데 너무 열중한 나머지, 어머니와 함께 보내는 시간이 거의 없었다. 아킬라는 이것을 알아차리고 남편과 싸우는 것을 그만두었다. 그리하여 모두에게 평화가 찾아왔다.

그때 카림 칸이 나타났다. 그는 좋은 인상을 주기로 결심하고 좋은 바지와 긴소매 셔츠를 입고 있었다. 빳빳하게 다림질한 셔츠는 무릎까지 내려왔고, 심한 향수 냄새가 풍겼다. 그는 오래된 '야와 오토바이'*를 타고 왔다. 그가 거만한 사람이라는 것은 첫눈에 알 수 있었다. 그래서 유수프는 그의 청혼을 거절했다. 카림 칸에게는 벌써 두 아내가 있었고, 집은 아이들로 가득 차 있었다. 그는 멋 부리기를 좋아했고, 병적으로 여자 꽁무니를 쫓아다니는 바람둥이였다. 그때까지 많은 사건이 있었고, 이 소문들은 입에서 입으로 전해졌다. 그는 여자들 사이에서 악명이 높았으며 점잖은 사람이라면 아무도 그를 집에 초대하지 않았다. 여자들은 그를 지나칠 때면 부르카를 좀 더 단단히 여미곤 했다.

한번은 그가 땅콩 장수 라자크의 아내를 유혹했다. 그는 라자크가 주위에 없을 때 그들의 집에 갔다가, 늘 경계하

---

* 오토바이 브랜드. 원래 체코에서 생산되었으나 1960년대에 인도 마이소르에서 출시되었다. 아직도 열광적인 팬들이 찾고 있는 클래식 차량으로, 과 시용으로 쓰이기도 한다.

고 있던 라자크에게 딱 걸려 버렸다. 의심을 받아도 어쩔 수 없는 상황에 놓이자 뒷문으로 도망쳐 담벼락 위로 기어 올라갔는데, 거기서 그만 똥통에 빠지고 말았다. 그것은 재난이었다. 그곳에는 커다란 구덩이 하나가 파여 있고 그 위에 쑥돌들이 아무렇게나 덮여 있었다. 그 동네의 약 스무 가구가 그 구덩이를 변소로 이용했기 때문에 구덩이는 항상 똥으로 가득 차 있었다. 똥 범벅이 된 그에게 아무도 손을 대려 하지 않았기 때문에 사람들은 긴 막대기로 그를 때려서 쫓아냈다. 유수프는 그의 친구 두어 명이 이 사건을 아주 자세히 이야기하는 것을 들었고, 그들은 모두 옆구리가 아플 때까지 웃었다. 그는 카림 칸에게 역겨움을 느꼈다. 사랑하는 어머니를 그런 짐승에게 주는 것은 당치도 않은 일이었다.

그렇게 많은 신랑감을 거절한 뒤, 유수프는 마침내 압둘 가파르라는 적당한 신랑감을 찾아냈다고 생각했다. 압둘 가파르와 그의 아내는 둘 다 상급 초등학교 교사였다. 그들에게는 세 딸이 있었고, 그런대로 넉넉한 생활을 꾸려 가고 있었다. 압둘 가파르의 아내는 암이라는 악마에게 붙잡혀 갑자기 세상을 떠났다. 딸 셋 가운데 둘은 어머니가 죽기 전에 결혼했다. 그래서 지금은 압둘 가파르와 딸 로슈니가 서로에게 유일한 가족이었다. 이 혼담은 유수프에게 마음의 평화를 가져다주었다. 압둘 가파르는 메하부브의 사진을 보고 결혼에 동의했다. 결혼식 날짜를 정한 뒤 유수프는 끝없이 많은 일을 해냈다. 압둘 가파르는 결혼한 딸들과 사위들에게 몹시 망설이면서 자신의 재혼에 대해 알렸다. 어떤 딸과 사위도 이의를 제기하지 않았고, 모두 결혼식에 참석하는 데 동의했다. 하지만 압둘 가파르는 계속 쑥스러워했다. 그는 유수프에게 낮은 목소리로 말했다. "그냥 날짜를 정하고 결혼식을 올리세. 사람들을 많이 불러서 거창하게 잔치를 벌일 필요는 없잖나." 하지만 유수프는 그 말에 순순히 따를 수 없었다. 이미 특별한 준비를 시작한 뒤였다.

무엇보다 먼저, 그는 제 손가락에 끼었던 반지를 깨끗이 닦아서 벽장에 보관하고 자물쇠를 채웠다. 또, 네댓 개의 다른 반지를 녹이고 돈을 좀 보태서 목걸이를 만든 다음, 그 목걸이도 벽장에 보관했다. 아킬라는 남편이 날마다 마분지 상자에 온갖 종류의 물건을 가져와서 벽장에 쟁여 두는 것을 보고 놀랐다. 남편이 주위에 없을 때 마분지 상자 속을 들여다볼 기회도 전혀 없었다. 벽장 열쇠가 유수프의 주머니 속에 있었기 때문이다.

압둘 가파르와 혼담이 진행되고 있을 때 유수프는 그를 지원해 줄 사람으로 친구 두 명만 데려갔다. 하지만 그 소식은 읍내 전체에 퍼졌고, 그의 어머니와 아내의 귀에 들어가는 데는 그리 오랜 시간이 걸리지 않았다. 어머니와 아내는 유수프의 별난 행동을 이미 알아차리고 있었다. 그들은 유수프가 그렇게 아끼던 반지들이 더 이상 그의 손가락을 장식하고 있지 않은 것을 보고 놀랐다. 아킬라는 요즘 남편과 언쟁을 벌이기가 두려웠다. 메하부브는 아들의 위험한 생각이 어디로 향하고 있는지를 알아차리고 온종일 울었다.

그날 아침, 유수프는 염소 네 마리를 가져와서 집 앞에 묶어 두었다. 세 사람은 서로 술래잡기를 하고 있었다. 아무도 염소에 관해 묻지 않았다. 유수프 역시 아무 말도 하지 않았다. 그는 아직도 어머니한테 털어놓을 적당한 때를 찾지 못했기 때문에 결혼식을 준비하는 동안 줄곧 심란해 하고 있었다. "며느리가 계속 제 남편 귀에다 속살거리더니, 결국 나를 영영 떼어 놓는 데 성공했군. 아이고, 이게 무슨 망신이람!" 하고 그녀는 탄식했다. 아킬라도 걱정하고 있었다. "내가 실수했어. 그 일이 그렇게 끝나게 내버려두지 말았어야 하는 건데." 그녀는 남편 앞에서 말수가 적어졌다. 그녀는 시어머니를 화냥년이니 사바티니 하고 부른 것을 깊이 후회했지만, 이제 와서 후회해 봤자 소용없다는 것도 알고 있었다. 그녀는 남편이 어머니를 위해 목걸이를 맞추었을 거라고, 어머니한테 편자비를 입혀 드리겠다고 말한 이상, 끝끝내 고집을 부려서 적어도 한두 벌은 샀을 거라고 생각했다. 늙은 올빼미 같은 시어머니가 자기보다 더 재수가 좋다고 생각하자 넌더리가 났지만, 그런 기분을 겉으로 드러내지는 않았다. 무슨 말이든 한마디만 삐끗하면 어떤 재난이 일어날지 몰라. 그녀는 너무 겁이 나서 말하는 법을 거의 잊어버렸다.

이런 식으로 그들은 저마다 자신의 고통에 빠져 허우적거리고 있었다. 염소 네 마리가 집 앞에 묶였을 때 아무 걱정 없이 좋아한 것은 아이들뿐이었다. 특히 둘째 문나는 이웃 아이들을 불러 모았을 뿐만 아니라, 누가 그 아이한테 말했는지는 모르지만 "할머니 결혼에 쓸 염소, 할머니 결혼에 쓸 염소"라고 노래를 부르면서 염소를 타고 돌아다녔다. 아들의 노랫소리가 귀에 들어오자 아킬라는 문나를 안으로 끌고 들어와 마구 매질을 하면서 자신의 분노를 아들에게 퍼부었다. 문나는—그의 목소리는 지붕을 날려 버릴 만큼 컸다—주위에 있는 집 열 채 정도는 충분히 들을 수 있을 만큼 큰 소리로 비명을 질렀다. 문나의 목소리는 메하부브에게도 들렸다. 다른 상황이었다면 아들 집으로 가서 손자를 꼭 안아 주었을지도 모르지만, 그날은 마음이 돌처럼 무정했다. 아무도 다른 사람을 위해 주지 않는 빌어먹을 세상에서 그녀의 마음은 쓸쓸한 괴로움으로 가득 차 있었다. 그녀는 문나를 구하러 달려가지 않았다. 대신 그녀는 앞문에 빗장을 걸고 어둠의 제국 속으로 사라졌다. 음식을 먹는 것도 그만두었다. 그렇게 자기 집 문에는 단단히 빗장을 채웠지만, 그녀의 마음속으로 들어가는 문들은 계속 여닫히며 난폭하게 서로 부딪치고 있었다. 상상할 수 없는 고통의 한복판에서도, 아들과 며느리를 맹렬히 경멸하는 와중에도, 문나의 애처로운 울음소리는 그녀를 몹시 슬프게 했다. 몇 분 동안 그녀는 감정이 전혀 없는 사람처럼 꼼짝도 하지 않았다. 하지만 거센 폭풍우가 서서히 멎으면서 마음속 먹구름이 흩어졌다. 고뇌에 지친 상태에서도 그녀의 모성이 그 자리를 대신 차지했다.

메하부브는 쿡쿡 쑤시는 무릎이나 제대로 묶지 않은 사리도 아랑곳하지 않고, 미끄러져 내리는 사리 자락을 끌어 올리려 애쓰지도 않고, 서둘러 아킬라의 집으로 걸어갔다. 문나가 거실 구석에서 훌쩍거리고 있고 다른 손자들도 문나와 함께 울면서 문나를 위로해 주고 있는 것을 보고, 메하부브의 눈에 눈물이 가득 고였다. 그녀는 며느리를 옆으로 밀치면서 소리를 질렀다. "네가 사람이냐 악귀냐? 어린 애한테 무슨 짓을 하고 싶은 거냐?" 그녀는 문나를 사리 자락으로 감싸 안았다. 며느리가 더 큰 소동을 일으켜서 이웃 사람들을 끌어모으면 어떡하지? 이렇게 생각하자 그녀는 마음이 좀 불안해졌다.

하지만 그녀의 예상과는 반대로 아킬라는 소리 내어 울면서 시어머니의 품에 안겼다. 그러고는 눈물을 펑펑 쏟으며 목멘 소리로 말했다.

"어머니, 어머니, 이게 도대체 무슨 일이래요? 우리 집안의 체면이 다 무너졌어요. 다 제 잘못이에요. 어머니 샌들로 저를 때려 주세요. 제가 그동안 어머니한테 너무나 못된 짓을 했어요."

메하부브는 깜짝 놀랐다. 이게 뭐지? 이럴 수가 있나? 남편을 살살 꼬드겨 시어머니 결혼식을 준비하게 해 놓고, 이제 와서 저런 눈물을 흘릴 수 있나? 시어머니를 저주하고, 시어머니를 늙은 독수리니 사바티니 하고 부를 때는 언제고, 이렇게 갑자기 변하다니. 메하부브는 이게 좋은 일인지 더 나쁜 일인지 판단할 수가 없어서 의자에 앉았다. 아킬라는 이 기회를 최대한 이용하여 자신을 좋은 며느리로 분칠하기 위해 노력을 아끼지 않았다. 그녀는 자기가 시어머니한테 붙여 준 온갖 더러운 별칭을 취소했다. 그녀가 애정을 담아 메하부브를 '어머니'라고 부르는 것을 듣는 것은 뱃속에 가득 찬 덩어리까지도 녹여 버리기에 충분했다. 메하부브도 이런 애정 표현에 녹아내리고 있었다.

"어머니, 그건 좀 안 좋은 시기였어요. 일어나지 말았어야 할 일이 결국 일어나고 말았네요. 그건 제 잘못이에요. 저는 개처럼 행동했어요. 하지만 그래도 그이는 남자잖아요? 제 광기가 절정에 다다랐을 때 그이가 저를 두 번만 걸어찼어도 만사가 괜찮아졌을 거예요. 하지만 저한테 앙갚음하려고 어머니를 시집보내는 사람이 세상에 어디 있죠? 네, 어머니? 그런 이야기를 어디서든 들어 보신 적 있나요? 아하하, 그런 이야기는 영화에서도 본 적이 없어요." 자신을 탓하던 그녀는 재빨리 남편에게 책임을 돌렸다.

아킬라는 얼른 부엌으로 들어가 진한 우유를 탄 차 한 잔을 만들어서 시어머니에게 드렸다.

"저 염소들을 데려와서 집 앞에 묶어 둔 건 대체 무슨 뜻이죠? 가족들 사이에서는 의견이 다르면 다투기도 할 수 있잖아요. 그런데 지금 이런 일을 길거리로 끌고 나가다니, 어떻게 그럴 수가 있죠? 싸우지 않는 가족도 있나요? 모든 사람이 그걸 그렇게 큰 문제로 만드나요? 누군가가 고기를 먹으면 뼈다귀로 목걸이를 만들어서 목에 걸고 돌아다니나요? 말씀 좀 해 보세요. 무슨 큰 재난이라도 일어났나요? 어머니는 어머니 일에 신경을 쓰고, 저는 제 일에 신경을 쓰고, 물론 제가 이따금 울고불고 소리를 좀 지르기도 하죠. 그게 개의 삶이잖아요? 이유는 그거예요. 제가 조금 짖게 내버려 두면, 짖어 봤자 얼마나 오래 짖겠어요? 말씀 좀 해 보세요. 하지만 전 짖기만 했지 문 적은 한 번도 없잖아요?"

메하부브의 손에 들린 찻잔에는 차가 남아 있었다. 무엇 때문인지 그녀는 차를 한 모금도 마실 수 없었다. 그녀는 아킬라가 위험한 행동을 하고 있다고 느끼기 시작했다. 아들에게 몹시 화가 나 있는 그런 상황에서도 그녀는 아들에게 불리한 말은 한마디도 하고 싶지 않았다. 하지만 아킬라가 그런 미묘한 심리를 알아차릴까? 아킬라의 열등감과 죄의식은 어떤 수단 방법을 동원해서라도 책임을 회피하는 쪽으로 그녀를 내몰고 있었다. 메하부브는 지금 무슨 일이 일어나고 있는지 조금은 알 것 같았다. 하지만 다른 점에서는 머리가 뒤죽박죽된 것처럼 전혀 갈피를 잡을 수가 없었다. 모든 것이 혼돈 상태였다.

"어머니, 차 좀 드세요. 잠시 뒤에 돌아올게요." 아킬라는 말하고 밖으로 나갔다. 손에 든 차는 차갑게 식어 있었다. 메하부브는 옛날의 추억 속으로 빠져들어 갔다.

그때 유수프는 어린아이였고, 지금처럼 온순하지 않았다. 그는 항상 배가 고팠다. 아들을 고픈 배를 채워 줄 방법을 찾지 못한 메하부브는 쉰 밥도 버리지 않고 남겨 두었다가 모두 그에게 주었다. 아들은 그걸 게걸스럽게 먹어 치우고, 더 달라고 졸랐다. 마침내 메하부브는 좋은 방법을 찾아냈다. 아들 앞에 음식 접시를 놓아 두고 천천히 이야기를 들려주기 시작한 것이다. 그가 가장 좋아한 것은 하팀 타이* 이야기였다.

"옛날 어느 마을에 여왕이 살고 있었단다. 여왕은 자신의 아름다움을 무척 자랑스럽게 여겼지. 많은 남자들이 여왕의 사랑을 얻으려고 주위를 어슬렁거렸지만, 여왕은 그들

---

* 아랍의 타이 부족 출신으로, 용기와 관용으로 유명한 전설적인 인물. 오늘날에도 이슬람 사회에서 이타주의의 표상으로 꼽힌다.

에게 전혀 관심이 없었어. 여왕은 아무도 좋아하지 않았고, 모든 사람을 마음대로 쥐락펴락했지. 여왕은 자기한테 접근하는 남자들에게 어려운 일을 시키고, 그 일을 해내느라 고생하는 남자들을 구경하는 게 낙이었단다.”

유수프는 흠흠 소리를 내며 열심히 귀를 기울였고, 곧 그의 관심은 온통 이야기에만 쏠리게 되었다. 빵에는 손만 올려놓았을 뿐이다. 어머니가 말하는 속도가 느려질 때마다 그는 안달이 나서 크게 흠흠 소리를 냈다. 그러면 어머니는 다시 정신을 차리고 이야기를 계속했다.

“하루는 어느 장군이 여왕을 보았단다. 그는 당장 여왕에게 마음을 빼앗겨 미친 듯이 열중하게 되었지. 여왕의 마음을 얻으려고 온갖 노력을 다 했지만, 여왕은 그에게 눈길 한 번 주지 않았어. 오히려 여왕은 그를 조롱하면서, ‘이봐요, 내가 당신을 받아들여야 한다면, 나에게 줄 선물로 당신 어머니의 심장을 가져와야 해요.’ 하고 말했단다. 장군은 자기네 마을로 갔어. 그리고 어머니의 얼굴을 보았지. 어머니한테 이 소식을 어떻게 전할 수 있을까 생각하다가 그는 고개를 떨구고 쓰러졌어. 어머니는 문제가 뭔지 알게 되었지. 어머니는 아들에게 가서 말했단다. ‘아들아, 내가 이 늙은 목숨을 계속 붙잡고 있어 봤자 뭘 하겠느냐? 너의 행복을 위해서가 아니라면 이 목숨이 달리 무슨 쓸모가 있겠느냐? 이 심장을 가져가렴. 아무 걱정도 하지 말고 이걸 가져가거라.’ 그 멍청이가 제정신을 차리게 하기에는 그걸로도 충분하지 않았니?”

이때쯤 유수프의 눈에는 이미 눈물이 넘쳐흐르고 있었

다. 메하부브는 자신을 꾸짖고, 아들을 배불리 먹이지 못하는 자신을 탓하면서 이야기를 그만두려고 했다. 하지만 유수프는 그냥 둘 수가 없었다.

"엄마, 말해 주세요. 그다음은 어떻게 됐어요?" 그는 울면서 말했다.

"그러자 장군은 어머니를 죽이고, 어머니의 따뜻한 심장을 손에 들고 여왕한테 달려갔단다. 가는 도중에 발이 걸려 넘어지려는 순간, 어머니의 심장이 그의 손에서 고동치면서 말하는 거야. '사랑하는 아들아, 다치지 않았니? 천천히 가거라, 내 아들아.'"

이야기를 끝냈을 때쯤에는 이야기의 비극적인 결말 때문인지 아니면 아들이 배를 절반밖에 채우지 못한 채 손을 씻었기 때문인지, 메하부브의 눈에도 눈물이 고여 있곤 했다. 이야기가 진행될수록 유수프는 하팀 타이에게 흥미를 잃었고, 그가 어떻게 여왕에게 교훈을 가르쳐 주었는지에 대한 관심도 곧 사라지곤 했다.

메하부브가 여전히 추억에 잠겨 있을 때 아킬라가 여러 사람과 함께 집으로 돌아왔다. 상점 주인인 부덴 씨, 이층집에 사는 살라르 씨, 시의회 의원 모하메드의 아내인 배굼 부인, 마을의 노파인 하피자 할멈 등등. 메하부브는 아직도 백일몽에서 빠져나오지 못한 채였다. 하지만 그녀는 사람들을 알아보고, 천천히 의자에서 몸을 일으켜 벽에 기대섰다. 아킬라는 집 안을 뛰어다니며 남자들에게 의자를 내주고 여자들이 앉을 수 있도록 매트를 펼치고 있었다.

메하부브는 손님들이 대화를 시작하기를 기다렸다. 아

킬라는 모든 혼란을 끝내고 싶어 했지만, 손님들은 그런 민감한 문제를 화제에 올리기를 망설였고, 아이들은 무언가 중대한 일이 벌어질 것 같은 낌새를 채고 평소와 같은 일상적인 활동을 하는 것을 잊었다. 마침내 베굼 부인이 입을 열었다. 그녀는 나이가 많았지만, 경박한 행실과 조롱하는 말투로 이름났다. 하지만 어떤 상황에서도 그녀는 매사를 능숙하게 처리할 수 있었다. 모든 여자의 이익을 위해 일어설 만큼 강하고, 상대가 누구든 조금도 망설이지 않고 용감하게 맞서는 베굼 부인은 간교한 미소를 지으며 메하부브를 불렀다.

"이리 와. 왜 거기 서 있는 거야. 여기 와서 앉아."

과묵한 편인 메하부브는 그 자리에 선 채 아무 대답도 하지 않았다. 침묵이 깊어졌다.

그들을 초대한 책임이 있었기 때문에, 침묵을 깬 것은 역시 아킬라였다. 부엌문에 드리워진 커튼 뒤에서 그녀는 몹시 후회하는 투로 말하기 시작했다.

"알라여, 저를 용서하소서. 악마가 제 머릿속에 들어왔어요. 저는 시어머니를 핑계 삼아 남편과 싸우고 남편에게 고통을 주었답니다. 이 모든 것 때문에 아무도 행복하지 않았어요. 시어머니는 결코 우리 일에 간섭하지 않았어요. 당신 일에만 신경을 쓰셨죠. 하지만 저는 시어머니가 평화롭게 살도록 내버려두지 않았어요. 제가 어리석었던 거죠. 그것뿐이에요."

그녀가 말을 다 끝내기 전에 유수프가 문으로 다가왔다. 그는 많은 물건을 오토릭샤에 실어서 가져왔다. 그는 잠시 그곳 상황을 살폈다. 모여 있는 사람들, 숨 막힐 듯한 분위기, 벽에 기대서 있는 어머니, 말하고 있는 아내, 그를 본 순간 말을 삼키는 그녀의 태도. 이 모든 것을 보고 그는 이것이 아킬라의 소행이라는 것을 감지했다. 이게 다 어머니의 결혼식과 관계가 있을 게 분명하다는 것을 알아차리고 그는 갑자기 경계심을 품었다. 그는 사람들에게 낮은 소리로 인사했다. "앗살라무 알라이쿰." 그러고는 오토릭샤에서 물건을 내리기 시작했다.

베굼 부인이 다시 그 자리의 주재권을 잡았다. 그녀가 유수프를 부르면서 "유수프, 이리 와요. 당신하고 의논할 게 있으니까." 하고 말했지만, 그는 침착하게 모든 물건을 내리고 돈을 세어서 오토릭샤 운전수에게 요금을 치른 뒤에야 안으로 들어왔다. 그는 베굼 부인이 "이리 와서 앉아요." 하고 말한 것을 못 들은 체했다. 그는 어머니가 서 있는 것을 보고 화가 났지만, 꾹 참고 자기도 서 있는 쪽을 택했다.

부덴 씨는 자기가 이곳에 와 있는 이유를 설명했다.

"자네 부인이 집에 문제가 좀 있다고 해서 우리가 여기 온 걸세."

"아하, 문제가 있다고, 집사람이 그러던가요? 그렇다면 집사람이 설명하면 되겠네요. 그러면 어르신들도 그 문제를 해결할 수 있을 겁니다." 그는 마치 그 문제가 자신과는 아무 상관도 없는 것처럼 말했다. 나는 마누라 문제를 해결하려고 이 모든 일을 하고 있는데, 마누라는 이제 또 뭐가 불만이지? 그는 이렇게 생각했고, 겉으로 드러내지는 않았지만 속으로는 몹시 부아가 났다.

　손님들은 유수프의 빈정거리는 목소리에서 그의 속마음을 알아차렸지만, 그것을 침착하게 받아들이고 아킬라에게 말했다.

　"아킬라, 말하고 싶은 게 무엇이든, 남편 앞에서 말해 봐. 남편 마음이 한 점 의혹도 없이 개운해지도록 하는 게 중요해."

　아킬라의 눈에서 눈물이 넘쳐흘렀다. 그녀는 사태가 이렇게 전개된 것 때문에 정말로 심하게 동요하고 있었다.

　"어르신들은 모든 사정을 다 알고 계세요. 과거에도 여러 번 이 문제로 저에게 충고하셨죠. 하지만 그때도 저는 정신을 차리지 못했어요. 남편은 저와 싸우는 걸 견디지 못해서 자기 어머니를 시집보낼 준비를 하고 있답니다. 내일이 결혼식이에요." 마지막 말을 할 때 그녀는 목이 메었다. 그래서 잠시 쉬었다가 다시 말을 이었다. "저는 정말로 큰 잘못을 저질렀어요. 이제 그 모든 잘못을 고칠게요. 어머니를 시어머니가 아니라 친어머니로 여기고 돌볼게요. 지금까지 무슨 일이 있었건, 그 잘못은 어르신들 가슴속에 묻어 두고 제발 우리 가족을 바로잡아 주세요. 어르신들은 모두 배운 분들이잖아요." 눈물이 그녀의 볼을 타고 줄줄 흘러내렸다.

　유수프는 충격을 받았다. 이게…… 이게 아킬라라고? 내 어머니를 사바티라고 부른 여자, 해서는 안 될 말을 해서 내 가슴에 불을 지른 여자, 숱한 밤에 나를 잠 못 들게 한 여자, 내 일상에서 평화를 앗아 간 여자, 내 행복을 파괴한 여자…… 그 여자가 맞아? 그녀의 정직성을 의심한 건 잊어버려. 그는 어머니의 마음속에 어떤 생각이 오가고 있을지 짐작조차 할 수 없게 되었다. 아킬라의 연극에 그는 너무 놀라서 어안이 벙벙해졌다.

그가 실어증에 걸린 것처럼 보이는 동안 어머니는 침묵을 지켰다. 짜증과 분노가 솟아나는 샘, 질투의 도가니, 아킬라가 고백하고 성녀처럼 행동하는 태도, 그녀의 이런 얼굴이 그에게는 낯설었다. 이곳에 온 판차야트 위원들은, 이런 민감한 시기에 이 가족 구성원들 자신이 그들의 관계에 생긴 균열을 보여 주면 이 가족의 문제 속으로 들어갈 발판을 얻을 수 있을 거라고 생각했다. 하지만 어머니와 아들은 전략을 미리 짜기라도 한 것처럼 둘 다 침묵의 표상이 되어 있었다.

아킬라가 말을 이었다.

"지금부터 제가 한 번이라도 잘못을 저지르면, 어르신들이 주는 어떤 벌도 받을 각오가 되어 있습니다. 저는 제 어리석음 때문에 제대로 벌을 받았습니다."

그녀의 다음 말은 알아들을 수 없는 중얼거림이 되어서 떠내려갔다. 베굼 부인은 아주 진지한 얼굴로 사람들을 둘러보면서 말했다.

"유수프, 가족이나 가정에서는 이런저런 일이 일어나게 마련이야. 도대체 누가 그런 일 때문에 소동을 벌이나? 자네는 아내를 어떻게 다루어야 하는지, 어머니를 어떻게 돌봐야 하는지, 그것부터 알아야 해."

부덴 씨가 끼어들었다.

"그게 그런 게 아니잖아? 우선 고삐를 잡은 기수가 옳아야 해. 기수가 옳다면 어떤 말도 길들일 수 있는 법이지."

　　메하부브는 눈을 들어 아들을 힐끗 보았다. 그의 이마에 땀방울이 송골송골 맺혀 있었다. 그녀는 아들이 땀을 너무 흘리고 있다고 생각했다. 유수프는 무력감을 느끼고 있었다. 분노는 어디론가 사라져 버렸고, 그의 얼굴에는 비참한 감정만이 떠올라 있었다. 그는 어머니를 어머니 모르게 결혼시키겠다고 약속해 버렸다. 그런데 그가 이 문제를 어머니한테 조심스럽게 말씀드리기도 전에 아킬라가 함부로 꺼내는 바람에, 어머니도 결혼 문제를 거부할 지경에 이르렀다. 그가 아내의 압박을 견디다 못해 어머니를 집에서 내쫓기 위해 결혼시키려 한다고, 어머니가 정말로 그렇게 생각한다면 어떡하지? 어머니가 마음에 상처를 입으면 어떡하지? 어머니가 그의 얼굴에 침을 뱉고 투마쿠루로 떠나 버리면 어떡하지? 그렇게 되면 영영 거절당한 것처럼 느껴질 거야.

　　그는 울지 않았지만, 눈물은 눈에서만 나오는 게 아니다. 그는 제 몸뚱이의 모든 구멍에서 눈물을 흘리고 있었다. 그의 얼굴은 시뻘겠다. 이마에서는 땀이 줄줄 흐르고 있었다. 그의 온 존재가 애통한 외침으로 터져 나왔다. ‘어머니, 어머니, 제발 저를 이해해 주세요. 아내의 고통 때문에 어머니를 멀리 보내려는 게 아니에요. 아내한테 앙갚음하려는 것도 아니에요. 저는 어머니가 행복하기를 원하기 때문에, 어머니가 이 지옥에서 해방되어 조금이나마 평화를 누릴 수 있도록 이 결혼을 준비한 거예요. 제가 이 일을 한 이유는 바로 그거예요, 어머니!’ 그는 어머니한테 다가가려고 애썼지만, 그들은 둘 다 돌로 변해 버렸다. 그들은 세상을 전혀 의식하지 않았다. 유수프의 심장은 녹아서 흘러 나가고 있었다. 그는 순간순간 산산이 부서지고 있었다. 다른 무엇보다도 그의 힘이 줄어들고 있었다. 두려움이 전에 없이 그를 집어삼키고 있었다. 어린 시절의 굶주림이 거인처럼 자라서 그를 통째로 삼키기 위해 입을 벌리고 그에게 다가왔다. 그는 도망치려고 고개를 저었다. 그의 목소리도, 손과 다리의 힘도, 아무것도 남아 있지 않았다. 그는 저항하는 기색도 전혀 보이지 않은 채, 땅속으로 꺼져 들고 있었다. 야릇하고 아주 침착한 목소리, 그에게는 너무나도 소중한 목소리가 들려온 것은 바로 그때였다.

"다들 무슨 소동을 벌이고 있는 거죠? 난 도무지 이해할 수가 없군요."

저게 누구지? 어떤 천사가 이런 희망으로 가득 찬 말을 하고 있지?

"예, 나는 결혼할 거예요. 그건 잘못이 아니잖아요? 나는 누구의 집도 거덜 내고 있지 않잖아요? 모두 행복해야 돼요. 내 아들이 앞장서서 긍지와 사랑으로 이 일을 진행하고 있어요. 내 아들은 내가 젊은 처녀 신부라도 되는 것처럼 모든 준비를 하고 있다고요. 그건 나한테 더없는 행운이랍니다. 여러분이 와서 이 문제에 대해 이러쿵저러쿵 물을 필요도 없고, 우리가 거기에 대답할 필요도 없어요. 우리는 다른 일로 여러분과 교단이 필요해요. 우리는 절대로 공동체를 거부하지 않을 거예요. 그러니까 내일 아침에 내 결혼식에 와 주세요. 그걸로 충분해요."

메하부브의 마음이 뜻밖의 방향으로 돌아섰다. 아들 유

수프나, 그처럼 넉살 좋게 뻔뻔한 태도를 보이고 있는 아킬라가 고개를 돌려 그녀를 보았다면, 그녀는 폭발하는 화산이 되었을 것이다. 그러나 그 순간 그녀가 내린 결정은 자신의 삶을 위해서가 아니라 아들의 가정에 평화를 보장해 주기 위한 것이었다.

그녀가 간접적으로 그들에게 떠날 것을 요구하고 있음을 알아차리고, 판차야트 위원들은 그녀의 말이나 행동에서 어떤 흠을 찾을 수 있을까 생각했다. 메하부브는 천천히 자기 집으로 들어갔다.

유수프가 회복되기 시작했다. 그는 판차야트 위원들이 아직도 거기에 앉아 있는 것을 보고 아주 부드럽게 말했다.

"아킬라, 당신도 당신 자식들이 당신 결혼식을 준비해 주는 행운을 누릴 수 있기를 바랄게." 그렇게, 평생 가고도 남을 만큼 신랄한 독설을 뱉었다.

아킬라는 벼락을 맞은 듯한 기분을 느꼈다. 그녀는 덜덜 떨면서 외쳤다.

"아니, 여보, 제발 그러지 마. 그렇게 나를 저주하지 마."

그녀는 남편의 저주가 실현되면 자신이 맞닥뜨려야 할 문제들을 생각하면서, 문나를 안고 흐느껴 울기 시작했다. 판차야트 위원들은 눈짓을 교환하고, 더는 아무 말도 하지 않고 밖으로 나갔다. 걷잡을 수 없이 흐느끼는 아킬라의 울음소리가 집의 적막을 꿰뚫었지만, 울지 말라고 말릴 사람은 아무도 없었다. 유수프는 결혼식 준비를 마무리하려고 집을 나섰다.

# 붉은 룽기

　여름방학이 오면 엄마들은 끝없는 고통에 시달리게 된다. 아이들은 모두 집에 있다. TV 앞에 없을 때는 앞마당의 구아바나무 위에 올라가 있거나 담벼락 위에 올라가 있다. 아이들 가운데 하나가 떨어져 팔이라도 부러지면 어떡하지? 다리라도 부러지면? 하지만 그것만이 아니다. 집은 울음소리와 웃음소리로 가득하고, 다른 세계에서 온 듯한 정체불명의 정의 체계에 따른 처벌이 난무한다. 여름방학이 시작되면서 라지아의 두통이 더욱 심해진 것은 그 때문이다. 양쪽 관자놀이가 욱신거리고, 뜨거운 머리는 터질 것 같고, 목 핏줄은 당장이라도 끊어질 것 같았다. 아이들은 차례로 다가와서 불평하고 불평하고 또 불평했다. 그리고 불평하는 틈틈이 빽빽 소리를 지르고 울어 댔다. 게다가 아이들의 놀이란 것도…… 칼싸움, 따발총, 폭탄 던지기…….

　"이제 그만!" 그녀는 머리에 끈을 질끈 동여매고 거실에 놓여 있는 소파에 누워서 생각했다. 이제는 어떤 소음도 참고 견딜 수 있는 상태가 아니었다. TV는 음량을 낮추긴 했지만 여전히 켜져 있었다. 그녀는 엄격하게 경고했고, 마침내 두 다리를 쭉 뻗고 쉴 수 있으리라 기대하고 있던 바로 그때, 아이들 가운데 하나가 비명을 질렀다. "큰엄마! 큰엄마! 누나가 날 꼬집어요!" 그 순간 그녀는 끝없는 분노에 사로잡혔다. 그녀는 속으로 아이들을 저주하면서 소파에서 일어났다.

'이 집엔 망나니 같은 녀석들이 벌써 여섯이나 되는데, 둘-둘, 셋-셋인 시동생들의 아이들도 모두 방학을 보내러 왔고, 여동생들의 아이들도 와 있어. 세상에, 나더러 어떡하라고?' 이런 생각을 하고 있을 때, 남편 라티프 아마드가 들어왔다. 그는 아내의 상태를 보고 조심스러워졌다. 아내는 아이들이라면 질색을 하고 알레르기 반응을 일으켰다. 처음에는 편두통, 다음에는 아내의 불편함에 떠들썩함으로 양념을 더하는 아이들……. 그는 곁눈질로 아이들을 보고 낭패감을 느끼는 와중에도 아이들을 헤아리기 시작했다. 하나, 둘, 셋, 넷…… 모두 열여덟 명이었고, 나이는 세 살에서 열두 살 사이였다.

라지아가 미처 입을 열기도 전에, 그리고 그가 아이들을 꾸짖고 있을 때("애들아, 모두 조용히 앉아. 떠드는 녀석에게는 아무것도 안 줄 거야.") 후사인이 농장에서 딴 망고를 한 바구니 들고 그를 따라 들어왔다. 아이들이 소리를 지르며 망고 바구니로 달려들자, 이번에는 라티프 아마드가 놀랄 차례였다. 그는 속수무책으로 아내를 바라보고는 욕실 쪽으로 걸어갔다. 라지아는 두통을 견딜 수가 없어서 가까이에 있는 아이 한두 명을 붙잡아 손바닥으로 찰싹 때렸다. 그녀 앞에는 고통이 끊임없이 계속될 여름 한 철이 놓여 있었고, 거기서 빠져나갈 길은 전혀 없었다. 결국 그녀는 아이 몇 명을 어떻게든 장기 요양시키기로 마음먹었다. 그녀가 궁리해 낸 방법은 할례였다. 포경수술을 받게 하는 것이다.

그녀의 계산에 따르면, 열여덟 명의 아이들 가운데 여덟 명은 여자니까 수술 대상에서 제외된다. 나머지 열 명 가운데 넷은 여덟 살, 여섯 살, 네 살로 짝수 나이여서, 그 꼬마 악마들도 제외해야 할 것이다. 나머지 여섯 명에게 할례를 받도록 하겠다는 그녀의 결정에 라티프 아마드는 항의 한마디 없이 동의했다.

그들은 벵갈루루*의 도심에 사는 부유한 집안이었다. 라티프 아마드의 남동생 여섯 명은 정부 관리여서 각자 다른 곳에 살고 있지만, 라티프 아마드는 맏이였기 때문에 가족 행사는 그의 집에서 이루어졌다. 이런 일에 돈 쓰는 것을 라지아는 주저하지 않았다. 그녀는 그것을 자신의 의무로 생각했다. 그리고 할례를 받을 수 있는 여섯 명의 남자아이 가운데 둘은 자기 여동생들의 아들이라는 사실도 그녀에게 기쁨을 안겨 주었다.

라지아의 지시로 할례 준비가 시작되었다. 우선 붉은 천을 몇 미터 샀다. 아이들도 큰엄마와 함께 준비를 시작했

---

* 인도 카르나타카주의 주도.

다. 그녀는 천을 치수에 맞게 잘라서 룽기*를 만들었다. 여자아이들은 할 일이 많았다. 룽기에 세퀸**을 꿰매어 달고 무늬를 그려 넣어야 했다. 하지만 여섯 명의 남자아이가 쓸 룽기에 몇 미터나 되는 천을 다 쓸 필요는 없었다. 천이 많이 남았다. 남는 천을 어떻게 할까 궁리하던 그녀의 머리에 문득 좋은 해결책이 떠올랐다. '그래, 우리 집 요리사인 아미나에게 아리프라는 아들이 있지. 일꾼의 아들 파리드도 있어. 가난한 집 아이들도 할례를 받게 해 줘야지.' 그녀는 이 생각을 당장 실천에 옮겼다.

시내에는 모스크가 다섯 군데 있었다. 자미아 마스지드, 마스지드-에-누르 그리고 나머지 세 곳. 금요일 예배가 끝난 뒤, 이 다섯 모스크의 사무관들이 마이크를 잡고 알렸다. "라티프 아마드 씨가 신에게 바치는 봉헌으로, 다음 금요일 오후 예배가 끝난 뒤 집단 '순나트-에-이브라힘'***을 준비했습니다. 관심이 있는 분은 자제 이름을 미리 등록하셔야 합니다."

그들은 보통 쓰는 표현으로 '할례'라고 말할 수도 있었을 것이다. 하지만 연단 위에서 마이크를 통해 나오는 말은 공식적이어야 하기 때문에, 사무관은 할례라고 말하는 대신

* 허리에 둘러 발목까지 내려오게 입는 남성용 치마. 통기성이 좋아 더운 기후에 적합하기 때문에, 특히 인도 남부에서 많이 입는다.
** 옷에 장식으로 다는 둥근 모양의 작은 금속 조각.
*** '이브라힘을 위한 의식'. 예언자 이브라힘이 알라의 뜻에 절대 복종한 것을 기리기 위해 행해지는 의식으로, 대개는 동물을 제물로 바치는 희생제를 의미한다.

그것을 '순나트-에-이브라힘'이라고 불렀다. 하지만 뜻은 똑같다. 아이들은 신나는 의식을 기대하지만, 결국에는 큰 소리로 함께 비명을 지르는 단체 행사로 끝난다.

모든 게 라지아의 예상대로 진행되었다. 가난한 사람들이 몰려와서 아이들 이름을 등록했다. 라지아는 계속 천을 잘라 룽기를 만들고 또 만들었다. 그녀의 집에 있는 아이들만 스팽글로 장식되고 금박 실로 수놓은 화려한 룽기를 허리에 감게 되었다. 다른 아이들의 룽기는 아무 장식도 없는 붉은 천이었다. 그녀의 아들 사마드의 룽기에는 스팽글이 너무 많이 달려서, 천의 색깔도 보이지 않을 정도였다. 밀과 코프라*가 담긴 자루가 몇 포대씩 들어왔다. 그녀의 집에 있는 아이들을 위해서는 가장 좋은 우유로 만든 버터기름과 아몬드, 건포도와 대추야자를 사들였다.

아이들은 묘하게 들뜨고 흥분해 있었다. 모두 행복했다. 축제 분위기였다. 어느새 금요일이 되었다. 오후 예배가 끝나자 라티프 아마드는 재빨리 점심을 먹고 모스크 옆에 있는 경내에 나타났다. 그곳에는 많은 사람이 모여 있었다. 할례를 받게 될 아이들만이 아니라 아이를 데려온 부모들도 모두 줄지어 있었다. 많은 청년들이 자원봉사자로 참여했다. 그들은 모두 하얀 샬와르**나 주바***를 입었고, 머리에는 하얀 모자를 쓰거나 하얀 천을 두르고 있었다. 그들은 금

* 코코넛 속살을 잘라서 말린 후 설탕이나 향신료로 맛을 낸 간식.
** 남아시아 지역에서 입는 바지. 허리 부분은 헐렁하여 끈으로 매어 입고, 바짓부리는 좁아지는 형태다.
*** 무슬림들이 착용하는, 긴소매에 품이 넉넉한 코트 같은 외출복.

요일 예배를 위해 목욕을 했기 때문에 모두 산뜻하고 깨끗해 보였다. 많은 이들이 수르마*로 아이라인을 그리고 향수를 아낌없이 발랐기 때문에, 공기 중에는 좋은 냄새가 가득했다.

가까운 마드라사** 안에서는 할례 준비가 끝난 참이었다. 레슬러 같은 체격을 가진 이브라힘이 그날의 특별 게스트였다. 그의 이두박근은 하얀색 얇은 무명 주바 안에서 더욱 두드러져 보였다. 할례를 시술하는 것이 그의 전통적인 직업이었다. 평소에는 이발사로 일했다. 그는 널찍한 마드라사 강당의 한구석에서 필요한 준비를 했다. 그는 바삐 돌아다니며 청동 단지를 거꾸로 뒤집어 놓았다. 할례 의식을 위해 가져온 것이었다. 그 청동 단지가 반짝반짝 윤이 나도록, 라지아는 아미나를 시켜서 타마린드 주스로 그 단지를 두세 번 닦게 했다. 곱게 체로 친 재가 가득 든 접시가 단지 앞 마룻바닥에 놓여 있었다.

이브라힘은 마음에 들 때까지 모든 준비 상황을 꼼꼼히 점검했다. 그는 경험이 많은 전문가였다. 일단 그가 칼을 내려놓으면 할례는 완벽하게 끝나고 상처는 덧나지 않고 나을 거라고 사람들은 말했다. 그의 시술 능력은 그만큼 명성이 자자했다. 강당의 다른 구석에서는 청년들이 커다란 카펫을 펼쳐 놓고 주름을 펴고 있었다. 이브라힘은 모든 것을 다시 한번 확인한 다음 천천히 일어섰다. 그는 주머니에서 면도칼을 꺼내 자신의 왼손바닥으로 날이 잘 드는지 확인한 다음 지시를 내렸다.

"아이들을 하나씩 데려오게."

초조한 표정으로 그 옆에 서 있는 것은 압바스라는 이름의 자원봉사자였다. 그는 끝내 참지 못하고 불쑥 말했다.

"그 칼을 주시면 뜨거운 물로 소독해서 다시 가져올게요. 칼을 소독하기 위해 '데톨'*을 조금 추가할 수도 있을 겁니다."

압바스가 아까부터 그곳에 있는 것을 곁눈질로 알아차렸던 이브라힘은 압바스의 머리가 대학 물로 오염되었을 거라고 짐작했다. 그는 사회의 해충이라도 대하는 것처럼 경멸하는 눈으로 압바스를 바라보며 조롱하듯 그 이유를 물었다.

"패혈증에 걸릴 가능성이 없도록……." 당황한 압바스의 목소리가 점점 작아졌다. 이브라힘이 조롱을 멈추지 않고, 그런 감염증에 걸려 본 적이 있느냐고 물었기 때문이다. 압바스의 친구들이 사방에서 킥킥 소리를 내며 웃기 시작했다. 압바스는 화가 나서 그들을 꾸짖었다. "니들은 모두 미개한 야만인들이야." 그러고는 그 자리를 떠나 버렸다.

이브라힘은 의기양양하게 미소를 짓고 다시 한번 외쳤다.

"자, 한 명씩 이리 와."

밖에 서 있던 자원봉사자들은 소년들에게 속옷을 벗으라고 지시했다. 줄지은 아이들의 맨 앞에는 아리프가 서 있

* 항균성 소독제의 브랜드.

었다. 그는 열세 살쯤 된, 다 자란 소년이었다. 사내아이들은 대개 아홉 살이 되기 전에 할례를 받아야 했지만, 그의 어머니 아미나는 그 시술에 필요한 돈이 없었다. 그가 샬와르를 벗은 다음 셔츠를 끌어 내려 아랫도리를 가리는 것을 보고 주위에 있던 사람들이 소리 내어 웃었다. 한 젊은이가 웃음을 참으려고 애쓰면서 아리프의 등을 가볍게 쳐서 강당 안으로 밀어 넣었다.

네댓 명의 청년들이 아리프를 잡아서 청동 단지 위에 앉혔다. 그는 당황했다. 무슨 일이 일어나고 있는지 미처 알아차리기도 전에 힘센 두 팔이 뒤에서 그의 겨드랑이 밑으로 들어오더니, 그의 넓적다리를 잡고 다리를 양쪽으로 벌렸다. 그가 겁에 질려 비명을 지르기 시작했을 즈음에는 이미 두 사람이 그의 왼팔과 오른팔을 단단히 잡고 있었다. 그의 심장은 큰 소리로 고동치고 있었다. 그는 달아나고 싶었다. 하지만 그를 붙잡고 있는 청년들은 그보다 더 재빠르고 힘이 셌다. 그들은 그가 몸을 꿈틀거리지도 못할 만큼 단단히 잡아 누르고 있었다. 그는 온 힘을 다해 벗어나려고 애썼지만 소용이 없자, 목이 찢어져라 비명을 질렀다. "놔, 이거 놔, 엄마…… 알라여!" 그러자 기다리고 있었던 것처럼 서너 명의 목소리가 말했다. "그렇게 소리를 지르면 안 돼. 딘이라고 해야지, 딘." 아리프는 헐떡거리는 틈틈이 그 말을 되풀이했다. "딘— 딘— 알라— 알라— 엄마— 안 돼……."

이 모든 드라마가 진행되는 동안, 이브라힘은 종잇장처럼 얇은 대나무 조각 하나를 침착하게 집어서 그것을 아리프의 생식기에 대고, 포피만 대나무 조각 앞쪽에 있도록 위치를 조정했다. 청년들 가운데 하나가 아리프의 얼굴을 한 쪽으로 돌리고는 다그쳤다. "어서 말해. 딘이라고 해. 빨리 말해, 빨리." '딘'이라는 낱말은 많은 뜻을 가지고 있었다. 믿음, 신앙, 진리……. 아리프는 그 가운데 어떤 의미도 모른 채 목이 터져라 그 말을 외쳤다. 딘! 딘! 혀가 바싹 말랐다. 땀이 등을 타고 줄줄 흘러내렸다. 몸에 열이 났다. 손과 다리는 공포로 차가워졌다. 거기서 벗어나기 위해 마지막 몸부림을 쳤지만 헛수고였다.

"얘, 왜 그래?" 그의 다리를 누르고 있던 자원봉사자들 가운데 하나가 물었다. "놔주세요. 제발요. 오줌이 마려워요." 그는 애원했지만 "잠깐만 참아. 그러면 보내 줄 테니까." 하는 대답만 돌아왔을 뿐, 그들은 그를 더욱 단단히 잡아 눌렀다. 바로 그 순간 이브라힘이 등 뒤에 있던 면도칼을 꺼내더니, 대나무 조각 앞쪽에 있는 아리프의 생식기 부분을 날로 그었다. 포피가 재로 가득 찬 접시로 떨어졌다. 상처에서 피가 솟구쳤다. 이브라힘은 접시에서 재를 조금 집어, 그것을 베인 상처에 천천히 뿌렸다. 뚝뚝 떨어지는 피는 재와 섞였고, 출혈이 줄어들기 시작했다. 아리프의 얼굴은 창백했다. 온몸이 땀에 흠뻑 젖어 있었다. 입에서는 아직도 헐떡거리는 소리가 새어 나오고 있었다. 두 젊은이가 그를 들어 올리더니 강당 구석으로 데려가서 바닥에 눕혔다.

차가운 시멘트 바닥이 엉덩이에 닿자 통증이 조금 줄어들었다. 하지만 상처 부위에는 여전히 타는 듯한 통증이 있었다……. 몇몇 젊은이가 다른 아이를 붙잡고 이브라힘 쪽으로 달려갔다. 압바스가 다가오고 있었다. 압바스는 컵에 담긴 물을 아리프의 입안에 조금 부어 주고, 그에게 부채질 해 주기 시작했다. 바로 그때, 또 다른 목소리가 천둥처럼 울려 퍼졌다. "딘― 딘―!" 아리프가 아직도 배를 움켜잡고 통증에 몸부림치고 있을 때, 청년들은 다른 아이를 데려와 서 매트에 눕혔다.

"딘! 딘!" 다른 목소리들이 계속 비명을 질렀다. 여기저 기서 아이들이 통증 때문에 몸부림치며 뒹굴었다. 아리프는 타는 듯한 통증에 시달리면서도 눈이 스르르 감기고 있었 다. 졸음이 그를 덮쳤지만, 잠은 올 때만큼 갑자기 사라졌다. 그는 자기도 모르는 사이에 깨어 있었다. 그는 두세 번 자다 깨다를 되풀이하다가 차츰 깊은 잠에 빠져들고 있었다. 바 로 그때 누군가가 그를 상냥하게 흔들어 깨우기 시작했다. 통증은 아직 가시지 않았지만, 아주 참을 수 없을 정도는 아 니었다. 그는 천천히 눈을 떴다. 압바스가 눈앞에 서 있었다. 그는 동정하는 얼굴로 물었다. "아리프, 걸을 수 있겠냐? 저 길 봐. 네 어머니가 오셨어."

아리프는 누워 있는 자리에서 어머니를 보려고 애썼다. 여기저기 찢어지고 숭숭 뚫린 부르카로 몸을 감싼 어머니는 남자들 앞으로 오지도 못하고, 아들을 그런 상태로 놔둔 채 갈 수도 없어서 발만 구르고 있었다. 그녀는 문 너머에 선 채 얼굴을 살짝 내밀어 강당 안을 엿보고 있었다. 어머니의 색 바랜 부르카를 보자 아리프는 조금 힘이 났다. 압바스는 아리프를 부축하여 일으켜 세웠고, 그들은 천천히 걸어서 아리프의 어머니에게 다가갔다.

문이 가까워졌을 때, 등받이 없는 의자에 앉아 있던 라티프 아마드가 아리프의 손에 봉지 하나를 쥐여 주었다. 아리프는 심한 통증에 시달리면서도 봉지 안을 슬쩍 들여다보았다. 봉지 안에는 밀과 코프라가 가득 들어 있었다. 작은 플라스틱 용기에는 설탕이 들어 있었고, 또 다른 플라스틱 용기에는 버터가 들어 있었다. 그의 입안에 침이 고이기 시작했다. 강당 안으로 들어가려던 한 아이가 입구 계단에 쓰러져 울기 시작했다. 아리프는 영웅처럼 꼿꼿이 서서 그 아이를 내려다보며 소리쳤다. "수반, 겁내지 마. 딘…… 딘이라고 말해. 그러면 아무 일도 일어나지 않을 거야." 그는 이미 선임자로서 약간의 권위를 얻고 있었다. 아리프는 절뚝거리며 밖으로 나갔다. 아미나는 그의 손에서 봉지를 받아 들고 바깥 베란다에 그를 앉혔다. 그는 허리에 두른 룽기가 상처에 닿지 않도록 두 다리를 벌리고 조심스럽게 앉았다. 줄을 서서 차례를 기다리고 있던 한 아이가 큰 소리로 그에게 물었다. "아리프, 많이 아파?" 아리프는 아픈 티를 얼굴에 드러내지 않으려고 조심하면서 대답했다. "아니, 전혀 아프지 않아. 조금도 안 아파."

턱수염을 기른 중년 남자가 가까이에 서 있다가 그 말을 듣고는 50루피짜리 지폐 한 장을 주면서 말했다. "잘했다, 애야. 자, 이거 받으렴. 이걸로 몸조리해." 줄을 서 있던 아이들이 부러운 눈으로 그를 바라보았다. 안에서 비명 소리가 들려왔다. "딘…… 딘…… 안 돼…… 알라……." 또 다른 아이가 안으로 떠밀려 들어갔다.

아이들은 하나씩 안으로 들어갔다가 붉은 룽기를 허리에 두르고 나왔다. 그 여자가 도착한 것은 그때였다. 그녀는 몹시 말랐고 눈은 움푹 들어가 있었다. 허리는 보이지 않았지만, 놀랍게도 그녀는 아이 하나를 안고 있었다. 누덕누덕 기운 블라우스가 찢어진 사리 밑에 숨어 있었다. 그녀는 다른 손으로 예닐곱 살쯤 되어 보이는 사내아이의 손을 잡아끌고 있었다. 아이는 끌려가지 않으려고 몸을 이리저리 뒤틀었지만, 그녀는 아이의 손을 꽉 잡고 놓지 않았다. 아이의 울음소리는 애처로웠다. 여자는 찢어진 사리를 머리 위로 조금 끌어올리려고 애썼지만, 그 과정에 사리가 더 찢어져 버렸다. 그녀는 자신에게도 들리지 않을 만큼 작은 소리로 불렀다. "나리!"

누군가와 열심히 대화를 나누고 있던 라티프 아마드는 고개를 돌려 그녀를 보고는 물었다. "무슨 일인가?"

아이는 더 큰 소리로 울기 시작했다.

"이 아이도 할례를 받게 해 주세요, 나리." 그녀가 말했다.

"아니야, 아니야. 난 싫어." 아이가 외치고는 달아나려 했다.

어머니는 아이의 팔을 꽉 움켜잡았다. 머리에 쓴 베일이 미끄러져 떨어졌다. 쭈글쭈글한 배, 툭 튀어나온 쇄골, 움푹 꺼진 눈, 누덕누덕 기운 블라우스, 이 모든 것이 라티프 아마드의 눈을 불쾌하게 했다. 그는 바닥 쪽으로 눈길을 돌리고 아이를 나무랐다.

"조용히 서 있어. 교단에 속하고 싶지 않아? 할례를 받을 때까지는 무슬림이 될 수 없어. 계속 그런 상태로 남아 있고 싶어?"

"전 이미 할례를 받았는걸요." 아이는 흐느껴 울면서

137

내뱉듯이 사실을 밝혔다.

"하지만 그때는 할례가 제대로 되지 않았으니까 한 번 더 받아도 돼요." 당황한 어머니가 얼른 말했다.

라티프 아마드는 뭔가 잘못된 모양이라고 생각했지만 확신할 수는 없었다. 그는 가까이에 서 있는 젊은이들 가운데 하나를 불렀다.

"이봐 사미, 저 아이를 붙잡아서 무슨 일이 일어났는지 살펴보게."

재미난 일이 일어나기를 기다리고 있던 짓궂은 아이들 몇이 갑자기 아이를 번쩍 들어 올렸다. 그중 하나가 아이의 바지를 끌어 내렸다. 어른 치수에 맞게 만들어져 헐렁하던 바지는 쉽게 벗겨졌다. 모두 입술과 눈에 웃음기가 어리는 것을 참고, 호기심 어린 눈으로 바라보았다.

"할례는 제대로 되었는데요."

아이들은 억누르고 있던 웃음을 터뜨렸다. 남자들 가운데 하나가 벌컥 화를 내며 심술궂게 말했다.

"아줌마, 남편도 데려와서 할례를 받게 하고 밀과 코프라를 받아 가지 그래."

또다시 웃음이 터졌다.

손이 풀려나자마자 아이는 서둘러 바지를 끌어 올리고 사라졌다. 어머니는 실밥이 드러난 사리 자락을 머리 위로 끌어 올리고 발을 무겁게 질질 끌면서 멀어져 갔다. 한 남자가 넌더리가 난다는 듯이 침을 뱉으며 말했다.

"세상에는 정말 별의별 종자가 다 있다니까…… 도대체 어느 정도까지 타락할지."

그녀가 떠나고 잠시 후 라티프 아마드는 불편한 기분을 느끼기 시작했다. 주위에 그렇게 많은 빈곤과 불행이 있다면, 그렇게 몰인정하게 굴 필요도 없지 않을까? 그 여자의 모습이 거듭해서 그의 눈앞에 나타났다. 그 여자를 빈손으로 보내지 말았어야 하는 건데……. 그는 마음이 불안해지기 시작했다. 주위를 둘러보았지만, 그녀는 나타났을 때처럼 갑자기 사라진 뒤였다.

줄은 계속 앞으로 움직이고 있었다. 붉은 룽기를 허리에 두른 아이들이 계속 밖으로 나오고 있었다. 라티프 아마드는 초조하게 시계를 보았다. 벌써 오후 5시였다. 명의로 이름난 프라카시 박사는 라티프 아마드에게 당신 집안 아이들이 할례를 받을 수 있도록 6시까지 병원으로 데려오라고 말했다. 그 아이들은 지금 뭘 하고 있을까? 라지아는 아침에 아이들을 모두 목욕시켰고, 맏아들 사마드는 각별한 사랑으로 더욱 정성스럽게 몸을 씻겼다. 지난 6년 동안, 그러니까 사마드가 다섯 살이 되었을 때부터 그녀는 줄곧 남편에게 말하고 있었다. "아이가 너무 말랐으니 할례를 받게 합시다." 할례를 받고 나면 사마드의 몸무게가 조금은 늘어날 거라고 그녀는 기대했다. 하지만 라티프 아마드는 용기를 내지 못하고, 할례를 미루기 위해 이런저런 핑계를 댔다. 마침내 그때가 온 것이다. 하지만 그는 아직도 좀 불안했다.

라지아의 제부들이 아이들의 할례 의식 때문에 와 있었다. 라지아의 여동생들도 집에 오기 위해 장거리 여행을 했다. 집은 손님들로 가득 찼다. 아이들은 모두 새 옷을 입었다. 할례를 받게 될 아이들은 으스대며 돌아다녔다. 남자들은 젊은이든 늙은이든 가리지 않고 모두 집단 할례 행사를 위해 모스크에 모였고, 시내의 젊은 여자들과 나이든 여자들은 대부분 라티프 아마드의 집에 모였다.

점심을 먹은 뒤, 그들은 셰르와니*를 입고 금실로 수놓은 모자를 쓴 사내아이들을 한 줄로 앉혔다. 발까지 내려올 만큼 기다란 화환이 아이들 목에 걸렸다. 손목에는 재스민 꽃으로 엮은 팔찌를 찼다. 복을 빌어 주는 사람들이 왔다. 그들은 아이들을 꼭 껴안았다. 누구는 아이들 손가락에 금반지를 끼워 주었고, 누구는 아이들에게 금목걸이를 선물했다. 아이들이 받은 500루피나 100루피짜리 지폐는 너무 많아서 셀 수도 없을 정도였다. 그곳에 온 사람들은 모두 아이들의 머리 위에서 손가락 관절을 뚝뚝 꺾어서 불운을 내쫓는 의식을 치렀다. 구장잎과 바나나, 카르지카이** 같은 간단한 음식이 나누어졌다. 아무도 서로 이야기를 나눌 시간이 없었다. 집은 혼란과 혼돈과 야단법석으로 가득 찼다.

그 여자는 라티프 아마드의 앞쪽에 서 있었다. 라티프 아마드는 서 있느라 지친 나머지 의자를 가져오게 해서 거기에 앉아 집단 할례 행사를 감독하고 있었다. 그가 하품을

---

* 남아시아 지역에서 남성들이 착용하는 전통 의상으로, 칼라가 달렸고 길이가 무릎 아래까지 내려오며 앞면에 단추가 달린 것이 특징이다. 19세기에 영국의 프록코트에서 영향을 받아 발전했으며, 특별한 행사나 격식 차린 자리에 참석할 때 입는다.
** 코코넛과 견과류가 들어간 파이 형태의 달콤한 디저트로, 얇게 반죽한 페이스트리 안에 달콤한 속을 채워 반달 모양으로 접어 기름에 튀긴다. 북인도에서는 '구지아'라고 부른다.

하려고 입을 벌리는 순간, 그녀가 그 앞에 나타났다. 그녀는 비쩍 말랐지만, 젖가슴은 쭈그러들지 않았다. 낡은 스웨터가 부푼 젖가슴을 가리고 있었다. 머리에는 낡은 스카프를 둘렀고, 두 손으로 무언가를 안고 있었다. 그녀가 가슴에 끌어안고 있는 것은 헝겊으로 싼 꾸러미였다.

"나리! 이 아이도 할례를 받게 해 주세요."

라티프 아마드는 여자의 품에 안겨 있는 아이를 보았다. 생후 한 달밖에 안 되어 보이는 핏덩이가 천 조각에 싸여 있었다. 그는 고개를 들어 아기 엄마를 쳐다보았다. 그는 가까이에 서 있는 남자들이 자신을 에워쌀까 봐 불안해졌다. 그들이 뭔가 추잡한 말을 할지도 모른다. 그는 아무 말도 하지 않고 주머니에서 100루피짜리 지폐를 꺼내 여자 손에 쥐여 주었다. 그 여자가 마치 사마드를 안고 자기 앞에 서 있는 라지아처럼 느껴지기 시작했다. 여자는 그 자리에 1분도 더 머물지 않고, 뒤도 한 번 돌아보지 않고 빠른 걸음으로 멀어져 갔다. 그러자 아까 왔던 여자에게도 돈을 몇 푼이나마 주었어야 했다는 생각이 또다시 그를 괴롭히기 시작했다. 하지만 그러면…… 또 다른 여자…… 또 다른 여자…… 또…… 그들은 그렇게 계속 올 것이다. 그 끝은 어디에 있을까? 마지막 아이의 할례가 끝난 뒤, 사람들을 모두 집으로 돌려보낸 뒤에야 비로소 라티프 아마드는 마음이 차분해지기 시작했다. 이제는 집에 있는 아이들을 돌봐야 할 차례였다.

그가 집에 도착했을 즈음에는 모두 의사에게 갈 준비가 되어 있었다. 프라카시 박사는 라티프 아마드에게 이렇게 말했다. "6시까지는 모두 와야 합니다. 국소마취를 해서 수술하면 아이들은 어떤 통증도 느끼지 않게 될 겁니다. 밤에 잠자리에 들면 아침에는 상쾌한 기분으로 깨어날 겁니다." 그리하여 저녁에는 온 가족이 프라카시 박사의 아동 병원 수술실 앞에 모였다. 아이들 가운데 몇몇은 울고불고 난리를 피웠지만, 수술은 아무 문제 없이 이루어졌다.

그들은 수술받은 아이들을 집에 데려온 뒤, 선풍기 아래의 푹신한 매트리스 위에서 자게 했다. 이곳에는 지극정성으로 아이들을 보살펴 줄 사람들이 있었다. 이따금 아이들 가운데 한둘이 아파서 신음할 뿐, 다른 소리는 전혀 들리지 않았다. 집 안에 웃음소리와 잡담 소리와 축제 분위기가 끊이지 않았다. 여덟 시간마다 아이들을 깨워서 우유와 진통제를 섞은 간식을 먹이고 다시 재웠다. 이튿날은 아이들 대부분이 회복되었다. 아이들 치료에 도움이 될 좋은 음식은 충분했다. 우유, 버터, 아몬드, 대추야자…… 모든 음식이 실컷 먹고도 남아서 내다 버리기까지 했다.

집단 할례 행사가 끝난 지 닷새 뒤, 앞마당에서 시끄러운 소리가 들려왔다. 라지아는 계단을 내려와 밖을 내다보았다. 그리고 요리사인 아미나의 아들 아리프가 구아바나무 위에 올라가서 설익은 열매를 따고 있는 것을 보고 깜짝 놀랐다. 하인 두 명이 아리프에게 내려오라고 소리를 지르고 있었다. 아미나는 나무 밑에 서서 하인들과 아들에게 번갈아 애원하고 있었다. 아리프는 열매를 실컷 딴 뒤, 유유히 아래로 내려왔다. 하인들이 붙잡아서 라지아 앞에 데려왔을 때, 아리프는 셔츠 주머니에서 구아바열매를 또 하나 꺼내 태연히 베어 물었다. 라지아는 하인들에게 아리프를 놔주라고 말하고는 놀란 얼굴로 물었다. "상처는 다 나았니?"

"예, 마님." 아리프는 대답하고, 부끄러워하거나 망설이지도 않고 룽기 자락을 양쪽으로 벌렸다. 라지아는 제 눈을 믿을 수가 없었다. 아이의 상처에는 반창고 하나 붙어 있지 않았다. 절개한 부위는 아물어 있었다. 고름도 없고 감염증도 없었다. 상처는 깨끗이 나았다. 그런데 그녀의 아들 사마드는 아직 다리를 펴지도 못했다. 항생제를 먹고 있는데도 상처가 감염되었다. 바로 그날 아침, 사마드는 목욕을 해야 했지만 한 걸음도 떼지 못했다. 그들은 사마드를 욕실로 데려가서 목욕용 의자에 앉혔다. 상처가 물에 젖지 않도록 소독한 스테인리스 컵을 상처에 씌운 다음 그를 목욕시켰다. 목욕이 끝난 뒤에 사마드는 기진맥진했다. 하인들은 그의 몸에서 물기를 조심조심 닦아 냈다. 프라카시 박사가 보낸 간호사가 와서 상처에 새 붕대를 감아 주고 주사를 놓았다. 그런데 여기 이 아이는 나무 위에서 원숭이처럼 놀고 있었다. 그녀는 묻지 않을 수 없었다.

"아리프, 너는 무슨 약을 먹었니?"

"어떤 약도 먹지 않았는데요. 그날 사람들이 상처에 재를 뿌려 주었을 뿐이에요……."

사실 라지아는 할례가 이 가난한 아이들에게는 어떻게 이루어졌는지 알지 못했다. 그녀는 아이들의 상처에 재가 뿌려졌다는 말을 듣고 몹시 불안해졌다. 그 가엾은 아이들 가운데 하나라도 죽으면 어떻게 될까 걱정하면서 그녀는 집 안으로 들어갔다. 위층에서 자고 있는 아이들을 모두 살펴

본 뒤 그녀는 아들에게 갔다. 사마드도 자고 있었다. 과일, 각종 사탕, 비스킷과 말린 과일이 침대 옆 탁자에 높이 쌓여 있었다. 그녀는 앞마당을 내려다보았다. 아리프가 보이면 그 아이를 위층으로 불러서 비스킷 한 봉지 정도는 줄 생각이었다. 하지만 아리프는 어디에도 보이지 않았다. 그녀는 얇은 담요를 아들에게 덮어 주고 아래층으로 내려가, 식사 준비를 살펴보려고 주방으로 갔다.

할례를 받은 아이들을 위해 닭고기 수프를 준비해야 했다. 집에 머물고 있는 손님들을 위해서는 필라프*와 쿠르마**를 만들어야 했다. 그녀는 주방에 들어온 지 10분도 지나기 전에 불안해지기 시작했다. 아미나는 빠른 손놀림으로 부지런히 일하고 있었지만, 그녀가 직접 나서지 않으면 음식이 제시간에 준비되지 못할 거라는 생각이 들었다. 그런데도 그녀는 주방에 머물고 싶지 않았다. 그녀는 살펴보고 있던 닭고기를 놓아두고 위층으로 달려갔다. 아까 아래층으로 내려올 때 사마드를 깨우지 않으려고 문을 닫아 두었는데, 이제 그 문을 연 순간, 심장이 멎어 버릴 듯한 비명 소리가 그녀의 입에서 터져 나왔다. 마치 검은 장막이 위에서 내려와 그녀의 눈을 가린 것 같았다. 친척들이 그녀의 비명을 듣고 각자의 방에서 뛰쳐나왔을 때, 그들의 눈에 들어온 것은 기절한 라지아와 피에 흠뻑 젖은 채 마룻바닥에 쓰러져 있는 사마드였다. 사마드는 잠이 깨자 어머니를 찾으러 침

---

* 쌀에 고기와 양념을 넣어서 볶은 요리.
** 요구르트나 크림에 아몬드를 넣은 요리.

대에서 내려왔고, 문에 다다랐을 때쯤 의식을 잃고 쓰러지면서 머리가 벽에 부딪혔던 것이다. 머리에서 피가 나오기 시작했다. 수술로 생긴 상처도 벌어져서 피가 뚝뚝 떨어지고 있었다. 결국 사마드는 병원에 입원해야 했다.

열하루째 되는 날, 라티프 아마드 집안의 아이들은 그제야 목욕재계를 했다. 그날은 사마드도 병원에서 퇴원한 날이었다. 그날 저녁에 집에서는 큰 행사가 열렸다. 동네 사람들을 모두 초대했고, 염소를 몇 마리나 잡았다. 잔치를 위해 대대적인 준비가 이루어졌다. 집 앞과 테라스에는 대형 천막이 세워졌다. 비리야니 냄새가 뒷마당에서 너울너울 풍겨 왔다. 잔치 분위기가 넘쳐흘렀다. 사마드는 아직도 허약했다. 라지아는 한시도 아들에게서 눈을 떼지 않았다. 그녀는 침대에 앉아서 사마드의 머리를 무릎에 올려놓은 채 사람들과 이야기를 나누었다.

그녀가 거기에 앉아 있을 때 누군가가 거실 모퉁이를 지나가는 것을 보고 소리쳤다. "거기 누구냐? 이리 와 봐." 지나가던 사람은 그녀의 목소리를 듣고 돌아오면서 말했다. "마님, 저예요." 라지아는 그를 보고 눈을 크게 떴다. 아리프였다! 그는 옷깃이 찢어진 낡은 셔츠를 입고 있었지만, 얼굴은 건강한 빛을 내고 있었다. 그는 벌써 붉은 룽기를 벗고 바지를 입었다. 상처가 다 나았다는 뜻이었다. 그녀는 고개를 돌려 아들을 내려다보았다. 그녀의 눈에 눈물이 가득 고였다. 그녀는 속으로 투덜거렸다. '부자에게 도와주는 사람이 있다면, 가난한 사람들에게는 신이 있다.'

그녀의 시선은 아리프가 입고 있는 바지로 향했다. 실

밥이 보일 만큼 낡은 바지는 무릎이 찢어져 있었다. 라지아가 말없이 생각에 잠겨 있는 것을 보고 아리프는 떠나려고 돌아섰다. 그가 돌아섰을 때 라지아가 본 것은 바지의 엉덩이 부분과 셔츠에 나 있는 두 개의 커다란 구멍이었다. 그녀는 오싹 소름이 끼쳤다.

"기다려, 아리프." 그녀는 일어나면서 말했다. 그녀는 옷장을 열고, 차곡차곡 개켜져 있는 사마드의 옷에 눈길을 던졌다. 그가 선물로 받은 여남은 벌이 아직 개시도 하지 않은 채 쌓여 있었다. 그녀는 사마드의 치수보다 큰 옷 한 벌을 아리프에게 건네주면서 말했다.

"자, 이 옷 가지렴. 가져가서 입어. 음식을 먹으러 올 때는 이 옷을 입어야 한다. 알았지?"

아리프의 눈이 반짝반짝 빛나기 시작했다. 그의 표정은 감사보다 오히려 충성심을 더 많이 내비치고 있었다. 그는 티셔츠를 손바닥으로 쓸어 보았다. 라지아는 미소를 지었다. 사마드가 일어나 앉아서 엄마 어깨에 머리를 기댔다. 아리프는 한참 동안 두 모자를 바라보다가, 라지아가 준 옷을 가슴에 끌어안고 문 쪽으로 천천히 걸어가기 시작했다.

# 하트 램프

메룬이 반쯤 닫힌 문 안으로 한쪽 발을 넣어서 문을 열려고 하자마자, 거실 소파에 누워 있던 그녀의 아버지와 낮은 목소리로 무언가를 의논하고 있던 큰오빠가 둘 다 말을 멈추고는 그녀를 돌아보았다. 그녀의 조카딸 라비아가 안에서 달려 나와 "메룬 고모가 왔어요. 메룬 고모가 왔어요." 하고 알리자, 메룬의 둘째 오빠이자 라비아의 아버지인 아만이 자기 방에서 나왔다. 턱에는 면도용 거품이 묻어 있었고, 손에는 아직도 빗을 쥐고 있었다. 그는 제 눈을 믿을 수 없다는 듯이 메룬을 바라보며 거실에 서 있었다. 단조롭게 노래하는 목소리로 아이들에게 쿠란을 가르치고 있던 큰언니 아티게가 거실로 나와서, 사리 자락이 머리에서 흘러내리는데도 신경 쓰지 않고 메룬을 빤히 쳐다보았다. 어머니는 여윈 손에 타스비흐*를 손에 쥔 채 충격받은 얼굴로 서 있었다. 어머니는 '이게 사실이야? 이게 진짜야?' 하고 묻고 있는 것 같았다. 여동생인 레하나와 사비하는 부엌에서 만들고 있던 차파티 빵이 번철 위에서 까맣게 타고 있는 것도 개의치 않고 문 뒤에서 거실을 엿보고 있었다. 고맙게도 남동생 아티프는 집에 없었다.

온 가족이 잠시 정지 상태로 움직이지 않았다. 메룬에게는 그것이 너무나 낯설게 느껴졌다. 그녀를 아홉 달 동안 뱃속에 품었고 애지중지 키워 준 어머니는 "왔구나. 어서 들어오렴." 하지 않았고, 자신의 넓은 가슴에 뛰어드는 어린 딸을 그렇게 예뻐했던 아버지는 환영의 뜻으로 가벼운 미소조차 보이지 않았다. 메룬을 자랑스럽게 '나의 요정, 나의 천사'라고 불렀던 큰오빠도, 그녀를 대학에 보내야 한다고 강력하게 주장했던 둘째 오빠도 그녀를 반기지 않았다. 그들의 아내들은 마치 메룬이 다른 행성에서 온 외계인이라도 되는 것처럼 그녀를 빤히 바라보았다.

메룬은 가슴이 덜컹 내려앉았다. 그녀의 품에 안긴 9개월 된 젖먹이 딸이 날카로운 비명을 질렀을 때야 비로소 그들은 모두 마비 상태에서 빠져나왔다.

"이나야트는 어디 있냐?" 큰오빠가 물었다.

"남편은 시내에 없어요." 그녀는 죄라도 지은 것처럼 고개를 숙이고 대답했다.

"그럼 누구랑 왔냐?"

"혼자 왔어요."

---

◆　이슬람교의 기도용 구슬. 기독교의 묵주나 불교의 염주 같은 것이다. 원칙적으로 99개의 구슬을 엮어 만드는데, 각각 쿠란에 적혀 있는 알라의 99가지 이름을 의미한다. 그러나 99개의 구슬은 하나로 잇기에 너무 많기 때문에, 때로 33개 혹은 66개의 구슬로 제작되기도 한다.

"혼자?" 여전히 문지방에 서 있는 그녀 주위에서 모두가 합창하듯 외쳤다.

"파루크, 메룬을 안으로 데려가." 큰오빠의 지시가 내려지자 그제야 메룬은 안으로 들어갔다. 그녀의 발걸음은 무겁고 불안정했다. 그곳은 마치 법정처럼 느껴졌다. 그녀의 품에 안긴 아기가 울기 시작했다. 그녀는 부르카도 벗지 않고 니캅을 위로 밀어 올린 다음, 아버지의 침상에 비스듬히 앉아서 아기 입에 젖을 물렸다. 그녀는 아직 세수도 하지 않았다. 아기가 젖을 빨자 그녀의 배가 쓰리기 시작했다. 그녀는 어젯밤부터 아무것도 먹지 않았다. 이 모임에는 어머니 말고는 어떤 여자도 참석할 수 없었다.

"메룬, 여기 오기 전에, 누구한테든 집에는 알렸냐?"

"아뇨."

"왜? 왜 떠나기 전에 알리지 않았어? 우리를 망신시키려고 작심한 모양이구나."

"누구한테 알려야 하죠? 집에 누가 있는데요? 남편이 마지막으로 집에 온 게 일주일 전이에요. 자기가 어디 갈 건지도 알려 주지 않았어요. 아버지나 오빠들에게도 편지를 썼지만 아무도 답장하지 않았죠. 내가 죽든 살든 아무도 상관하지 않았어요."

"그래, 네 남편이 간호사와 눈이 맞아서 말없이 떠났다고 편지에 썼던데, 그 말을 우리가 믿을 거라고 생각했냐?"

"내 말을 믿지 않았다 해도, 와서 물어보고 조사는 했어야죠. 남편과 그 간호사가 함께 있는 걸 본 사람이 있다고요."

"그런데 우리가 가서 네 남편을 만나면 어떻게 해야 하

149

지? 네 남편을 잡아서 거기에 대해 물어봤다고 치자. 그가 '네, 사실입니다.' 하고 대답하면, 그 후 우리가 뭘 할 수 있지? 모스크에 탄원서라도 제출할까? 그러면 네 남편은 이렇게 말하겠지. '제가 실수를 저질렀습니다. 그 여자를 무슬림으로 개종시키고 결혼하겠습니다.' 그러면 그 여자는 너한테 '사바티'*가 되겠지. 그리고 우리가 네 남편을 좀 더 꾸짖는다고 치자. 그가 '나는 메룬이라는 이름의 이 여자를 원하지 않습니다. 이 여자와 이혼하겠습니다.' 하면 우리가 뭘 할 수 있지?"

이제 메룬은 걷잡을 수 없이 울고 있었다. 아기를 다른 쪽 가슴으로 옮기고 계속 젖을 먹이면서, 그녀는 부르카 밑에서 사리 자락을 끌어당겨 눈물과 콧물을 훔쳤다. 잠깐 침묵이 흘렀다.

"그 말은 내 친정 식구들이 어떤 일도 할 수 있는 입장이 아니라는 뜻이군요. 그렇죠?" 아무도 입을 열지 않았다. 그녀는 말을 이었다. "저는 아버지와 오빠들 발아래 엎드려, 결혼하고 싶지 않다고 말씀드렸어요. 그때 들으셨죠? 전 말했어요. 부르카를 입겠다고, 대학에 다니겠다고. 그러니 공부를 중단시키지 말아 달라고 애원했죠. 그런데 아무도 내 말을 귀담아듣지 않았어요. 동창생 중에 상당수가 아직 결혼도 하지 않았는데 나는 벌써 할망구가 되어 버렸어요. 나는 아이 다섯을 책임져야 해요. 애들 아비는 밖을 싸돌아다

---

* 일부다처제 사회에서 한 남자를 남편으로 둔 두 명 이상의 부인, 즉 '동료 아내'를 뜻한다.

니고, 나한테는 삶이 없어요. 남자가 그렇게 난봉을 피우고 다니면, 왜 그런 짓을 하느냐고 따질 수 있는 사람이 이 집 안엔 아무도 없나요?”

“됐어, 메룬. 이제 그만해.” 어머니가 눈을 감고 고개를 저었다.

“네, 어머니. 저도 이제 충분해요. 처음엔 사람들이 쑥덕거리기 시작했고, 다음엔 남편과 그 여자가 극장에 함께 있다가 호텔로 들어가는 걸 본 사람들이 직접 나한테 와서 말해 줬어요. 그런 다음엔 남편이 그 여자 집에 드나들 만큼 대담해졌죠. 그러다가 사람들이 모두 남편을 나무란 뒤에는 벵갈루루에 가서 수천 루피를 쓰고 그 여자의 직장과 집을 옮겼어요. 이제 남편은 여드레 전부터 아예 그 여자랑 살고 있다고요. 사정이 이런데 내가 얼마나 더 오래 참고 견딜 수 있겠어요? 내가 어떻게 살 수 있겠어요?”

“애야, 참고 견디렴. 네 남편이 옳은 길로 돌아오도록 사랑으로 노력해야 해.”

“어머니, 저에겐 심장이라고 불리는 게 없나요? 저한테는 감정이 없나요? 이런 식으로 떠나 버린 사람을 남편으로 존경할 수는 없어요. 남편을 보면 내 몸은 혐오감으로 치를 떨어요. 그 사람을 사랑한다는 건 너무나 동떨어진 생각이에요. 그 사람이 나한테 이혼장을 주는 게 아니라 내가 그 사람한테서 이혼장을 받아 낼 거예요. 난 이제 그 집으로 돌아가지 않아요.”

“도대체 무슨 소리를 하고 있는 거냐? 그건 좀 지나치구나. 그는 남자야. 진창을 좀 밟았다 해도, 물 있는 곳에서 진창을 씻어 내고 집으로 돌아오겠지. 그러면 어떤 오물도 몸에 묻어 있지 않을 거다."

그녀가 대답도 하기 전에 둘째 오빠 아만이 끼어들었다.

"애가 우리 앞에서 어떻게 행동하고 있는지 보세요. 매제 앞에서도 이런 식으로 말했을 게 분명해요. 그것 때문에 매제가 화가 나서 떠난 거라고요." 그는 말을 끊었다가 부드러워진 어조로 다시 말을 이었다. "이런 걸 이 집 며느리들이 배우면 대단할 거야. 안 그래?"

메룬의 슬픔은 순식간에 분노로 변했고 다시 실망으로 바뀌었다.

"오빠는 말도 참 잘하네요. 신의 가호가 있기를! 그건 사실이에요. 난 나쁜 여자예요. 내 나쁜 성질이 뭔지 알았어요. 나는 부르카를 쓰지 않고는 밖에 나가지 않았어요. 남편은 나한테 부르카를 버리라고, 사리를 배꼽 아래로 내려 입으라고, 자기랑 손을 잡고 으스대며 돌아다니자고 했어요. 하지만 당신들은 부르카로 나를 완전히 감싸고, 사리 자락이 머리에서 미끄러져 내리는 것조차 용납하지 않았죠. 그렇게 나를 키웠어요. 안 그래요? 이제 나는 부르카를 벗으면 발가벗은 듯한 기분이 들어요. 당신들은 알라에 대한 두려움으로 나를 가득 채웠어요. 나는 남편이 시키는 대로 하지 않았어요. 그래서 남편은 자기 장단에 맞춰 춤추는 여자한테 관심을 갖게 된 거예요. 이제 당신들은 남편이 나를 떠나면 내가 짐이 될까 봐 두려워하고 있어요. 그래서 나더러 참고 살라고 말하는 거예요. 하지만 이젠 그럴 수 없어요. 그 생지옥에서 불타느니 차라리 아이들을 데리고 어딘가에 가서 막노동이라도 하겠어요. 당신들한테 짐이 되진 않을 거예요. 절대로 부담을 주지 않겠어요.”

“애야, 열매가 덩굴에 짐이 되니? 당치도 않은 말은 하지 마라.” 어머니가 꾸짖었다.

“어머니, 메룬을 안으로 데려가서 뭐라도 좀 먹이세요.” 큰오빠가 근엄하게 말했다. “우리는 10분 뒤에 치크마갈루르*로 떠날 거예요. 버스가 있으면 버스를 타고, 버스가 없으면 택시로 갈 거예요. 우리도 메룬의 장단에 맞춰 춤출 수는 없어요.”

“이 집에서는 물 한 모금도 마시지 않겠어요. 그리고 치크마갈루르에 가지도 않을 거예요. 나를 억지로 데려가면 내 몸에다 불을 지르겠어요.”

“말을 함부로 하는군. 정말로 죽고 싶은 사람은 죽겠다고 떠들어 대면서 돌아다니지 않아. 하지만 네가 조금이라도 우리 집안의 명예에 관심이 있다면, 여기 오는 대신 그렇게 했겠지. 네가 가는 집은 네가 나온 집이어야 해. 그게 점잖은 여자의 삶이야. 네게는 고등학생 딸이 있어. 혼기가 찬 여동생도 둘이나 있고. 네가 한 걸음만 삐끗해도 걔들의 앞길을 막게 될 거야. 너는 우리가 네 유치한 말을 들어야 한다고, 우리가 가서 네 남편을 야단쳐야 한다고 말하지만, 우리한테도 처자식이 있어. 그러니까 안으로 들어가서 뭐 좀 먹어라.”

그는 잠깐 남동생을 돌아보고는 다시 그녀 쪽으로 눈

---

◆ 카르나타카주 서남부에 있는 도시. 아라비아해 연안의 휴양지로 유명하다.

길을 돌렸다.

"아만, 밖에 나가서 택시를 잡아. 그리고 메룬, 네 자식들이나 이웃 사람들이 물으면 아기를 병원에 데려갔다거나 뭐 그런 식으로 대답해. 넌 여기 올 때 집에서 몇 시에 떠났냐?"

그녀는 대답하지 않았다.

"지금 9시 반이야." 아만이 말했다. "메룬은 여기 9시에 왔어. 거기서 여기까지 오는 데 세 시간이 걸려. 그러니까 메룬은 아침 6시쯤 떠났을 거야. 지금 출발하면 12시 반에는 거기 도착할 수 있어."

메룬은 앉아 있는 곳에서 꼼짝도 하지 않았다. 어머니와 여동생들은 번갈아 가면서 그녀에게 뭘 좀 먹으라고 애원했지만, 그녀는 음식 한 조각도 물 한 방울도 입에 넣지 않았다. 택시가 왔을 때 그녀는 아무에게도 말하지 않았다. 젖먹이를 품에 안고 오빠들과 함께 밖으로 나가면서 남은 가족들에게 작별 인사도 하지 않았다. 계단의 마지막 두세 단을 내려갈 때야 비로소 고개를 돌려 자기가 태어나서 자란 집을 눈에 담았다. 그녀의 눈에 눈물이 가득 고였다. 아버지는 가슴을 움켜쥐고 기침을 하고 있었다. 어머니는 딸을 보면서 흐느끼다가 남편을 돌아보고는 남편을 눕히고 부채질을 해 주고 물을 뿌려 주면서 혼잣말로 중얼거렸다. "오오, 신이여, 제가 평생 조금이라도 공덕을 쌓았다면 제 딸의 삶을 풍족하게 하소서."

아만은 택시 문을 열고 낮은 소리로 투덜거리면서, 메룬에게 차 안에 들어가서 앉으라고 눈으로 지시했다. 그녀는 원래 오빠들을 자랑스럽게 여겼고, 이따금 그들에 대해 자랑하기도 했다. 남편 이나야트에게 화가 나면 늘 말하곤 했다. "우리 오빠들은 사자들의 왕처럼 서 있어. 당신이 계속 이런 식으로 행동하면 언젠가는 오빠들이 당신을 난도질해서 그 조각들을 내다 버릴 거야. 조심해!" 하지만 이 자부심은 완전히 사라져 버렸다. 오빠들의 말이 그녀의 귓속에서 울려 퍼졌다. "너한테 우리 집안의 명예를 떠받칠 정도의 분별이 있다면, 분신자살을 했겠지. 넌 여기 오지 말았어야 해."

그녀는 차에 타면서 집을 돌아보지 않았다. 창문 너머로 보고 있을 어머니도 보지 않았고, 커튼 뒤에서 엿보고 있는 여동생들도 보지 않았고, 아마 집 안에서 허드렛일을 하느라 바쁠 올케들도 보지 않았다. 하지만 눈물이 베일 밑에서 두 볼을 타고 줄줄 흘러내렸다. 그녀는 자리에 앉아서 입술을 깨물고 울음을 삼켰다.

택시는 빠르게 달리고 있었다. 아무도 입을 열지 않았다. 아만은 같은 동네 출신인 운전기사와 나란히 앞자리에 앉아 있었다. 그런 운전기사 앞에서 가족의 비밀을 의논할 수는 없었다. 그들의 여행은 침묵 속에서 계속되었다. 이나야트는 지난 16년 동안 사랑과 정욕의 주사위를 갖고 놀았고, 그녀는 그 놀이판의 도구에 불과했다. 그런데 16년 뒤 이나야트는 그녀의 여성성을 모욕했다. "당신은 송장처럼 그냥 누워만 있어. 그런 당신에게 내가 무슨 행복을 얻었겠어?" 그는 그녀를 비웃었다. "내가 당신한테 주지 않은 게 뭐야? 입을 옷을 안 줬어? 먹을 것을 안 줬나? 누가 나를 막을 수 있지? 나는 지금 나를 행복하게 해 주는 여자와 함께 있다고.”

　메룬은 길가의 나무나 풍경도 알아차리지 못했다. 차가 갑자기 멈춰 서고, 무심코 밖을 내다봤을 때야 비로소 오빠들이 ‘너의 집’이라고 말한 집을 보았다. 얼굴에 생기 없는 소녀가 앞문에서 나와 차로 달려오면서 말했다. “엄마! 드디어 돌아오셨군요. 얼마나 걱정했다고요.” 소녀는 어머니 품에서 아기를 받아 가슴에 안고 집 안으로 달려 들어갔다.

　메룬은 천천히 집 안으로 걸음을 옮겼다. 집은 텅 빈 것처럼 느껴졌다. 다른 아이들은 모두 학교에 갔고, 그날 집 안에서 가장 나이가 많은 아이는 제 엄마의 고통을 함께 느끼고 있는 열여섯 살 된 딸 살마였다. 살마는 동생들을 학교에 보내고, 엄마가 돌아오기를 초조하게 기다리고 있었다. 엄마와 함께 온 외삼촌들을 보고 살마는 안도의 한숨을 내쉬었다. 그리고 가슴이 뛰었다. 외삼촌들이 그 여자의 머리끄덩이를 잡고 끌어내어 밖으로 내쫓을 거라고 생각했다. 살마는 사슴처럼 뛰어다니며 외삼촌들에게 간식을 가져다주고 차를 끓였다.

　메룬은 자기 방에 누워 있었다. 살마는 방으로 들어가 엄마 얼굴에서 눈물을 닦아 주고 음식을 조금 먹였다. 그리고 남은 음식을 쟁반에 담아서 밖으로 나갔을 때, 귀에 익은 목소리가 들려왔다.

　그녀는 다시 침실로 달려 들어갔다. “엄마, 엄마, 아빠가 왔어요.” 메룬은 못 들은 척하고, 덮고 있던 담요 속으로 더 깊이 파고들었다. 살마가 거실로 나가자 그녀의 머릿속에서 신경이 욱신거렸다. 외삼촌들은 다시 밖으로 나간 뒤였고, 살마는 남자들의 말소리를 들을 수 있었다. 대화와 웃음소리와 인사말이 들렸다.

“아니, 형님들! 언제 오셨어요?” 이나야트가 묻고 있었다.

“방금 왔어. 자넨 어떻게 지내나?”

“알라 덕분에 잘 지내요. 그리고 형님들의 기도 덕분이죠.”

“지금까지 어디 있었나, 이나야트 매제?” 아만의 목소리가 들렸다.

“바로 여기 있었어요. 이것저것 일 좀 하느라…… 일이 어떤지 아시잖아요. 어쨌든 우리 같은 사람은 아침에 일어나면 집 안에 가만히 앉아 있을 수가 없어요. 살마.” 그가 딸을 불렀다. “살마, 엄마는 어디 있니? 누가 왔는지 보렴. 엄마한테 좀 나와 보라고 해.”

집 안에서는 아무 소리도 들려오지 않았다.

“집사람이 어디 있는지 모르겠네요.” 이나야트가 말했다. “분명히 아기랑 집 안에 있을 텐데. 내가 가서 불러올 테니 잠시만 기다리세요.” 그는 안으로 들어가서 살마를 보고 낮은 소리로 물었다. “외삼촌들은 언제 온 거냐? 엄마는 어디 있지?” 한 가닥 의혹이 그의 마음속에서 실타래 풀리듯 풀려 나가기 시작했다.

“외삼촌들은 방금 오셨어요. 엄마는 아직 주무시고 계세요.” 살마는 재치 있게 대답했다.

이나야트의 입에서 안도의 한숨이 새어 나왔다.

“엄마가 아직 안 일어났다고? 무슨 일이지?”

그는 침실 문으로 다가갔다. 몸을 웅크리고 잠들어 있는 메룬의 모습은 그에게 혐오감을 불러일으켰다. 그녀가 중요한 지위를 누리고 있는 것은 단지 그의 아이들을 낳아 준 어머니라는 자격 때문이었다. 그는 침실로 들어가고 싶었지만, 그의 다리는 마음과는 달리 그를 침실 안으로 데려가지 않았다.

메룬은 남편이 문간에 서 있는 게 분명하다고 생각했다. 그의 옷, 담배 냄새, 그의 땀 냄새, 늙어가는 그의 몸, 그의 커다란 눈. 그녀의 모든 신경에 흔적을 남긴 남자가 그녀에게는 이제 낯선 존재였다. 그녀는 담요를 몸에 단단히 두른 채 그의 목소리를 듣고 있었다.

"살마, 이리 와. 네 엄마한테 이 연극을 끝내라고 말해. 나한테 충고해 달라고 오빠들을 불렀다면, 제 목에 올가미를 감게 될 거라고 말해. 나는 단숨에—그러니까 한 번, 두 번, 세 번* 말하고 끝내 버릴 거라고 말해. 그리고 이혼하고 나면 과연 여동생들과 딸들을 시집보낼 수 있을지 두고 보라고 말해. 네 엄마한테 가서 말해. 엄마는 손님들 앞에서 집안의 체면을 떨어뜨리고 있다고. 네 엄마한테 가서, 오빠들한테 인사하라고 말해. 닭고기를 먹고 싶은지 양고기를 먹고 싶은지 물어봐. 지금 정오가 다 되었으니까 빨리 점심 준비를 시작하라고, 네 엄마한테 가서 말해." 살마는 그 자리에 있지도 않았지만, 그는 살마가 있다고 상상하면서 하고픈 말을 모두 내뱉었다.

이나야트와 처남들은 아무 잘못도 없는 것처럼 태연히

---

* 이슬람 관습에 따르면, 남성들은 아내에게 '탈라크(이혼)'를 세 번 선언하면 이혼할 수 있다.

이야기를 나누었다. 그들은 커피 가격에 대해, 카슈미르의 선거에 대해, 동네에서 일어난 노부부 살인 사건에 대해, 같은 동네의 무슬림 처녀가 힌두교도 남자와 세속 예식으로 결혼한 사건에 대해, 그 밖의 이런저런 일에 대해 이야기했다. 압력솥이 쉿쉿 소리를 내고, 블렌더가 윙윙 돌아가고, 마살라 냄새가 풍겨 오고, 닭고기 요리가 나오고, 음식이 준비되는 동안에도 대화는 여전히 계속되었다. 메룬이 음식을 만들고, 살마가 뛰어다니며 그들에게 식사를 대접했다. 메룬은 딱 한 번, 그것도 잠깐만 부엌에서 나왔다.

점심을 배불리 먹은 뒤, 메룬의 오빠들은 빈랑 열매를 입안에 가득 넣고 떠날 준비를 했다. 가기 전에 아만이 부엌 쪽으로 와서 문 옆에 멈춰 섰다.

"머리를 좀 써서 이 모든 일을 영리하게 처리해 봐. 나는 다음 주에 다시 올게. 매제는 며칠 동안 이런 식으로 행동하겠지만, 며칠 지나면 스스로 돌아올 거야. 너는 책임감을 가져야 해. 여자들이 어떤 문제에 직면해야 하는지, 그건 너도 알잖아. 주정뱅이 남편, 때리는 시어머니…… 다행히 너는 상황이 좋은 편이야. 매제는 좀 무책임하지만, 그것뿐이야. 그 모든 게 균형을 이루도록 중심을 잡아야 할 사람은 바로 너야."

오빠들이 떠나고, 자동차 소리가 사라지자마자 이나야트도 집에서 뛰쳐나갔다.

살마는 고개를 돌려 엄마를 바라보았다. 외삼촌들은 엄마를 위로하지도 않았고 도와주지도 않았다. 살마의 심장은 엄마의 슬픔과 같은 박동으로 고동치기 시작했다. 아버지가 밖으로 나가는 것을 보고 그녀의 눈에 눈물이 고였다. 집에는 어둠의 장막이 내렸고, 학교에서 돌아온 동생들도 그 장막을 걷어 내지는 못했다. 아이들도 각자 해야 할 허드렛일이 있었고, 각자 짊어져야 할 짐이 있었다.

저녁이 되어 하늘이 빛을 잃기 시작하자 집 주위에 등불이 켜졌다. 하지만 메룬의 가슴속에 있는 등불은 오래전에 이미 꺼져 있었다. 나는 누구를 위해 살아야 하나? 무엇이 문제일까? 벽, 지붕, 접시, 사발, 난로, 침대, 그릇, 앞마당의 장미—아무것도 그녀의 물음에 대답해 주지 못했다. 그녀는 알아차리지 못했지만, 한 쌍의 흐릿한 눈이 그녀 주위를 맴돌면서 그녀를 지켜보고 있었다. 살마는 책 속에 파묻히고 싶었다. 고등학교 졸업 시험이 다가오고 있어서, 그 준비에 몰두해야 했다. 하지만 무어라 형언할 수 없는 커다란 불안 때문에 그녀의 시선은 계속 엄마에게 닿아 있었다.

밤의 적막 속에서 메룬은 어둠을 뚫어지게 바라보았다. 어둠은 그녀의 삶처럼 캄캄했다. 아이들은 잠들어 있었다. 살마만 아직 깨어서 거실에서 공부하고 있었다. 하지만 살마의 눈은 엄마 방에 쏠려 있었다.

메룬은 잠이 사라졌다. 친정집에서 치렀던 싸움이 이보다 조금은 더 쉬웠을까? 그녀는 고등학교 졸업반 때, 상경 계열* 대학 입시를 한 달 앞두고 이나야트와 결혼했다. 제발 시험을 보게 해 달라고 울면서 간청했지만, 아버지와 오빠

---

* 인도에서는 공과대학의 인기가 높지만, 상경 계열 대학 입시도 경쟁이 치열하다.

들 모두 그녀의 간청에 귀를 막았다. 결혼식을 올린 지 일주일쯤 지났을 때 머뭇거리며 시험 이야기를 꺼냈더니, 남편은 큰 소리로 웃으면서 그녀를 '달링, 내 사랑, 사랑하는 내 각시'라고 불렀다. "당신이 여기 없으면 나는 숨 쉬는 것도 그만둬야 할 거야." 하고 말했다. 메룬은 자기가 옆에 없으면 남편은 정말로 숨 쉬는 것을 그만둘지도 모른다고 믿었다. 그녀는 행복했다. 무슨 일이든 남편이 원하는 대로 따랐고, 그의 마음을 환하게 밝혀 준 등불이 되었다.

1년 전, 시부모가 세상을 떠난 뒤에야 비로소 메룬은 남편을 온전히 독차지할 수 있었다. 시누이들은 모두 각자의 시집으로 갔고, 시동생들도 분가하여 떠났다. '나만의 집'을 갖고 싶다는 오랜 꿈이 마침내 실현되었다. 하지만 그 꿈이 실현된 지금, 그녀의 얼굴에는 주름이 잡혔다. 손등의 혈관은 도드라지고, 눈 밑에는 기미가 끼고, 뒤꿈치는 갈라지고, 꺼끌꺼끌해진 손톱 밑에는 아무리 씻어도 없어지지 않는 때가 끼어 있고, 머리카락은 성글어져 있었지만, 그녀는 아무것도 알아차리지 못했다. 이나야트도 맹장 수술만 하지 않았다면, 그리고 그 간호사만 없었다면, 아마 아내의 변화를 알아차리지 못했을 것이다. 개인 병원에서 너무 적은 봉급을 받고 너무 많은 일을 하고 있던 간호사는 눈에 수많은 꿈을 담고 다녔다. 아니, 어쩌면 공중을 둥둥 떠다녔는지도 모른다. 반들거리는 피부와 소용돌이처럼 사람을 끌어들이는 벌꿀빛 눈을 가진 그녀는 서른 살이 넘어 어느덧 30대 중반에 이르러 있었기 때문에, 안전한 미래를 확보하고 자신의 꿈을 이루기 위해서라면 어떤 짓도 마다하지 않고 무엇이든 할 각오가 되어 있었다.

이나야트는 그 간호사를 '간호사님'이라고 부르지 않았다. 병원에 입원한 첫날부터 그는 그녀를 이름으로 불렀다.

그 후 이나야트는 그에게 많은 자식을 낳아 준 자궁을 모욕했다. 그는 메룬의 배가 물렁하게 늘어졌다고 나무라고, 자식들의 허기를 채워 준 젖가슴이 축 처졌다고 흉보았다. 그는 그녀의 영혼까지도 발가벗은 것처럼 느껴지게 했다. 어느 날 그는 말했다. "당신은 꼭 우리 어머니 같아." 이 말은 그녀를 산 채로 지옥에 밀어 넣었다. 그 말을 들은 뒤 몇 달 동안 그녀는 집에서 음식을 한 입 먹을 때마다 죄책감을 느꼈다. 자기 집에서 이방인이 된 듯한 기분이 그녀를 괴롭혔고, 남편이 퍼붓는 모욕은 그녀를 마구 짓밟았다. 그래서 친정의 도움을 받으려고 했던 것이다.

밤이 깊어질수록 메룬의 가슴을 휘젓는 흥분은 점점 더 심해지고 있었다. 이런 외로움을 느껴 본 적은 한 번도 없었다. 이제 그녀는 아무것도 바라지 않았다. 그녀는 침대 위에 일어나 앉았다. 그녀의 안부를 물어 줄 사람은 아무도 없었다. 그녀를 놀리고, 껴안고, 키스해 줄 사람도 없었다. 전에 그런 일을 해 주었던 사람은 이제 다른 사람의 것이었다. 삶에는 끝이 없는 것 같았다. 뒤에서 커다란 소음이 들렸는데도 그녀는 끄떡도 하지 않았다. 사진 액자가 떨어져 유리가 박살 나고 사진틀이 산산조각으로 부서지고 사진이 떨어져 나왔다는 것을 알았지만, 일종의 불안이 그녀의 마음속에 자리를 잡고 있어서, 난장판을 수습하고 싶은 마음은 전혀 들지 않았다. 그녀는 천천히 침대에서 내려왔다. 그리고 한참 동안 아기를 바라본 다음, 방에서 나갔다. 작은 아이들은 곤히 자고 있었다.

조용히 거실로 들어간 그녀는 공부하고 있던 살마가 졸음에 굴복해 버린 것을 보았다. 살마는 탁자에 머리를 댄 채 깊이 잠들어 있었다. 그녀는 자고 있는 딸 옆에 서서 부들부들 떨기 시작했다. 그녀는 자신의 감정이 모두 죽은 줄 알았지만, 살마를 보자 그냥 주저앉고 싶은 기분이 파도처럼 밀려와 그녀를 휩쓸었다. 그녀는 딸을 만지고 싶은 욕망에 사로잡혔지만, 그것을 겨우 억누르고 마음속으로 딸에게 말했다. '애야, 이젠 네가 아이들의 엄마가 되어야 해.'

그녀의 발이 그녀를 천천히 앞으로 데려가기 시작했다. 그녀는 문을 열고 앞마당으로 나갔다. 그녀가 키워 온 몇 안 되는 식물들은 마치 울고 있는 것처럼 보였다. 그리고 그녀가 내린 결정에 동의하듯 고개를 끄덕이는 것 같았다. 그녀는 다시 집 안으로 들어가서 문에 빗장을 걸고 부엌으로 가서 등유가 담긴 깡통을 집어 들었다. 그런 다음, 어디서 그 등유를 몸에 끼얹어야 할지 결정할 수가 없어서 집 안을 이리저리 돌아다녔다. 그녀는 잠든 아이들을 다시 한번 바라본 뒤 거실로 돌아왔다.

그녀는 살마를 보지 않았다.

그녀는 얼른 부엌으로 가서 성냥갑을 집어 들었다. 오른손에 성냥갑을 움켜쥐고는 조용히 현관문 빗장을 열고 다시 마당으로 나갔다. 그녀는 어둠 속을 뚫어지게 바라보며 자기한테는 아무도 없고 아무도 그녀를 원하지 않는다는 생각을 한 번 더 확인한 다음, 제 몸에 등유를 끼얹었다. 스스로 통제할 수 없는 힘이 그녀를 사로잡고 있었다. 그녀는 주위를 둘러보았다. 아무 소리도 들리지 않았다. 아무 감촉도 느낄 수 없었고, 아무 기억도 떠오르지 않았고, 어떤 관계도 그녀를 뚫고 들어가지 못했다. 그녀는 의식이 미치지 않는 곳에 있었다.

하지만 집 안에서는 많은 일이 일어나고 있었다. 배가 고파서 깨어난 젖먹이의 새된 울음소리가 살마를 깨웠다. 흠칫 놀라서 깨어난 살마는 방으로 달려가 아기를 껴안고 엄마를 불렀다. 살마는 "엄마, 엄마." 부르면서 방을 가로질러 동생들이 자고 있는 방으로 갔다가 집 안을 이리저리 돌아다니며 엄마를 찾았다. 그러다가 현관문이 열려 있는 것을 발견하고 마당으로 달려나갔다. 그 흐릿한 어둠 속에서도 살마는 엄마의 형체를 알아보고 등유 냄새를 맡았다. 생각할 겨를도 없이 그녀는 아기를 품에 안은 채 앞으로 달려나가 엄마를 힘껏 끌어안았다. 성냥갑을 손에 쥔 엄마는, 다른 누군가가 오기를 기대하고 있었던 것처럼 자기를 껴안고 있는 소녀를 냉정하게 바라보았다. 살마는 아기를 땅바닥에 내려놓고 소리쳤다. "엄마! 엄마! 우리를 내버려두고 가지 마세요!" 살마는 엄마의 두 다리를 두 팔로 끌어안았다.

살마는 흐느껴 울고, 아기는 땅바닥에서 새된 소리로 울고 있었다. 메룬은 그들을 바라보며, 그녀를 사로잡았던 이상한 힘에서 벗어나려고 애썼다. 성냥갑이 손에서 툭 떨어졌다. 살마는 여전히 다리를 붙안고 있었다. "엄마. 한 사람을 잃었다는 이유만으로 우리 모두를 그 여자의 처분에 맡기실 건가요? 아빠 때문에 죽을 각오가 되어 있으면서,

우리를 위해 살아 줄 수는 없나요? 어떻게 우리를 고아로 만들 수 있어요? 우리는 엄마가 필요해요." 하지만 살마의 말보다 그녀를 더 깊이 감동시킨 것은 살마의 손길이었다.

메룬은 우는 아기를 안아 올리고 살마를 가슴에 끌어 안았다. 마치 친구에게 위로와 감동과 이해를 받고 있는 듯한 기분을 느끼면서 두 눈이 무거워졌다.

"사랑하는 딸아, 엄마를 용서해다오." 그녀가 할 수 있는 말은 그것뿐이었다. 밤의 장막이 걷히고 있었다.

# 하이힐

세계를 작은 곳이라고 불러라. 아니, 세계를 큰 곳이라고 불러라. 세계는 둥글다고 말하라. 헤헤헤 키득거리며, 세계는 하나의 작은 마을이 되었다고 말하라. 아무 말이든 해 보라! 뭐라고 말하든, 별로 큰 차이가 없다.

이렇다 할 차이가 있다 해도, 그것은 5, 6년 전에 이미 사라졌다. 그 무렵 누군가 사우디아라비아에서 돈을 벌어 돌아오기만 하면 그만한 왕이나 군주는 집안에 아무도 없었다. 아니, 그들 같은 황제도 없었다. 그들이 자식들 엉덩이에 대 준 기저귀에서부터 그들이 사용한 치약 튜브에 이르기까지, 그리고 그 여자들 옷에 달린 주름 장식, 섬세한 레이스가 달린 화려하고 얇은 잠옷, 죽은 뱀처럼 몸 주위에 늘어져 그녀들의 굴곡진 몸매를 '있는 그대로' 드러내는 사리, 그녀들의 맥박이 고동칠 때마다 몸에서 발산되는 향기, 정장용 손목시계, 샘소나이트 여행 가방…… 그리고 이름이 뭐였는지 잊어버리기라도 할 것처럼 목에 걸린 이름표! 손가락마

다 낀 반지들, 팔꿈치까지 가득 끼워진 금고리들, 팔찌들(그
게 모두 순금이라는 것은 밝힐 필요도 없다), 귀에 소문처럼
매달려 있는 귀고리들, 비둘기처럼 하얀색 무명 속옷(그게
어디 한두 개뿐일까?)…… 그 모든 걸 어떻게 묘사할 수 있
단 말인가! 그리고 또 공작새 깃털처럼 가벼운 욕실용 슬리
퍼, 차팔,* 샌들. 말처럼 달리던 나야즈 칸의 상상이 이 지점
에 이르면, 그 말은 절뚝거리기 시작하곤 했다. 수레를 끄는
허약하고 비루먹은 말처럼 그의 상상은 부끄러운 줄도 모르
고 거기서 한 걸음도 앞으로 나아가기를 거부하곤 했다. 그
래서 나야즈 칸도 그곳에 멈춰 서서, 매번 그의 마음을 빼앗
아 버리는 그 신발의 매혹적인 세계에 머물러 있고 싶었다.

3년 전, 그의 형수인 나시마가 휴가를 보내기 위해 사우
디에서 돌아왔다. 그의 형 메하부브 칸이 사다 준 '라도' 시
계는 나야즈의 왼쪽 팔목에서 눈부시게 빛났다. 이 시계는
나야즈의 동료들에게 시샘을 불러일으켰다. 그는 'DDPI'**
사무실에서 2급 말단 직원에 불과했고, 부업으로 고리대금
업도 하고 있는 동료 라지바는 언젠가는 그 시계가 자기 손
에 들어올 거라고 은근히 기대하고 있었다. 나야즈는 끝내
그 시계를 저당 잡혀야 하는 상황에 대해서는 별로 걱정하
지 않았다. 그의 관심은 오로지 형수 나시마의 구두에만 쏠
려 있었다.

<hr>

* 엄지발가락 끼우개가 있고, 엄지와 검지 발가락 사이에 끈을 끼워 신는 형
태의 샌들.
** Deputy Director of Public Instruction. 인도 교육청 산하의 지역 단위 교육
행정기관.

나시마는 마흔 살쯤 되었는데도 아름다움은 아직 시들지 않았다. 하지만 나야즈의 관심은 오로지 형수의 발에만 쏠려 있었다. 그의 마음을 빼앗은 것은 형수의 구두였는데, 그 구두에는 구슬이 활짝 핀 꽃처럼 박혀 있었고, 그 구슬은 부드러운 검은색 가죽 창 위에서 있는 듯 없는 듯 은은한 광채를 발하고 있었다. 굽은 높았고 끝이 뾰족했다. 그녀의 발에 맞춰 특별히 제작된 구두 같았다. 그녀가 그 구두를 신고 이리저리 돌아다니면 마치 공중을 둥둥 떠다니고 있는 것처럼 보였다. 나야즈는 형수가 그 구두를 신고 다니다가 넘어지기를 간절히 바랐고, 이왕이면 넘어져서 엄지발가락이 부러지고 발목을 삐었으면 좋겠다고 생각했다. 그러면 형수는 그 구두를 놔두고 갈 것이고, 그러면 그는 구두를 수선해서 아내 아시파에게 줄 수 있을 터였다. 하지만 그의 속셈은 완전히 어그러지고 말았다.

나야즈의 머릿속에 비열한 생각이 떠올랐다. 나시마가 사우디로 돌아가기 전날 밤에 구두를 훔쳐서 숨겨 두면 된다. 그런데 형수는 나야즈의 이런 속셈을 눈치채기라도 한 것처럼, 떠나기 8일 전에 미리 그 구두를 이런저런 향신료 꾸러미와 함께 여행 가방 속에 감추어 놓고는 샌들을 신기 시작했다. 그는 도둑질하다 들키기라도 한 것처럼 죄책감을 느끼고 형수에게는 아예 말도 꺼내지 않았다.

형 부부가 떠나기 전날 밤, 마침내 그는 용감하게 그 화제를 꺼내기로 마음먹었다. 그 구두를 아시파한테 주라고 부탁할 생각이었다. 그들은 모두 밤늦게까지 안 자고 이야기를 나누거나 마지막 짐을 꾸리고 있었지만, 그의 입에서는 끝내 아무 소리도 나오지 않았다. 그는 야릇한 상태에 빠져서 꼼짝 못 하는 듯한 느낌이 들었지만, 거기서 빠져나오려고 아무리 애를 써도 소용이 없었다. 그의 싸움, 그의 흥분, 이 모든 게 그 하찮은 구두 때문이라고? 그것도 마누라가 신을 구두 때문에? 저녁이 끝날 무렵 그는 몹시 흥분하고 초조해졌다. 그는 곧 건강이 나빠져 계속 토하기 시작했고, 열이 온몸으로 퍼졌다. 결국 그는 8일 동안 침대에 몸져누워 있게 되었다.

그 때문에 그는 형을 배웅하러 공항에 가지 못했다. 아시파도 그와 동행하지 않고는 공항에 갈 수 없었기 때문에, 그는 형과 형수가 배웅해 주는 사람도 없이 떠난 것을 몹시 안타까워했다. 나시마는 이 일을 그냥 넘기지 않고 남편을 놀려 댔다. "아이고, 가엾어라. 배웅해 주는 사람도 없이 비행기를 타다니, 그건 고아들이나 하는 짓이야! 당신은 끔찍이 사랑하는 동생을 위해서 뭐든지 다 해 주지 않았어? 그런데도 동생은 섭섭했나 봐. 돈을 더 쏟아부을걸 그랬지?" 그래도 메하부브는 뭄바이에서 아내 모르게 한두 번 동생에게 전화를 걸어 건강이 어떤지 물어보았다.

메하부브는 생각지 않으려고 무진 애를 썼지만, 결국에는 아내와 비슷한 생각이 그의 머릿속으로 들어왔고, 차츰 동생에게서 멀어지기 시작했다. 사우디로 떠난 지 2년 뒤, 그는 두 달 휴가를 얻어 고향을 방문하러 돌아갈 예정이었다. 그는 동생에게 전화를 걸어 이 소식을 알렸고, 그때는 고향으로 돌아가는 비행기를 탈 날이 일주일밖에 남아 있지 않았다. 여느 때처럼 그는 동생에게 사우디에서 무엇을 가져다주면 좋겠느냐고 물었다. 하지만 그때도 나야즈는 자기가 정말로 원하는 것을 형에게 말할 용기를 내지 못했다.

나야즈는 그날 잠시도 쉴 틈이 없었다. 동료들과 친구들에게 돈을 빌려, 살고 있는 낡은 집을 수리하느라 바빴다. 그런데 그게 낡은 집이면 어떤가? 그 집은 할아버지가 지은 집이었고, 어머니가 새 며느리로서 문지방을 넘어 백단향 반죽에 두 손을 담갔다가 거실 서쪽 벽에 손도장을 남긴 집이었다. 형도 이 집에서 태어났고, 나야즈 역시 이 집에서 태어났다. 형수인 나시마와 아내 아시파도 그의 어머니와 똑같이 백단향 반죽에 손을 담갔다가 거실 서쪽 벽에 손도장을 찍었다. 그의 딸 문니는 여기서 첫걸음마를 떼었다. 그게 모두 이 집에서 일어난 일이었다.

부모님은 한 달 간격으로 알 수 없는 존재의 부름에 응답하여 이곳을 떠났다. 그들의 시신을 사람들이 어깨에 멘 것은 마당에 서 있는 석류나무 아래에서였다. 그는 지금 이 모든 추억에 하얀 회반죽을 덧칠하고 있었다.

나야즈는 아버지가 돌아가신 뒤 이 낡은 집을 물려받았다. 메하부브는 한 번도 동생에게 자기 몫을 요구하지 않았다. 그는 휴가를 올 때마다 돗자리에서 잠을 잤고, 거의 아무것도 요구하지 않았다. 어디든 마음에 드는 곳에 앉거나 산책하고, 어디서든 원하는 곳에서 편안하게 잠을 잤다. 하지만 나시마는 맨발로 마룻바닥을 밟으려 하지 않았다. 그녀는 슬리퍼를 신고 타박타박 소리를 내며 집 안을 돌아다녔다. 그녀가 우유 한 잔을 따라 마시러 부엌에 들어가야 할 때마다, 바닥이 더럽기라도 한 것처럼 우거지상이 되어 걸음을 크게 떼어 놓는 것을 보면 나야즈는 화가 치밀었다. 너무 부아가 나서 속이 쓰리곤 했다. 하지만 아시파는 사람을 화나게 하는 이런 사소한 일들을 무시하고, 나시마를 "형님, 형님." 하고 부르면서 졸졸 따라다니며 왕족처럼 대하곤 했다. 나시마 형님은 모든 관심을 마지못한 척 받아들였다.

아시파가 나시마의 온갖 변덕에 비위를 맞추려고 자세를 잔뜩 낮추어도 나야즈는 기분이 나쁘지 않았을 것이다. 나시마가 떠나기 전에 하이힐을 아시파에게 주었다면 그걸로 충분했을 것이다. 아시파가 한 번이라도 그 하이힐을 신고 요정처럼 돌아다녔다면 그는 만족했을 것이다. 그 구두를 신은 아내의 발을 만질 수만 있다면 그는 충족감을 느꼈을 것이다. 이 모든 것을 꿈꾸듯 생각하다가 그는 문득 현실로 돌아왔다.

집 앞쪽에 있는 커다란 망고나무가 쓰러졌다. 나야즈는 사람들을 시켜 망고나무 가지를 하나씩 자르게 했다. 그것은 라스푸리* 망고나무였는데, 열매 하나가 두 손을 가득 채울 만큼 컸다. 해마다 그는 그 망고를 실컷 따서 먹은 뒤 바구니에 가득 담아서 동료들에게 나눠 주곤 했다. 지난 4, 5년 동안은 그것조차 귀찮아져서, 나무에 꽃이 피기 시작하면 과일 장수한테 미리 열매를 팔고 돈을 몇 다발씩 받았다. 하지만 지금 그 나무가 차지하고 있는 공간을 보자 그는 화가 나기 시작했다. 그 나무는 마당과 집 사이에, 아무런 고

---


* 인도 카르나타카주에서 주로 재배되는 품종으로, 과육이 달콤해서 인기가 많다.

려도 없이, 집 한 채를 짓고도 남을 만큼 넓은 자리를 차지하고 있었다.

그해 꽃이 피는 시기에 그는 과일 장수가 오기를 기다렸지만, 나야즈가 얻은 것은 실망뿐이었다. 과일 장수 한두 명을 직접 만나러 갔지만, 그들은 경멸하듯 말했다. "나무 한 그루만 원하는 사람이 어디 있나, 이 사람아? 올해는 망고가 너무 많이 열렸어. 자네가 직접 망고를 가져오든가 아니면 쓰레기통에 던져 버려." 하지만 그때 그는 어떤 사람에게 뜻밖의 제안을 받았다. 나무를 베어 내고, 그 땅을 파서 지하 저장고를 만들고 그 위에 가게 두 채를 지어 주면 자기가 그 가게와 저장고를 임대해서 쓰겠다, 임대료는 선불로 주겠다는 제안이었다. 나야즈는 그렇게 좋은 기회를 놓치고 싶지 않았다.

아마 그의 어깨 위에 올빼미* 한 마리가 앉아 있었던 모양이다. 처음엔 나뭇가지를 하나씩 잘랐고, 하루는 날 잡아 나무 전체를 베어 냈다. 아리파는 창문으로 내다보면서 눈물을 펑펑 쏟았다. 그녀는 추억이 별로 없었다. 추억이 너무 적어서, 단지 하나에 추억을 전부 담을 수 있었을 것이다. 첫아이를 가졌을 때 그녀는 아무한테도 말하지 않고 막대기로 망고 하나를 땄다. 망고를 베어 물었을 때 과육은 좀 시었고 게다가 톡 쏘는 맛이 났다. 그녀의 마음속 어딘가에 숨어 있던 개구쟁이 소녀가 이 작은 행복 속에 함께하고 있었다. 신혼 시절에는 여름날 오후에 그 나무 밑에 누워 있곤

---

* 인도에서는 올빼미가 흉한 징조로 여겨지거나 불효의 상징으로 간주된다.

했다. 나무 밑에서 보냈던 그 은밀한 사랑의 순간들, 그게 추억의 전부였다. 설익은 망고의 신맛, 잘 익은 망고의 달콤한 맛, 망고들이 저마다 지닌 풍부한 맛, 쑥쑥 자라는 어린 가지들.

나야즈가 지하 저장고와 가게 두 채를 짓는 동안, 집을 수리하는 작업도 함께 진행되었다. 그는 형이 자는 방에 욕실을 덧붙였다. 욕실에는 백조 깃털처럼 새하얀 대리석 타일을 붙였고, 형수의 예민한 발을 위해 부엌 바닥에도 대리석 타일을 깔았다. 나야즈는 자신의 사업 수완을 과시하고 싶었고 또한 형이 해외에서 돌아왔을 때 깜짝 놀라게 해 주고 싶었기 때문에, 그 모든 작업을 서둘렀다. 그는 형에게 아무 말도 하지 않았지만, 나시마는 이따금 친정 식구를 통해 터무니없이 과장된 소문을 듣고 있었다. 이 소문을 근거로 나시마는 상상력이라는 말을 타고 달리면서 남편을 비웃고 모진 말로 찌르고 무시하고 부아를 돋우면서, 거기서 큰 즐거움을 끌어내고 있었다. 그녀는 라마와 락슈마나*만큼 가까웠던 형제 사이를 이간질하는 데 성공했다.

형이 도착하는 날까지 모든 작업을 끝내려고 나야즈가 서두르고 있었는데도 메하부브가 조용히 사우디에서 돌아와 곧장 나시마의 친정으로 간 것은 그 때문이었다. 예전 같으면 그는 예의상 일주일쯤 처가에서 머물다가 집으로 돌아가서 나머지 휴가를 보냈을 것이다. 하지만 나시마가 그렇

---

* 고대 인도의 서사시 『라마야나』에 나오는 이복형제. 늘 함께 다니며 온갖 모험을 겪는다.

게 좋은 기회를 놓칠 리 없었다. 그녀는 남편의 고삐를 틀어쥐고 자기 부모네 집에 남편이 계속 머물게 했다. 메하부브는 안절부절못하고 참을 수 없는 고통을 느꼈다. 그는 입을 다물고 말없이 괴로워했다. 그의 웃음과 말이 부자연스럽게 느껴지기 시작했다. 그는 자신이 가진 모든 것을 잃어버린 듯한 느낌이 들어서 비참해졌다. 누가 살짝 건드리기만 해도 화가 나기 시작했다. 마치 불 속에 떨어진 겨자씨가 확 타오르는 것처럼 발끈했다. 그는 처갓집 어느 구석에서도 마음의 평화를 얻지 못했다. 그의 짜증은 점점 심해져서, 아무런 이유도 없이 역정을 내기 시작했다. 메하부브가 동생을 만날 때가 되었다고 나시마가 판단한 것은 바로 그때였다. 남편이 울화통을 터뜨려야 한다면 동생에게 터뜨리게 하자, 내가 알 게 뭐냐, 하고 그녀는 생각했다. 그래서 남편에게 동생 나야즈를 만나라고 설득했다.

이런 일들이 일어나고 있는 동안 나야즈는 형으로부터 편지나 전화가 오지 않은 것을 걱정하고, 몇천 루피나 되는 돈을 들여 여러 번 사우디로 전화를 걸었지만, 형이 이미 인도에 왔다는 것을 알았을 뿐이다. 그는 초조해졌고, 왜 형이 집에 오지 않는지 이상한 생각이 들었다. 그가 형수의 친정집에 전화를 걸었을 때, 나시마는 남편을 화살처럼 활에 메기고 시위를 팽팽히 당겨 언제라도 쏠 준비가 되어 있었다.

마침내 메하부브 칸은 집으로 갔다. 그는 심장이 찢어졌다. 눈물을 흘리지는 않았지만, 그 자신이 눈물바다가 되었다. 그는 무너져 내렸지만, 그의 입에서는 한마디 말도 나오지 않았다. 그는 생각했다. 이 광경을 아예 보지 않았다면 얼마나 좋았을까. 인도에 돌아오지 않았다면 좋았을걸. 그 사막의 나라에서 불에 타서 재가 되어 버렸다면 좋았을걸. 그랬다면 망고나무 가지들이 여전히 초록빛 새싹과 잎으로 부드럽게 나에게 부채질해 주었을 텐데. 나와 동생이 타고 놀았던 그네는 망고나무 가지에 매달려 흔들리고 있었지. 아버지는 그 나무 아래 의자에 앉아서 나와 나야즈에게 쿠란 구절을 가르쳐 주셨지. 노래하는 듯한 아버지의 목소리가 지금 메하부브의 귓전에서 윙윙거리고 있었다. 어릴 적에 어머니 허리에 매달렸던 일이며, 어머니가 쟁반을 들고 계단을 한 단씩 내려와 망고나무로 걸어와서 그에게 음식을 한 입씩 먹여 주던 일, 그러다가 그를 나뭇가지에 앉히고 음식을 먹여 주던 일을 생각하자, 누군가가 가위로 그의 창자를 끊어 내고 있는 듯한 느낌이 들었다. 이 나무는 형제가 조심조심 이 가지에서 저 가지로 옮겨 다니던 나무였고, 나중에는 원숭이처럼 이리저리 뛰어다니며 놀던 나무였다. 이런 짓을 할 거였다면 미리 말해 줄 수는 없었나? 오로지 탐욕 때문에, 돈 몇 푼 때문에 이런 짓을 하다니, 이 재앙을 어떻게 용서할 수 있단 말인가? 동생은 형에게 미리 물어볼 정도의 예의조차 갖고 있지 않았다. 게다가 나시마는 옆에서 계속 쫑알대며 속을 긁어 대고 있었다. "여보, 당신 동생이 은행에서 돈을 빌렸대. 이제는 이 집을 자기 소유인 것처럼 굴고 있다고. 가엾은 당신, 그만 다 내려놔. 당신은 이제 아무것도 걱정할 필요가 없어. 서류를 작성해서 집을 동생에게 넘기는 수고를 할 필요도 없어. 혹시 당신, 나한테 말도 없이 벌써 동생한테 모든 걸 다 넘겨주고 일을 끝내 버린 거 아냐?"

　　나야즈는 형의 침묵 뒤에 숨어 있는 비밀을 서서히 이해하기 시작했다. 형이 이제는 형수한테 휘어잡혀 있다는 것을 깨달았다. 하지만 이 어려운 고비를 어떻게 넘길 수 있을까? 나야즈도 초조해졌다. 하지만 그렇게 심란해진 와중에도 나시마가 여행 가방을 들고 다가왔을 때 그는 형수의 발 쪽으로 눈길을 돌렸다. 그의 굶주린 눈이 만족했는지 어떤지 말하기는 어려워졌다. 나시마가 '자르도지'* 수를 놓은 담황록색 펀자비**와 함께 굽이 가느다란 아름다운 구두를 신고 있었기 때문이다. 이제 그녀의 걸음걸이는 그녀가 신고 있는 구두 때문에 매력적으로 보였다. 그녀의 발에서 눈을 떼는 것은 불가능해졌고 그는 묘하게 끌리는 것을 느꼈다.

　　나야즈는 많은 사람에게 돈을 빌렸다. 사채업자들한테 거액을 빌렸을 뿐만 아니라 직장에서도 돈을 빌렸다. 그의 손목시계에 눈독을 들이고 있는 라지바도 그에게 돈을 빌려주었다. 그 돈으로 그는 집을 수리하고 회반죽과 페인트를 칠하는 한편, 중고 냉장고와 세탁기를 사들였다. 어쨌든 그는 자기가 집에 쏟아부은 노력을 보면 형이 재정적으로 도와줄 거라고 확신했다. 하지만 메하부브는 슬픔에 잠겨 있었다. 그는 동생의 행동과 말과 활동 그 모든 것이 부자연스

---

* 　금실·은실과 장식용 금속, 보석 등을 활용한 고급 자수 기법으로, 화려하고 정교한 디자인이 특징이다.
** 　인도 펀자브 지방의 전통 의상.

럽다고 생각했다. 그의 마음은 두 가지 생각 사이를 고통스럽게 오락가락하고 있었다. 동생이 한 모든 일에 대해 잘했다고 동생의 등을 두드려 주어야 할 것인지, 아니면 그의 추억 위에 무덤을 지었다고 동생을 꾸짖어야 할 것인지 갈피를 잡을 수 없었다. 그에게는 이제 그 집이 전혀 자기 집이 아닌 것처럼 느껴지기 시작했다. 그곳에 처음 온 낯선 사람이고 예기치 않은 불청객인 듯한 느낌이 들었다. 동생이 형을 위해 만든 편의 시설이 메하부브를 전혀 감동시키지 못한 것은 그 때문이었다. 왜 동생은 이런 일을 하기 전에 한 번이라도 나와 상의하지 않았을까? 내가 그렇게 멀고 하찮은 존재가 되었나? 내 동생이 언제부터 그렇게 탐욕스러워졌지? 무엇 때문에? 이런 의문에 해답을 찾을 수 있는 망고나무 아래의 시원한 그늘은 어디에도 없었다.

형제 사이의 틈은 더욱 벌어졌다. 어떤 목소리가 침묵 때문에 생긴 균열을 메울 수 있겠는가? 그들은 각자 자신에게 굴복했다. 나시마의 입술에만 회심의 미소가 희미하게 떠올랐다. 그동안 그녀가 신고 있던 하이힐. 아리파의 얼굴에 떠오른 불안의 어두운 그림자. 그녀의 눈 주위에 전에는 한 번도 비치지 않았던 먹구름. 게다가 그녀는 임신 5개월이었다. 아직 겉으로는 별로 드러나지 않았지만, 임신은 내부에서 아리파의 정수를 빨아들였다. 아기를 가진 여자는 행복감으로 빛나야 했건만, 그녀는 여위고 쇠약해졌다. 그녀는 문니를 돌봐야 했고, 초대한 손님들을 대접해야 했고, 남편과 시아주버니 사이의 냉전을 처리해야 했고, 동서 형님의 은근한 조롱에도 대처해야 했다. 그녀가 처리해야 했던 일이 한두 가지뿐이겠는가? 그녀는 지쳐 있었다. 이것도 충분치 않은 것처럼 그녀는 온몸을 갈퀴로 긁는 듯한 참을 수 없는 기침에 시달리고 있었다. 마치 바람이 마른 잎을 흩뿌리고 있는 것 같았다. 나야즈는 아내의 상태를 알아차렸지만, 거기에 우선권을 두지는 않았다. 메하부브도 그것을 알아차렸지만, 동생에 대한 분노와 아내에 대한 두려움 때문에…… 이 두 가지 이유만 없었다면 그는 자기가 직접 아리파를 병원에 데려갔을 것이고, 그녀가 충분한 휴식을 취하여 회복되게 했을 것이다. 하지만 자존심이라는 게 있었다. 오만이라는 뱀은 아주 많은 알을 낳았다.

태양은 집 위에 높이 떠올라 이글이글 타오르고 있었다. 바람은 수줍어서 계속 숨어 있었다. 『라마야나』에 나오는 만타르* 처럼 음모를 꾸민 나시마는 사리 자락으로 부채질하고 있었다. 질투라는 이름의 석탄이 활활 타고 있었다. 이 와중에 그 젊은 임신부는 그들 사이에서 어떻게든 공통된 하나의 실마리를 끌어내려고 부질없는 노력을 하고 있었다. 일주일이 지났을 때쯤 메하부브는 이제 충분하다고 생각했다. 가장 힘든 순간에 그는 그 망고나무가 자기를 부르고 있는 듯한 느낌을 받았다. 그는 바깥의 더위 때문이 아니라 집 안에서 타오르던 여름 때문에 시들어 갔다.

어느 날 오후, 메하부브가 침대에 누워 있을 때 망고나무가 가까이 다가왔다. 그리고 다른 온갖 종류의 관계들도

---

* 코살라 왕국의 카이케이 왕비의 시녀로, 왕비를 꼬드겨 그녀가 친아들처럼 아끼는 라마를 왕궁에서 쫓아내게 만든다.

다가왔다. 망고나무는 아무 말도 않고 시원한 손을 그의 이마에 올려놓았다. 메하부브의 마음속에 있던 화산이 식기 시작한 것은 바로 그 손길 때문이었다. 그것뿐이었다. 그는 자기가 얼마나 오랫동안 그렇게 잠을 잤는지 알지 못했다. 그 잠이 눈에 보이지 않는 어떤 종류의 효과를 발휘했는지도 알지 못했다. 그가 잠에서 깨어난 것은 저녁 무렵이었다. 태양은 숨바꼭질을 하느라 바빴다.

"아주버님, 아주버님……." 그는 잠에서 깬 뒤에도 계속 눈을 감고 있었다. 멀리서 들리는 부름에 눈을 뜨자 그녀가 앞에 서 있었다. 넓게 퍼진 가지에 열매를 주렁주렁 매단 망고나무처럼, 잘 익은 망고가 풍성하게 수확된 것처럼, 그런 나무의 짙푸른 잎처럼, 활짝 핀 향기로운 꽃으로 만든 화려한 꽃다발처럼, 생명의 약속으로 가득 찬 여린 망고처럼, 도드라진 이마, 그녀의 눈에 담겨 있는 사랑과 존경심.

"차 좀 드세요, 아주버님." 그는 차가 불로장생의 영약이라도 되는 것처럼 찻잔을 받아들었다. 그는 생각에 잠긴 눈으로 그녀를 머리끝부터 발끝까지 바라보았다. 그녀는 쇠약해져 있었다. 그녀의 생명력은 완전히 고갈되었다. 그녀는 그가 차를 다 마실 때까지 기다렸다가 찻잔을 두 손으로 받아 들었다. 무엇 때문인지 그것이 그를 흔들었다.

"아리파, 어쩌다 이렇게 됐어요?"

그가 집에 온 지 보름이 지났지만, 그녀에게 이처럼 상냥하게 말을 건 것은 처음이었다. 그녀는 아무 말도 하지 않았다. 그녀의 눈에 눈물이 가득 고였다. 그녀는 눈을 내리깔았다. 그는 마음이 흔들렸다.

179

1초도 지나기 전에 그가 걱정스러운 얼굴로 말했다.

"15분 안으로 외출 준비를 끝내요. 훌륭한 산부인과 의사한테 갑시다. 저 쓸모없는 녀석을 믿고 있다간 이런 일이 일어날 수밖에. 저 녀석은 아무 책임도 질 수 없다니까." 그는 낮은 목소리로 말을 이었다. "저녁 식사에 대해서는 걱정하지 않아도 돼요. 의사를 만난 다음 '무굴 다르바르'*에 가서 함께 식사를 합시다."

침대에 큰대자로 누워 있던 나시마는 흠칫 놀라서 깨어났다. 다른 방법이 없었다. 요즘 모래주머니로 겨우 막고 있던 홍수가 이제 터져 버렸고, 넘쳐흐르는 물을 막을 방법은 전혀 없었다. 그녀는 천천히 일어나서 '카수티'** 자수로 장식된 펀자비를 입고 하이힐을 신은 채 거실로 나왔다. 나야즈는 아리파가 가져온 소식을 듣고는 뛸 듯이 기뻐했다. 형이 정상으로 돌아오고 있어! 그가 그토록 기다려 온 절호의 순간이었다. 그는 거실 구석에 놓인 등나무 의자에 앉아서 생각하기 시작했다. 이제는 형에게 모든 걸 털어놓을 수 있었다. 그의 성취, 아니, 어쩌면 그것은 그의 어리석음이었다. 이제 그것을 형 앞에 내놓을 수 있었다. 어쩌면 따귀를 맞을지도 모른다. 너의 분별은 어디로 가 버렸냐? 이런 일이 벌어지기 전에 형에게 말하고 조언을 구했어야지. 정처 없이 헤매고 있던 그의 눈길이 갑자기 멈추었다. 바닥보다

* 인도 곳곳에 있는 고급 레스토랑. 무굴제국의 궁중 요리를 내놓는다.
** 7세기경 인도 카르나타카주에서 시작된 전통적인 자수 기법. 자수 양면에 같은 모양의 대칭적인 디자인이 나타나는 것이 특징이다.

조금 위에 나시마의 발이, 그의 마음을 훔친 하이힐을 신고 있는 발이 있었다.

나야즈는 지난 며칠 동안 계속된 혼란 속에서 그 하이힐을 깜박 잊고 있었다. 하지만 형이 누그러지기 시작한 것처럼 보이는 지금, 그 구두가 유령처럼 다시 나타난 것이다. 그녀가 어디를 걸어 다녀도 그의 눈길은 그녀를 따라다녔다. 형수가 쭉 뻗은 내 손바닥을 밟을 수만 있다면 그걸로 충분할 거라는 생각이 들기 시작했다. 자제하기가 너무 힘들었다. '미친놈, 도대체 뭘 하고 있는 거냐? 지옥에나 가라. 넌 구두에 미쳤어. 그걸 훔칠 각오도 되어 있냐? 구두를 달라고 간청할 각오도 되어 있어? 넌 파멸하고 말 거야.' 그는 자신을 꾸짖었다. 하지만 그래도, 그래도…… 하이힐은…… 그 구두는 특별한 마력을 갖고 있었다. 그를 끌어당겼을 뿐만 아니라 그의 분별까지도 망쳐 버렸다. 그는 자신을 잊고, 판단력과 인식과 지각을 잃었다. 그는 강박증에 사로잡히게 되었다. '무슨 일이 있어도 저 구두를 얻어서 아리파에게 신겨야 해.' 이 소망은 너무 커져서 다른 것은 모두 잊어버렸다. 그는 쇼크 상태에 빠진 것처럼 꼼짝도 하지 않고 가만히 앉아 있었다. 메하부브는 방에서 나오자 동생을 잠시 바라보았다. 동생의 태도를 보자 마음 한구석에서 연민의 물결이 일었다. 하지만 그는 그것을 내색하지 않고 밖으로 나갔다.

산부인과 병원에서 아리파가 검사를 마칠 때까지 메하부브는 딸을 염려하는 어머니처럼 걱정스러운 얼굴로 서 있었다. 검사 결과, 다른 것은 모두 정상이었지만 빈혈 때문에 기력이 떨어지고 혈압이 높다는 사실이 그를 걱정스럽게 했다. 물론 그는 아내에게 그 걱정을 드러내지 않았다. 나시마는 이 모든 비용을 남편이 부담할 것이라고는 조금도 의심하지 않았다. 메하부브는 약값을 치렀을 뿐만 아니라, 물약과 알약이 가득 든 비닐봉지를 하인처럼 들고 다녔다. 그 모습에 나시마는 속이 끓어올랐다.

무굴 다르바르는 병원에서 조금 떨어진 곳에 있었다. 아직 저녁 먹을 시간이 아니었고 나시마는 쇼핑할 게 남아 있었다.

물질은 너무 귀중해졌고, 인간은 무가치해졌다. 그 물질적인 소유 뒤에서 사람들의 감정은 상품이 되었다. 거대한 그림자를 달고 다니는 왜소한 사람들 사이의 관계는 물질이 결정했다. 냉장고 하나가 젊은 신부의 삶을 바꿔 놓을 수 있었다. 냉장고의 여러 색깔들은 젊은 신부의 꿈에 홀리* 같은 역할을 할 수 있었다. 그런 재산은 집 안에서 뿐만 아니라 삶의 결정을 내리는 데 있어서도 중요한 자리를 차지했다. 사람들은 이리저리 뛰어다니면서 자신의 가치와 인간관계를 공중에 내던졌다. 탈진해서 쓰러지고 땀을 뻘뻘 흘리면서도 그들은 계속 달렸다. 아하! 황금 사슴**은 여기저기 돌아다니는 데 그치지 않고, 모든 사람을 미치게 만들고 있다. 그것은 모든 사람을 끌어당겨 꼼짝 못 하게 마법을 걸었다.

---

* 겨울이 끝나고 봄이 시작됐음을 축하하는 인도의 봄맞이 축제로, 참가자들은 물들인 가루나 물을 사방에 뿌리면서 즐긴다.
** 『라마야나』에서 악마 마리차는 주인공 라마의 아내 시타를 유인할 때 황금 사슴으로 둔갑하는 마법의 속임수를 쓴다.

황금 사슴의 매력에 대한, 아무도 손에 쥐지 못한다는 그 자력의 신화는 문명의 위대한 표시였다!

나시마와 아리파는 옷 가게에 있었다. 메하부브는 의자에 앉아서 가구와 천장의 디자인, 카운터가 제작된 방식 따위에 관심을 기울이고 있었다. 나야즈는 이리저리 돌아다니며 모든 가게 앞에 걸음을 멈추고 진열장에 내걸려 있는 것들을 뚫어지게 바라보았다. 그가 오락가락하다가 가족들이 있는 가게로 가려고 했을 때, 누군가가 아주 가볍게 그의 등을 건드린 듯한 느낌이 들었다. 그 손길! 그는 그것이 자기 내면의 끝없는 탐색에 대한 대답인 것처럼 느껴져서, 잠시 꼼짝도 않고 서 있었다. 그게 누구인지 보려고 고개를 돌렸을 때, 그의 등 뒤에는 아무도 없었다. 하지만 바로 그때, 그가 고개를 돌린 그 순간 갑자기, 앞에 있는 거대한 진열장 안에, 무더기로 수북이 쌓인 수입품 사이에…… 그의 심장이 박동을 놓쳤다. 그는 이게 꿈이 아닐까 생각하면서 계속 그것을 바라보았다. 밤낮으로 그를 따라다니며 괴롭힌 끝없는 수색의 중심, 그의 꿈과 가슴에 뿌리를 내린 그 구두가 거기에, 바로 그 진열장 안에 있었다! 그는 매료되어 멍하니 서 있었다. 이게 사실이야? 아니면 거짓인가? 도대체 이게 있을 법이나 한 일인가?

그는 마침내 정신을 차렸다. 불가능하게 보였던 일의 가능성이 그의 의식을 꿰뚫고 들어왔다. 그는 곧장 가게 안으로 들어갔다. 하지만 서 있을 수가 없어서, 마법에라도 걸린 것처럼 의자에 털썩 주저앉았다. 그는 자기가 특별한 사람이라도 된 것처럼 가게의 모든 불빛이 그에게 집중된 듯한 기분을 느끼기 시작했다. 다른 사람이 그 구두에 손을 댈까 두려워, 그는 가게 전체에 들릴 만큼 큰 소리로 "저 하이힐을 주세요." 하고 말했다.

메하부브는 동생의 목소리를 듣고 그쪽을 돌아보았다. 나시마도 시동생을 지켜보고 있었다. 그러거나 말거나 아랑곳하지 않고 나야즈는 더욱 목청을 높여 아내를 불렀다. 나야즈가 이상한 태도를 보이는 것을 아까부터 알아차리고 있던 아리파는 조용히 다가와서 남편 뒤에 섰다. 나야즈는 감정이 매우 격해져 있었다. 그는 벌떡 일어나 아내를 돌아보며 말했다. "저기 앉아, 저기 앉아." 아리파는 남편이 가리키는 곳을 보고 당황했다. 나야즈가 가리킨 것은 두꺼운 판유리로 옥좌처럼 만든 장식용 의자였다. 그녀는 자기가 거기에 앉으면 의자가 깨질지도 모른다고 걱정했다. 그녀는 왜 남편이 그렇게 이상한 행동을 하는지 궁금했지만, 아무 말도 하지 않았다. 나야즈는 다급하게 아내의 손을 잡고 그 옥좌로 데려가서 앉혔다. 아리파는 몸을 움츠렸다. 의자가 부서질지도 모른다는 두려움은 더욱 커졌다. 점원이 손에 들고 있는 하이힐, 어떤 것에도 주의를 기울이지 않고 있는 남편, 공허한 눈으로 바라보고 있는 메하부브, 입술에 자꾸만 떠오르는 웃음을 억제하려고 애쓰고 있는 나시마.

점원은 허리를 구부리고, 아리파의 발에서 파란색 끈이 달린 샌들을 벗긴 다음 그 하이힐을 그녀의 발에 신겼다. 구두에 달린 노란색 금속 버클이 불빛 아래에서 황금처럼 빛났다. 하지만 구두가 그녀의 발에 맞는 것은 애당초 불가능했다. 그것은 우아한 발을 가진 여자들을 위해 만들어진 구두어서, 볼 넓은 그녀의 발을 수용할 수 없었다. 하지만 나야즈는 실망하지 않았다. 그는 쪼그려 앉아서 점원을 돕기 시작했고, 그들은 함께 힘을 모아 아리파의 발을 구두 속에 간신히 욱여넣었다. 그는 가늘고 섬세한 끈을 그녀의 뒤꿈치에 걸고 어떻게든 버클에 밀어 넣었다. 점원은 그를 따라서 그녀의 다른 쪽 발꿈치에도 끈을 걸고 간신히 버클을 채웠다. 그녀의 뒤꿈치는 구두 밖으로 많이 삐져나와 있었다. 뒤꿈치는 여기저기 갈라져 있었는데, 지금은 그 검은 선들이 더욱 도드라져 보였다. 집안일에 전념한 나머지 발에는 전혀 관심을 기울이지 않은 게 분명했다. 그녀는 남편의 샌들을 아무 생각 없이 신고 다니는 데 익숙해져 있었다. 그 샌들을 신으면 빠르고 편하게 걸어 다닐 수 있었다. 그런데 이제 그 하이힐의 뾰족한 굽을 보자 겁이 나기 시작했다.

어떻게 해도 구두가 그녀의 발에 맞지 않자 점원이 머뭇거리며 말했다. "좀 걸어 보세요, 부인." 아리파는 조심조심 의자에서 일어났다. 그리고 어떻게든 허리를 펴고 똑바로 섰다. 앞으로 나아가려면 한 걸음씩 천천히 발을 떼야 했다. 이때쯤 나야즈는 이미 계산대로 달려가서 지폐를 건네고 계산서를 받으려 하고 있었다. 나시마는 한없이 즐거워했다. 그녀는 가슴에 팔짱을 끼고 격려하듯 아리파에게 말했다. "자, 이제 걸어 봐. 한 걸음씩 떼어 봐. 어디 한번 보자고." 그녀는 마음속에서 높아지고 있는 비웃음의 물결을 애써 억눌렀지만, 곧 실패하고 말았다. 웃음이 그녀의 입만이 아니라 얼굴 전체에서 풍선 터지듯 폭발하기 시작했다.

두려움과 수줍음이 반반씩 섞인 상태로 비틀거리며 걷

던 아리파는 빠져나갈 길이 없다는 것을 깨달았다. 그녀는 이상하기 짝이 없는 남편의 행동에 속으로 화가 나 있었지만, 아름다운 카펫 위에서 걷는 연습을 하기 시작했다. 그 순간 그녀에게는 선택지가 없었다. 하지만 그 구두를 신고는 도저히 걸을 수 없다는 것을 그녀는 깨닫기 시작했다. 몇 걸음 걸은 뒤에 그녀는 점원에게 돌아가서 말했다. "이봐요, 이 구두를 싸 주세요." 그러고는 두리번거리며 자신의 샌들을 찾았다. 그 샌들은 어디 있지? 나야즈가 이미 그 샌들을 포장해서 들고 가게 밖에서 아내를 기다리고 있었다. 아리파의 눈에 눈물이 가득 고였다.

그녀는 이제 카펫 밖으로 나가서 가게 바닥에 발을 내디뎌야 했다. 바닥의 타일이 반짝반짝 빛나고 있었다. 그녀는 발을 헛딛지나 않을까 겁이 나서 아주 천천히 걷기 시작했다. 미끄러지지 않도록 가게의 기둥을 잡거나 진열장에 의지하여 걸었고, 그렇게 해서 겨우 입구에 다다랐다. 하지만 거기서 가게 밖으로 이어진 매끄러운 화강암 계단을 보고는 잠시 걸음을 멈춘 채 가만히 서 있었다. 나시마는 그녀의 곤경을 알아차렸다. 그녀도 역시 시동생의 미친 짓에 화가 났고, 자기와 경쟁하기 위해 이런 짓을 하고 있다는 것을 깨달았다. 하지만 그녀는 아리파를 동정하여 "천천히 내려가." 말하고는 아리파가 길로 내려갈 때까지 손을 잡아 주었다.

일단 도로로 나가면, 아리파의 손을 계속 붙잡고 있을 수는 없었다. 이제 막 걸음마를 시작한 아기에게 한 걸음씩 떼어 보라고 격려하듯 '하나, 둘, 하나, 둘.' 하면서 손을 잡아 줘야 하나? 그녀는 천천히 아리파의 손을 놓았다. 나야즈는 벌써 멀찌감치 떨어져서 앞으로 달려가고 있었다. 메하부브는 동생이 아리파한테 발에 맞지도 않는 구두를 사준 것을 이상하게 생각했지만, 다른 것은 아무것도 알아차리지 못했다. 나시마는 나중에 적당한 기회가 오면 남편을 놀려 먹을 때 써먹기 위해 이것을 머릿속에 추가로 저장해 두었다. 그리고 곧 다른 생각에 몰두하게 되었다.

가엾은 아리파는 여전히 미끄러져 넘어질까 두려워하면서, 이상한 걸음걸이로 절뚝거리며 걷기 시작했다. 새 구두가 그녀의 발가락을 옥죄고 있었다. 비어져 나온 뒤꿈치도 아팠다. 그보다 더 큰 문제는 높이가 3인치나 되는 가늘고 뾰족한 굽이었다. 넘어져도 난 괜찮아. 기껏해야 뼈가 몇 군데 부러지는 정도겠지. 하지만 뱃속의 아기는 어떻게 될까?

그녀는 점점 더 천천히 걷기 시작했다. 나야즈와 메하부브와 나시마는 멀리 사라졌다. 한 걸음 떼어 놓을 때마다 도저히 해낼 수 없는 과업처럼 느껴졌다. 그녀는 TV에서 젊은 여자들이 짧은 스커트나 비키니를 입고 맨다리를 드러낸 채 그런 하이힐을 신고 걷는 것을 많이 보았다. 그네들의 다리가 어떻게 춤추듯 움직였는지를 생각하면서, 그녀는 흔들리지 않고 앞으로 나아갈 용기를 내려고 애썼다. 하지만 용기가 나기는커녕 오히려 자신이 벌거벗은 듯한 기분을 느끼고 비틀거리기 시작했다.

그런 와중에, 오랫동안 그녀의 몸과 마음을 점령했던 끔찍한 기침이 찾아왔다. 아리파는 떨기 시작했다. 일단 기침이 가라앉자 붉게 상기된 얼굴에서 땀을 닦아 내고 몇 분

동안 가만히 서 있었다. 그녀는 발 때문에 얼마나 많은 문제가 생길 수 있는지를 처음으로 깨달았다.

아리파는 아직도 남편의 태도를 이해할 수가 없었다. 그는 아내에게 어떤 관심도 보인 적이 없었다. 남편은 그녀가 원하지도 않는 구두를, 아직 태어나지 않은 아이를 해칠 수도 있는 나쁜 구두를 억지로 신기고는 뒤도 돌아보지 않고 성큼성큼 걸어가 버렸다. 그녀는 그 원치 않는 구두를 벗어 버릴까 하는 생각도 했지만, 0.5초도 지나기 전에 걱정과 두려움과 압박감을 모두 무시한 결론에 도달했다. 그녀는 똑바로 서서 모든 힘을 발가락에 집중시키고 좁은 공간으로 발가락을 욱여넣으려고 애썼다. 그게 너무 고통스러웠기 때문에 그녀는 발을 구르기 시작했다. 모든 체중을 가느다란 구두 굽에 싣고 쿵쿵 굴러서 그 굽을 구부리려 한 것이다. 으음! 후우! 그녀는 그 빌어먹을 굽이 꿈쩍도 하지 않았다는 것을 깨달았다. 아리파는 일단 결정을 내린 뒤로는 더 강해졌다. 결심하고 나자 묘한 힘이 생겨났다. 그녀는 다시 똑바로 서서 모든 체중을 다리에 싣고 속으로 "왼쪽, 오른쪽, 왼쪽……." 하고 구령을 붙이며 행진하기 시작했다.

그녀의 걸음걸이로 보아, 누가 보든 개의치 않는 것은 분명했다. 부주의해지자 곧 왼쪽 발목이 뒤틀렸다. 그녀가 넘어지지 않은 것은 앞을 걷고 있던 덩치 큰 남자의 셔츠를 간신히 움켜잡았기 때문이다. 그 남자는 허리춤에 찔러 넣은 셔츠가 뒤에서 와락 잡아당겨지는 것을 느꼈다. 얼마나 세게 잡아당겼는지, 셔츠 단추가 그의 목까지 올라가고 칼라가 뒤로 젖혀질 정도였다. 남자는 화가 나서 뒤를 돌아보았다. 하지만 아리파의 상태를 보고 그의 분노는 금세 누그러졌다. 그녀는 남자의 셔츠를 놓아주었지만, 아직도 자세를 바로잡으려고 버둥거리고 있었다. 남자는 그녀를 부축하여 일으켜 세우고 상냥하게 물었다. "신고 있는 구두가 발에 안 맞나 보네요. 그렇죠?" 인생에서 중요한 계기는 이런 것이다. 지금까지 낯선 남자와 얼굴을 맞댄 적이 한 번도 없었기 때문에 그녀는 잠시 우물거리다가 말했다. "네, 이 구두는 내 사이즈가 아니에요. 전혀 편하지 않고, 신고 있는 게 고문이에요."

"그럼 구두를 벗어서 손에 들고 가는 게 어때요?" 그 이례적인 상황에서도 그녀는 그에게 가벼운 미소를 지으면서 말했다. "이건 악마의 신발이에요. 내가 벗어도, 계속해서 다시 신어야 할 거예요." 그녀는 오른발을 들어 올렸다가 땅을 내리찍듯이 힘껏 발을 굴렀다. 굽은 부러지기는커녕 꿈쩍도 하지 않았다. 그녀는 눈이 흐려지는 것을 느꼈다. 그녀는 앞에 붙잡을 만한 무언가가 있기를 바라면서 손을 뻗었다.

아니, 저런. 스스로 알아차렸는지는 모르지만, 그녀는 비틀거리고 있었다. 그녀는 주위가 어두워지고 있는 것을 느꼈다. 정전인가? 아니, 정전이라면 갑자기 어두워졌을 것이다. 이건 어떤 종류의 어둠일까? 피부에 닿는 어둠의 감촉은 시원했다. 서늘한 냉기가 그녀의 혈관을 통해 퍼져 갔다. 그것은 그녀를 무의식 상태에 빠뜨렸다. 그녀의 몸은 시시각각 무거워졌다. 어둠이 그녀의 모든 신경을 삼키고 있었다. 어둠은 그녀의 영혼으로 이어지는 문을 통해 성큼성큼 들어와서 그녀의 의식을 꽁꽁 얼어붙게 했다. 어둠은 그녀가 보여 준 저항의 마지막 한 조각까지 모두 먹어 치웠다. 그리고 마침내 어둠은 그녀 안으로 들어와 깊이 가라앉았다.

그 야릇한 감각의 순간순간을 경험하고 있을 때, 그녀는 어둠이 그녀의 존재 안에 깊이 뿌리내리고 있는 것을 보았다. 그 뿌리는 그녀의 머리에서 내려와 얼굴을 뒤덮고, 목과 가슴을 지나 폐 전체에 퍼진 다음, 더 아래로 내려가서, 그녀가 알아차렸을 때쯤에는 이미 임신한 배 가까이에 와서 멈춰 있었다. 뾰족한 뿌리는 그 후 무디어졌다. 뿌리의 돌파력은 약해졌고, 어둠의 뾰족한 돌출부는 오그라들었다. 주위에 널리 퍼져 있는 어둠에도 한계가 있다는 것을 그녀가 깨달은 것은 바로 그때였다.

갑자기 그녀는 자기 배를 내려다보았다. 어둠의 안개 속에 묻혀 있었지만, 몇 겹 아래에 웅크리고 있는 생명이 그녀의 자궁을 여기저기 두드리기 시작했을 때, 아직 자기한테는 한 줄기 희망의 빛이 있다고 느끼기 시작했다. 오감이 모두 어둠 아래에 깊이 묻혀 있을 때, 그리고 자기가 아무것도 느끼지 못하고 있는 듯한 기분이 든 바로 그때, 그녀는 기적적인 접촉을 했다. 그것은 몸속에 있는 생명의 태동이었다.

"엄마."

"말하렴, 아가야." 그녀는 당장 대답했지만, 애처롭게 엄마를 부르는 그 소리가 어디서 나오고 있는지를 깨달았을 때 온몸에서 힘이 쭉 빠졌다. 눈꺼풀이 저도 모르는 사이에 감기기 시작했다. 그녀는 자신의 감각기관을 더 이상 통제할 수 없게 된 듯한 기분을 느꼈다. 그리고 자신의 것이 아닌 어떤 의식을 통해 아이와 소통하고 있는 듯한 느낌이 들었다. 잠시 침묵이 흘렀다. 그러다가 그녀의 자궁 속 어느 구석에 웅크리고 있던 아이가 다시 소리쳤다.

"엄마?"

"말해, 어서 말해. 말해 봐, 아가야." 그녀는 아기가 공처럼 웅크리고 있는 아랫배를 천천히 문지르기 시작했다.

이 감촉으로 아기는 조금 가벼워졌다. 아기가 속삭였다.

"엄마한테 무슨 일이 있었어요? 아주 무거운 것이 나를 짓누르고 있어요."

"어떤…… 어떤…… 무거운 게 어떤 거니, 아가야?"

"모르겠어요, 엄마. 엄마 배의 무게가 완전히 나를 짓누르고 있어요. 그래서 꼼짝할 수가 없어요, 엄마."

"저런! 아가야, 너한테 무슨 일이 일어난 건지 모르겠……"

"엄마의 몸무게가 온통 짓누르고 있는 것처럼 느껴져요. 엄마, 보세요…… 내게는 움직일 공간이 전혀 없어요, 엄마……"

반쯤 감긴 아리파의 눈에서 눈물이 흘러내렸다.

"오오, 아가야, 너한테 무슨 일이 일어나고 있는 거니? 내가 뭘 할 수 있지?"

그녀의 다리가 후들거리기 시작했다. 그녀는 넘어지지 말자고 마음먹었다. 하지만 똑바로 서 있으려고 애쓰면 애쓸수록 무릎에서는 힘이 빠져나갔다. 넘어지면 뱃속의 아이가 다칠지도 모른다는 생각이 들었을 때쯤, 아이가 다시 몸을 웅크리면서 그녀의 생각을 짧게 자르고 낮은 소리로 물었다.

"엄마 발이 어떻게 된 거예요?"

순식간에 모든 것이 분명해졌다. 그녀는 하이힐을 신은 발 때문에 뱃속에 있는 아이에게 과도한 압박을 가하고 있었던 것이다. 그녀의 마음이 누그러졌다.

어둠 속에서 그녀는 버클을 잡아당겨 구두를 벗으려고 애썼다. 하지만 버클은 꿈쩍도 하지 않았다. 그뿐만 아니라 그녀가 버클을 잡아당기려고 애쓸수록 버클은 그녀의 뒤꿈치를 더욱 옥죄는 것 같았다. 이제 버클은 피부에 달라붙은 또 하나의 층처럼 보이기 시작했다.

자궁에 압력이 가해질수록 아이가 누릴 수 있는 공간은 좁아졌다. 그녀는 아이가 삶과 죽음 사이에서 버둥거리고 있는 것을 느꼈다.

나는 엄마가 아니야. 나는 역병이고 악마야. 고통 속에서도 아리파의 내면에서는 한 가닥 실처럼 가느다란 깨달음이 나타나기 시작했다.

아직 시간이 있었다. 아기를 구하기 위해 마지막으로 한 번 더 노력해야 했다. 그녀는 주위를 두리번거리며 남편을 찾았지만, 남편은 어디에도 보이지 않았다. 그는 구두를 그녀의 발에 신겨 놓고는 사라져 버렸다.

깊은 비탄에 빠진 그녀는 눈을 들어 하늘을 바라보았다. 그 어둠 속에서 보이는 것은 아무것도 없었다.

마침내 가냘픈 목소리가 아랫배에서 올라왔다. "엄

마……."

그 목소리는 그녀의 사랑이 솟아나는 샘을 꿰뚫고 기묘한 감정과 믿을 수 없는 힘으로 아리파를 가득 채웠다. 그녀는 자기한테 그런 힘이 있는 줄도 모르고 있었다.

그녀는 아랫배에 두 손을 얹고, 모든 움직임을 서서히 멈춰 가고 있는 아이에게 자신의 모든 의지력을 집중시켰다. 이제 곧 태어날 아기의 순결하고 귀여운 형상으로 제 마음을 가득 채웠다. 그리고 온 힘을 다하여 아기 대신 하이힐에 압력을 가하기 시작했다.

하이힐에 계속 압력을 가하자 온몸이 땀에 흠뻑 젖었다. 그녀의 자궁이 하이힐의 압력에 굴복할 것처럼 느껴진 바로 그 순간, 그 하이힐이 어떤 강력한 힘 때문에 폭발한 것처럼 수천 조각으로 쪼개져서 별똥별처럼 반짝이며 어딘가에 떨어졌다. 그러고는 그 어딘가에서 흔적도 없이 사라져 버렸다.

아리파는 흔들리지 않는 단단한 땅바닥 위에, 대지처럼 굳건히 서 있었다.

# 조용한 속삭임

잠자리에 든 지 얼마 되지 않았지만, 나는 따끈한 우유 위에 얹힌 크림처럼 녹아들어 깊이 잠들어 있었다. 잠옷은 땀에 흠뻑 젖어서 등에 달라붙어 있었다. 귀 뒤쪽이 차갑게 느껴졌다. 목덜미와 머리카락도 젖어 있었다. 아마도 전화 벨이 집요하게 울려 대지 않았다면 나는 깨어나지 않았을 것이다. 하지만 그 소리 때문에, 다른 선택지는 없었다.

"여보세요?"

"안녕. 자고 있었니?"

"으음, 네." 내 목소리는 나른했다.

"웬만하면 이 시간에 전화하지 않았을 거야. 네가 자고 있으리라는 걸 아니까." 엄마는 잠시 망설이고 나서 덧붙였다. "마을에서 아비드가 왔어."

"아비드? 어떤 아비드요?"

"아직 덜 깼니? 무자와르의 아들 말이야. 지금은 다르가의 감독관이 되었어."

"그 사람이 뭘 원하는데요?"

"이달 말에 '우르스 축제'**가 열릴 예정이라는 건 너도 알겠지. 우리 가족 가운데 누군가가 백단향 의식에 참석해야 하는데, 이크발은 수천 마일이나 떨어진 곳에 있으니까 너라도 그 의식에 가야 해."

"내가요?"

"놀라긴? 그곳에 뭐 충격받을 일이라도 있는 거냐?"

"아니, 엄마, 하고많은 의식 중에 하필이면 백단향……."

"됐어. 그쯤 해 둬. 자세히 말할 수는 없고…… 아비드가 너를 만나러 가겠다니까, 그와 의논해서 준비하도록 해라. 집안 전통을 나 몰라라 할 수는 없잖니."

이 말들은 나에게 상처를 주었다. 더 이상 다투고 싶지 않아서 나는 말했다.

"그 사람을 지금 보내지 말고, 한 시간 뒤에 오라고 하세요. 한번 만나 보죠, 뭐."

나는 수화기를 내려놓고 커튼을 젖혔다. 밖은 타는 듯이 뜨거웠다. 실내에서도 내 삶은 온갖 어려움의 열기에 잠겨 있었다. 나는 다시 침대로 가서 쓰러졌다. 아비드가 마을에서 왔다. 조부모 때부터 살아온 마을, 말레나할리***. 우리는 아버지가 강요했기 때문에 1년에 한 번씩 우르스 축제에 가곤 했다. 엄마도 마찬가지였다. 마을에는 약 100가구가 있

---

◆ 이슬람교의 성자나 성직자의 무덤 위에 세운 사당.

◆◆ 이슬람 성자 모이누딘 치슈티(1143~1236)의 서거를 기념하여 인도 라자스탄주 아지메르에서 열리는 연례 축제.

◆◆◆ 인도 카르나타카주 서부의 치트라두르가 지역에 있는 마을.

었고, 그중에서 60가구 이상이 무슬림 가족이었다. 그곳은 할머니의 친정일 뿐만 아니라 마을 사람들도 모두 할머니의 친척이었다.


할머니는 깡마른 체구에 피부가 하얗고 키가 컸다. 할머니는 수시* 비단으로 지은 치마와 네루 칼라**가 달린 하얀색 긴소매 셔츠를 즐겨 입었다. 배나 등이나 손이 1인치도 드러나지 않는 셔츠 위에 치칸카리*** 자수를 놓은 하얀색 다바니****를 두르곤 했다. 셔츠 주머니에는 코담뱃갑, 잔돈, 하얀 머리 리본, 분필 몇 개, 연필 몇 자루, 회색의 니커넛 씨앗, 펜 한두 자루가 들어 있었다.

저녁이면 할아버지는 집 앞의 널찍한 마당에 앉아서 담배를 돌에 갈아 그 가루를 버터와 천천히 섞곤 했다. 할머니는 조금 떨어져서 문에 기대어 앉아 있었다. 우리들, 그러니까 나와 아버지 누나들의 아이들 가운데 네 명은 할머니의 무릎에 앉거나 주위에 둘러앉았다. 아시야 고모의 아이들 가운데 둘, 노리 고모의 아이들 가운데 넷……. 우리는 가

---

◆　　면이나 실크 또는 이 둘의 혼합물로 만든 얇은 직물로, 색색의 날줄 무늬가 있다.

◆◆　　짧고 둥근 스탠드 칼라 스타일의 옷깃으로 네루 총리가 즐겨 입었던 것으로 유명하다.

◆◆◆　인도 북부에서 200년 넘는 전통을 가진 섬세하고 아름다운 수공예 자수 기법. 하얀 원단에 하얀 면실로 정교한 꽃무늬 등을 수놓는 것이 특징이다.

◆◆◆◆　인도 남부의 소녀들이 입는 전통 의상. 상의인 '촐리'와 헐렁한 치마인 '랑가', 그리고 숄인 '두파타'로 구성되며, 카르나타카·타밀나두 등지에서 명절이나 결혼식 같은 특별한 날에 착용한다.

늘지만 튼튼한 할머니의 넓적다리 위에서 펄쩍펄쩍 뛰곤 했다. 할머니의 주머니를 비우고, 그중에서 우리가 원하는 물건을 집은 다음 나머지는 다시 주머니에 돌려놓기도 했다. 우리들 가운데 한두 명은 할아버지 주위도 맴돌았다. 할아버지의 하얀 수염은 듬성듬성하고 우스꽝스러워 보였다. 할아버지는 코담배를 고운 가루가 되도록 빻은 다음, 그 가루를 손가락으로 조금 집어서 할머니한테 건네주곤 했다. 그러면 할머니는 그것을 코에 넣고 킁킁 냄새를 맡은 다음, 석회가 부족하다거나 버터를 더 넣어야 한다거나 더 곱게 빻을 필요가 있다고 말했다.

그런 어느 날 저녁, 나는 할머니의 주머니를 비웠다가 다시 주머니에 돌려놓는다는 핑계로 날랜 손재주를 부려서 10파이사짜리 동전 하나를 움켜쥐고는 할머니 무릎을 베고 누워서 천진난만하게 굴고 있었다. 할머니는 나를 각별히 아꼈다. 나는 할머니 아들의 딸이었고, 할머니를 찾아오는 일이 드물었기 때문이다. 그날 엄마는 한곳에 가만히 서 있거나 앉아 있을 수 없었다. 엄마는 꼬리에 불이 붙은 고양이처럼 계속 들락날락했다.

"내일이 저 아이 생일이에요." 엄마는 나를 가리키면서 할머니에게 말했다.

"그래? 그럼 몇 살이 되는 거냐?"

"내일이면 여덟 살이 되고, 아홉 번째 해가 시작될 거예요."

"아하." 할머니는 나를 끌어안고 뽀뽀 세례를 퍼부었다. "이 코담배 냄새가 없으면……"

"우리 딸이 내일 입을 새 옷이 없어요." 엄마가 걱정스럽게 말했다. "지금까지는 그래요. 애 아빠도 아직 오지 않았어요." 엄마는 하늘이 무너져 내린 것처럼 느낀 게 분명했다.

"올 거야. 걱정 마라. 가까이 살고 있는 게 아니잖니? 다섯 시간이나 버스를 타고, 나머지 10마일은 다른 탈것을 타거나 걸어서 와야 해." 할머니는 아들이 정부에서 일하면서 겪는 어려움을 안타깝게 여겼다.

땅거미가 지기 시작했다. 큰고모가 반짝거릴 때까지 닦은 놋쇠 등잔에 불을 켜서 거실로 가져갔다.

"애 아빠는 오지 못해도 괜찮지만, 우리 딸이 입을 새 옷을 보냈다면 좋았을 텐데요."

할머니는 희미하게 미소를 지었다.

"옷만 보내면 안 와도 좋다고? 그럼 문제는 옷인가? 걱정 마라. 옷을 한 벌 지으면 되잖니."

엄마는 마음을 가라앉히고 서둘러 안으로 들어갔다.

할머니가 코담배를 조금 집어서 킁킁 냄새를 맡은 다음 코를 닦는 것을 보고, 나는 당장 할머니 무릎에서 내려왔다. 할머니는 내 영리한 행동을 보고는 웃으면서 내 손을 잡고 "이리 오렴." 하고 말했다. 그러고는 나를 거실 한구석에 놓여 있는 커다란 침대로 데려갔다. 그곳은 불빛이 충분치 않았다. 할머니는 허리를 구부려 침대 밑에서 낡은 트렁크를 꺼냈다. 아이들이 모두 방으로 달려 들어왔고, 아시야 고모와 엄마까지 들어왔다. 노리 고모는 놋쇠 등잔을 들고 왔다.

트렁크에는 수시 천과 다바니가 가득 들어 있었다. 그

것은 모두 할아버지의 옷이었다. 할머니가 이 옷들을 하나
씩 꺼내고 있을 때, 말린 대추야자 하나가 장난꾸러기 가니
의 눈에 띄었다. 가니는 당장 대추야자에 덤벼들었다. 아이
들이 모두 소리를 질렀다. "우우우우." 가니는 재빨리 대추
야자를 입에 집어넣고 춤을 추기 시작했다. 나는 할머니 바
로 옆에 앉아 있었기 때문에 대추야자를 낚아챌 기회가 더
많았다. 엄마는 얼굴을 찡그리고 코에 주름을 잡으며 내 게
으름을 눈으로 꾸짖었다. 나는 다시 트렁크로 관심을 돌렸
다. 빙글빙글 돌아가는 팽이는 하미드의 차지가 되었다. 물
건이 하나씩 사라질 때마다 아이들은 모두 소리를 질렀고,
그러면 할머니는 조용히 웃고 있었다. 이런 식으로 리본과
반짝이 장식, 헤나 염료 통들이 꺼내지고 트렁크가 거의 다
비었을 때, 할머니가 트렁크 바닥에 놓여 있는 붉은 천에 싸
인 작은 꾸러미를 꺼내어 펼쳤다. 꾸러미에서 나온 하얀 아
즈칸*을 보고 엄마는 다시 고개를 돌렸다. 할머니는 아무것
도 알아차리지 못하고, 모든 물건을 다시 트렁크 안에 돌려
놓은 뒤, 나를 옆구리에 끼고 문으로 갔다. 내 긴 다리는 할
머니의 발목까지 늘어져 대롱거렸지만, 그래도 나는 할머니
허리를 단단히 끌어안고 매달렸다. 아이들은 모두 우리와
함께 길거리로 나왔다. 나는 벅찬 행복감을 느끼고 있었다.
우리의 행진은 계속되었다.

　　일단 길을 건너 학교 앞을 지났을 때 나는 아버지를 보

---

◆　인도의 전통 남성 의상. 세운 옷깃이 달린 제복 스타일의 의상으로, 길이는
무릎이나 그 밑까지 내려오며 앞 단추가 달려 있는 것이 특징이다.

았다. 아버지는 왼손에 가방을 들고 발에는 더러운 검은색 장화를 신고 우리 쪽으로 걸어오고 있었다. 할머니도 아버지를 보고 걸음을 멈추었다. 나는 할머니 허리에서 뛰어내려 아버지 품으로 달려갔다. 나는 아버지가 묻기도 전에 말했다.

"아빠, 할머니가 제 옷을 만들어 주신대요. 그래서 자파르 할아버지한테 옷을 맞추러 가는 길이에요." 나는 들뜬 목소리로 말했다.

"이젠 옷을 맞출 필요가 없단다. 내가 좋은 옷을 가져왔으니까 넌 그걸 입으면 돼."

"아뇨. 전 할머니가 맞춰 주는 옷을 입고 싶어요." 나는 고집을 부렸다.

그러자 할머니는 웃으면서 아버지에게 말했다.

"여기까지 줄곧 걸어왔구나. 넌 집에 가 있거라. 나는 잠시 뒤에 갈 테니."

할머니를 뒤따르는 아이들의 수는 더 많아져 있었다. 거리에서 놀던 아이들도 우리와 합류했다. 자파르 할아버지네 앞마당에서는 낡은 기계 한 대가 애처롭게 끽끽거리는 소리를 내며 돌아가고 있었다. 기계 받침대 위에는 개구리 모양의 장식품이 있었는데, 초롱불 아래에서 보니 금방이라도 펄쩍 뛰어내릴 것 같아 묘한 느낌을 주었다. 우리는 모두 기계 주위에 모였다. 할머니가 기계가 설치되어 있는 단 위로 올라가도 자파르 할아버지는 페달 밟는 것을 멈추지 않았다. 무슨 일로 왔느냐고 묻지도 않았다. 그 대신 할아버지는 계속 기계를 돌렸고, 목에서는 크고 무서운 소리가 나기 시작했다. 그때쯤에는 가니와 몇몇 아이도 페달 위에 올라가서 움직여 보려고 했지만, 결국은 페달이 너무 무거워져서 멈춰 버렸다.

그제야 자파르 할아버지는 천천히 고개를 들어 할머니를 쳐다보며 물었다.

"자말 부인, 이 세상이, 해와 달과 하늘과 별들이 왜 만들어졌는지 아시오?"

할머니는 허리춤에서 헝겊을 꺼냈지만 아무 말도 하지 않았다.

"이 모든 것은 누구를 위해 창조되었을까? 누구를 위해서?" 자파르 할아버지는 중얼거리는 목소리로 자신에게 물은 다음, 코끝까지 미끄러져 내려온 안경을 밀어 올리면서 물었다. "당신은 떠날 준비가 안 되었소?"

할머니는 조용히 웃으며 말했다.

"자파르 영감님, 당신은 내 형제예요. 당신을 축복해 준 그 구루*가 내게도 길을 보여 주셨지요. 부름이 오면 결국 우리 모두 떠날 거예요. 철학은 당신만 독차지하고 있는 재산이 아니에요."

"아니, 아니, 당신은 놓쳐 버린 거요. 당신은 풀어 주려고 하지 않고, 새를 새장 속에 숨겨 두었소." 자파르 할아버지가 말했다.

할머니 이마에 주름이 잡혔다.

---

* 산스크리트어로 '스승'을 뜻한다. 힌두 계통에서 스님이나 목사 같은 존재를 지칭하는 말이다.

“우리 구루가 당신에게 어떤 권위나 뭔가를 주었나요? 새장 문이 모두 열려 있어도 너무 약해서 날아가지 못하는 새들도 있답니다. 무지의 어둠 속에서도 뚫고 나갈 길을 찾는 사람들도 있죠. 하지만 마음이 순수해야 돼요. 당신은 구루의 말을 들어 본 적이 없나요?”

자파르 할아버지는 몇 초 동안 아무 말도 않고 가만히 앉아서 허공을 바라보고 있었다. 할머니는 재봉틀로 가까이 다가갔다. 그러고는 재봉틀 위에 헝겊을 놓으면서 말했다.

“내 사랑하는 손녀를 위해 새 옷을 지어 주세요.” 할머니는 나를 옆구리에 끼고 밖으로 나갔다.

나는 뒤를 돌아보았다. 자파르 할아버지는 꼼짝도 않고 앉아 있었다. 나는 할머니 쪽으로 몸을 기울이고 물었다.

“할머니, 아까 그 말은 무슨 뜻이에요?”

우리는 카심 부인네 집 근처에 있었다. 카심 부인은 마당에 깔아 놓은 돗자리 위에 앉아서 비디* 대롱에 담배를 채워 넣고 있었다. 담뱃잎 냄새 때문에 나는 재채기를 했다. 할머니는 나를 내려놓고 거기 앉았다.

“카심 부인, 그 담배는 어디서 난 거야?”

“어디서 난 건지는 모르지만, 아주 좋아.” 카심 부인이 대답했다. 그러고는 담뱃갑에서 비디 두 대를 꺼내 살펴본 다음, 연필 굵기의 댓가지를 사용하여 비디의 끝을 접어서 하나는 할머니에게 주고 다른 하나는 자기 입에 물고 가까이에 놓아둔 등잔불로 불을 붙였다. 카심 부인은 담배 연기

---

* 인도식 담배. 텐두나무 잎에 잎담배를 넣고 돌돌 말아서 시가처럼 만든다.

를 내뿜고 불붙은 비디를 할머니에게 건네주었다. 할머니는 카심 부인의 비디로 자기 비디에 불을 붙이고는 카심 부인의 비디를 돌려주고 나서 천천히 담배 연기를 토해 냈다.

나는 깜짝 놀랐다. 충격이었다. 사랑하는 할머니가, 정신적인 문제에 대해 깊이 생각하는 할머니가 지금 비디를 피우고 있었다. 할머니! 나는 손뼉을 치며 외쳤다.

"아니, 여자들이 비디를 피우다니요! 아버지한테 이를 거예요."

카심 부인은 당장 비디를 바닥에 눌러 끄고, 불이 완전히 꺼지자 그것을 던지면서 투덜거렸다.

"못된 녀석들, 못된 녀석들."

그러나 할머니는 태연히 두 모금을 더 피우고 침착하게 앉아 있었다. 그때 나는 할머니가 자파르 할아버지의 말문을 막히게 한 방법을 기억해 냈다.

"할머니, 그게 무슨 뜻이에요?" 나는 물었다.

"너는 이해하지 못할 거다. 하지만 그래도 말해 주마. 우리 마음은 항상 순수해야 해."

나는 이해하지 못했고, 지루해지기 시작했다.

"할머니, 집에 가요."

"그래, 가자꾸나." 할머니가 말했다. 나는 다시 할머니 옆구리에 올라탔다.

집에 오자 생선 카레 냄새가 코를 찔렀다. 할아버지와 아버지는 거실에 앉아 있었다. 할아버지가 묻고 있었다.

"뭐라는 거냐? 셰이크 압둘라*와 네루가 이제 친구가 되었다는 거냐?"

아버지는 날마다 신문을 펼쳐서 읽곤 했다. 이제 아버지는 자세히 보고하기 시작했다. 나는 할머니의 사리 자락을 잡아당겼다. 그리고 입을 딱 벌리고 하품을 하면서 말했다.

"난 잘 거예요, 졸려요."

"안 돼. 잠깐만 기다려." 할머니는 안으로 들어가서 밥과 생선 카레를 쟁반에 담아서 가져왔다.

"싫어요! 먹고 싶지 않아요. 싫다고요. 안 먹을 거예요." 나는 두 손으로 입을 틀어막았다.

"여길 봐라. 이건 '말리'라는 생선이야. 조금만 먹어 봐. 아주 조금이잖니? 이걸 먹지 않으면 넌 자라서 네 엄마처럼 될 거야."

"엄마처럼 된다고요? 싫어요!"

"왜 싫다는 거냐? 네 엄마는 정말 예쁘고 너를 많이 사랑하는데."

"안 그래요. 내가 저녁을 안 먹으면 엄마는 히틀러가 와서 나를 데려갈 거라고 겁을 줘요. 그리고 할머니, 난 빵을 좋아하잖아요. 그런데 내가 빵을 먹고 있으면 엄마는 빵이 콧물로 만들어졌다고 말해요. 아이 씨, 그런 말을 들으면 토하고 싶어요. 엄마는 내 손톱을 너무 짧게 잘라요. 엄마는 나빠요." 나는 불평했다.

아버지는 할아버지와 대화를 멈추고 내가 하는 말에

---

주의를 기울였다. 할아버지는 진심으로 웃었다.

"알겠냐? 네 마누라가 내 귀여운 손녀를 너무 힘들게 하는 것 같다."

아버지는 난처해 보였다.

"전에도 말씀드렸잖아요? 그렇게 어린 소녀를 시집보내지 말라고. 모두 제 말 들으셨죠?" 아버지는 할아버지를 나무랐다. "제 고통에 대해서는 아무도 물어보지 않았어요. 2년 전에 사피야가 홍역에 걸렸을 때 눈이 베일에 가려진 것처럼 흐려지고, 숨도 못 쉬고, 살지 못할 것 같았죠. 저는 사피야를 제 무릎에 눕혔어요. 아버지의 며느리는 이 모든 것에 아주 느긋하더군요. 저는 딸내미의 상태를 보는 게 고통스러웠어요, 부모 형제 중에 아무도 우리 가까이에 살지 않았고, 저는 딸내미에게 아무것도 해 줄 수 없다는 무력감 때문에 펑펑 울었지요. 그런데 아버지의 며느리가 어땠는지 아세요? 그걸 보고는 깔깔 웃어 대더군요. 제가 어떻게 자제할 수 있었는지 모르겠어요. 사피야가 회복되고, 하루는 아내한테 물어봤어요. 왜 그렇게 웃었냐고. 애 엄마가 그러더군요. 나처럼 다 큰 남자가 눈물을 흘리면서 펑펑 우는 꼴을 보니 웃음을 참을 수가 없었다고." 아버지는 불평을 계속했다. "그런데 아버지는 뭐라시는 거예요? 나한테 시집올 때 아내는 열한 살인가, 그랬을 거예요. 사피야를 낳았을 때는 겨우 열두 살이었잖아요? 하지만 지금은 그나마 괜찮아요. 아내도 이젠 조금 성숙해졌어요." 아버지는 부드러워진 말투로 덧붙여 말했다. "하지만 어머니, 그래도 여자애들을 그렇게 어린 나이에 시집보내면 안 돼요."

할머니는 다정하게 나를 안아서 무릎에 앉히고 내가 2년 전에 홍역을 앓았던 일을 생각하면서 말했다.

"이 녀석이 몸이 약한 이유는 그것 때문이야. 하지만 제대로 먹지 않는데 달리 어쩔 도리가 있겠니? 애야, 입을 좀 벌려 봐……. 아니, 아니…… 이 악물지 말고…… 한 입만 먹어 보렴…… 여길 봐. 한번은 내가 말리 한 마리를 씻고 있을 때 샨보그의 며느리가 들어왔어. 그 여자는 임신 중이었는데, 거기 서서 나를 바라보다가 '그게 뭐예요, 부밤마 아줌마?' 하고 묻더라. 나는 대답했지. '이건 이러이러한 생선이야.' '그걸로 뭘 만들 거예요?' '카레를 만들 거야.' 그 여자는 내가 카레를 다 만들 때까지 거기 서서 이야기를 계속했어. 카레가 끓기 시작하자 향기가 사방에 퍼지기 시작했지. 그 여자도 그걸 먹고 싶어 했는데도 아무 말도 하지 않았어. 자, 자, 입을 벌리렴. 아니, 악물지 말고…… 한 입만 더……. 그러다가 갑자기 그 여자가 배가 아프기 시작했어. 진통이 시작된 거야."

"왜 배가 아팠어요, 할머니? 생선 카레를 먹고 나면 배가 아픈가요?"

할머니는 다시 소리 내어 웃었다.

"아픈 데에는 이유가 있지. 너는 그냥 입만 벌려. 자, 한 입만 더…… 그 여자는 진통을 시작했지만 바로 해산하지는 않았어. 무려 사흘 동안이나 애를 먹었지."

"애를 먹을 수 있어요, 할머니?"

할머니는 말을 끊고 잠시 나를 빤히 바라보았다. 그러다가 마치 다른 사람을 상대하고 있는 것처럼 말했다.

“그래, 맞아. 사람은 애를 먹고 남에게 행복을 내어 주어야 해.”

“그다음엔 어떻게 됐어요, 할머니?” 나는 할머니를 다시 이야기 속으로 끌어들이려고 물었다.

“사람들이 모두 모여들었지. 어쨌든 그 시절에는 의사나 그런 사람이 아무도 없었어. 사람들은 소원이 뭔지 말해 보라고 그 여자한테 말했어. 먹고 싶은 게 뭐냐, 입고 싶은 게 뭐냐고 물었지. 한참 설득한 끝에 그 여자가 마침내 입을 열었는데, 부밤마 아줌마네 집에서 만든 말리 카레가 먹고 싶다는 거야. 거기 모인 사람들은 너무 놀라고 충격을 받아서 하마터면 죽을 뻔했대. 그 후 나는 이 일에 대해 알게 되었고, 그래서 그 여자 집으로 갔지. 그게 다야. 걱정할 게 뭐가 있겠어? 나는 집으로 돌아와서 볏짚 한 다발을 손가락 길이로 잘랐어. 그렇게 자른 볏짚 한 줌을 갖고 그 여자네 집으로 가서, 생선 카레 마살라를 만드는 데 필요한 향신료를 모두 알려 주었지. 샨보그의 며느리는 내가 말한 대로 마살라를 만들어서 생선 카레를 요리했어. 카레가 끓기 시작하자 향기가 코를 찔렀고, 그 며느리는 카레를 조금 마시고 볏짚 토막을 빨아 먹은 다음 금세 애를 낳았지. 너처럼 예쁜 계집애가 태어났단다.”

나는 입에 아직 음식을 조금 남긴 채 꿈속으로 깊이 빠져들어 갔다.

아침에 아직 자고 있을 때 엄마가 내 옆구리를 두세 번 쿡쿡 찔렀다. 그제야 나는 잠에서 깨어났다. 햇살이 지붕 기와를 통해 그 작은 방으로 스며들었다. 미세한 먼지 입자가 그 햇빛이 닿는 범위 안에서 무지갯빛으로 떠다니고 있었다. 나는 손을 뻗었다.

엄마가 걱정스러운 얼굴로 나에게 소리를 지르고 있었다.

"빨리 일어나! 너를 목욕시켜야 해. 이것 봐, 옷이 정말 예쁘지 않니!" 옷은 장미꽃 장식으로 뒤덮여 있었다. 그때까지 나는 그런 옷을 입어 본 적이 없었다. 엄마는 행복한 미소를 지으며 내가 잘 볼 수 있도록 그 옷을 높이 치켜들고 있었다. 그때 내 기분이 어땠는지는 나도 모르겠다. 하지만 나는 한달음에 문으로 달려갔다.

"그 옷은 입지 않을 거야." 나는 말했다.

"아니, 왜?" 엄마는 놀라고 화가 난 것 같았다.

"왜냐하면, 할머니가 맞춰 준 옷을 입을 거니까."

"그 하얀 옷감? 과연 그 옷감에 바느질이 한 땀이라도 되어 있을지 궁금하구나. 지금 당장 욕실로 가. 안 그러면……." 엄마는 할머니가 듣지 못하도록 낮은 소리로 꾸짖었다.

엄마가 아빠를 깨우지 않으려고 조심스럽게 한 걸음을 떼고 있을 때 나는 밖으로 뛰쳐나갔다. 할머니 손에 들린 우유 단지가 기울어졌지만 바닥으로 떨어지지는 않았다. 나는 할머니의 치마 주름 속으로 사라졌고, 엄마의 성난 눈빛은 나에게 닿을 수 없었다.

할머니와 내가 자파르 할아버지 집에 이르렀을 때, 할아버지는 세수를 하고 있었다. 할아버지는 마당에 앉아 있었고, 앞에는 희미하게 반짝이는 커다란 놋쇠 단지 세 개가 놓여 있었다. 놋쇠 단지에는 김이 피어오르는 뜨거운 물이 담겨 있었다. 자파르 할아버지는 왼손에 숯가루, 오른손에는 미스와크* 막대기를 쥐고 있었다. 우리를 보자마자 자파르 할아버지는 맹렬히 이를 닦고, 목구멍에서 크고 이상한 소리를 내면서 구역질을 하고 가래를 뱉고, 그 특유의 엉뚱한 행동을 모두 보여 주었다. 할아버지는 얼굴에 물을 뿌리고 어깨에 걸쳤던 수건으로 얼굴을 문질러 닦은 다음, 그 수건으로 다리도 북북 문지르고 나서야 재봉틀 옆에 놓여 있는 의자에 앉았다. 그의 딸이 진한 커피가 담긴 커다란 텀블러를 아버지 손에 쥐여 주었다. 그녀는 나와 할머니에게도 작은 찻잔에 담긴 커피를 가져다주었다. 할머니는 아직 커피를 마셔 본 적이 없었다. 나도 그런 커피는 마셔 본 적이 없었다. 사실 나는 커피나 차를 마시면 안 되었다. 엄마는 오발틴** 잔을 들고 나를 쫓아다니곤 했다. 나는 집 안 곳곳을 뛰어다니다가 결국에는 엄마한테 붙잡혀, 때로는 오발틴을 마셨고 때로는 그 음료를 창밖에다 부어 버리곤 했다. 내가 지금 커피를 마시는 것을 엄마가 본다면? 상상만 해도 너무 행복해서 커피를 한 모금 마셨다. 혀가 타들어 가는 것 같았다. 조심스럽게 커피를 다 마셨을 때쯤에는 몸이 뜨거워져 있었다. 땀이 날 것 같았고, 머리가 이상하게 느껴졌다.

자파르 할아버지는 할머니가 어제 준 여남은 개의 헝겊 조각을 꺼냈다. 엄마 말대로 그 헝겊에는 바느질이 한 땀도 되어 있지 않았다. 나는 재봉틀에 기대어 페달에 발을 올려놓았다. 기계가 돌아가기 시작하면서 내 다리의 무게도

---

* 살바도라 페르시카 나무로 만든 전통적인 치아 세정용 나뭇가지.
** 맥아 추출물에 설탕, 유청을 첨가하여 만들어진 우유 맛 음료 브랜드.

함께 가져갔다. 모든 헝겊 조각이 합쳐지기 시작했다. 자파르 할아버지의 작품을 입었을 때 내 열정은 와르르 무너져 내렸다. 치수를 재지 않고 재봉질한 옷은 내 무릎 아래까지 내려갔다. 허리에서 잡혀야 할 주름은 우스꽝스럽게 아래로 처졌다. 어깨, 팔, 목, 어느 것도 있어야 할 자리에 없었고, 마을 사람들이 걸어 다니는 골목길처럼 이리저리 되는 대로 오락가락했다. 하지만 나는 자파르 할아버지가 오른쪽에 달아 준 주머니가 마음에 들었다. 나는 이것이 엄마를 화나게 하리라는 것을 알았다. 그 옷을 입고 집에 돌아갔을 때 아빠는 그저 웃기만 했다. 아시야 고모와 노리 고모는 만화라도 보는 것처럼 나를 보고 키득거렸다. 엄마의 반응에 대해서는 언급하지 않겠다. 어쨌든 나의 소망은 이루어졌다.

점심을 먹은 뒤, 나는 엄마가 잠든 것을 확인하고 마당에 오랫동안 앉아 있었다. 얼마 후 나는 친구들이 모두 함께 소리를 지르며 뛰어다니고 있는 것을 알아차렸다. 나도 내가 앉아 있던 곳에서 뛰어내렸다. 레만 치카파네 뒷마당에 아이들이 모두 모여 있었다. 어떤 아이들은 건초 더미 위로 올라갔고, 다른 아이들은 구아바나무 위로 올라갔다. 오륙십 명 아이들이 그곳에 있었지만, 마당이 갑자기 쥐죽은 듯 조용해졌다. 내가 가시나무 칸막이를 옆으로 밀치고 마당으로 들어가자 모두 고개를 돌려 나를 보았지만, 아무도 입을 열지 않았다. 가늘고 긴 막대를 든 아비드가 지시를 내리고 있는 게 분명했다. 나는 머뭇거리며 앞으로 걸음을 옮겼다. 무의식중에 내 눈이 아비드 쪽을 돌아보았다. 그는 예상하고 있었던 것처럼 구아바나무로 올라가라고 나에게 손짓을 했다. 그렇게 입이 아니라 몸짓으로 말하는 것이 내 호기심을 불러일으켰다. 나무에 이르렀지만 위로 올라가려고 아무리 애써도 소용이 없었다. 아무리 발꿈치를 높이 들고 팔을 쭉 뻗어도 위에서 내려온 여남은 개의 손을 잡을 수가 없었다. 그러자 아비드가 막대를 조심스럽게 내려놓고는 나에게 다가왔다. 그는 키가 크고 갈색 피부를 가진 열대여섯 살쯤 된 소년이었다. 갑자기 그가 두 손으로 내 허리를 잡고는 번쩍 들어 가장 가까운 나뭇가지에 나를 앉혔다. 몇몇 아이가 키득거렸다.

그는 조심조심 걸음을 떼면서 건초 더미로 다가갔다. 건초 더미에서 참새 몇 마리가 날아올랐다. 내가 나뭇가지에 앉아서 지켜보는 동안 아비드는 왼손에 키*를 잡고 오른손에 쥔 막대로 그 키를 떠받쳤다. 그러고는 주머니 안에 든 봉지에서 라기**를 한 줌 꺼내 키 밑에 뿌렸다. 그런 다음 막대의 반대쪽 끝으로 걸어가서 그 옆에 섰다. 몇 분 동안은 아무 일도 일어나지 않았다. 너무 조용해서 모두 숨도 쉬지 않는 듯했다. 얼마 후 참새 한 마리가 낟알을 쪼아 먹으러 왔다. 곧이어 또 한 마리가 왔고, 결국에는 대여섯 마리가 키 밑에 모였다. 작은 부리를 가진 참새들은 갈색과 회색이 어우러진 깃털을 곤두세우고는 고개를 숙여 낟알을 쪼아 먹고 있었다. 아이들의 심장이 박동을 멈추었을 것이다. 아마

---

* 곡식 따위를 까불러 쭉정이나 티끌을 골라내는 도구. 키버들이나 대를 납작하게 쪼개어 앞은 넓고 평평하게, 뒤는 좁고 우긋하게 엮어 만든다.
** 핑거밀렛으로 알려진 손가락 기장의 작은 알갱이 곡물.

내 심장도 박동을 멈추었을 것이다. 바로 그때, 눈 깜짝할 사이에 아비드가 옆에 있는 막대 끝을 잡아당겼다. 키가 엎어졌다. 아이들은 호호호 소리를 지르며 들뜬 얼굴로 나무에서 내려왔다. 아이들은 모두 키를 둘러싸고 계속 소리를 질렀지만, 아무도 감히 키에 손을 대지는 못했다. 아비드가 다가오자 아이들은 옆으로 비켜섰다가 키 주위에 무릎을 꿇고 앉았다. 모두 들떠 있었다. 아비드는 왼손으로 키를 단단히 잡고 한쪽에 작은 구멍을 낸 다음, 구멍 안으로 주먹을 집어넣어 이리저리 더듬었다. 그는 다시 키 안을 더듬고 또 더듬었다. 그가 찾는 무언가가 당연히 거기에 있어야 했다. 그는 천천히 키를 들어 올렸다. 어딘가에 숨어 있었던 게 분명한 참새 한 마리가 휙 날아갔다. 실망한 아이들도 있었고 어리둥절한 아이들도 있었지만, 그래도 모두 더 해 보라고 소리쳤다. 아비드는 큰 소리로 명령했다. "모두 위로 올라가." 우리는 군소리 없이 우리 자리로 돌아갔다. 그는 다시 덫을 놓았다. 참새들이 처음에는 영리하게 도망쳤다. 아비드는 하던 일을 계속했고, 아이들은 열의와 실망이 뒤섞인 기분을 느끼고 있었다. 나는 이 놀이의 잔인함에 슬픔을 느끼기 시작했다.

아비드는 여전히 덫을 설치하고 멀리 달아나는 일에 몰두해 있었다. 태양 아래에서 그의 얼굴이 붉어지기 시작했다. 땀방울이 그의 이마에 줄무늬를 만들었다. 가니는 내가 앉은 나뭇가지 위쪽 가지에 앉아서 일부러 다리를 대롱거려 내 어깨 위에 자기 발을 올려놓으려고 했지만, 결국에는 내 볼과 귀에 부딪쳤다. 나는 넌더리가 났다. 나무에서 내려오려고 했지만, 나 혼자서는 할 수 없다는 것을 깨달았다. 내가 막 아비드를 부르려 할 때, 키가 다시 한번 땅바닥으로 엎어졌다. 아비드가 달려가서 키 안쪽을 살폈다. 그리고 이번에는 통통하고 귀여운 참새 한 마리를 꺼냈다. 아비드는 그 참새를 커다란 손으로 단단히 쥐었다. 참새는 그의 손아귀에 완전히 잡혀서, 밖으로 보이는 거라고는 머리뿐이었다. 아이들이 모두 흥분해서, 마당에는 흥분이 넘쳐흘렀다. 모든 아이가 나무와 건초 더미에서 날 듯이 달려왔다. 아이들이 모두 소리를 지르고 있을 때 나는 나무에서 내려가려고 애쓰다가 그만 땅바닥으로 떨어지고 말았다. 무릎이 몹시 아팠다. 팔꿈치에도 멍이 들었다. 이마가 찢어져서 피가 나기 시작했다. 자연스레 아이들이 내 주위에 모여들었다. 피를 멈출 방법을 찾지 못했기 때문에 아비드는 진흙을 한 줌 가져와서 손가락 사이로 흘려 돌을 걸러 낸 다음, 부드러운 흙을 내 상처에 발라 주었다. 뜻밖의 사건 때문에 기분이 상했고 당혹스러웠다. 나는 울기 시작했고, 내가 눈물을 참으려고 애쓰지 않았기 때문에 울음은 곧 격렬한 흐느낌으로 바뀌었다.

"넌 나무에서 떨어졌을 뿐이야." 아이들은 책임을 회피하려고 그렇게 말했다.

하지만 아비드는 내 손을 잡고 바위로 데려갔다. 그러고는 내 눈물을 닦아 주고 달래면서 말했다.

"울지 마. 내가 재미난 걸 보여 줄게. 이 참새는 암컷이라서 뱃속에 알이 들어 있어. 그걸 너한테 줄게. 참새 알을 집에 가져가서 부화시키면 돼."

그의 제안이 내게는 꽤 흥미롭게 들렸다. 내 흐느낌이 차츰 잦아들더니, 잠시 후에는 눈물도 완전히 멈추었다. 아비드는 참새를 내 앞에 놓았다. 가니가 참새의 머리를 잡고 있는 동안 아비드는 주머니에서 작은 칼을 꺼내 참새의 목을 잘랐다. 피가 배어 나왔다. 나는 차마 볼 수가 없어서 자동적으로 눈을 감았다.

아비드는 피가 흘러나오게 내버려 두고, 참새를 깨진 기왓장 위에 올려놓았다. 그런 다음 천천히 참새의 가슴을 벌려서 뱃속을 드러냈다.

안에는 뭐가 있었을까? 피와 섞인 식도, 그 주위에 나선형으로 감긴 창자. 작은 심장은 아직도 팔딱거리고 있었다.

마음에 들지 않았지만 믿을 수 없는 광경이었다. 지금 눈앞에 펼쳐지고 있는 세계를 나는 한 번도 본 적이 없었다. 아비드는 부풀어 오른 것처럼 보이는 창자 부분을 절개한 뒤 나에게 말했다. "자, 손 좀 내밀어 봐." 나는 두려움과 놀라움, 욕망, 호기심과 의심이 뒤섞인 감정을 느끼면서 오른손을 뻗었다. 아비드는 내 손바닥에 작은 새알들을 올려놓았다. 알은 따뜻했다. 하얀색과 회색을 띤 새알 여기저기에 갈색 반점이 있었다. 나는 세상에서 가장 귀중하고 경이로운 것을 가진 듯한 기분이 들었다. 내가 팔을 뻗고 있는 동안, "나도 좀 보자, 나도 보여 줘." 하는 말이 들리면서 여러 개의 손이 앞으로 나왔다. 나는 펼쳤던 손을 얼른 오므렸다. 하지만 아이들은 내가 주먹을 쥐도록 내버려 두지 않았다. 여러 개의 작은 손이 내 손을 끌어 내리기 시작했다. 나는 주먹을 더 단단히 움켜쥐고 가슴 쪽으로 가져갔다. 그렇게 실랑이를 하는 동안 알들이 그만 깨지고 말았다. 처음엔 나도 알아차리지 못했다. 내 손이 끈적하게 느껴졌을 때, 그리고 알의 내용물이 내 옷으로 주르르 흘러내리는 것을 보았을 때, 나는 비명을 질렀다. 내가 우는 것을 보고 아비드는 무슨 일이 일어났는지 알아차렸다.

바로 그때, 레만 치카파의 아내 주베이다가 마당에 나와서 그 모든 드라마를 지켜보고는, 입에서 나오는 대로 욕설을 퍼부으며 아비드를 나무랐다. 그곳에 남아 있는 것은 더 이상 현명하지 않다는 것을 깨닫자 아이들은 슬금슬금 물러나기 시작했다. 아비드가 소근거렸다. "연못으로 가자."

아이들은 모두 그쪽 방향으로 달려갔다. 나만 젖은 손을 옷에 문질러 닦으면서 천천히 절뚝거리며 걸어갔다.

내가 연못에 도착했을 때쯤에는 이미 남자아이들은 대부분 연못에 뛰어들어 서로 물을 튀기거나 헤엄을 치고 있었다. 여자아이들은 연못가에 놓여 있는 크고 널찍한 바윗돌 위에 앉아 있었다. 그 돌들은 물을 긷거나 빨래를 하거나 설거지를 하거나 다리를 씻기 위해 놓아둔 것이었다. 나는 머뭇거리며 물속으로 조금씩 천천히 들어가서 바윗돌 위에 앉았다. 물은 허리까지 올라왔다. 햇볕을 받아 따뜻해진 물이 나에게는 예뻐 보였다. 내가 공중 수도 옆에 필요한 시간보다 1, 2분이라도 더 오래 서 있으면 버럭 화를 내곤 하는 엄마가 지금 나를 보면 뭐라고 할지 궁금했다. 그 생각을 하자, 그렇게 비참한 상태에서도 웃음이 났다. 나는 끈적거리는 손을 씻었다. 엄마가 머리에 떠오른 순간 내 심장이 떨리기 시작했다. 나는 집에 가야 했다. 다친 무릎, 찢어진 이마,

더러워진 옷…… 아아…… 지금은 어쩔 도리가 없었다.

이런 생각을 하고 있을 때, 누군가가 내 다리를 잡아당기는 것이 느껴졌다. 아비드가 물고기처럼 바윗돌 옆으로 헤엄쳐 와서 다시 내 다리를 스치고 지나갔다. 나는 발을 들어 올려 바윗돌 위에 쪼그려 앉아야겠다고 생각했다. 그렇게 생각했을 때쯤 아비드가 한 번 더 내 다리를 스치고 지나갔다. 그리고 이번에는 가까이 다가오더니 갑자기 나를 바윗돌 위에서 번쩍 들어 올렸다. 나는 소리쳤다. "놓아줘, 놓아줘." 하지만 그는 나를 연못가로 데려가더니, 아이들이 모두 지켜보는 앞에서 내 볼에 입을 맞춘 다음 나를 바윗돌 위에 내려놓고, 왔을 때처럼 갑자기 물속으로 사라졌다.

연못가에 있던 여자애들이 우- 우- 우- 하고 소리를 질렀다. 아시야 고모의 딸이 말했다. "네 엄마한테 이를 거야." 나는 부끄러워서 움츠러들었지만, 내 안에서는 나를 보호해 주는 강한 목소리가, 넌 아무것도 잘못한 게 없다고, 둥둥 북을 울리듯 말하고 있었다. 달리 어찌할 도리가 없었기 때문에 나는 물가의 바윗돌 위에 앉아서 두 손으로 얼굴을 가리고 울기 시작했다.

야릇한 두려움이 나를 사로잡았다. 나는 시간을 깨닫지 못했고, 얼마나 오랫동안 앉아 있었는지도 알지 못했다. 나는 따뜻한 손의 감촉을 느끼고 고개를 들었다. 할머니!

내 고통과 걱정과 두려움은 할머니의 손길과 함께 모두 사라졌다. 할머니는 나를 품에 안고 콧물을 닦아 주었다. 그리고 내 이마에 달라붙은 진흙도 물로 씻어 냈다. 할머니는 사리 자락으로 내 얼굴을 상냥하게 닦아 주고 나를 들어 올려 옆구리에 끼웠다.

주위에서 놀고 있던 여자애들은 할머니한테 아무 말도 하지 못했다. 그 애들에게는 그럴 만한 배짱이 없었다. 할머니는 나를 옆구리에 끼고 걷기 시작했다. 나는 마음이 너무 무거웠다. 당장이라도 눈물이 터질 것 같았다.

"할머니." 나는 죽어 가는 목소리로 말했다.

"애야, 왜 그러니?" 할머니는 내리사랑이 가득 담긴 어조로 물었다.

"근데…… 근데…… 근데……." 나는 말을 더듬었다.

"말해 보렴." 할머니의 사랑이 나한테 조금 용기를 주었다.

"근데 있잖아…… 그 못된 아비드가…… 그 애가…… 걔가 나한테 뽀뽀했어…… 여기다……." 나는 손가락으로 내 볼을 가리키며 말했다.

아주 짧은 미소가 할머니의 얼굴을 스치고 지나갔다. 나는 할머니에게 더 자세히 설명했다. "난 아무 짓도 안 했어요, 할머니. 그 애가 악마처럼 행동했을 뿐이에요." 내가 설명하기 시작한 순간, 어디서 나오는지 알 수 없는 눈물이 홍수처럼 밀려와 나를 삼켜 버렸다.

할머니는 아무 말도 하지 않고 더 많은 애정을 담아서 나를 더 힘껏 끌어안고는 내 이마에 입을 맞추었다. 할머니는 내 등을 쓰다듬고 손가락 관절을 꺾어서 우두둑 소리를 낸 다음, 나를 안고 서둘러 마을 쪽으로 걸어갔다.

그때 할머니가 핼쑥해진 내 얼굴을 보면서 어떤 기분을 느꼈는지 궁금하다. "내 손녀가 제 생일날 이렇게 기운

없이 시들어 버리다니." 하고 한탄했기 때문이다. 할머니는 뒷마당으로 이어진 문을 열고 안으로 들어가서 나를 내려놓았다. 그러고는 내 기운을 북돋아 주려고, 멀리 떨어진 나무 밑에서 녹슨 호미를 집어 들었다.

할머니는 좀 더 멀리 걸어가서 호미로 땅을 파기 시작했다. 땅은 단단했다. 할머니는 힘을 모아 더 힘껏 땅을 팠고, 곧 흙이 흩어지면서 구멍이 생기기 시작했다. 나는 유심히 바라보았다. 땅을 좀 더 파내자 갑자기 땅콩 줄기가 나왔다. 땅콩 줄기 한 다발이 할머니 손에 매달려 있는 것을 보고 나는 깜짝 놀랐다. 내 놀라움은 끝이 없었다. 할머니가 땅속에 있는 것을 마법처럼 탐지할 수 있는 간다르바*처럼 보이기 시작했다. 나는 즐거워서 손뼉을 치고 춤을 추며 깔깔 웃었다. 땅콩은 정말로 땅속에서 자라나? 나는 땅콩을 옷 속에 감추었다. "할머니, 더 주세요. 더 많이 주세요!" 하고 나는 말했다. 내가 손가락으로 어디를 가리키든, 내가 어디를 보든, 할머니가 어디로 손을 옮기든, 그곳에는 반드시 땅콩이 있었다. 내 옷은 땅콩으로 가득 찼다.

나는 아비드 때문에 느낀 수치심을 말끔히 잊어버렸다. 할머니는 사리로 나를 감싸서 엄마의 노여움으로부터 지켜 주었다. 그날 밤 나는 열이 났고, 이튿날 아버지는 나와 엄마를 데리고 마을을 떠났다. 내 다친 무릎이 낫기까지는 여러 날이 걸렸다. 하지만 그날은 내가 처음으로 겪은 그 모든 경험 때문에 오랫동안 특별한 날로 남아 있었다.

---

◆  인도 신화에 나오는 천상의 존재. 한자 음역인 '건달파'에서 '건달'이 나왔다.

아비드. 말레나할리 마을 출신인 그 못되고 막된 아이가 이제는 우리 가족이 관리하는 다르가의 감독관이 되어 있었다. 그 다르가는 역사적으로 중요한 장소였고, 사람들 사이에서 영적 중심처로 유명했다. 그는 그곳의 구루였다!

이제 나는 그를 기다리고 있었다. 그는 어렸을 때처럼 거칠고 투박할까? 자라면서 성스러운 빛을 얻었을까? 아니면 얼굴에 가식적인 표정을 띠고 있을까? 나는 새로운 의욕을 느끼기 시작했다. 나는 사람의 겉모습만 보고도 그 사람의 가치를 판단하는 능력이 있다고 믿었다. 지금은 그 능력을 시험해 볼 수 있는 좋은 기회였다.

그가 도착했다. 체크무늬 도티*, 무릎까지 내려오는 하얀색의 긴소매 주바, 색깔이 다른 보석이 끼워진 은반지 두세 개, 머리에는 초록색 루말**을 두르고, 턱수염과 콧수염을 기르고 있었다.

처음엔 그를 어떻게 생각해야 할지 알 수가 없었다. 그가 몸에 바른 장미유 향수 냄새는 강렬하고 압도적이어서 거실 전체에 퍼졌다.

'나 기억해요, 아비드?' 내 마음속에 떠오른 이 질문이 그에게 닿았는지, 그건 나도 모른다. 그는 허리를 숙여 절을 하면서 말했다.

"앗살라무 알라이쿰, 아가씨."

---

* 인도 남부에서 입는 남성 하의. 긴 천을 밑으로 늘어뜨린 후 다시 허리춤으로 올려 동여 입는다.
** 머리나 목에 두르는 사각형 스카프.

"아가씨?" 나는 웃고 싶었다. 그 한마디에는 너무 많은 예의가 담겨 있었다. 하지만 나도 역시 지나치게 점잖은 태도를 보이고 있었다. 나는 그에게 답인사하고 의자에 앉으라고 권했다. 그는 의자에 앉았다. 그의 눈은 집에 들어온 순간부터 줄곧 바닥을 내려다보고 있었다. 그는 계속 아래를 보면서 말했다.

"아가씨, 우리는 내달 15일에 우르스 축제를 열기로 결정했는데, 거기 오셔야 합니다."

그는 시를 외워서 이제 눈을 감고 암송하고 있는 모범생처럼 그 대사를 읊었다. 그의 눈은 여전히 마룻바닥에 머물러 있었다. 나는 한참 동안 그의 요청에 대답하지 않았다. 그러면 적어도 그가 내 대답을 기대하여 내 쪽을 바라볼지도 모른다고 생각했다. 그러면 나는 그를 당장 파악했을 것이다. 소싯적의 짓궂음이 아직도 남아 있는지 아닌지. 하지만 그는 나와 눈을 마주치지 않았고, 모든 평가를 주의 깊게 피했다.

세상에는 이런 사람도 있는 법이다. 그들은 모든 것을 거꾸로 뒤집어 엉망으로 만든다.

# 천국의 맛

샤밈 바누의 가족들은 그녀를 이해하기가 너무 어렵다고 생각했다. 남편 사다트는 그녀가 왜 그렇게 변했는지 궁금했다. 공립 중학교에서 우르두어를 가르치는 그는 틈만 나면 아내의 행동을 분석하면서 시간을 보냈다. 어쩌면 아내가 '진'*에게 밟혔을지도 모른다고 생각할 때도 있다. 그는 책 읽는 습관은 없었지만, 교무실에서 신문을 읽다가 우연히 어떤 기사가 그의 눈에 띈 적이 있었다. 그때는 자신의 문제를 해결하려는 노력이 드디어 결실을 맺나 보다고 생각했다. 그는 아내가 갱년기를 겪고 있다고 혼자 멋대로 결론 짓고, 이런 시기에는 아내가 그의 도움을 필요로 할 거라고 생각했다. 이 결론은 그에게 약간의 위안을 안겨 주었다. 그는 집에서 아내가 감정을 터뜨려도 무시하는 법을 배웠다. 아내는 아주 사소한 일에도 울화통을 터뜨리며 아이들에게

* 인간에게 영향을 미칠 수 있는, 정령이나 요괴 같은 초월적 존재.

빽빽 고함을 질렀다. 그는 아내의 그런 행동을 설명해 주는 단순명쾌한 해석을 원했는데, 갱년기 때문이라는 설명은 걷기 편한 길이었다.

그들의 자식들 가운데 맏이는 아짐이었다. 맏이라서인지 아니면 아들이기 때문인지는 모르지만, 샤밈 바누는 아짐을 유난히 편애했다. '사트 콘 마프'*라고 사람들이 말하듯, 그녀는 아짐이 일곱 번 살인을 저질렀어도 용서했을 것이다. 아짐의 두 여동생인 아시마와 사나에게는 "엄마는 오빠만 사랑해!" 하고 불평하는 것이 일상적인 일이 되어 있었다. 샤밈도 아들을 편애하는 것을 감추지 않았다. 하지만 화가 나면—자주 일어나는 일이었다—세 아이를 모조리 같은 저울 위에 올려놓고, 세 아이에게 모두 악마라는 낙인을 찍고, 누구든 잡히는 대로 아이를 붙잡아 때리고, 그렇게 해서 분노를 가라앉혔다.

하지만 아짐은 좀처럼 엄마한테 잡히지 않았다. 사나는 막내였지만 가장 영리하기도 해서, 엄마의 기분을 재빨리 눈치채고 미리 사라질 수 있었다. 그래서 언제나 붙잡혀 매를 맞는 것은, 잘못을 했든 안 했든 상관없이 둘째인 아시마였다. 하지만 아시마는 엄마가 쏘아 대는 분노의 화살을 이상한 이유로 기꺼이 맞고 있었다. 그 분노가 가라앉으면 샤밈의 마음은 후회로 가득 차서, 그녀의 가장 못된 성질을 참고 견딘 딸에게 무한한 사랑을 느끼기 시작했다. 그러면 아

---

* '일곱 번의 용서를 받은 살인'이라는 뜻으로, 2011년에 개봉한 인도 영화의 제목.

시마에게 새 옷을 사 주고, 새 신발을 사 주고, 딸에게 다른 욕구가 있다면 그것도 마저 채워 주기 위해 용돈이나 달콤한 음식도 더 많이 주곤 했다. 아빠가 엄마에게 보이는 엄청난 인내심은 아이들을 놀라게 했다. 그래서 아이들은 아빠가 엄마의 지배를 받고 있다고 생각했다. 아이들은 아빠와 고모들이 엄마에 대해 말하는 것을 곧이곧대로 받아들였고, 왜 엄마의 행동이 달라졌는지에 대해 그들 나름의 결론에 도달했다. 그리고 그들 서로 위로하고 동정했다.

샤밈은 아들 셋, 딸 셋인 그 집에 맏며느리로 들어왔다. 결혼했을 당시 그녀의 눈에는 하늘처럼 무한한 기대가 담겨 있었다. 백단향 반죽에 헤나 염료로 물들인 손바닥을 담갔다가 집의 서쪽 벽에 손바닥 자국을 남겼을 때, 그녀는 아주 작은 손들이 그녀의 손바닥 자국 옆에 차례로 자국을 만드는 것을 보고 매우 놀라웠다. 고개를 돌린 그녀의 눈에 들어온 것은 시누이들과 시동생들, 그들에게 들어갈 비용, 음식, 옷, 늘 아픈 시어머니, 그녀가 만들어야 할 처방 식단, 시아버지의 수많은 친척과 친구들이었다. 그녀 자신의 꿈은 시들어 버렸다. 그녀도 처음에는 사람들 말대로 모든 일을 웃으면서 어떻게든 견뎌 냈다. 하지만 세월이 흐르면서 시누이들의 결혼과 임신, 해산과 산후조리, 시부모의 병환과 죽음을 겪었고, 그런 와중에 그녀 자신도 임신하여 애를 낳아 키워야 했다. 이 모든 것이 그녀에게 많은 울화를 가져왔다. 그래도 그녀는 결코 울화통을 터뜨리지는 않았다. 그녀의 마음속에는 동서들이 들어오면 자신의 책임이 조금은 줄어들 거라는 한 가닥 희망이 있었다.

하지만 실제로 일어난 일은 정반대였다. 시동생이 결혼해서 동서가 들어왔지만, 결혼한 지 1년 만에 둘이 함께 두바이로 떠나 버린 뒤 샤밈의 실망은 끝이 없었다. 언제쯤이면 나와 남편과 아이들이 끝없는 허드렛일에서 해방될 수 있을까? 아마 내가 죽으면 해방되겠지. 그래서 그녀는 누가 듣든 말든 개의치 않고 부끄러움도 없이 버럭버럭 소리를 지르며 화를 내기 시작했다. 사다트의 여동생들과 나머지 가족은, 되도록이면 그녀와 거리를 유지하려고 애썼다.

샤밈은 시부모가 세상을 떠난 뒤 고아가 된 막내 시동생 아리프를 극진한 사랑으로 돌보았다. 하지만 아리프가 결혼한 뒤 그녀는 하룻밤 사이에 계모처럼 되어 버렸다. 갓 결혼한 아리프 부부에게 분가하는 게 좋겠다고 말했는데, 이 말을 듣고 사다트는 깜짝 놀랐다. 사다트는 몹시 괴로워했지만, 샤밈이 그걸 그냥 넘길 수는 없었다. 그녀는 오래전 일부터 방금 전에 일어난 일까지 모든 문제를 들추면서 사다트를 탓하고, 울고불고 소리를 지르며 한바탕 소란을 피운 다음 문을 쾅 닫고 자기 방에 틀어박혔다. 아리프와 그의 아내는 무척 슬퍼하고 고민했다. 불쌍한 아리프! 그는 이 집이 아버지 집인데 자기가 왜 나가야 하느냐고 묻지 않았다. 형수는 떠나고 싶으면 얼마든지 떠날 수 있지만, 자기가 아버지 집을 떠날 이유는 없다고 따지지 않았다. 결국 아리프와 사다트가 형제끼리 어떤 결정을 내렸는지 우리는 모른다. 아리프는 아내 앞에서 견딘 당혹감과 모욕감을 삼키고, 같은 동네의 두 번째 교차로 부근에 셋집을 구해서 사흘 만에 집을 떠났다.

이 사건은 그 집 식구들에게 제각기 다른 영향을 미쳤다. 세 아이는 소곤거리는 목소리로 엄마가 한 짓에 대해 이야기했다. 그들은 아리프 삼촌을 많이 좋아했다. 막내 사나는 머리에 떠오른 장난스러운 생각을 불쑥 내뱉었다. "나중에 오빠가 결혼하면, 오빠도 마누라와 함께 저렇게 가방을 꾸려야 할 거야." 아짐은 걱정과 두려움이 뒤섞인 기묘한 기분을 느꼈지만 아무 반응도 보이지 않았다. 아짐은 둘째 아시마가 그를 구하러 올 때까지 한참 동안 사나를 빤히 노려보았다.

"아무도 그렇게 끔찍한 하루를 보지 않기를." 아시마는 제 나이를 훨씬 뛰어넘는 지혜를 보이면서 말했다. 아짐은 침묵을 깨고 동생들과 계속 소곤거렸다. 고모들은 "가엾은 새언니! 혈압이 오르면 이따금 그렇게 굴지만, 근본은 착한 사람이야." 하면서 그런 일들을 설명하곤 했다. 아이들은 "불쌍한 엄마! 엄마가 마음씨는 착해." 하면서 고모들과 같은 사고방식을 따랐다. 그들은 문장을 끝맺고, 엄마의 마음씨를 보증하고, 엄마를 용서하고 화해하는 것 말고는 다른 길을 찾지 못했다. 그들은 아리프 삼촌의 얼굴을 보기가 민망했지만, 아리프가 그들을 '팔 카투'*에 초대하자 삼촌 집에 갔다. 샤밈 바누는 그 의식에 참석하지 않았다. 그뿐만 아니라, 이유도 말하지 않고 아리프와 그의 아내에게 말도 걸지 않게 되었다. 그러다가 한참 뒤에, 마치 아무 일도 없었던

* 새집으로 이사할 때 부엌에서 우유를 끓여 넘치게 하는 의식. 넘치는 우유는 풍요와 번영, 사랑으로 가득 찬 따뜻한 가정을 상징한다.

것처럼 아무렇지도 않게 다시 그들과 좋은 관계를 맺었다.

하지만 사다트는 이 모든 것 때문에 깊은 상처를 받았다. 그는 자신을 골백번 탓하고, 아무짝에도 쓸모없는 놈이라고 자책했다. 그는 아내가 갱년기라는 핑계에만 매달려 모든 인간관계와 친절함을 저버린 자신을 나무라고, 자신의 무력함을 그런 식으로 핑계 삼은 자신을 겁쟁이라고 불렀다. 그는 동생과 제수 앞에서 위신이 떨어진 것을 생각하며 수치심에 괴로워했고, 자기가 형으로서 역할에 어울리지 않는다고 생각했다. 깊은 슬픔에 직면한 그는 자신의 권위와 지위를 되찾는 데 집착하게 되었고, 전처럼 아내가 자신의 명령에 따르도록 만들기로 마음먹었다. 하지만 그 후 그는 자신의 결심을 실행할 수 있는 기회를 여러 번 맞았지만 모두 포기했고, 그때마다 자신을 훨씬 더 딱하고 한심스럽게 여겼다.

아내의 행동을 도저히 참을 수 없다고 생각했을 때쯤, 그는 어떤 두려움 때문에 아내와 더 이상 맞설 수 없게 된 것을 알아차렸다. 하지만 자기가 무엇을 두려워하는지는 확인할 수 없었고, 그 두려움을 분석하려는 시도가 실패로 끝난 뒤에는 자기 주위에 우울증의 벽을 쌓아 올렸다. 그 벽을 스스로 무너뜨리는 날은 그가 이 고통에서 벗어나는 날이 될 터였다. 그의 삶에서 햇빛은 따스함을 잃었고, 그는 안에서부터 무너지기 시작했다.

어느 날 저녁, 그는 예배를 드리러 나가려고 모자를 찾고 있었다. 모자는 대개 그가 볼 수 있는 곳에 보관되어 있었지만, 그날은 어딘가에 떨어진 것이 분명했다. 그는 마음이 조급해지기 시작했다. 모스크에서 아잔*이 막 끝나려 하고 있었다. 빨리 모자를 쓰고 모스크로 달려가면 간신히 예배를 드릴 수 있을 터였다. 하지만 쿠피!** “내 쿠피가 어디 갔지?” 그는 마치 누군가에게 묻는 것처럼 소리 내어 말했다. 하지만 그 질문에 대답해 줄 사람이 그곳에 누가 있단 말인가? 그래도 그는 대답을 기대했다. 샤밈이 나와서 그를 꾸짖고 그의 쿠피를 던져 주었다면 그는 차라리 마음이 놓였을 것이다. 다른 예배 때는 사람들이 모여서 기도를 드릴 수 있도록, 예배하러 모이라는 신호 소리가 끝난 뒤에도 30분의 여유 시간이 있었다. 하지만 저녁 예배에는 그런 여유 시간이 없었다. 사람들은 아잔이 끝나자마자 곧바로 모이곤 했다. 신성한 저녁 예배 시간에 기도할 기회조차 얻지 못하면 그때는…… 그는 완전히 평정심을 잃었다. 샤밈은 그의 눈앞에 앉아서 두 다리를 쭉 뻗고 TV에서 방영되는 무언가에 깊이 빠져 있었다.

“그 빌어먹을 TV 좀 꺼 줄래? 아잔이 나오고 있을 때는 최소한 소리라도 줄여 줄 수 없어?” 하고 그는 말했다. ‘알라는 당신을 위해 특별한 지옥을 만드셨을 거야.’ 하는 말이 혀끝까지 올라왔지만, 그는 간신히 그 말을 꿀꺽 삼켰다. 그녀는 그를 돌아보지도 않았고 관심도 주지 않았다. 그가 쿠피를 찾는 동안 그녀는 동정하듯 그를 바라보았지만, 다시 TV로 눈길을 돌렸다. 그는 아내한테 달려들어 쥐어박

---

＊　이슬람에서 예배의 시작을 알리는 소리.
＊＊　무슬림들이 예배 때 쓰는 모자.

고 싶었지만, 그럴 수 없었다. 왜 그랬을까? 그는 눈에 보이지 않는 어떤 두려움 앞에서 시들어 가고 있었다. 땀을 뻘뻘 흘리며 금방이라도 쓰러질 것 같았다. 쓰러지면 그를 받아 줄 의자라도 있기를 기대하며 주위를 둘러보고 있을 때, 눈에 보이지 않는 공포가 서서히 그의 눈앞에 다가왔다. 굽은 허리와 주름진 피부, 시들어 버린 손과 다리, 빗질하지 않아 헝클어진 머리에도 불구하고 발그레 홍조를 띤 얼굴은 놀랄 만큼 환히 빛나고 있었다. 하얀 사리 자락으로 머리를 가린 늙은 여인이 그 어스레한 저녁에 분노 가득한 방으로 천천히 들어오더니, 그에게 쿠피를 주려고 손을 내밀었다. 그는 낭패감에 사로잡힌 듯한 표정을 지었다.

그렇다. 그녀를 위해 그는 아내가 준 모든 고통을 참고 견뎌 왔다.

"오오, 알라여, 대체 저한테 어떤 시련을 주고 계시는 겁니까?"

"이게 네 쿠피 아니냐? 이걸 쓰고 빨리 예배를 드리러 가거라. 나도 기도를 드리러 가야 해." 그녀는 오른손에 든 낡은 쿠피를 내밀었다. 그녀의 왼손에는 그녀만큼 오래된 '자나마즈'•가 들려 있었다.

"아니, 고모님, 왜 이런 수고를 하셨어요? 제가 스스로 찾았을 텐데요." 사다트는 말하고 낡은 쿠피를 받으러 노파에게 더 가까이 다가갔다. 쿠피를 쓰기 전에 그의 모습은 하얀색에서 흐릿한 노란색으로 희미해졌다. 그녀는 그의 머리

• 무슬림들이 기도할 때 사용하는 깔개.

위에 다정하게 손을 얹고, 몇 마디 축복의 말을 한 뒤 천천
히 자기 방으로 돌아갔다.

사다트는 모스크로 달려갔다. 오래전에는 그녀를 고모
님이라고 불렀다. 하지만 아이들이 자라기 시작하자 아이들
은 그녀를 '비 다디'*라고 부르곤 했다. 누가 아이들에게 그
렇게 부르라고 가르쳤는지는 알 수 없지만, 어쨌든 그러자
사다트를 포함하여 다른 사람들도 모두 그녀를 비 다디라고
부르기 시작했다. 그녀는 그의 아버지의 여동생, 즉 고모였
다. 고모는 어려서 시집을 갔는데, 고모부는 결혼한 지 한
달 만에 세상을 떠나고 말았다. 뱀에 물려 죽었다는 얘기도
있었지만, 고모는 확실한 원인을 끝내 알아내지 못했다. 남
편이 죽은 지 1년 뒤에 고모는 초경을 했다. 고모의 친정에
는—공식적인 제약이 있는 것은 아니지만—재혼하는 전통
이 없었다. 고모의 몸은 매달 허물을 벗고 흙과 하나가 되었
다. 고모의 몸, 마음, 꿈, 어느 것도 충족되지 않았다. 고모는
영원한 처녀로 남았다.

고모는 그림자처럼 살았고, 오빠의 가족에게 그늘을 드
리웠다. 고모는 올케, 즉 사다트의 어머니를 간병했다. 불평
한 번 하지 않고 올케의 똥오줌을 받아 냈다. 사다트는 비
다디가 그의 어머니를 간병하기 위해 태어난 것인지, 아니
면 그의 어머니가 비 다디를 보고 나서 병이 난 것인지 궁금
할 때가 있었다. 고모는 그의 어머니가 하라는 일을 다 끝내
고 난 뒤에도 다른 허드렛일을 끊임없이 찾아서 계속 일을

---

◆ '양모, 유모, 식모, 간병인' 등 여러 뜻을 가진 단어이다.

했다. 고모는 더러운 그릇이 쌓여 있는 것을 싫은 눈으로 바라본 적이 한 번도 없었다. 설거지할 그릇이 눈에 띄면 그냥 고개를 숙이고 설거지를 했다. 사다트는 집이 비거나 문에 자물쇠가 잠겨 있었던 날을 단 하루도 기억할 수가 없었다. 고모 자신이 자물쇠가 되었다. 언제든 찾아가서 노크를 해도, 고모는 항상 그에게 문을 열어 주었다. 라마단 때 입을 새 옷을 받으면 고모는 그것을 곱게 접어서 자신의 트렁크에 보관했다. 결혼식 때 받은 기도용 깔개와 예배용 차도르도 잘 개켜서 그 트렁크 위에 보관했다. 이따금 개킨 차도르 안에서 재스민꽃 몇 송이가 피어나곤 했다.

고모는 또한 벌레와 작은 동물을 가차 없이 죽이는 솜씨가 뛰어났다. 그 때문에 여자들과 아이들 사이에서 고모는 구원자였고, 많은 사람에게 사랑을 받았다. 누군가가 "비다디!" 하고 외치면 그걸로 충분했다. 순식간에 고모가 빗자루를 들고 나타나곤 했다. 이런 식으로 작은 벌레와 곤충을 죽이다가……

하루는 빗자루를 옆에 내려놓고 쪼개진 나무토막 하나를 집어 들어 그것으로 뱀을 때려죽였다. 피를 사방에 튀기며 죽은 뱀을 보고는 남자들도 벌벌 떨었다. 사람들은 죽은 뱀이 어떤 뱀인지 확인했다. 코브라라는 사람도 있고 살무사라고 주장하는 사람도 있었다. 뱀의 정체를 확인하는 동안에도 고모는 성난 목소리로 외치면서 뱀을 몇 번 더 때렸다. "이놈의 뱀들은 왜 사람을 무는 거야? 사람을 죽이는 나쁜 짓을 왜 하는 거야?" 구경꾼 중에는 고모가 이렇게 말할 때 눈에 눈물이 가득 고여 있었다고 주장한 사람들도 있었다.

샤밈 바누는 비 다디의 가르침을 받으며 집안일을 배웠고, 처음에는 비 다디를 존경했다. 하지만 세월이 흐르면서 샤밈은 고모를 무시하는 태도로 말하기 시작했다. 사다트의 두려움은 거기서 시작되었다. 샤밈은 아리프에게 잔인하게 군 것처럼, 자신의 삶을 그들에게 바친 비 다디도 쫓아내지 않을까? 샤밈이 비 다디를 내쫓는다면 도대체 어디로 쫓아낼까? 아리프는 쫓겨나도 괜찮았다. 그에게는 직장도 있고 아내도 있으니까. 하지만 비 다디에게는 사다트 말고 또 누가 있지? 샤밈이 그런 식으로 나오면…… 생각만 해도 그는 몸이 부들부들 떨렸다. 사다트는 "그건 모두 알라의 자비야." 하고 말하면서 애써 자신을 달랬지만, 마음의 평화는 멀리 달아나 버렸다.

어느 날 아짐이 밖에서 여동생에게 외쳤다.

"사나, 사아나아아아! 어디 있니?"

"가고 있어, 가고 있어. 무슨 일인데?"

"괜찮아. 사실은 네가 필요 없어. 그냥 나한테 낡은 헝겊 하나만 갖다줘. 자전거를 닦고 싶어서 그래."

"잠깐만 기다려."

사나는 낡은 헝겊을 가지러 안으로 들어갔다가 나와서 오빠에게 헝겊을 주고는 사라졌다. 아짐은 손에 쥔 헝겊이 뭔지 알 수가 없었다. 하지만 그는 서두르고 있었기 때문에, 그리고 너무 게을러서 쓸데없는 생각으로 피곤하게 머리를 쓰고 싶지 않았기 때문에 얼른 그 헝겊으로 자전거를 닦은 뒤, 헝겊을 문 옆에 던져 버리고 그곳을 떠났다. 오후에 그가 돌아왔을 때는 이미 큰 재난이 일어난 뒤였고, 거기에 직

접 책임이 있는 것은 바로 자신이라는 사실을 깨닫는 데에
는 그리 오랜 시간이 걸리지 않았다.

　비 다디와 엄마가 앞마당에 서 있었다. 한 번도 운 적이
없는 비 다디가 펑펑 울고 있었다. 눈물을 너무 많이 흘려서
눈이 빠질 지경이었다. 아짐이 문 옆에 던져 버렸던 낡은 헝
겊이 그녀의 손에 쥐어져 있고, 그녀는 그 헝겊에 묻은 기름
얼룩을 닦아 내려고 연약한 손으로 최선을 다하고 있었다.
샤밈 바누는 새 실크 자나마즈를 들고 난감한 얼굴로 그 옆
에 서서 어떻게든 그녀를 달래려 애쓰고 있었다.

　"자, 여기 새 자나마즈가 있어요. 고모님, 제발 이걸 받
으세요."

　비 다디는 눈물을 훔치고는 다시 울음을 터뜨렸다.

　"아니, 난 그거 필요 없어. 죽어 가는 여자한테 새 자나
마즈가 왜 필요해?"

　"이건 그냥 보통 자나마즈가 아니에요. 우리 언니가 메
카에 순례를 갔다가 저한테 주려고 가져온 거라고요. 게다가
메카에서 언니는 이 자나마즈에다 잠잠* 샘물까지 뿌렸어요.
제발 이걸 받으세요. 이 자나마즈 위에서 기도를 드리세요."

　아짐은 자신의 실수를 깨달았다. 그는 물건을 훔치다가
현장에서 붙잡힌 듯한 기분을 느꼈다. 자나마즈 위에 묻어
있는 기름 얼룩은 일의 자초지종을 말하고 있었다.


　◆　사우디아라비아 메카 근처에 있는 신성한 샘으로, 이슬람 전설에 의하면 사
　　막을 헤매다 갈증으로 죽어 가던 이스마엘이 이 샘물을 마시고 살아났다고
　　한다.

그는 엄마와 비 다디 사이에 끼어들면서 사정을 설명하려고 했다.

"엄마, 있잖아요."

하지만 그는 엄마의 날카로운 눈초리에 당황하여 입을 다물었다. 그는 사나를 찾았지만, 늘 그렇듯이 사나는 재난을 예상하고 이미 사라진 뒤였다. 아시마는 오빠를 바라보며 자기가 기꺼이 희생양이 되어 주겠다는 뜻을 내비치고 있었다. 그러자 아짐은 더욱 심란해졌다.

"난 원치 않아…… 이건 원치 않는다고, 내가 말했잖아. 네 언니가 너를 위해 이걸 샀다면 네가 간직해야지, 왜 나한테 주려는 거냐? 나는 내 자나마즈로 충분해."

샤밈 바누는 갑자기 특별하고 놀랄 만한 인내심을 얻은 것처럼 보였다.

"고모님이 기도를 드리든 제가 드리든 그게 뭐가 중요한가요? 누가 이런 짓을 했는지는 저도 몰라요. 아마 아이들이 모르고 했겠죠. 어쨌든 아주 낡았잖아요."

"아주 낡았다고? 그래, 나도 아주 낡았다. 안 그러냐?" 비 다디는 고집스럽게 시비를 걸기 시작했다. 비 다디는 지금까지 누구와도 싸운 적이 없었다. 친척들이 찾아와 집이 가득 차면, 비 다디는 닭 세 마리를 잡아서 직접 손질한 뒤, 그 닭고기로 향긋한 사라*를 만들었다. 자신은 닭고기 한 점 먹지 못해도 그것 때문에 시비를 건 적은 한 번도 없었다.

---

◆  인도 남부의 향신 수프 요리. 개운하고 시큼하면서도 매콤한 맛이 특징이다. 주로 '라삼'이라는 타밀어로 불린다.

비 다디는 파야삼*을 한 솥 끓여서 다른 사람들이 다 먹어 치우고 자신은 한 숟갈도 맛보지 못했을 때도 슬퍼하지 않았다. 결혼식 때 실크로 지은 수많은 사리가 진열되었을 때도 비 다디는 한 벌도 바라지 않았다. 그런 분이 실밥이 드러날 정도로 낡은 자나마즈 때문에 펑펑 우는 것을 보고 샤밈 바누는 충격을 받았다.

"아니에요, 고모님. 제발 울지 마세요. 아짐은 그게 고모님의 자나마즈인 걸 몰랐어요. 아짐은 나쁜 애가 아니에요. 부디 그 애를 용서해 주세요. 이 자나마즈를 받으세요."

샤밈이 애원할수록 비 다디의 슬픔은 더욱 커졌다.

샤밈 바누의 인내심도 바닥났다.

"정말 골치 아파 죽겠네! 빌어먹을 자나마즈! 낡아빠진 자나마즈 때문에 어린애처럼 고집을 피우고 있다니, 미친 거 아니에요?"

그녀가 비 다디에게 소리를 지르고 있던 바로 그때, 사다트가 앞문으로 들어왔다. 그는 눈앞에 펼쳐진 광경을 보고 손발이 차가워졌다. 그는 오랫동안 두려워했던 일이 지금 눈앞에서 일어나고 있다고 믿었다. 무슨 일이 일어나고 있는지 그가 충분히 이해하기도 전에 비 다디가 창백해진 얼굴로 마룻바닥에 털썩 쓰러졌다. 낡은 자나마즈가 그녀의 손에서 떨어졌다. 사다트는 무슨 말로 고모를 달래야 할지도 모른 채 당장 그녀를 품에 끌어안았다. 아짐이 물 한 잔

---

◆　인도 남부의 전통 디저트로, 쌀이나 버미셀리를 우유와 설탕, 향신료, 견과류와 함께 끓인 푸딩.

을 가져왔다. 비 다디는 물을 한두 모금 마신 뒤, 사다트를 뚫어지게 바라보면서 자신의 주장이 옳다는 것을 증명하려는 것처럼 물었다.

"이게 어떤 자나마즈인지, 넌 알잖니?"

솔직히 그는 알지 못했다. 그의 부모는 비 다디가 친정으로 돌아온 지 10년 뒤에 결혼했다. 그리고 그는 여섯 번째 아들이었다. 그런 그가 고모의 결혼식 때 사용한 물건을 어떻게 알 수 있겠는가? 하지만 그는 고개만 끄덕였다.

"우리 아버지가 내 결혼식을 위해 이 자나마즈를 구자라트*에서 가져오게 했어. 내가 시댁에 갔을 때 첫 기도를 이 자나마즈 위에서 드렸고, 그리고, 그리고……" 그녀는 한숨 쉬었다가 다시 말을 이었다. "저녁기도를 드리려고 내 방 창가에 이 자나마즈를 펼쳐 놓았는데, 누군가가 밖에서 내 깔개 위로 재스민꽃을 한 줌 던지는 거야. 나는 겁이 났지. 그때 우리는 석유 등잔밖에 없었거든. 당황해서 밖을 내다보았더니 그이가 웃으면서 서 있었지."

비 다디는 다른 세계로 떠내려가고 있었다. 마치 현재와는 아무 관계도 갖고 있지 않은 것 같았다. 고모 부부의 비밀. 사다트는 목이 메었다. 그는 아무 말도 하지 않았다. 그의 마음 한구석에서 '안 돼, 하지 마!'라는 경종이 울리고 있었지만, 그는 그것을 무시하고 비난하듯 아내를 노려보았다. 그녀는 곁눈질로도 이 광경을 보거나 알아차리지 못한

---

◆　인도 서북부에 있는 주. 이곳에서 생산되는 자나마즈는 면포에 명주실로 양귀비나 꽃다발, 넝쿨무늬를 촘촘하게 수놓은 장식으로 유명하다.

것처럼 가만히 서 있었다.

온 가족이 양심의 법정에서 고발당한 기분을 느끼면서 각자 생각에 잠긴 채 우상처럼 꼼짝도 않고 서 있었다. 예기치 못한 사건이 이 정도까지 온 가족을 당혹스럽게 할 줄은 아무도 생각지 못했다. 모두 자신의 행동에 핑계를 대고 있었다. 비 다디가 그 오랜 재스민 향기가 사라지지 않도록 낡은 자나마즈를 조심스럽게 빨아서 빨랫줄에 널어 둔 게 잘못이라고 누가 말할 수 있단 말인가? 아짐의 다급한 부름에 응한 사나의 결정—빨랫줄에 걸린 헝겊은 낡은 거니까 자전거를 닦는 걸레로 써도 괜찮을 거라는—도 잘못은 아니었다. 실제로 그 헝겊은 그렇게 보였다. 가엾은 아짐도 잘못을 저지르지 않았다. 비 다디가 수십 년 동안 기도할 때 사용해 온 자나마즈를 더럽혔다는 이유로 죄 없는 아이들에게 어떤 저주를 내릴지 두려워, 자식을 지키고 싶어 하는 어머니 샤밈 바누는 그만 울화통을 터뜨렸다. 그래서 이미 일어난 일에 대해 누구한테도 책임을 돌리지 못한 채 가족은 모두 당황하여 어찌할 바를 모르고 있었다.

하지만 사다트는 이런 세부적인 면을 굳이 따지지 않고 아내에 대해 그가 바란 것을 상상했다. 그는 두려워했던 일이 실제로 일어나고 있는 게 아닐까 걱정했고, 그 뒤에는 고모의 미래에 대한 불안이 이어졌다. 그는 겨우 고모를 달랜 다음 부축하여 천천히 방으로 데려갔다. 그는 고모가 침대에 누운 뒤에도 한참 동안 손을 잡고 있었다. 샤밈 바누는 자나마즈를 어떻게 처리해야 할지 몰랐지만, 어쨌든 기름 얼룩을 모두 닦아 내려고 다시 빨아서 빨랫줄에 널어 놓고 안으로 들어갔다.

자나마즈 사건이 조만간 쉽게 해결될 징후는 전혀 없었다. 그 대신 사건은 이상한 방향으로 전개되기 시작했다. 비 다디의 일상생활이 완전히 바뀐 것이다. 그녀는 빨랫줄에서 말라 가고 있는 자나마즈를 다시는 건드리지 않았다. 자나마즈는 그곳에 남아서 햇볕을 받고 있었다. 비 다디는 전에는 한 번도 기도를 빼먹은 적이 없었지만, 지난 며칠 동안 기도를 드리지 않았다. 기도 시간이 다가오면 샤밈은 고모가 볼 수 있는 곳에 여분의 자나마즈를 놓아두었지만, 비 다디는 그쪽으로 눈길조차 주지 않았다.

늘 쾌활했던 비 다디가 걸핏하면 울기 시작했다. 그녀의 슬픔에는 시도 때도 없고, 리듬이나 이유도 없고, 규칙이나 규정도 없었다. 아무 때나 자동적으로 터지는 그녀의 울음은 아이들에게 아무런 영향도 주지 않았다. 하지만 샤밈 바누와 사다트에게는 엄청난 영향을 주었다. 사다트는 고모가 그렇게 슬퍼하는 것은 아내 때문이라고 판단했고, 상황을 개선하기 위해 그가 할 수 있는 일이 아무것도 없다는 생각에 더욱 괴로워했다. 그는 위험 수위에 다다른 침묵에 사로잡히게 되었고, 모든 잘못을 바로잡기로 마음먹고 고모에게 더 많은 관심을 기울이기 시작했다.

샤밈 바누은 비 다디의 눈물에 몹시 짜증이 났다. 가정에는 어느 정도 기복이 있게 마련인데, 그것을 중대한 사건으로 만드는 데 필요한 것은 무엇일까? 그녀는 궁금했다. 그녀는 비 다디에게 새 자나마즈를 주었지만, 비 다디는 받지 않고 계속 고집을 부리고 있었다. 샤밈은 남편이 비 다디의 고집을 더욱 부추기고 있다고 판단하고, 남편과는 더 이상 대화를 나누지 않게 되었다. 어떤 자나마즈이든, 그게 뭐가 중요하단 말인가? 중요한 건 기도 자체이다. 샤밈은 비 다디가 더 이상 기도를 드리지 않는 데 실망하여 속을 끓였고, 아들 아짐에게 비 다디가 저주를 내릴지도 모른다는 생각에 슬픔과 불안을 느끼고 있었다. 그녀는 정해진 기도 시간에 한 번도 빠짐없이 기도를 드리기 시작했고, 아들을 지켜 달라고 기도했다. 일단 오전 기도가 끝나면 그녀는 쿠란 36장*을 암송하고, 깨끗한 물 반 컵 위로 입김을 내뿜은 다음, 그 물을 아짐에게 마시게 했다. 그녀는 친척들 가운데 가장 가난한 집을 찾아서 쌀과 밀, 렌틸콩, 달걀, 새 옷을 나누어 주었다. 그녀는 검은 닭을 데려와서 아짐 모르게 아짐의 머리 위에서 닭을 한 바퀴 돌린 다음, 사악한 눈을 막아 내도록 지붕 위에서 날려 보냈다. 그래도 만족하지 못하고 사흘 동안 단식을 하면서 아들이 잘되라고 기도했다.

비 다디는 이런 일들이 자신과는 아무 관계도 없는 것처럼 행동했고, 계속 눈물을 흘리며 울겠다는 자신의 계획을 고수했다. 그녀가 어떤 고통을 눈물로 달래고 있는지, 누가 알겠는가? 그녀는 오랜 세월 동안 자신의 욕구를 부인하고 억제하며 살아왔다. 그렇게 쌓인 극기와 자제가 그녀의 내면에서 꽁꽁 얼어붙은 게 분명했다. 이따금 그녀는 깊은 한숨을 내쉬었고, 심지어는 알라에게 직접 말을 걸기도 했

* 신의 존재와 계시의 중요성을 강조하며, 신앙의 본질과 인간의 선택에 대한 메시지를 담고 있다.

다. "알라여, 알라여, 저를 보살펴 주소서." 여기서 샤밈 바누는 간신히 인내심을 지탱하고 있던 마지막 실이 툭 끊기는 것을 느꼈다.

아이들이 아무리 애를 써도 비 다디의 슬픔을 달랠 수는 없었다. 아짐은 여동생들과 계획을 짜서, 그 자나마즈를 세탁소에 가져갔다. 드라이클리닝으로 얼룩은 모두 제거되었지만, 자나마즈는 훨씬 약해져서 실밥이 다 드러나 보이게 되었다. 겁이 난 아짐은 더 이상 자나마즈에 상관하고 싶지 않아서 깔개를 다시 빨랫줄에 널어 놓았다.

이런 식으로 사다트 가족은 보름도 넘게 자나마즈의 소용돌이에 휘말려 있었다. 그러던 어느 날 아시마는 음식과 물 한 잔이 담긴 쟁반을 비 다디 앞에 내려놓고, 제발 좀 드시라고 간청했다. 비 다디는 여전히 자신만의 세계에 빠져 있었다. 아시마가 음식을 조금 떼어서 비 다디의 입에 넣어 주자, 비 다디는 퉤퉤하며 뱉어 냈을 뿐만 아니라 다시 큰 소리로 알라를 불렀다. "알라여, 알라여, 저를 보살펴 주소서." 부엌에서 바쁘게 일하고 있던 샤밈 바누는 짜증이 났다. 그녀는 비 다디의 트렁크를 한 손에 들고 달려와서 비 다디를 문으로 질질 끌고 갔다. 아시마는 엄마와 비 다디 사이에 끼어들어 애원했다. "엄마, 엄마, 안 돼요. 비 다디를 놓아주세요!" 샤밈은 딸의 간청을 무시하고, 길에서 손님을 기다리고 있는 오토릭샤를 불렀다. 그러고는 비 다디를 트렁크와 함께 오토릭샤에 태우고, 운전사 손에 돈을 약간 쥐여 준 뒤, 아리프의 집에 비 다디를 내려 주라고 말하고 다시 집 안으로 뛰어 들어갔다.

오토릭샤 운전사는 사다트 가족을 잘 알고 있었다. 그는 샤밈의 성난 얼굴을 힐긋 보고는 아리프의 집으로 오토릭샤를 몰았다. 샤밈은 비 다디를 시동생에게 넘겼지만, 결코 마음이 편하지 않았다. 그녀는 아이들에게 이유도 없이 잔소리를 하거나 꾸짖기 시작했다. 아시마는 여느 때처럼 기꺼이 엄마가 쏘아 대는 분노의 화살을 정면에서 맞아 주었지만, 여느 때와는 달리 엄마가 미안한 마음에 주는 선물은 받지 못했다. 아이들은 과거 어느 때보다도 많은 벌을 받고 있었으나, 이 상황을 어떻게든 해결해 보기로 마음먹었다. 아이들은 틈날 때마다 삼촌 집에 가서 비 다디와 이야기를 나누려고 애썼다. 비 다디가 삼촌 집에서는 좀 더 잘 지내고 있다는 것이 그들 모두의 판단이었다. 그들은 비 다디가 삼촌과 함께 식사를 하고 전처럼 정해진 시간에 기도를 드리고 있는 것을 알아차렸다.

보름쯤 지난 뒤, 아짐은 비 다디를 오토릭샤에 태우고 집으로 데려왔다. 샤밈 바누는 그를 노려보았지만 한마디도 하지 않았다. 아짐은 엄마의 얼굴에 얼핏 안심한 기색이 떠오른 것을 보고, 엄마가 화를 내지는 않을 것 같다는 생각에 안도의 한숨을 내쉬었다. 그는 비 다디와 트렁크를 안쪽 방 가운데 하나로 옮겼지만, 불행히도 그녀의 습관이 다시 바뀌기 시작했다. 오전 기도가 끝난 뒤에도 비 다디는 정오까지 계속 그 자리에 남아 있었다. 비 다디는 자기가 어떤 기도문을 읽고 있는지, 하루에 다섯 번씩 드려야 하는 기도 가운데 몇 번째 기도를 드리고 있는지, 쿠란의 어떤 장을 암송하고 있는지도 더 이상 기억하지 못했다. 방금 식사를 끝낸 뒤에도 "알라여, 알라여, 저들이 저한테 음식을 주지 않았습니다. 이젠 알라가 저를 돌봐 주세요……." 하며 알라에게 직접 불평을 쏟아 내기 시작했다. 문제가 다시 시작된 것이다.

아짐은 해결책을 찾아야 한다고 생각했다. 아무것도 하지 않는 것은 더 이상 그가 선택할 수 있는 방법이 아니었다. 엄마는 밖에 나갔다. 아버지도 여느 때처럼 밖에 있었다. 아짐은 회의를 하려고 두 여동생을 불렀다. 사나는 여느 때처럼 말썽을 부리기 시작했다. 음식이 없는 회의가 어디 있어? 사나는 길모퉁이에서 팔고 있는 파니푸리*를 사 와야만 회의에 참석하겠다고, 그러지 않으면 이 모임을 엄마한테 시시콜콜 일러바치겠다고 오빠를 협박했다. 아짐은 회의를 시작도 하기 전에 중단하고, 밖에 나가서 치킨 케밥과 펩시콜라 한 병을 사 와야 했다. 사나는 만족했다. 아시마가 케밥 접시를 오빠와 동생에게 넘기고 한 입 먹으려 할 때 비 다디가 방으로 들어왔다. 아짐은 농담조로 말했다. "오호! 의장님 없이 회의를 할 수는 없지. 안 그래?" 그는 비 다디가 자기 옆에 앉을 수 있도록 자리를 조금 옮겼다. 비 다디한테 닭고기를 한 토막 주어야 할지 어떨지 몰라서 아시마를 바라보았다. 사나는 오빠와 언니의 말 없는 대화를 알아차리고, 아무 예고도 없이 거품 이는 펩시콜라 한 잔을 비 다디에게 내밀면서 마셔 보라고 권했다. 비 다디가 유리잔을 입술로 가져가서 한 모금 마시는 것을 모두 가만히 지켜

---

* 인도에서 흔히 볼 수 있는 간식이자 길거리 음식. 속이 빈 둥근 반죽 튀김 안에 감자, 양파, 병아리콩, 향신료 등을 넣어 먹는다.

보았다. 비 다디는 단숨에 콜라 한 잔을 쭉 들이켰다.

비 다디는 혀로 입술을 핥으면서 아짐의 콜라 잔을 흘 긋 바라보며 물었다.

"그게 뭐냐?"

아짐이 미처 대답도 하기 전에 사나가 장난스럽게 싱 긋 웃으며 말했다.

"비 다디가 벌써 취해 버렸네! 그건 압에카우사르*예 요." 그러고는 웃음을 터뜨렸다. 아짐과 아시마는 사나의 농 담이 마음에 들지 않았다.

비 다디는 밝게 빛나는 얼굴로 물었다.

"압에카우사르라고? 정말? 그건 천국에만 있는 거 아냐?"

"네, 맞아요. 이건 천국의 음료예요. 운 좋은 사람만 마실 수 있어요. 비 다디는 지금 천국에 와 있어요. 우리는 '후리'** 들인데, 비 다디를 모시러 왔답니다." 사나는 연극적인 투로 대답했다.

비 다디는 걱정되기 시작했다. 그래서 이렇게 물었다.

"내가 지금 천국에 와 있다면 그이는 어디 있지?"

사나는 짓궂은 장난을 멈추지 않았다. 사나는 제 머리 에서 재스민 꽃줄을 떼더니, 비 다디의 뒤로 가서 그녀의 무 릎에 꽃줄을 던지며 대답했다.

"자, 보세요. 그분은 바로 뒤에 계세요. 지금 재스민꽃

---

* 이슬람 전통에서 알라가 무함마드에게 약속한 천국의 샘물로, 생명의 물을 뜻한다.
** 천국에 살면서 시중드는 처녀.

을 던지고 있어요. 하지만 돌아보시면 안 돼요.”

비 다디는 황홀경에 빠졌다. 그녀는 뒤를 돌아보지 않고, 무릎에 떨어진 재스민꽃을 조심스럽게 만졌다. 잠시 후 그녀가 말했다.

“압에카우사르를 마시고 싶어.”

아짐은 사나와 비 다디를 번갈아 바라보며, 사나를 말리지도 않았고 사나에게 화를 내지도 않았다. 비 다디에게 큰 기쁨을 안겨 주고 있는 듯이 보이는 이 상황이 정말로 비 다디를 행복하게 해 주고 있는 건지, 아니면 사나처럼 행복한 척 연기를 하고 있는 건지 판단할 수가 없었다. 아짐은 자기 잔을 비 다디에게 건네주었다. 비 다디는 기뻐하며 그 잔을 입술로 가져갔다.

현관 벨이 울리자마자 아시마는 접시와 잔을 챙겨서 부엌으로 달려갔다. 그들은 모두 손과 입을 닦고 가만히 앉아 있었다. 아짐조차 경계하는 눈으로 문을 흘긋 바라보았다. 엄마가 집으로 들어왔다. 그들의 드라마는 끝났다. 압에 카우사르를 마신 뒤 비 다디의 문제는 대부분 사라졌다. 천국에 사는 사람들이 어떤 문제를 가질 수 있겠는가? 그녀는 남편이 주위에 있는 것을 보고 느꼈다. 그리고 집에서 천국의 평안을 찾았다. 일단 그 음료를 마신 뒤로는 천상계에서 다시는 돌아오지 않았다. 그 음료에는 알코올이 전혀 들어 있지 않았는데, 도대체 어떻게 비 다디를 취하게 했을까? 사나는 풀 길 없는 궁금증에 사로잡혔다. 이따금 비 다디가 “내 후리는 어디 있지?” 하고 물으면서 주위를 둘러보면, 샤밈 바누는 비 다디가 누구를 찾고 있는지 몰라서 어리둥절했다. 하지만 샤밈 바누가 일하러 나가면 사나는 자기가 후리인 체했다. 사나가 후리 역할을 할 때는 작은 금속 조각으로 장식한 사리를 입어야 했다. 그것이 비 다디가 상상하는 후리의 모습이었기 때문이다. 사나가 그 역할에 어울리는 옷을 입지 않으면 비 다디는 기분이 언짢아지고 마음이 불안해졌다.

특별한 천상의 음료와 후리를 경험한 뒤, 비 다디는 이 세상과의 모든 관계를 잊고 남편과 함께 평화롭게 살았다. 샤밈 바누는 비 다디가 혼자 말하고 웃는 것을 보면 마음이 아팠지만, 다른 문제는 전혀 없었기 때문에 거기에서 위안을 얻었다. 샤밈은 다시는 비 다디를 아리프의 집으로 보내려 하지 않았다. 사다트도 아내가 다시는 비 다디를 내쫓지 않으리라는 것을 알고 평안을 찾았다.

지금 문제가 있는 사람은 아짐이었다. 그는 예고편도 없이 시작된 천국의 드라마를 계속해야 했다. 비 다디가 분노, 눈물, 고집에서는 벗어났지만, 아직도 음식에는 손을 대지 않았다. 압에카우사르 말고는 어떤 음식도 섭취할 필요가 없는 것 같았다. 아짐은 비 다디에게 계속 압에카우사르를 공급하려고 애쓰면서 좌절감을 느꼈다. 비 다디는 펩시콜라를 마시고 싶을 때마다 천국의 샘물을 요구하기 시작했다. 아짐이 코코넛 워터나 주스 같은 다른 음료를 갖다주면 비 다디는 주저 없이 내던져 버렸다. 아짐의 용돈은 오로지 비 다디가 맛을 붙였고 그녀를 행복하게 해 주는 그 음료를 사는 데 쓰였다. 비 다디는 사다트와 샤밈 바누 앞에서도 거리낌 없이 압에카우사르에 대해 이야기했다. 사다트와 샤밈은 비 다디가 미쳤다고 생각했다.

이런 혼란 속에서 이러지도 저러지도 못하게 된 아짐은 친구들에게 돈을 빌렸다. 그는 식료품점에서 가족의 회계 장부에 가짜 청구서를 추가했다. 결국 비 다디의 요구를 더는 감당할 수 없게 되자 아짐은 아리프 삼촌을 찾아가서 사실을 털어놓았다. 아리프는 웃음을 터뜨리고, 화가 난 척하면서 아짐의 등짝을 두어 번 때리기는 했지만, 아짐이 날마다 탄산음료를 한 병씩 살 수 있게 해 주었다. 천상의 음료 덕분에 집안은 평화롭고 조용해졌다.

비 다디가 다른 음식은 안 먹고 펩시콜라만 마신 것 때문에 죽으면 어떡하나 하는 생각에 아짐은 이만저만 걱정이 아니었다. 하지만 비 다디는 그의 걱정을 덜어 주려는 것처럼 여섯 달이 지난 지금도 여전히 살아 있다. 샤밈 바누는 끝없는 놀라움에 사로잡혔다. 이 노인네가 어떻게 음식은 전혀 입에 대지 않고 물만 마시면서 살고 있는지, 그저 놀라울 뿐이었다. 사다트는 자나마즈 사건을 잊으려고 애쓰면서, 아내에 대해 생각하고 혼잣말을 했다. '가엾은 샤밈은 좋은 여자야. 이따금 폐경이라는 악마가 감정을 상하게 하면 이런 식으로 행동할 뿐이지.' 이렇게 그는 자신에게 편리한 결론을 끌어냈다. 아짐과 아리프만 이따금 비 다디가 죽기를 바라지만, 설령 비 다디가 죽더라도 영양실조 때문은 아니기를 바랐다. 비 다디가 자연사해야만 살인자라는 죄를 면할 테니까. 이런 와중에도 비 다디는 별로 힘들이지 않고 얻은 천국에서, 모든 걱정에서 해방된 채, 오래전에 여읜 남편과 함께 살고 있다.

# 수의

샤지야가 새벽 기도 시간에 맞춰 일어나지 못했던 시절, 그녀는 그것을 자신의 높은 혈압 탓으로 돌리곤 했고, 그 빌어먹을 혈압약 때문에 편할 날이 없다고 불평하는 버릇이 있었다.

어머니는 이렇게 말하곤 했다. "이 모든 건 악마의 장난이야. 악마는 아침 일찍 와서 네 다리를 누르고, 너를 담요로 감싸고, 네 등을 토닥여서 잠을 재우고, 네가 기도를 드리지 못하게 하지. 너는 악마를 걷어차고 기도 시간에 맞춰 일어나는 연습을 해야 해." 하지만 그녀는 악마가 그녀의 하인이어서 다리를 안마해 주는 것이라고 생각하면서 낭만적인 기분을 느끼곤 했다. 그래서 그녀는 그 생각을 즐기면서 몇 번 악마를 걷어차는 시늉을 했다. 늦잠을 자는 것은 그녀의 버릇이 되었고, 그녀는 그것을 악마 탓으로 돌렸다.

그날도 샤지야는 깊이 잠들어 있었고, 새벽 기도 시간은 한참 지난 뒤였다. 그녀는 깜짝 놀라 잠에서 깨어났다.

손을 옆으로 뻗었을 때 남편이 손에 닿았는데도 자기가 지금 어디 있는지 몰라서 자신을 내려다보았다. 그녀는 머리가 베개 위에 놓여 있고 몸이 담요에 감싸여 있다는 것을 알아차렸을 때야 비로소 거기가 그녀의 집 자기 방이라는 것을 깨달았다. 이렇게 익숙한 환경에서 깨어나는 것은 그녀에게 행복감과 만족감을 주었다.

하지만 만족감은 오래가지 않았다. 누군가 밖에서 외치는 소리를 듣고, 그녀가 천천히 몸을 일으켜 문으로 향할 즈음에는 아들 파르만이 말하는 소리가 들렸다. 서둘러 베란다로 나간 그녀는 알타프가 심란한 얼굴로 서 있는 것을 보았다. 파르만이 알타프를 위로하고 있었다.

"이미 일어난 일인데, 어쩔 수 없잖아." 파르만이 말했다. "누구의 책임도 아니야. 걱정하지 말고 집에 가. 어머니가 깨어나면 내가 모든 물건을 자네 집으로 가져다줄 테니까. 어머니는 지금 주무시고 계셔. 몸이 별로 안 좋으시니까 깨우면 안 돼. 의사 선생님이 어머니한테 충분한 휴식을 취하라고 말씀하셨어."

"하지만 형님, 교단에서는 오늘 저녁 5시에 매장하기로 결정했어요. 우리는 지금 아무도 기다리고 있지 않아요. 그래서 염습과 그 밖의 절차를 빨리 끝내야 한다고요." 알타프는 되풀이해서 말했다.

그러자 파르만은 버럭 화를 내며 말했다.

"이봐, 자네가 나한테 수의를 맡겨 놓은 것도 아니잖아? 우리 어머니가 '하즈'*에서 돌아온 지 벌써 6, 7년이 지났는데, 자네 어머니는 왜 지금까지 우리 어머니한테서 수의를 받아 가지 않은 거야? 어쩌면 벌써 수의를 받아다가 어딘가에 보관해 두었는지도 몰라. 그러니 집 안을 다시 한 번 뒤져 봐."

샤지야는 아들 뒤에 와서 섰을 때 충격을 받았다.

"여기서 무슨 일이지?" 그녀는 아들을 불렀다. "파르만, 대체 누구랑 이야기하고 있는 거냐?"

파르만은 어머니 쪽으로 고개를 돌렸다. 짜증이 얼굴에 그대로 드러나 있었다. 그는 속으로 생각했다. '도대체 여자들은 얌전히 지내질 못한다니까. 조용히 먹고 입고 자기 일에만 신경 쓰면 좋을 텐데, 이런저런 일에 모두 참견하지 않으면 음식이 소화되지 않는 모양이야.' 하지만 그는 못마땅한 기분을 드러내지 않고 조용히 말했다.

"가서 주무세요, 어머니. 왜 일어나서 나오셨어요? 알타프가 와서, 자기는 야신 부아의 아들이라면서 수의를 달라는 거예요."

샤지야는 벼락에 수천 번 맞은 듯한 기분을 느꼈다. 그녀는 앞으로 달려 나가서 미심쩍은 눈으로 젊은 남자를 바라보고, 성난 어조로 물었다.

"아침 댓바람부터 이게 무슨 소동이야? 수의가 어디로 달아나기라도 할까? 자네는 누구 집에 언제 가야 하는지 알 만한 분별도 없나?"

알타프는 목소리를 낮추고 샤지야를 마주 보며 지친

<hr>

메카의 성지를 순례하며 종교의식에 참가하는 일로, 이슬람력 12월 7일부터 12일까지 행해진다.

표정으로 말했다.

"아주머니, 오늘 아침, 새벽 기도 시간이 되었을 때쯤 우리 어머니가 돌아가셨어요. 그래서 제가 수의를 받으러 온 겁니다."

그 소식을 듣자마자 샤지야는 속으로 무너졌다. 그녀는 자신을 억제할 수가 없어서 가까이에 있는 의자에 털썩 주저앉았다. 상상할 수 없는 일, 있을 수 없는 일이 일어난 것이다. 이제 어떻게 대처해야 할까? 이 일을 어떻게 처리해야 할까? 이런 생각들은 그녀가 통제할 수 있는 범위를 벗어난 것이었다. 그녀는 망연자실했다. "맙소사, 대체 무슨 일이 일어나 버린 거야?" 그녀는 한탄했다.

그녀가 원하지 않는데도 그녀의 마음은 과거로 돌아갔다. 그날 그녀의 집에서 행사가 열렸다. 가족과 친구들이 많이 모였다. 샤지야와 남편 수반은 성지순례를 떠날 예정이었다. 가장 가까운 친척들과 친구들은 대부분 이미 방문했다. 친척과 친구들을 끌어안고, 그들 부부가 사랑하는 이들에게 주었을지도 모르는 고통이나 손해, 그들이 샤지야 부부에게 품고 있을지도 모르는 불평과 불만, 부부가 뜻하지 않게 퍼뜨린 소문이 있다면 용서해 달라고 부탁했다. 친척들은 부부를 위해 잔치를 베풀고, 부부에게 그들이 줄 수 있는 옷과 선물을 주고, 설령 부부가 그들에게 어떤 해를 끼쳤더라도 용서하겠다면서 부부를 안심시키고, 샤지야와 수반도 자기네 잘못을 용서해 달라고 부탁했다. 이렇게 서로 용서를 주고받은 데 만족한 그들은 보충 협약을 맺은 다음, 가장 가까운 가족과 친구들은 가벼운 마음으로 부부를 배웅했다.

그래도 순례를 떠날 날이 일주일 남았을 때, 그들이 만나야 할 친척은 아직도 많이 남아 있었다. 멀리 떨어진 곳에 사는 친척에게는 전화를 걸어, 자신들이 저질렀을지도 모르는 잘못을 용서해 달라고 부탁했다. 대기업 오너인 수반과 넓은 저택의 안주인인 샤지야는 순례를 떠나기 전에 모든 가족과 친구들을 따로따로 만날 시간이 없었다. 그들이 사람들을 모두 한데 모아서 잔치를 베푼 것은 그 때문이었다. 서로 용서를 구하는 의식은 그 잔치에서도 계속되었다.

초대를 받지는 못했지만 마음속에 어떤 오만함이나 악의가 없이 잔치에 온 사람이 바로 야신 부아였다. 그녀의 남편은 결혼한 지 3년 만에 아이 둘을 남겨 놓고는 뒤도 한 번 돌아보지 않고 떠나 버렸다. 그는 농산물 시장에서 짐꾼으로 일했고, 어느 날 짐을 나르다가 심장마비로 사망했다. 남편이 죽은 뒤 그녀는 '이닷'*을 지키지 않았다. 당시 아주 젊은 나이였던 그녀는 머리에 스카프를 두르고 여러 집을 다니면서 일하기 시작했다. 어린 자식들의 주린 배를 채워 주기 위해 남의 집 마당에서 설거지를 하고, 집을 쓸고 닦고, 그 집에서 열리는 혼례와 축제, 의식과 잔치에 혼자 참석하여 그런 행사의 혼란과 행복을 견뎌 냈다. 이닷 기간 동안 그녀는 머리를 가린 채 죽은 남편을 위해 기도하고 의무적인 애도 기간을 지키면서 방 안에 가만히 앉아 있지 않았다.

* 이슬람에서 남편을 여읜 여성에게 적용되는 '재혼 금지 기간'으로, 애도의 시간이자, 미망인이 감정적·정신적으로 회복하고 상황을 정리하는 시간이다.

많은 사람이 그녀를 손가락질하며 혀를 나불거렸다. 하지만 온갖 중상모략에도 불구하고 어린 자식들의 행복과 굶주린 배가 그녀에게는 훨씬 더 중요했다. 그녀가 열심히 일한 덕분에 자식들은 나름의 삶을 설계할 수 있었다. 딸은 공부를 조금 한 뒤, 여자아이들에게 쿠란을 가르쳐서 몇 루피를 벌었다. 야신 부아는 이 돈에 자기가 저축해 둔 돈을 보태어 딸을 시집보내고, 오토릭샤 운전사인 아들과 함께 살았다. 그녀의 뼈마디가 삐걱거리는 소리를 내기 시작했을 때, 나이가 들면서 손등 혈관이 부풀어 오르기 시작했을 때, 그녀는 남의 집에 일하러 다니는 것을 그만두었다.

아들을 결혼시키는 것이 그녀의 큰 소망이었다. 하지만 그보다 더 큰 소망이 그녀를, 그녀의 마음과 몸과 영혼을 사로잡았다. 그녀는 온종일 욕망의 불꽃 주위를 솔개처럼 맴돌게 되었다. 동전 한 닢도 아끼는 그녀의 습관은 인색한 천성이 아니라 불확실한 미래에 대한 불안의 징후였다. 아들의 결혼을 위해 저축해 둔 돈다발에서 자신의 수의를 살 돈을 조금 떼어 냈을 때, 그녀는 마치 남의 돈을 훔친 듯한 기분을 느꼈다. 그녀는 엄청난 죄책감을 떨쳐 버릴 수가 없어서 안절부절못하게 되었고, 그 돈을 지키기 위해 사흘 동안이나 자신의 사리 자락에 묶어 두었다. 하지만 모성 본능조차도 그녀의 그 은밀한 꿈의 강렬함을 이기지는 못했다. 자기가 하고 싶은 대로 하겠다는 묘한 고집이 야신 부아의 열정을 더욱 배가시켰다. 그녀는 사리 자락에 묶어 둔 돈을 꽉 움켜쥐고 샤지야의 집으로 서둘러 갔다. 그 집은 사람들로 북적거렸고, 축하 인사와 잔치가 한창이었다.

그녀는 잔치에 초대받지 못했다. "아, 당신도 왔군요!" 하면서 그녀를 환대해 주는 사람은 아무도 없었다. "이리 와서 좀 드세요." 하고 말해 주거나 조금이나마 친절한 태도를 보여 주는 사람도 없었다. 그녀는 평생토록 정중한 대접을 받거나 존중을 받는다는 게 무슨 뜻인지 알지 못했다. 그녀는 무례한 대우가 어떤 것인지도 알지 못했다. 그녀는 되도록 많은 일을 했다. 자기로 된 만찬용 접시를 씻느라 손이 떨어져 나갈 지경이었다. 비리야니의 기름은 쉽게 씻겨 나가지 않는다. 손님들이 모두 식사를 마친 뒤, 그녀는 앞마당의 시멘트 바닥에 앉아서 서둘러 음식을 몇 입 먹었다. 그녀의 관심은 오로지 샤지야에게만 쏠려 있었다. "운 좋은 여자, 복 받은 여자." 그녀는 속으로 그 말만 되풀이했다. 그녀는 샤지야가 하고 있는 일을 묵묵히 관찰하면서, 샤지야가 언제 짬이 날지, 샤지야한테 어떻게 자신의 소망을 전할지를 계속 궁리하고 있었다.

샤지야가 과연 잠시라도 짬을 낼 수 있을까? 샤지야는 수많은 친척과 친구들한테 선물을 받고 그들의 소원을 듣느라 바빴다. 누구는 그녀를 껴안고 행운을 빌면서 자신의 인생 문제를 털어놓고, 메카를 순례할 때 자기를 위해 신에게 기도해 달라고 부탁했다. 누구는 "샤지야 언니, 우리 막내딸에게 어울리는 신랑감을 찾을 수가 없어요. 제발 그 애를 위해 기도해 주세요." 하고 부탁했다. 또 누구는 "우리 시누이가 암에 걸렸어요. 빨리 회복되도록 기도해 주세요." 하고 말했고, 또 누구는 "우리 아들이 일자리를 얻지 못해서 많이 힘들어하고 있어요. 그 애를 위해 기도해 주세요." 하고 말했다. 요구는 점점 많아졌다. 샤지야는 계속 미소를 지으며 대답했다. "인샬라.• 그들을 위해 기도할게요." 그녀는 지쳐 가고 있었지만, 내색하지 않고 즐거운 얼굴로 모든 사람을 배웅했다. 그들은 점심때 잔치를 준비했지만, 사람들은 저녁 늦게까지 계속 찾아왔다. 야신 부아는 계속 설거지를 하고 바닥을 쓸면서 자기 차례를 기다렸다.

밤 11시쯤, 기진맥진한 샤지야가 마침내 소파에 앉아 푹신한 카펫 위로 팔다리를 쭉 뻗었을 때, 거실 문 근처에 어른거리는 야신 부아의 그림자가 보였다. 부아는 지친 샤지야가 안쓰러워서 "가엾어라. 얼마나 피곤하실까?" 하며 안타까워하고 있었다. 야신 부아는 두 손을 사리 자락에 닦고, 귀중한 카펫에 자신의 더럽고 갈라진 뒤꿈치가 닿지 않도록 까치발로 샤지야에게 다가갔다.

"언제 왔어, 부아?" 샤지야는 마지못해 물었다.

드디어 샤지야를 만날 수 있게 된 야신 부아는 기쁨에 넘치는 얼굴로 대답했다.

"아주 오래전에 왔어요."

"아, 그래? 나는 저녁 내내 자네를 거의 보지 못했는 걸." 샤지야는 말하고 조금 상냥해진 어조로 물었다. "뭐라도 좀 먹었나?"

"예, 마님. 저는 오로지 마님 댁에서 먹는 밥 덕분에 아직도 목숨을 부지하고 있답니다. 마님이 만지시는 모든 게 황금으로 변하기를. 마님 댁이 번창하기를."

---

• 아랍어에서 '신의 뜻대로' 이루어지기 바란다는 의미의 관용구.

샤지야는 만족감을 느꼈다.

"벌써 시간이 꽤 늦었는데, 집에는 어떻게 갈 거야?"

여자다운 염려가 담긴 이 질문에 부아는 대답했다.

"알타프가 오토릭샤로 데려다주겠다고 했어요. 알타프가 오면 집에 갈 거예요."

샤지야는 야신 부아가 온종일 이런저런 일을 한 것을 알아차리고 있었다. 그래서 그녀는 무거운 발을 끌고 방으로 가서 돈을 조금 가져왔다.

"자, 받아. 생활비로 써. 우리는 사흘 뒤에 하즈를 떠났다가 45일 뒤에 돌아올 예정이야. 알라가 우리의 하즈를 받아 주시기를. 우리를 위해 기도해 줘."

샤지야는 부아의 두 손을 감싸 쥐고 돈을 부아의 손에 쥐여 주었다. 야신 부아는 감격했다. 샤지야가 자기처럼 비천한 여자에게도 그렇게 친절하고 상냥하게 대하는 것을 보고 그녀의 눈에 눈물이 가득 고였다. 그녀는 샤지야가 준 돈을 받지 않았다. 그 대신 사리 끝에 묶어 둔 두세 개의 매듭을 풀고 꼬깃꼬깃한 지폐를 몇 장 꺼냈다. 그리고는 샤지야에게 그 돈을 내밀면서 간청했다.

"여기 6천 루피가 있어요. 마님은 성지순례를 가시니까, 거기서 이 돈으로 수의를 사서 신성한 잠잠 샘물에 담갔다가 저한테 갖다주세요. 그러면 저는 그 신성한 수의 덕분에 천국에 갈 수 있을 거예요."

샤지야는 무슨 말을 해야 할지 몰라서 잠시 망설였다. 당시에는 그렇게 어려운 일로 생각되지 않았다. '겨우 수의 한 벌인걸. 돈이 좀 들더라도 부아를 위해 그 정도는 가져다

줄 수 있을 거야.' 그녀는 상황의 자연스러움에 속아서 그렇게 속으로 생각했다. 그녀는 두 번 생각지 않고 부아의 부탁을 들어주었다.

샤지야가 상황을 제대로 이해한 것은 지폐가 부아의 손에서 그녀의 손에 건네졌을 때였다. 가난한 사람의 주머니에서 나온 돈은 꼭 그 사람들처럼 찢어지고 꾸깃꾸깃 구겨져서 실질과 형태가 쪼그라들어 있었다. 가난한 사람들은 빳빳한 새 돈을 받아도 그 돈이 지저분하게 변하는 건 아닐까 하고 그녀는 이따금 생각한 적이 있었다. 지금 그녀는 그것을 확신하게 되었다. "좋아, 부아. 집에 갔다 와." 그녀는 말하고 야신 부아를 배웅했다. 샤지야는 당장 욕실로 가서 돈을 세면대 위에 내려놓고 비누로 두 손을 깨끗이 씻은 다음 침대에 드러누웠다.

샤지야는 야신 부아가 준 돈을 자기가 세면대에서 집어 들었는지 어떤지 기억하지 못했다. 순례객들은 모두 하즈 위원회가 준비한 아침 비행기를 타고 메디나*에 도착했다. 그녀는 낯선 환경에서 여러 종교 시설을 방문하고 여드레를 머무는 동안 의무적으로 40번의 기도를 드리느라 시간 가는 줄도 몰랐다. 남편 수반은 그녀가 쇼핑하는 것을 금지했다. 하지만 그런 제약에 대해 그녀가 왜 신경을 쓰겠는가? 규칙은 원래 깨지게 마련이라고 그녀는 믿었다. 그래서 주저 없이 자기가 하고 싶은 대로 했다. 이 상황도 전혀 다

---

◆　사우디아라비아 서부에 있는 도시로, 무함마드의 묘가 있는 이슬람의 성지이다.

를 게 없었다.

　수반은 '니야'* 문제를 제기했다. 그들은 하즈를 떠나기 전에 순례와 기도의 의도를 정했다. 수반은 하즈가 끝난 뒤에는 쇼핑을 할 수 있다고 그녀에게 말했고, 하즈가 끝나기 전에 쇼핑을 하면 그들이 세운 니야를 망치게 될 거라고 그녀가 믿게 했다. 그들은 메디나를 떠나 메카로 갔다. 그것 역시 샤지야에게는 새로운 경험이었다. 그녀는 이 모든 경험에 완전히 몰두하여 고향과 집을 까맣게 잊어버렸다. 메카에 머무르면서 겪은 일들은 잊을 수 없는 경험이었다. 인도의 하즈 위원회는 건물을 여러 채 빌려주었다. 순례자들은 할부로 납입한 임대료에 따라 방을 배정받았다. 방 두 개에 공용 욕실이 하나씩 있었고, 공용 부엌이 딸려 있었다. 작은 부엌에는 거주자를 위한 가스통과 가스레인지, 냉장고와 세탁기, 그 밖의 편의 시설이 갖추어져 있었다. 샤지야의 외가 쪽 친척 네 명이 함께 여행을 왔기 때문에 그들에게는 큰 방이 배정되었다. 여느 때처럼 일행 가운데 여자들은 요리를 맡았다. 그들은 예배를 드리고, '카바'** 주위를 돌고, 기도와 그 밖의 종교 활동을 하면서 대부분의 시간을 보냈다. 그들은 모두 선지자 무함마드가 첫 계시를 받은 히라 동굴과 그 밖에 역사적으로 중요한 모스크들을 방문하고 정해진 시간에 예배를 드리는 데 전념했다. 예배가 끝나면, 사우디

---

* 행동하기 전에 마음속으로 품는 의도나 결심을 뜻한다. 이슬람에서는 순례나 기도를 하기 전에 그 행위의 의도를 신 앞에서 세우는 것이 중요하다.
** 메카의 알하람 모스크의 중심에 있는 네모꼴 석조 건물.

정부가 대기업 오너 및 그 밖의 기부자들과 함께 제공한 트럭들이 순례자들에게 음식과 물병을 나누어 주었다. 하즈 순례자들은 알라의 손님이기 때문에, 그들은 순례자를 잘 대접하는 것이 알라를 기쁘게 해 줄 거라고 믿었다. 그래서 사람들은 모두 순례자를 환대하는 것이 인생의 주요 목표인 것처럼 행동했다.

샤지야 일행은 나머지 하즈 의식을 끝낼 준비를 하고 있었다. 어느 날 오후, 샤지야는 카바에서 예배를 드리고 돌아왔다. 그녀는 눈이 저절로 감겼다. 아마 뜨거운 햇볕 때문이겠지만, 어쩌면 식곤증인지도 몰랐다. 잠깐 낮잠을 자고 일어나자 몸이 좀 개운해진 듯했다. 일행은 곧 '아스르 나마즈'*를 위해 알하람 모스크로 가야 했다. '우두'**를 하러 욕실에 간 그녀는 무언가를 보고 멈춰 섰다. 옆방을 쓰고 있는 자이나브가 음용수 통에 있는 물을 10리터들이 양동이에 들이붓고 있었다. 샤지야는 놀라서 물었다.

"자이나브, 대체 뭘 하고 있는 거야?"

자이나브는 그녀를 돌아보며 말했다.

"난 수의를 빨아야 해요."

"뭐라고?" 샤지야는 화가 치미는 것을 느끼면서 말했다. "넌 사람들이 마실 물을 도둑질하고 있어. 이게 공정한 짓이야? 넌 하즈 기간에도 천박한 행동에서 벗어나지 못했구나."

---

샤지야는 소리를 지르기 시작했고, 자이나브는 재빨리 양동이를 들고 자기 방으로 달려가더니 문을 쾅 닫아 버렸다. 샤지야는 무슨 일이 벌어지고 있는지 깨달았다. 사우디 정부는 순례자들에게 마실 물을 공급할 책임이 있었다. 음용수 회사는 물을 플라스틱 통에 담아서 가져오지 않았다. 대신 그들은 카바 신전 안에 있는 우물에서 나오는 잠잠 샘물로 탱크로리를 채우고, 그것을 이용하여 방 두 개가 함께 쓰는 공용 물통에 물을 채워 준 것이다. 물통에는 물이 10리터 내지 15리터쯤 들어 있었고, 매일 오후 3시쯤 다시 채워졌다. 샤지야는 물통의 물을 거의 마시지 않았다. 수반이 밤마다 예배를 마치고 돌아오는 길에 5리터들이 병에 들어 있는 물을 사 왔기 때문이다.

샤지야는 격분했다. 자이나브의 미련한 대답은 오히려 그녀를 더욱 흥분시켰을 뿐이다. 너무 흥분한 나머지 몸에 열이 나서 마치 몸이 불타는 것처럼 느껴졌다. 자이나브의 뻔뻔함에 환멸을 느낀 샤지야는 자이나브가 훔친 음용수에 얼마나 많은 수의를 담가 놓았을지 궁금했다. 자이나브는 가족 모두에게 잠잠 샘물에 담근 수의를 입힐 작정인가? 샤지야는 모든 것을 상상했고, 아내가 큰 소리로 외치는 것을 듣자마자 방에서 뛰쳐나온 수반은 아내가 깔깔 웃고 있는 것을 보았다. 좀 전에 들은 아내의 외침은 환청이었나? 그는 어리둥절하여 아내에게 물었다.

"무슨 일이야? 왜 그렇게 웃고 있는 거지?"

그녀는 계속 웃으면서 방금 일어난 일을 남편에게 말해 준 다음, 이렇게 덧붙여 말했다.

"있잖아, 여보. 이 사람들은 하즈의 중요성을 이해하지 못해. 여기까지 와서 이렇게 사소한 것에 대해서도 부정한 짓을 하고 있으니 말이야."

수반은 가볍게 미소를 지으며 대답했다.

"그걸 오늘에야 알았어? 나는 우리가 여기 도착한 날 알아차렸는데. 하지만 당신처럼 화를 내지도 않고 시비를 걸지도 않았어. 내가 마실 물을 사 오기 시작한 건 그 때문이야. 내버려둬. 그깟 일로 싸울 필요는 없지."

샤지야는 갑자기 부아가 부탁한 수의를 생각해 냈다.

"여보, 야신 부아에게 줄 수의를 사야 해. 저녁 예배를 드리고 돌아올 때 수의를 삽시다."

그녀는 자신이 한 약속을 기억하고, 당장 그 약속을 지키기로 마음먹었다. 남편은 고개를 끄덕이고, 시간이 늦었기 때문에 서둘러 나갈 준비를 했다. 예상했던 대로 알하람 모스크는 그들이 도착했을 때쯤에는 사람들로 붐비고 있었다. 남자와 여자 들은 관례에 따라 따로 모여 있었다. 그들은 모두 모스크의 기둥들 사이에 서서 두 손을 공손히 모으고 고개를 숙였다. 샤지야와 수반은 늦게 도착했기 때문에 모스크의 넓은 마당에 나란히 섰다. 그 마당도 늦게 도착한 사람들로 빠르게 채워졌다. 햇볕이 쨍쨍 내리쬐었고, 해가 뜨면 자동적으로 펼쳐지게 되어 있는 거대한 파라솔들이 날개를 활짝 펼쳐 그늘을 드리우고 있었다. 해가 지면 날개들은 접히는데, 접힌 날개는 꼭 기둥처럼 보였다. 샤지야는 그것이 멋진 광경이라고 생각했다.

저녁 예배인 '이샤 나마즈'가 끝난 뒤 그들은 카바에서 걸어서 돌아왔다. 수십만 인파가 큰길과 골목길을 가득 채우고 있어서, 수반은 아내가 야신 부아에게 부탁받은 수의를 살 수 있는 가게가 어디에 있는지 알 수가 없었다. 게다가 아내를 놓치기라도 하면 그 많은 인파 속에서 어떻게 아내를 찾아야 할지 걱정이 되어, 수반은 아내의 손을 꼭 잡고 걸었다. 부끄러워하거나 망설이지 않고 아내와 손을 맞잡거나 아내의 허리를 감싸안는 것이 그의 버릇이었다. 그는 어슬렁거리며 걷는 아내의 걸음걸이에 맞추느라 좀 더 천천히 걸어야 했다. 그는 가게를 지날 때마다 멈춰 서서 수의를 팔고 있는지 확인한 뒤, 아내를 끌어당기곤 했다. 하지만 수의를 찾고 있는 중에 카펫 가게가 샤지야의 관심을 앗아가 버렸다. 그녀는 카펫에 정신이 팔려서 그 가게 앞을 떠날 것 같지 않았다. 그녀는 카펫의 아름다움, 디자인, 색깔, 복판의 짜임새가 너무 매력적이라고 생각했다. 그녀는 남편에게 물어보지도 않고 가격을 흥정하기 시작했고, 그녀의 쇼핑을 막으려던 수반의 계획은 여지없이 무너져 버렸다. 그녀의 니야가 실패할 거라는 사실, 그녀의 의도가 이제 의심받게 되리라는 사실은 바람과 함께 날아가 버린 감정적인 문제였다. 하즈 의식이 끝나면 원하는 대로 실컷 쇼핑할 수 있게 해 주겠다는 남편의 약속에도 그녀는 꿈쩍하지 않았다. 그는 아내를 그 가게에서 끌어내려고 최선을 다했지만, 그의 노력은 모두 허사로 끝났다.

그녀는 그 무엇도, 그 누구도 신경 쓰지 않고 자기가 고른 튀르키에 카펫에만 열중해 있었다. 수반은 아내를 말리는 것을 단념하고 가게 점원에게 속삭였다. "혹시 여기서 수의도 살 수 있나요?" 점원은 당장 비닐로 싼 수의 한 벌을 꺼내 왔다. 그 수의는 꼭 송장처럼 무거웠다. 수반은 아내의 관심을 끌려고 애썼다. 샤지야는 오른손으로 카펫을 단단히 붙잡은 채 왼손으로 수의를 들어 올리려 했다. "아니, 수의가 왜 이렇게 무거워! 이걸 어떻게 가지고 돌아갈 수 있겠어?" 그녀는 순식간에 그 문제를 일축하고 다시 카펫으로 관심을 돌렸다.

마침내 그녀의 쇼핑이 끝났다. 수반은 주머니에서 지폐를 꺼내 카펫값을 치른 뒤, 가게 주인이 포장해 준 카펫을 어깨에 메고 가게 밖으로 나왔다. 거기서 오토릭샤나 짐꾼을 찾는 것은 아예 기대할 수도 없었기 때문에 그가 직접 카펫을 둘러메고 갈 수밖에 없었다. 그는 아무도 자기를 보지 않기를 바랐지만, 공교롭게도 아는 사람과 계속 마주쳤다. 도중에 샤지야도 남편에게 미안함을 느끼고 다정하게 물었다. "여보, 그렇게 많이 무겁진 않지?" 그는 아무 말도 하지 않았다. 속으로는 아내의 막무가내 고집에 뒤지지 않을 만큼 화가 나 있었지만, 꾹 참고 호텔 방에 도착하자 그 빌어먹을 카펫을 방구석에 내던지고는 한숨을 내쉬었다. 다른 상황이라면 화가 나서 눈을 부라리며 아내를 노려보았을 테고, 아마 아내를 나무라기도 했을 것이다. 하지만 지금은 하즈였고, 게다가 방에 있는 다른 사람들이 모두 그녀의 친척이었기 때문에, 그는 애써 마음을 가라앉혔다.

그들의 하즈 순례가 끝났다. 그들은 여기저기서 저지른 잘못을 걱정했지만, 그래도 둘 다 만족했다. 미나*에서 돌아오자 샤지야는 침대로 가서 드러누웠다. 그것이 걱정을 불러일으켰다. 혈압이 치솟았고, 그녀는 이틀 동안 병원에 입원해야 했다. 퇴원하고도 하루 더 휴식을 취한 뒤에야 혈압이 안정되었다. 하지만 다른 무엇보다도 그녀는 쇼핑할 시간이 낭비되고 있는 것 때문에 속을 태웠다. 그래도 남편 앞에서는 건강이 괜찮다고, 걱정할 것 없다고 주장했고 실제로 곧 상태가 좋아지기 시작했다. 그래도 수반은 어떻게든 쇼핑을 미루려고 다양한 책략을 궁리했다. 돈 걱정을 한 게 아니라, 비행기를 탈 때 초과 수하물이 초래할 수 있는 여러 문제를 알고 있었기 때문에 그 덫에 빠지고 싶지 않았던 것이다. 하지만 아내를 실망시키고 싶지도 않았고, 아내의 혈압이 다시 치솟는 것도 바라지 않았다. 그래서 아내의 쇼핑을 제한하려는 그의 계획은 모두 틀어져 버렸다. 샤지야를 막을 사람은 아무도 없었다.

샤지야가 물건을 왕창 사들이느라 바쁘게 뛰어다니는 동안에도 야신 부아가 부탁한 수의에 대한 생각은 틈틈이 그녀의 마음을 스치고 지나갔다. 그 생각은 한동안 그녀의 마음속에서 오락가락하다가 결국 숨기 시작했고, 곧 그녀는 그 일을 까맣게 잊어버리고 말았다. 이 매혹적인 곳에서 수의처럼 사람을 우울하게 만들고 무겁고 부피가 커서 많은 공간을 차지하는 물건을 생각하면…… 오오, 맙소사. 그건 인도에서도 구할 수 있잖아? 우리 동네에서도 살 수 있지 않을까? 메카에서 수의를 찾지 못했다고 말하면 돼. 아니,

---

◆ 사우디아라비아 메카 인근의 미나 계곡에 위치한 곳으로, 이슬람교의 하즈 기간에 순례자들은 이곳에 설치된 천막촌에 머문다.

하즈를 마치고 돌아가자마자 그런 거짓말을 할 수는 없잖아. 샤지야는 제 뺨을 가볍게 때리면서 "알라여, 저를 용서하소서." 하고 말했다. 그녀는 거짓말에 작별 인사를 했다. 그녀는 야신 부아의 소망이 결국 골칫덩어리가 될 줄은 예상도 하지 못했다.

지금 샤지야는 야신 부아가 죽었다는 소식을 듣고, 그 이루어지지 않은 소망의 결과를 생각하며 마음이 복잡해졌다. 아아, 이럴 줄 알았으면 아무리 어려움에 부닥쳐야 했을지라도 어떻게든 약속을 지켰을 텐데. 그녀는 괴로웠다.

하즈에서 돌아올 때 그녀가 산 물건이 너무 많아서 제한 중량을 초과했다. 그래서 초과 수하물을 여러 개로 나누어 일행의 수하물에 포함시켜 카운터를 통과해야 했다. 수반은 그 작업을 다 끝냈을 때쯤 기진맥진해 있었다. 게다가 잠잠 샘물이 들어 있는 5리터들이 통도 모두에게 나누어 주어야 했고, 몇 킬로그램이나 되는 대추야자도 있었다. 부르카로 온몸을 감싼 샤지야가 한 일이라고는 핸드백을 움켜잡고, 온갖 사소한 문제가 생길 때마다 남편에게 달려온 것뿐이었다. 아내의 이런 행동은 그를 더욱 짜증 나게 했다. 숱한 고생 끝에 마침내 그들은 많은 짐과 그들 자신을 겨우 비행기에 실을 수 있었다.

하즈에서 돌아온 지 한 달이 지난 뒤에도 샤지야는 모든 물건을 모든 사람에게 분배하는 일을 끝내지 못했다. 처음 사흘 동안은 건강 문제와 시차 때문에 침대에서 일어나지 못했다. 사흘이 지난 뒤에야 짐을 풀었고, 가장 가깝고 가장 사랑하는 사람들을 위해서 사 온 금붙이와 그 밖의 값

비싼 선물을 보낼 준비를 했다. 돌돌 말려 있던 귀중한 카펫을 펴 보고 그녀는 행복해 했다. 남편이 별로 반응을 보이지 않는 것도 알아차리지 못했다. 수반은 짜증스러운 얼굴로 그 자리를 떠나 버렸다. 이어서 그녀는 옷과 장난감 따위를 분배했다. 가장 가까운 친구 몇 명과 가까운 친척 몇 명은 그녀에게 특별 주문을 했었다. 이러이러한 디자인에 카수티* 자수가 놓여 있고, 이러이러한 색깔에 이러이러한 스타일로 재단되어 있고, 이러이러한 자수로 장식된 부르카를 사다 달라는 따위의 주문이었다. 어떤 이는 그녀에게 돈을 주었다. 돈을 주지 않은 이들에게도 그녀는 의무감 때문에 부르카를 선물로 보냈다. 나머지 사람들에게는 자나마즈와 수브하,** 대추야자 한 줌, 잠잠 샘물 한 병을 보냈다. 이 모든 일을 직접 하지는 않았지만 작업을 감독해야 했고, 그 과정은 그녀를 피곤하게 했다. 작업이 끝난 것은 한 달이 넘게 지났을 때였다.

하즈에서 돌아온 사람들은 강한 긍정적 에너지와 영적 에너지를 체현한다는 믿음이 있다. 이 에너지가 낭비되지 않고 알라에게 기도를 드리는 데 쓰이도록 하기 위해 무슬림들은 약 40일 동안 집 안에 머물고, 이 관행을 맹세처럼 엄격하게 지킨다. 샤지야도 이 관행을 지켰다. 야신 부아는 습관대로 몇 번 그 집에 왔지만, 자기가 온 것을 알리지도 못하고 그냥 돌아갔다. 그때마다 샤지야는 자고 있거나 쉬

---

◆　인도 카르나타카주의 전통 자수로, 매우 정교한 기법으로 유명하다.
◆◆　이슬람교의 기도용 묵주.

고 있거나 기도를 드리고 있거나, 아니면 뭔가 중요한 일을 하고 있었다. 이것이 야신 부아가 전해 들은 말이었다. 그녀는 그저 눈물을 흘릴 뿐이었다. 한편으로는 수의를 빨리 보고 싶어서 애를 태웠고, 또 한편으로는 하즈에서 돌아온 샤지야 옆에서 자신의 거친 손으로 샤지야의 손을 꽉 잡고 싶은 마음이 간절했다. 샤지야가 어쩌면 자기한테 줄 선물을 가져왔을지도 모른다고 기대하면서 그녀는 기다리고 또 기다렸다.

마침내 샤지야가 나타나 야신 부아가 오랫동안 고통스럽게 기다리고 있는 것을 목격했다. 샤지야는 막 목욕을 한 뒤여서 머리카락이 젖어 있었다. 그녀가 화려한 하늘색 추리다르*를 입고 거기에 어울리는 두파타**를 머리에 늘어뜨리고 나왔을 때, 야신 부아는 너무 기뻐서 가슴이 터질 것 같았다. 샤지야에게 달려가 그녀의 손을 제 눈에 대고 눌렀을 때 부아는 끝 모를 기쁨을 느꼈다. 하즈에서 돌아온 사람의 손을 만지는 것은 자기도 영적으로 순수해진 듯한 기분을 느끼게 해 주었다. 그녀의 팔에 소름이 돋았다. 샤지야는 잡힌 손을 빼내고 말했다. "어떻게 지냈어, 부아?" 그녀는 얼른 자기 방으로 들어가서 자나마즈와 수브하를 가지고 나와서 부아에게 건넸다. "자, 이거 받아. 자네를 위해 산 거야."

하지만 야신 부아가 정작 보고 싶은 것은 거기에 없었

---

* 몸에 꼭 맞게 재단된 인도 전통 바지. 밑으로 갈수록 좁아지며, 발목 부근에 주름이 생기는 것이 특징이다.
** 남아시아 여성들이 걸치는 긴 숄 모양의 스카프.

라. 지금은 잠잠 샘물에 담근 수의에 싸여 알라에게 가고 싶은 소망이 이루어져야 할 순간이었다. 그녀는 손을 내밀어 선물을 받는 대신, 믿을 수 없다는 눈으로 샤지야를 쳐다볼 뿐이었다. 실망 때문에 잠시 눈앞이 캄캄해졌다. 그녀는 모든 용기를 끌어내어 샤지야에게 단호한 어조로 분명하게 말했다.

"이런 선물은 필요 없어요. 제 수의를 주세요."

이런 반응은 전혀 예상치 못했기 때문에 샤지야는 몹시 화가 났다. 그녀는 굳이 분노를 감추려고도 하지 않고 낮은 목소리로 부아를 꾸짖었다.

"자나마즈를 싫다고 하다니! 세상에 그러는 사람이 어디 있나?"

하지만 부아는 꿈쩍도 하지 않고 제 입장을 고수했다.

"저는 마님의 시어머님이 하즈에서 돌아오신 뒤에 저에게 주신 자나마즈를 여태 간직하고 있어요. 저는 시간이 나면 그 깔개 위에서 기도를 드려요. 저렇게 아름다운 새 자나마즈를 제가 어디에 보관하겠어요? 제가 앞으로 얼마나 더 오래 살겠어요? 앞으로 기도를 몇 번이나 더 드리겠어요? 세상은 저한테 저리 가라고 말해요. 숲은 이리 와서 쉬라고 저를 부르고 있어요. 제가 원하는 건 수의뿐이에요."

샤지야는 야신 부아의 이런 모습을 이제껏 본 적이 없었다. 걸을 때도 공손히 허리를 숙이고 걷는 부아는 샤지야의 아름다움을 질투하는 사악한 눈길을 물리치기 위해 손가락 관절을 꺾어서 뚝뚝 소리를 내면서 1분 걸러 한 번씩 샤지야를 하늘 끝까지 찬양하고 언제나 그녀의 행복을 빌어

주었다. '알라의 은총으로 장수와 부귀를 누리시기를. 마님의 가족 모두 유복하게 잘살고, 마님의 결혼 생활이 평안하기를. 알라가 마님께 천국의 산호 집을 주시기를.' 이런 식으로 그녀에게 언제나 축복의 말을 쏟아 내고 그녀를 위해 기도하던 부아는 어디로 갔지? 이렇게 꼿꼿이 서 있는 이 여자는 도대체 누구란 말인가?

샤지야의 분노는 거품을 내며 부글부글 끓어서 넘쳐흘렀다. 그녀는 자기가 최근에 하즈에서 돌아왔을 뿐이라는 것을 잊어버렸다.

"병으로 쓰러져 죽은 뒤에 어떤 수의를 입든, 그게 뭐가 중요해? 누군가가 자네를 수의로 감싸 주겠지. 아무것도 아닌 일로 이게 웬 소란이야? 대체 어떻게 된 거야, 부아? 미치기라도 했나? 자네가 나한테 준 돈이 얼마였지? 그 돈의 열 배를 자네 얼굴에 던져 줄 테니, 잠깐만 기다려. 그리고 앞으로 다시는 나한테 얼굴을 보이지 마."

화가 난 그녀는 그렇게 소리를 지르고는 방으로 달려갔다. 그녀가 500루피짜리 지폐 두 장을 들고 나왔을 때 야신 부아의 모습은 어디에서도 찾아볼 수 없었다. 그녀의 성질을 생각하면, 야신 부아를 그렇게 쉽게 보내 줄 리 없었다. 그녀는 서둘러 부엌으로 들어가서 뒷문을 통해 뒷마당으로 갔다. 뒷마당에서 가까운 도랑을 살펴보았지만, 어디를 보아도 야신 부아는 눈에 띄지 않았다. "지옥에나 가라지." 하고 속으로 내뱉으면서 그녀는 지폐를 탁자 위에 내던지고 소파에 드러누웠다. 샤지야가 원했던 것처럼 야신 부아는 두 번 다시 샤지야의 시야에 들어오지 않았다. 귀찮은 여자를 잘 떨쳐 버렸다고 생각하면서 그녀는 마음을 풀고 평온감과 만족감에 빠져들었다. 하지만 부아가 어떻게 나한테 그럴 수 있지? 이런 의문이 이따금 그녀의 마음에 떠올라 기억 속에 숨어 있던 분노를 다시 들추어 냈다. 하지만 이제는 부아가 얼굴도 보이지 않는데 그녀가 뭘 할 수 있겠는가? 가게 내버려둔다고? 아마 부아는 라마단이나 바크리드 때 와서 용서를 빌 거야. 샤지야는 부아가 라마단 기간에 허리를 잔뜩 구부려 한 주먹 안에 들어갈 수 있을 만큼 작아진 모습으로 집에 오기를 바랐다. 하지만 부아의 자존심을 과소평가해서는 안 된다. 부아는 마치 결혼 선물을 기다리는 신부처럼 제 수의를 한 번이라도 직접 보고 만져 보기를 간절히 바랐다. 보석으로 치장하고 호화로운 옷을 차려입은 샤지야가 그녀를 비천한 매춘부처럼 취급한 것은 부아의 마음에 지울 수 없는 상처를 남겼다.

가장 황당무계한 상상 속에서도 샤지야는 부아가 죽은 뒤 원혼이 되어 자기를 따라다니며 괴롭힐 거라고는 생각지 않았다. 그녀는 갑작스러운 고뇌의 무게에 짓눌려 무너졌다. 나는 뭘 해야 할까? 뭘 하지 말아야 할까? 부아가 10만 루피짜리 수의를 요구한다 해도 샤지야는 기꺼이 그것을 부아에게 내줄 준비가 되어 있었다. 하지만 메카에서 신성한 잠잠 샘물에 담근 수의라니! 아, 알라여, 그건 도대체 어떻게 해야 한단 말인가? 샤지야는 제 잘못을 어떻게 바로잡아야 할지 고민했다. 어떡하지? 어떡하지? 그녀는 불안한 얼굴로 휴대폰을 들고 서둘러 위층으로 올라갔다. 빈방 구석에서 피난처를 찾기 위해서였다. 체온이 올라가고 있는 건지, 아니면 몸을 떨고 있는 건지, 왜 자신이 땀을 흘리고 있는지 그녀는 알지 못했다. 얼마나 불운한 일인가. 그 가엾은 여자가 심판의 날 알라에게 공정한 심판을 간청한다면 나는 내 선행을 모두 쏟아붓더라도 여전히 잘못이 더 클 거라고 샤지야는 걱정했다. 자기가 부아보다 더 불쌍하고 더 불운하다는 것이 그녀에게는 더욱 분명해졌다.

그 수의는 죽은 여자의 마지막 소원이었다. 그렇지 않다면 왜 그녀의 아들이 그 수의를 찾으러 왔겠는가? 왜 그가 죽은 어머니를 위해 그 수의를 달라고 간청하겠는가? 그는 부드럽게 말했지만, 제 어머니의 마지막 소원을 이루어드리기로 작정한 게 분명했다. 어떻게 하면 이 난관에서 벗어날 수 있을까? 전율이 그녀의 등줄기를 타고 내려갔다. 그가 다른 수의를 쓰는 데 동의하지 않으면 야신 부아는 그날 매장되지 못할 것이다. 교단에서는 부아의 남편과 아들을 모스크로 불러서 물을 것이다. 두 손을 모으고 고개를 숙이고 서 있을 그들을 생각하자 샤지야는 겁이 났다. 아들 파르만도 용서해 주지 않을 게 분명했다. 그는 어머니를 사랑하는 만큼 어머니를 비난할 수도 있었다. 그녀의 생각은 솔개처럼 날아다녔고 빙글빙글 맴돌기도 했다. 그녀는 앉아서 울었다. 나중에는 슬픔으로 심장이 터질 것 같았다. 그녀의 울음소리는 숨이 막혀서 꺽꺽거리는 소리가 되어 새어 나왔다. 그렇게 울고 난 뒤에는 마음이 좀 가벼워졌나? 아니었다. 강렬한 슬픔은 그녀의 목 안에 달라붙었다. 그녀는 원수에게도 그런 고통을 주라고 신에게 기도하지는 않았다. 그녀는 숨을 쉬려고 버둥거리기 시작했다.

그녀가 혼자 앉아 울면서 한두 시간을 보낸 뒤, 한 줄기 희망이 솟아났다. 그녀는 아래층에서 남편의 목소리가 나는 것을 들을 수 있었다. 그는 큰 소리로 그녀를 부르고 있었다.

"여보, 샤지야, 내 옷 어디 있지? 내 펜은 어디 있어? 아침 식사는 준비됐나?"

그녀는 남편의 목소리를 들었지만, 그녀의 목에서는 소리가 나오지 않았다. 하지만 며느리 사바가 당장 그에게 대답했다. 사바는 자기 방에서 나오면서 말했다.

"아버님, 어머님은 집에 안 계세요. 아침 일찍 누군가가 죽었다는 소식이 왔어요. 어머님은 거기 가신 게 분명해요."

"뭐라고? 누가 죽었대? 넌 그 얘기를 누구한테 들었니?" 그가 물었다.

"파르만이 말해 줬어요. 그러고는 아침도 먹지 않고, 차도 마시지 않고 나갔어요. 어머님도 아마 파르만과 함께 가셨을 거예요." 사바는 짐작한 대로 말했다.

샤지야는 깊은 안도의 한숨을 내쉬었다. 사바가 아무리 독한 여자라 해도—사바는 며느리였기 때문에 그 역할에 딸린 교활함도 갖추고 있었다—샤지야는 그때부터 사바에게 조금이나마 너그럽고 상냥한 마음을 갖게 되었다. 사바는 수반을 위해 도자기 그릇에 담긴 차파티 빵과 팔리아*를 식탁에 차려 놓고, 요리사가 만든 음식을 그에게 내주고 있었다. 잠시 후 샤지야는 수반의 자동차가 문으로 나가서 담장

---

* 인도 남부 요리로 채소를 기름에 볶아 겨자씨, 향신료, 코코넛 등으로 양념한 반찬.

너머로 사라지는 소리를 들었다. 더 이상 울어 봤자 아무 소용도 없었다. 이제 그녀는 어떻게든 문제를 해결하기 위해 뭐든 해 봐야 한다고 생각했다.

샤지야는 다른 사람이 죽었을 때 이렇게 많은 눈물을 흘린 적이 없었다. 아버지가 돌아가셨을 때도 이렇게 많이 울지는 않았다. 게다가 다른 사람이 죽었을 때는 주위에 많은 사람이 있어서 그녀에게 물을 마시게 하고, 장미수에 적신 솜으로 눈물을 닦아 주고, 그녀의 등을 어루만져 주고, 그녀를 품에 안고 위로해 주었다. 친척과 친구들은 그녀를 도우려고 경쟁을 벌였다. 그런 사람들에게 둘러싸여 있을 때는 슬픔을 쉽게 달랠 수 있었다. 하지만 이제 고아처럼 혼자서 집구석에 숨어야 하다니—이것은 그녀가 자초한 상황이었다. 나는 빨리 여기서 빠져나가야 돼. 이렇게 결정을 내리자 그녀는 당장 친척과 친구들에게 전화를 걸기 시작했다.

"나는 잠잠 샘물에 담갔던 수의를 찾고 있어."

"우리 집에는 수의가 없어. 어머니가 메카에 갔을 때 수의를 한 벌 가져오셨지만, 달라는 사람이 있어서 줘 버렸고, 그걸로 끝났지." 이렇게 되면 또 다른 사람에게 수의를 찾을 수밖에 없었다. 또 다른 사람은 이런 반응을 보였다. "뭐? 수의가 필요하다고?" 웃음소리. "우리는 집에 수의를 보관하지 않아. 우리는 누구한테도 수의를 사다 주겠다고 약속하지 않아. 그건 너무 성가신 일이거든." 또 다른 사람은 이렇게 대답했다. "거기서 가져온 수의가 왜 필요해? 여기서 산 수의면 어때? 우리가 내세에 복을 받는 건 이승에서 우리가 한 행위에 달려 있을 뿐이잖아. 안 그래?"

모든 사람으로부터 부정적인 대답을 들은 뒤, 샤지야는 내키지는 않았지만 불편한 기분을 꾹 참고 사바의 어머니에게 전화를 걸었다. 형식적인 안부 인사가 끝난 뒤, 그녀는 체면과 자존심을 옆에 내려놓고 용건을 말했다.

"혹시 메카에서 가져온 수의를 지금 갖고 계신가요?"

사바의 어머니는 샤지야를 별로 좋아하지 않았다. 사바의 정기적인 보고에 따르면, 샤지야는 투덜투덜 불평만 늘어놓는 악마이고, 며느리를 언제나 매서운 눈으로 노려보는 잔인한 시어머니이고, 며느리에게 너무 많은 고통을 주는 마녀이고, 며느리의 평화를 방해하는 이무기였다. 그럼에도 불구하고 사바의 어머니는 어떤 희생을 치르더라도 기꺼이 수의를 마련해 주었을 것이다—그 수의를 샤지야 자신이 입는다는 조건이라면. 그래서 사바의 어머니는 물었다.

"사부인께서 필요하신 건가요?" '사부인'이라는 말을 강조한 이유를 샤지야가 이해할 수 있도록 잠시 뜸을 들인 다음, 사바의 어머니는 말을 이었다. "하지만 그게 왜 필요하신 거예요?"

그녀가 빈정거리고 있는 것은 분명했고, 샤지야는 말없이 전화를 끊었다. 수의를 찾는 이 여정은 그녀의 친정에서 시작하여 차츰 확대되었고, 결국에는 그녀의 모든 친척과 친구들에게 퍼져 나갔다. 그녀는 자기가 이렇게 무력해질 수 있으리라고는 상상한 적도 없었다. 눈물이 다시 홍수처럼 쏟아졌다.

울어 봤자 아무 소용도 없다는 것을 깨닫고 샤지야는

방에서 나가 음식을 좀 먹고 약도 먹기로 했다. 하지만 음식과 약을 먹어도 나아진 건 전혀 없었다. 좌절감에 사로잡힌 그녀는, 현지에서 수의를 구해서 집에 보관해 둔 잠잠 샘물에 담갔다가 보내면 어떨까 하고 생각했다. 하지만 그것은 메카에서 온 수의가 아닐 것이다. 자신이 빠져 있는 구렁텅이에 넌더리가 난 그녀는 무력하게 자신을 저주했다. "샤지야, 너의 삶이 저주받기를." 고통, 고뇌, 체면 상실, 무력감, 그 순간의 괴로움은 말로 설명할 수가 없었다.

파르만은 오후 3시쯤 집에 왔다. 그는 식탁으로 걸어오면서 아내 사바에게 물었다.

"어머니는 어디 계셔?"

사바는 시어머니의 기분이 몹시 나쁜 것 같다고 짐작했기 때문에 아무 말도 하지 않고, 샤지야의 방 쪽을 눈짓으로 가리켰다. 파르만은 어머니의 방으로 달려갔다. 샤지야는 아무 말도 하지 않았지만, 파르만은 어머니의 얼굴을 보고 모든 상황을 알아차렸다. 그는 어머니 옆에 앉아서 손을 잡으며 "어머니" 하고 불렀다. 샤지야는 기대어 울 수 있는 어깨를 찾았다. 파르만이 어머니를 위로하려고 아무리 애를 써도 샤지야는 꺽꺽거리며 계속 울었다. 내 시어머니가 하녀의 죽음을 이렇게까지 슬퍼할 만큼 다정다감한 분이었나? 사바는 속으로 놀랐다. 파르만은 문 옆에 서 있는 아내를 보고 저리 가라고 손짓을 했다.

사실 파르만은 아침에 어머니 때문에 화가 났다. "어머니는 그런 부탁을 들어주지 말았어야 해. 하지만 일단 부탁을 들어준 이상은 약속을 지켰어야지. 수의 한 벌 가져오는 게 뭐가 그렇게 대단해? 그것도 그 불쌍한 여자를 위한 수의인데……." 그는 기분이 몹시 나빴다. "어머니는 사바와 내가 작년에 '움라'*를 갔을 때 수의를 가져오라고 말할 수도 있었잖아? 어머니가 말했다면 나는 가져왔을 거야." 수의를 가져오는 게 왜 그렇게 큰 문제가 되었는지 의아해하면서 하마터면 어머니를 탓할 뻔했지만, 그는 목구멍까지 올라온 말을 꿀꺽 삼키고 간신히 마음을 가라앉혔다. 어머니가 얼마나 괴로워했는지 알게 되자 그는 어머니가 딱하게 느껴졌다.

"어머니, 신경 쓰지 마세요. 때로는 이런 일도 일어나는 법이죠. 건망증 때문이든 아니면 그냥 운이 나빴기 때문이든, 이런 일들은 결국 일어나게 마련이에요. 마음에 새겨 두지 마세요. 그리고 어머니, 제가 오늘 아침에 알타프와 함께 그 집에 가서 부아의 매장식을 모두 끝내고 방금 돌아왔어요. 제가 수의를 한 벌 샀어요. 향초와 향료도 사고, 의식에 필요한 다른 것들도 모두 샀어요. 그런 다음 묘지에서 알타프가 고른 자리에 무덤을 파게 하고, 염습도 준비했어요. 저는 점심을 먹고 나서 어머니를 모시고 갈 생각이었어요. 그러지 않으면 어머니 마음이 편치 않을 테니까요. 이리 와서 저랑 함께 점심을 드세요. 점심을 먹고 나면, 야신 부아를 마지막으로 보러 갑시다."

샤지야는 또다시 슬픔이 복받쳐 올랐다. 파르만은 어머니 앞으로 음식 그릇을 밀어 주었다. 샤지야의 뱃속으로 밥

---

* 메카 성지순례. 정해진 기간에 행해지는 '하즈'와 달리 '움라'는 연중 아무 때나 비정기적으로 행해진다.

이 조금 들어간 뒤, 파르만은 사바에게 말했다. "당신은 갈 필요 없어. 어머니만 가시면 충분해." 그는 어머니를 야신 부아의 집으로 모시고 갔다. 그는 그곳에서 일어날 일들을 상상해 보았다. 어머니는 야신 부아의 얼굴을 보면 다시 울음을 터뜨릴 것이다. 어머니는 이미 야신 부아의 자식들 못지않게 많은 눈물을 흘렸을 것이다. 하지만 그래도 어머니는 여전히 자신을 용서하지 못할 것이다. 파르만은 어머니가 계속 슬퍼하리라는 것을 알아차렸다.

그들이 야신 부아의 집에 도착했을 때, 그가 예상한 것과 똑같은 일들이 일어났다. 샤지야의 슬픔은 끝이 없었고, 눈물은 마를 줄 몰랐다. 그녀의 얼굴과 붉게 충혈된 눈, 부어오른 입술을 본 사람들은 모두 깜짝 놀랐다. 이름난 부잣집 마나님이 일개 하녀의 죽음을 그렇게 슬퍼하는 것은 이제껏 본 적이 없다고 생각하면서 그녀를 동정했다. 부잣집 마나님과 하녀가 어떤 관계를 맺고 있었는지는 아무도 모른다고, 오직 신만이 아신다고 생각하면서, 그 부담을 신에게 떠넘겼다. 진실은 샤지야만이 알고 있었다. 거기서 벌어지고 있는 것은 야신 부아를 위한 마지막 의식이 아니라, 샤지야 자신을 위한 마지막 의식이었다.

# 아랍어 교사와 고비 만추리

　어떤 것들은 아무리 단순해 보여도 실제로는 그렇지 않거나 적어도 항상 그렇지는 않다. 사람들은 자기가 책임을 져야 할지도 모른다는 두려움을 느끼면 기이하고 불합리하게 행동한다. 내게는 그런 것에 대해 생각할 만한 이유가 있다. 다만 내 변덕스럽고도 일관성 없는 행동을 더 이상 정당화할 수 없다는 깨달음은 비교적 최근에야 찾아왔다. 그 사건이 있은 지로부터 여러 해가 흐른 뒤에야 비로소 느끼게 된 것이다. 물론 이런 자각은 시간이 흐르며 점점 더 분명해졌을 터이지만, 그래도 그 사건의 다양한 측면들은 이따금 아무런 예고도 없이 쿵 소리와 함께 내 기억의 깊은 심연에서 뛰어오른다.

　그 무렵 나는 변호사 생활의 중압감 속에서 두 딸의 양육과 교육은 물론 행동을 감시하고 종교 축제와 그 밖의 일들을 관리해야 하는 책임까지 맡고 있었다. 다른 무엇보다도 아이들은 적절한 종교 교육을 받아야 했다. 예상할 수 있는 일이지만, 아이들 아버지는 시간이 많았는데도 시댁 식구들은 아이들을 제대로 키우는 것은 엄마 책임이라고, 즉 내가 혼자 감당해야 할 의무라고 말하면서 남편한테 그 책임을 면제해 주는 '파트와'*를 내렸다. 이 결정은 당시 사회와 어울린다고 말할 수 있을 것이다. '사리는 실을 닮고 딸은 어머니를 닮는다'는 말을 들어도 나는 전혀 놀라지 않았다. 차이가 있다면 남편의 친척들은 이런 책임을 모두 내게만 떠넘긴 반면, 내 친정 식구들은 적어도 내가 그 책임을 도맡아 처리하는 것을 도와주려고 애썼다는 것뿐이다.

이처럼 나를 도와주겠다는 마음을 가지고 내 남동생 이마드는, 내가 이 일을 맡은 지 일주일 뒤에 나에게 전화를 해서 이렇게 말했다.

"누나, 조카들한테 아랍어를 가르칠 교사를 찾았어. 누나가 언제 집에 있는지 말해 주면 그 시간에 맞춰서 그 사람을 데려갈게."

"어떻게 그 사람을 벌써 아랍어 교사로 정한 거냐? 우리가 우선 면접을 봐야 하잖아?"

"면접을 본다고? 그 사람한테 정부 일자리를 주고 월급으로 수천 루피라도 줄 것처럼 말하네!" 동생은 퉁명스럽게 대답했다. 자기 딴에는 나를 도와주려고 애썼는데, 내가 야속하게도 그걸 몰라줘서 화가 난 것 같았다.

---

* 이슬람 학자가 쿠란과 샤리아(이슬람법)에 근거해 내리는 종교적 의견이나 판결. 법적인 판결이 아닌 종교적인 의견이지만, 몇몇 나라에서는 법 이상의 권위를 갖고 있다.

"그런 게 아니야. 내 말을 오해했구나. 나는 집에 없을 거고 아이들만 여기 있을 거야. 내가 괜찮냐고 물어본 건 그 때문이야. 그것뿐이야. 그런데 그 교사는 결혼한 사람이니?"

동생은 더 화를 냈다.

"그건 나도 몰라. 물어보지 않았으니까. 알고 싶으면 누나가 직접 물어보고, 아니면 그냥 넘어가. 누나 딸들이 공부를 하든 말든 내가 무슨 상관이야? 내가 아랍어 교사를 찾으러 간 건 사실 어머니 때문이었어. 어머니는 내가 집에 편안히 앉아 있는 꼴을 못 보고, 계속해서 아랍어 교사를 찾아보라고 들볶았거든." 동생은 시비를 걸 준비를 하고 말했다. 바로 다음 순간, 동생은 내 남편의 무관심을 탓하면서 덧붙여 말했다. "누나가 사랑하는 매형에게 이렇게 말해. 내 동생은 당신을 대신해서 신의 전령을 찾아 나한테 데려올 수 있다고."

"말꼬리를 잡아서 시비 걸려고 하지 마. 세상에는 훌륭한 신사들이 있어. 자기네 아이가 아랍어를 배우고 좋은 종교 교육을 받을 수 있도록 많은 사람이 마드라사*에 많은 돈을 쓰고 있지. 너는 어떤 부류의 샤쿠니** 같은 삼촌이냐? 우리 딸들은 네 조카이기도 하잖아? 걔들을 교육시키는 건 네 책임이기도 하잖아?" 나는 감정적으로 남동생을 조금 을러 댔다.

---

* 이슬람 신학과 율법 등을 아랍어로 가르치는 종교 교육기관.
** 인도의 서사시 『마하바라타』에 등장하는 악역 인물. 판다바 형제들의 적대자인 카우라바 형제들의 외삼촌이다.

그러자 그는 당장 항변했다.

"여기서는 쿠란을 배우는 게 중요한 이야기니까, 괜히 옛날이야기를 끌어들여서 내 주의를 딴 데로 돌리려고 하지 마. 그랬다가는 다른 누군가가 대화에 끼어들어 완전히 다른 이야기가 되어 버릴 테니까." 그는 곤경에서 벗어나려고 애쓰면서 외쳤다.

"그런 일은 너처럼 미친 사람이 혼란에 빠질 때나 일어나는 법이지. 우리 딸들은 둘 다 아랍어를 전혀 배운 적이 없는 초짜가 아니야. 걔들은 벌써 쿠란을 세 번이나 읽었어. 이제는 쿠란 구절을 제대로 낭송하기 위해 '키라앗'◆를 배워야 해. 그런 다음에는 언어를 배우는 것처럼 쿠란의 문법과 단어 뜻을 배워야겠지. 나는 그 모든 것을 제대로 가르칠 수 있는 사람을 원한다고. 알아듣겠니? 오후 5시에 그 교사를 데려와." 나는 말하고 대화를 끝냈다.

이마드의 말은 온종일 내 신경을 들쑤셨다. 오후에 막 퇴근하려는데 고우리가 전화를 걸어왔다.

"지금 당장 고등법원으로 와 주세요."

"왜? 무슨 일인데?"

"그 무니스와미 사건 때문이에요."

"오늘 아침에 비베크가 그 사건 심리는 연기되었다고 했는데."

"아이고, 비베크가 어떤 사람인지 아시잖아요. 판사들

◆ 쿠란의 다양한 낭송법을 말하는데, 선지자 무함마드에게 계시된 대로 쿠란을 낭송하기 위해 사용된다.

이 비베크의 눈앞에서 우리 사건을 재판에 부쳐도 비베크는 딴 세상을 떠돌고 있을 거예요." 그녀는 못마땅한 투로 대답했지만 냉정을 잃지는 않았다.

"일주일 뒤로 연기해. 두고 보자고."

"더 이상 시간을 끌기는 어려울지도 몰라요. 제가 변론해도 될까요?"

하지만 나는 끝내 평정을 잃고 말았다.

"아니, 안 돼. 내가 갈게. 법률의 여러 쟁점을 상세히 논해야 하니까." 나는 대답하고 법원으로 달려갔다.

도중에 남편에게 전화해서 이마드의 말을 전하고, 그 아랍어 교사를 고용해도 될지 어떨지 검토해 달라고 부탁했다. 그러자 남편은 냉정하게 대답했다.

"아이들은 둘 다 15분 전에 여기 왔어. 지금 우리는 차를 마시고 있는데, 그 문제에 대해서는 나도 잘 모르겠어. 내가 결국 그 사람을 고용하게 된다 해도 당신한테 싫은 소리는 듣고 싶지 않아. 그러니 당신이 와서 결정해."

나는 사실 이번 사건에 대해, 그와 비슷한 대법원 판례를 조사하여 내 변론을 이미 준비해 둔 상태였다. 더구나 법원에서도 심리할 시간이 없다는 이유로 계속 연기해 온 사건인데, 그게 갑자기 심리에 부쳐진 것이다. 처음엔 나도 짜증이 났지만, 판사 앞에서 변론을 시작한 순간 나는 다른 것을 모두 잊어버렸다. 내가 일을 끝내고 집에 돌아왔을 때는 벌써 저녁 6시가 되어 있었다.

저녁기도를 드릴 시간이었고, 아랍어 교사는 초조해하고 있었다. 그는 내 검은 가운을 보고 좀 당황한 듯했다. 아직 젊은 사람이었다. 그는 우타르프라데시주 출신이었고, 그곳의 마드라사에서 쿠란을 배우고 젊은 나이에 '하피즈'♦ 자격을 얻었다. 나라면 딸들을 가르칠 가정교사로 좀 더 나이가 많은 이 고장 사람을 택했을 것이다. 내가 가운을 벗고 거실에 들어갔을 때쯤 큰딸 아시야와 작은딸 아미나는 제 아버지의 양쪽에 앉아 있었다. 아시야는 당시 열네 살, 아미나는 열두 살이었다. 교사는 가시방석에라도 앉아 있는 것처럼 여전히 안절부절못하고 있었다.

내가 한마디 하기도 전에 이마드가 마치 모든 게 이미 결정난 것처럼 물었다.

"그러면 언제부터 가르치러 올 건가?"

교사는 내일부터 당장 시작하기로 동의했다. 그는 아이들이 학교에 가 있지 않을 때, 즉 아침 6시부터 8시까지와 오후 5시 이후에는 시간을 쪼개서 여러 곳을 돌아다니며 가르쳐야 하기 때문에 정확히 몇 시에 올 수 있을지는 말하기 어렵다고 했다. 나는 오후 5시와 6시 사이에 오는 게 가장 좋겠다고 말했다. 이마드도 내 제안을 지지했다. 교사는 긴장한 것 같았다.

"그 시간에는 과일 장수인 가파르 씨의 아이들을 가르치러 갑니다. 용서해 주세요, 누구에 대해서도 나쁘게 말하고 싶지는 않지만, 그 집 아이들은 무언가를 배우는 데 전혀 관심이 없어요. 제가 그 집에 가는 것을 그만두고, 대신 댁의 아이들을 가르치러 오는 이유는 바로 그겁니다."

---

♦ 쿠란 전체를 암송할 수 있는 사람에게 주어지는 존칭.

그는 우타르프라데시 지역에서 쓰는 고상한 우르두어로 이마드와 내 남편에게 말했다. 내 쪽은 한 번도 쳐다보지 않았다. 어쩌다 실수로라도 쳐다볼 만한데, 내 쪽으로는 눈길조차 돌리지 않았다. 그와 같은 교사들은 여자와 눈을 마주치지 말라고, 여자한테 직접 말을 걸지 말라고 배운다. 그것이 남자들이 지키는 관습이다. 그래서 그는 말하는 동안 벽을 응시하거나 마룻바닥을 내려다보거나 때로는 천장을 쳐다보거나 그곳에 있는 다른 두 남자를 바라보았다. 결국 그는 매일 오후 5시에 우리 집에 와서 아이들에게 아랍어를 가르치고 그 대가로 한 달에 500루피를 받기로 했다.

아이들은 수업을 시작했다. 나는 우리 집 요리사에게 아랍어 교사가 도착하면 차 한 잔과 약간의 간식이나 비스킷을 대접하라고 말해 두었다. 요리사는 그 일을 하고 나서 퇴근했다. 이따금 평일에 나는 아랍어 교사가 우리 딸들에게 점잖게 처신하고 있는지 궁금해서 불안해지곤 했다. 물론 나는 딸들을 보호해야 하는 어머니로서 지나치게 예민해져 있을 뿐이었다. 부적절한 일은 일어날 리가 없었다. 나는 아시야와 아미나의 분별을 믿었다. 그래도 남편한테 저녁에는 일찍 집에 와서 아이들 수업에 주의를 기울여 달라고 부탁했다. 하지만 남편은 연민과 경멸이 섞인 눈초리로 나를 바라볼 뿐이었다. 그 표정을 본 뒤에는 두 번 다시 남편에게 그 이야기를 꺼낼 용기가 나지 않았다.

나는 교사의 월급을 500루피로 결정했지만, 그 액수를 고집하지는 않았다. 나는 종교교육이 아이들의 장래에 얼마나 필요한지 잘 알고 있었다. 그래서 나는 교사가 우리 딸들의 수업에 더 많은 관심을 쏟게 하려고 가욋돈을 조금씩 얹어 주기 시작했다. 아마 이것은 직장에 다니는 엄마들이 택하기 쉬운 해결책일 것이다. 그들은 아이들에게 돈과 선물을 주어서, 아이들과 함께 시간을 보내지 못하는 죄책감을 조금이나마 덜어 보려고 애쓴다. 하지만 어쩔 수 없는 상황과 그에 뒤따르는 기묘한 관계와 골치 아픈 문제에서 죄책감을 피하는 것은 불가능하다. 직장에 다니는 엄마들을 구할 수 있는 것은 오직 신뿐이다!

이런 혼란과 불안에도 불구하고 나는 아랍어 교사가 수업을 잘하고 있다고 느꼈다. 그가 수업을 시작한 지 약 반년이 지났다. 어느 날 '파티마* 여성협회'는 선지자 무함마드의 생일을 축하하고 있었다. 내가 그 행사에 갔을 때, 작은딸 아미나가 그곳에 있다가 나를 보고는 가볍게 미소를 보냈다. 왜 딸들이 나한테 말도 하지 않고 그 행사에 왔을까, 의아하게 생각했을 때쯤, 두 딸이 무대에 올라가 선지자가 생전에 치른 투쟁에 대한 노래를 부르기 시작했다. 딸들의 발음은 또렷했고 태도는 당당했다. 여자들 몇 명이 나중에 나를 축하하러 왔다. 당연히 나는 기뻤다. 시누이조차 부러움이 섞인 말투로 딸들의 노래와 태도에 감탄했다. 진심으로 나는 딸들이 많이 성장했다고 느꼈다.

아버지 앞에서 다시 한번 그 노래를 부르는 딸들은 꼭 천사처럼 보였다.

"엄마, 우리는 엄마를 깜짝 놀라게 해 주고 싶었어요. 그

---

래서 선생님이랑 이 계획을 세운 거예요. 엄마가 참석할지는 우리도 마지막까지 몰랐어요." 아미나가 말했다.

그달 나는 교사의 월급에 500루피를 얹어 주었다. 하지만 나는 그가 나에게 더 큰 놀라움을 주리라고는 상상도 하지 못했다.

그 후 다시 석 달이 지났을 것이다. 그날도 나는 담당 사건의 변론을 할 예정이었지만, 몸이 좀 피곤하고 무거웠다. 나는 변론서를 작성하여, 법정에서 변론할 기회를 잡으려고 늘 대비 태세를 갖추고 있는 고우리에게 그 파일을 건넸다.

"이 변론서를 두세 번 읽어 보고, 법정에서 효과적으로 그걸 제시해. 끝나면 법정에 변론서를 제출해 줘." 나는 그녀에게 지시하고 사무실을 나왔다.

"아이들은 학교에서 돌아왔나?" 요리사가 문을 열자마자 나는 물었다. 그런 다음 내 방으로 들어가서 당장 깊은 잠에 빠졌다. 잠에서 깨어나 침대를 떠나려 할 때, 여러 사람이 한꺼번에 말하고 있는 듯한 소리가 부엌에서 들려왔다. 내가 아랍어 교사에 대해 갖고 있었던 모든 의심이 순식간에 거인처럼 커졌다. 나는 계단을 한 번에 두 단씩 내려가 서둘러 부엌으로 갔다. 부엌을 들여다보니 냄비 안에서 기름이 끓고 있었다. 꽃양배추 한 무더기가 큰 사발에 담겨 있고, 아시야와 아미나의 손에는 밀가루 반죽과 그 밖의 것들이 덕지덕지 묻어 있었다. 아랍어 교사는 구석에 있는 의자에 앉아 있었다. 그들은 나를 보고 고개를 숙였다. 교사의 얼굴은 백지장처럼 하얘져서 금방이라도 기절할 것처럼 보였다. 나는 거기서 무슨 일이 일어나고 있는지 이해할 수가 없었다. 내가 격분한 것을 보고 교사는 일어나서 바깥 도로로 달려 나갔다.

부엌은 전혀 다른 이야기를 하고 있었다. 아시야와 아미나는 엉엉 울면서, 중간중간 자신들이 하고 있던 일을 자세히 설명했다. 내가 이해한 바로는, 그 아랍어 교사는 '고비 만추리'*에 미쳐 있었다. 꽃양배추 간식에 대한 열정 때문에 그는 고비 만추리 한 접시를 사서 제 욕망을 채우려고 날마다 많은 돈을 쓰고 있었지만, 그것을 실컷 먹고 싶은 욕망은 여전히 채워지지 않은 채 남아 있었다. 그는 요리가 한없이 공급되는 곳은 우리 집 부엌뿐일 거라고 판단해서, 우리 딸들과 함께 계획을 세운 것이다. 그들은 요리사에게 물어서 고비 만추리의 레시피를 손에 넣었다. 요리사는 그런 정크푸드를 만들 줄 몰랐지만, 아이들 부탁을 거절할 수도 없었기 때문에 대충 지어낸 요리법을 아이들에게 알려 주었다. 내가 부엌에 들어간 것은 셋이서 자기네 계획을 한창 실행에 옮기고 있을 때였다.

나는 이야기를 듣고 나서 안도의 한숨을 내쉬었다. 천만다행으로 부적절한 일은 일어나지 않았다. 나 대신 친척들이 보았다면, 그것은 재난이었을 것이다. 그 사건은 날개가 돋아서, 소문을 퍼뜨리는 사람의 상상력이 얼마나 풍부

---

◆ '고비'는 꽃양배추를 뜻하고 '만추리'는 만주(중국 북동부)를 뜻하는데, '고비 만추리'는 바삭하게 튀긴 꽃양배추 송이에 새콤달콤한 만주식 소스를 얹은 요리를 말한다.

한지에 따라 이상한 형태를 띠고 사방팔방으로 퍼졌을 것이다. 다행히 우리는 그런 재난을 면했고, 나는 다시 한번 안도의 한숨을 내쉬었다. 결국 내 짐작이 옳았다. 그 교사는 우리 집 쪽은 두 번 다시 쳐다보지도 않을 터였다.

하지만 나는 그의 소식을 계속 듣게 되었다. 그는 내 의뢰인들의 집에서 신붓감을 찾았지만, 이상한 이유로 그의 청혼은 하나도 성사되지 않았다. 내 오랜 의뢰인인 압둘 수반은 종종 업무 시간이 끝난 뒤에 사건을 상담하러 왔는데, 그럴 때면 사적인 문제에 대해서도 이야기하곤 했다. 어느 날 저녁, 그가 문간에 서서 말했다.

"내 막내딸한테 혼담이 들어왔어요. 남자는 우리 아짐 모스크의 '몰비'*인데, 우리 주 출신이 아니라 북부의 어떤 주 출신이랍디다. 여기 출신이라면 설령 상대가 도둑놈이라도 시집보낼 수 있겠지만, 다른 주 출신은 믿을 수가 없어서⋯⋯."

"그건 그래요. 그래서 어떻게 됐어요?"

"그가 변호사님 이름을 대더군요. 그래서 나도 처음엔 그를 사위로 삼아서 셋집도 얻어 주고, 신혼살림에 필요한 것도 모두 사 주고, 우리 집과 가까운 곳에서 살게 해도 좋겠다고 생각했지요. 그런데 그가 아이를 한둘 낳은 뒤에 사라져 버리면 그놈을 어딜 가서 찾겠어요? 그러면 누가 우리 딸과 손주들을 돌봐 주죠? 그런 두통거리는 딱 질색이라서

---

* 인도에서 이슬람 율법에 정통한 학자나 교사. 모스크에 소속되어 강론을 맡기도 한다.

혼담을 거절했지요.”

나는 그가 옳은 일을 했다고 생각했다. 다시 두세 달이 지났다. 전에 우리 집에서 일하다가 건강이 나빠져서 그만 둔 요리사 살리마 잔이 어느 일요일 저녁에 나를 찾아왔다. 그녀는 내가 언제 바쁘고 언제 한가할지를 잘 알고 있었다. 그녀는 이런저런 일에 대해 잡담을 하기 시작했다.

“제 여동생 딸에게 청혼이 들어왔어요. 저는 마님께 물어보지 않고는 아무 일도 하지 않아요. 그래서 오늘 찾아온 거예요. 제 조카딸은 문학사 시험에 합격해서 지금은 ‘커먼트’ 학교 교사예요.” 살리마는 그 동네 다른 사람들처럼 수녀회 사립학교인 ‘컨벤트’와 공립학교인 ‘거버먼트’를 구분하지 않고 섞어 쓰고 있었다. “그 애는 제 여동생 부부의 외동딸이에요. 그런데 남자는 내세울 만한 가족도 없나 봐요. 제 여동생 부부는 딸이 결혼하면 사위도 함께 집에서 살려고 생각했답니다.”

무엇 때문인지 나는 이 얘기를 듣자마자 우리의 주인공이 여기서 제 역할을 맡아서 하고 있구나 하고 생각했다. 나는 호기심을 억누르고 아무렇지도 않게 물었다.

“그래, 그 남자가 누군데?”

“그 몰비 선생이에요. 전에 마님네 딸들을 가르치러 온 아랍어 교사, 바로 그 청년요.”

나는 여기서 무언가가 잘못된 게 아닐까 하는 의심이 들었다. 이 모든 일에 내 이름이 어떻게 끌려 들어가고 있는지를 생각하면 의심이 드는 게 당연했다.

“그래, 그 혼담은 성사됐어? 결혼식은 언제야?” 나는 물었다.

"그게 어떻게 성사될 수 있겠어요? 제 조카는 커먼트에 갈 때도 부르카를 입어요. 그 젊은이는 단 한 번도 그 애한테 만나자고 하지 않았대요. 우리가 결혼식 때 뭘 주고받을지도 묻지 않았고요. 그 젊은이는 제 조카가 집에서 나오기를 기다렸다가 길 한복판에서 앞을 가로막고는, '구베 만차리'를 만들 줄 아느냐고 물었대요. 그게 뭔지는 모르겠지만요. 아니 뭐, 그런 사람이 다 있을까?" 그녀는 자문하고 잠시 조용해졌다.

이어서 살리마는 내 남편이나 아이들이 있는지 보려고 눈과 귀로 거실을 훑어보았다. 주위에 아무도 없는 것처럼 보이자 그녀는 안심한 눈치였다. 그래도 나에게 좀 더 가까이 다가오더니, 아무도 그녀의 입술 움직임을 보지 못하도록 부르카 베일을 끌어 내려 얼굴을 가리고 말했다.

"그 젊은이는 사내처럼 행동하지도 않아요. 그 젊은이한테 결혼에 대해 말해 줄 손윗사람이 주위에 아무도 없나 봐요. 하지만 그래도 그는 교육을 받았고, 밤이고 낮이고 언제나 모스크에서 시간을 보내요. 입에 늘 신의 이름을 달고 다니죠. 사람들에게 조언도 해 주고 문제도 해결해 주나 봐요. 나중에 그가 아내를 떠나 고향으로 돌아간다 해도 우리 조카는 혼자 힘으로 살아갈 수 있어요. 우리는 여차하면 그 애가 어떻게든 자신을 돌볼 수 있을 거라고 생각했지만, 사실 그 젊은이는 결혼이나 우리 조카에 대해 전혀 관심이 없어요. 그가 원하는 건 피로연 때 구베 카레와 음식을 준비해 주는 것뿐이에요. 제가 마님을 찾아와서 그 젊은이에 대해 물어봐야겠다고 생각한 건 바로 그 때문이랍니다. 마님은 그렇게 별난 사람들을 많이 만나시니까요. 말씀해 주세요. 우리는 어떻게 하면 좋을까요?"

나는 그녀의 말이 무슨 뜻인지 알아차렸다. 그 젊은이는 혼례 때 자기가 좋아하는 고비 간식을 잔치 음식으로 준비해 달라고 부탁한 모양이다. 그리고 살리마는 그 젊은이의 엉뚱한 짓이 좀 걱정스러워진 것이다. 나도 약간 동정심을 느꼈다. 세상에 어느 누가 그를 고비 만추리에 대한 집착에서 벗어나게 할 수 있을까 생각하면서 대답했다.

"그 젊은이에 대해 많이 알지는 못하지만, 나쁜 사람은 아닌 것 같아. 한동안 우리 아이들한테 아랍어를 가르치러 왔었지. 괜찮다면 자네 조카딸과 결혼시켜도 돼. 물론 결정은 다른 사람들한테도 물어보고 나서 해." 그것은 애매모호한 대답이었고, 그녀는 나를 그렇게 쉽게 놓아주려 하지 않았다.

살리마는 나에게 좀 더 가까이 몸을 기울이고 속삭였다. "어떻게 하면 그가 남자구실을 제대로 하는지 알아낼 수 있을까요?" 나는 짜증이 나기 시작했다. 내 기분이 점점 불쾌해지고 있는 것을 그녀도 알아차린 모양이었다. "마님, 그런 게 아니에요. 저를 오해하진 마세요. 마님이 변호사이기 때문에 여쭤본 것뿐이니까요. 그가 미치광이라 해도 그걸 제가 어떻게 알겠어요? 겉보기엔 아랍어와 우르두어를 배운 유식한 사람이지만, 길 한복판에서 여자 앞을 가로막고 구베 카레를 만들 줄 아느냐고 물으면, 우리가 뭘 할 수 있겠어요? 그런 사람이 모스크에서 몰비로 일하는 걸 생각하면……." 그녀의 말에는 그가 한 일들에 대한 칭찬과 비난이 섞여 있었다.

그의 그런 행동은 정말로 광기라는 생각이 들기 시작했다. 그가 비리야니나 코르마˙ 같은 요리를 요구했다면 여자의 가족들은 기꺼이 받아들였을 것이다. 하지만 구베 만차리인지 뭔지 하는 요리, 이 해괴한 고비 만추리라는 요리는……. 나는 이마드에게 전화해서 그 아랍어 교사를 알아듣게 설득해 보라고 부탁하면 어떨까 생각했다. 하지만 그에게 이런 종류의 관심을 보이는 것조차 부적절한 일이라는 것을 깨달았다. 결코 끝나지 않는 내 책임 앞에서 아랍어 교사에 대한 생각은 참새처럼 날아갔고, 나는 다시 내 직업 세계에 몰두했다.

다시 반년이 지났다. 어느 화창한 날, 출근 준비를 하고 있을 때 이마드가 소식을 전하러 나를 찾아왔다. 그는 대추야자와 아몬드와 얼음 사탕이 가득 든 상자 두 개를 짊어지고 왔다. 그는 아시야와 아미나를 부르면서 말했다.

"너희 선생님 결혼식이 끝났어. 나는 모스크에서 곧장 이리 온 거야. 너희 선생님은 결혼식을 치르느라 정신없는 와중에도 너희를 기억하고 이 말린 과일을 보냈어."

이마드는 아이들에게 상자를 하나씩 건네주었다. 아이들은 선물을 받아들자마자 사라졌다. 나는 그들 셋이 그날 부엌에서 요리를 하고 있던 광경을 기억해 내고 속으로 웃

---

˙ 요구르트나 크림을 넣어 만드는 순하고 부드러운 카레 요리. 닭고기, 양고기, 채소 같은 주재료에 다양한 향신료를 넣어 풍부한 맛을 낸다.

었다. 아랍어 교사가 마침내 결혼했다는 소식을 들은 뒤 나는 마음이 좀 가벼워진 것을 느꼈다. 그가 평온하게 살기를 바라면서 나는 얼굴에 떠오른 작은 미소를 그대로 내버려두고 내 일을 계속했다.

하지만 악마가 집을 나갔다고 생각한 순간, 악마는 뒷문으로 다시 들어왔다. 그와 함께 아랍어 교사도 내 삶 속으로 돌아왔다. 세계는 정말 좁고 둥글다는 것을 증명이라도 하려는 듯, 아랍어 교사에 대한 소식이 계속 내 귀에 들려오기 시작했다. 그가 결혼하여 자리를 잡고 안정된 생활을 하게 된 것 같아서 기뻤지만, 그에게 딸을 시집보낸 사람이 누구인지는 여전히 궁금했다. 내가 아는 사람이라면 청첩장을 보냈거나, 적어도 내가 소식은 들었을 것이다.

내가 어떤 안도감을 느꼈든 간에, 그것은 오래가지 않았다. 내가 마음의 평화를 누리지 못할 거라는 사실을 더욱 확실히 하려는 듯, 어느 날 한 젊은이와 부르카를 입은 한 여자가 내 사무실로 들어왔다. 여자는 얼굴을 가린 베일을 옆으로 살짝 치웠다. 그녀의 콧등에는 찰과상이 있는 것 같았고 두 손에도 상처 자국이 있었다. 손에 차고 있던 유리 팔찌가 깨지며 살을 뚫고 들어간 상처였다. 이 상처들을 나에게 보여 주는 그녀의 눈에 눈물이 고였다.

젊은 남자는 흥분하여 말했다.

"변호사님, 얘는 제 여동생입니다. 결혼한 지 반년쯤 됐는데, 매제는 모스크에서 몰비로 일하고 있지요. 제 누이는 남편의 체면을 지켜 주려고 참고 또 참았지만, 아무리 참아도 그놈은 학대를 멈추지 않는 겁니다. 놈은 결혼한 날부터 지금까지 계속 동생을 때리고 있지요. 우리도 이젠 넌더리가 납니다. 우리는 이미 모스크에서 판차야트*를 세 번이나 열었어요. 무타왈리와 위원들은 놈을 알아듣게 설득하려고 무진 애를 썼답니다. 하지만 녀석은 도무지 경청할 자세가 되어 있지 않아요. 위원들도 결국은 포기하고 그를 몰비 자리에서 해고했지요. 그래도 놈은 계속해서 내 누이를 때리고 괴롭혔답니다. 제발 우리를 위해서 경찰서에 제출할 고소장을 써 주세요."

고비 만추리에 대한 아랍어 교사의 집착 때문에 이런 비극이 일어난 것은 정말 안타까운 노릇이었다. 나는 그 젊은이에게 세부적인 것은 묻지 않았지만, 그는 격분한 나머지 스스로 나에게 더 자세한 내용을 알려 주었다.

"그놈은 제 누이한테 어떤 요리를 만들라고 한답니다. 그게 무슨 요리인지 제 누이는 이해하지 못하지만, 그래도 애써 요리를 만들죠. 하지만 녀석은 맛있다고 생각지 않아요. 그러면 미친놈처럼 제 누이를 두들겨 패기 시작하죠. 우리는 이걸 더 이상 참을 수 없습니다. 제발 그놈을 감옥에 보내 주세요."

감옥에 가야 마땅한 범죄라는 것은 의심할 여지가 없었다. 하지만 형사소송이 제기되면 당장 그가 사라지리라는 것도 의심할 여지가 없었다. 그러면 이 젊은 여자는 그 후 어떻게 될까? 나는 이 혼란 속에서 어떻게든 그를 구하기 위해 애써야겠다고 마음먹었다. 하지만 그보다는 이 여자의

---

* 인도의 촌락공동체에서 5인(판차)의 장로로 구성된 협의체.

삶을 구하기 위해 애써야 하고, 가능하면 그녀의 결혼 생활까지도 구하려고 애써야 한다고 나는 생각했다. 나는 이쪽 전화로는 고비 만추리의 레시피를 찾았고, 저쪽 전화로는 남동생 이마드에게 전화를 걸었다.

# 오 주여, 한번 여자가 되어 보세요

오랜 세월 동안 나처럼 작디작은 생명체를 수없이 창조한 뒤, 우리의 선행을 위해 천국을 세우고 우리의 죄악을 위해 지옥을 세운 뒤, 가만히 앉아서 우리가 오기를 기다리고 있는 우리 주, 프라부*여, 당신은 지금 천국에서 정원의 달콤한 향기를 즐기고 있을 테지요. 아니면, 발갛게 빛나는 얼굴로 두 손을 모으고 서 있는 천사들에게 지시를 내리고 있겠지요. 나는 당신 영혼의 작디작은 한 조각에 불과할지 모르지만, 그런 나도 당신에게 요구할 권리가 있지 않나요? 왜냐하면……

이것은 내가 유난히 몸도 약하고 마음도 여리던 시절에 대한 이야기입니다. 하지만 사실 나는 그때 그렇게 많은 문제를 안고 있지 않았어요. 내 주위에는 언제나 네 벽이 있

---

* 산스크리트어와 많은 인도 언어에서 '주인' 또는 '왕자'를 의미하며, 때로는 신에 대한 호칭으로 쓰이기도 한다.

었고, 순수한 상상력의 놀라운 산물인 자유는 내가 창문을 열 때만 산들바람이라는 형태로 내 얼굴을 스쳤지요. 사람을 도취시키는 향기를 공중에 퍼뜨리는 재스민을 내가 어루만지는 때는 캄캄한 밤이었어요. 석양의 불꽃 같은 빛으로 가장자리를 장식한 하얀 솜털 같은 구름, 뒷마당에 외로이 서 있는 커리나무의 가지들 사이로 언뜻언뜻 보이는 하얀 구름, 열기 속에서 코끼리 떼처럼 보이는 으르렁대는 먹구름—나는 집 안 가운뎃방에서 창문을 통해 이런 광경을 보았답니다. 진주 같은 빗방울의 사나움을 본 것은 오직 내 마음속에서였지요. 내 발은 결코 앞마당을 밟은 적이 없이, 문지방 안에 있는 마룻바닥만 밟았죠. 내 사리 자락은 한 번도 얼굴에서 미끄러져 내린 적이 없었어요. 내 눈꺼풀은 수줍음으로 눈가까지 가득 차 있었지요. 웃음소리는 내 입술을 벗어난 적이 없었고, 내 눈은 꿀벌처럼 이리저리 헤매지 않았어요. 엄마가 나를 엄격하게 감시하지 않은 것은 그 때문이었죠. 이렇게 하지 마라, 저렇게 하지 마라, 이런 자세로 서 있지 마라, 그런 눈으로 보지 마라…… 엄마는 나에게 그런 말을 할 필요가 없었어요. 나는 이것저것 생각하는 버릇도 없었답니다.

　하지만 내게도 한 가지 사소한 문제가 있었어요. 이 모든 것—반짝이는 초록색 귀뚜라미, 어디에나 있는 이 색깔들, 빛나는 돌, 향기로운 진흙, 산들바람, 달콤한 냄새, 식물들과 나무들, 들판과 수풀, 파도치는 바다, 비, 빗속의 종이배—이것들은 내가 만질 수도 없고, 빠져들 수도 없고, 냄새를 맡을 수도 없고, 볼 수도 없고, 거기까지 내 얼굴을 들어

올릴 수도 없는 것들이에요. 당신은 그에게, 당신의 최고 창조물인 그에게 이 모든 것을 다 주었지요. 그렇지 않나요? 이것이 내가 아는 유일한 진리예요. 내가 별로 말썽을 부리지 않은 것은 바로 그 때문이에요. 그게 당신의 명령인 것 같으니까요. 가엾은 엄마! 엄마가 대체 뭘 할 수 있었겠어요?

그래서 나는 엄마한테 말대꾸한 적도 없고, 엄마의 말은 모두 귀담아들었어요. 엄마는 이렇게 말씀하셨죠. 너는 순종해야 해. 그는 너에게 신이야. 그가 시키는 것은 뭐든지 다 해야 해. 너는 그를 성심껏 섬겨야 해. 이런 말들은 내 마음에 아주 깊이 새겨졌지요.

아버지는 어떠냐고요? 그건 그냥 넘어가죠. 엄마를 떠나 멀리 가야 했을 때, 나는 심장을 떼어 내어 손바닥에 올려놓고 꽉 쥐어짜는 듯한 아픔을 느꼈어요. 엄마도 괴로워했죠. 그래도 엄마는 아무 말도 하지 않았어요. 엄마는 창자가 톱으로 마구 잘리는 듯한 고통을 느꼈지만, 그래도 엄마의 눈은 빛나고 있었어요. 눈가만 눈물에 살짝 젖어 있을 뿐이었죠. 아마 당신은 이해할 거예요. 사람들은 당신이 수많은 어머니의 사랑을 모두 합한 만큼의 사랑을 우리에게 베푼다고 하더군요. 한 어머니의 마음속에서 타오르는 사랑은 당신 안에 있는 수백 개의 다른 심장에 영향을 주었을 게 분명해요. 하지만 나는 당신을 어디에서도 보지 못했어요. 나는 너무 무서웠답니다. 엄마는 나를 품에 안고, 차가운 손으로 내 뜨거운 볼을 어루만졌지요. 하지만 그때 그가 나를 엄마 품에서 떼어 내어 어딘가로 데려갔답니다. 나는 금실과 은실로 수놓은 옷에 감싸인 소중한 보석이었죠.

나는 엄마가 흐느껴 울고 있다는 것을 알았어요. 우리가 아무리 멀리 가도 나는 여전히 엄마의 흐느낌 소리를 들을 수 있었어요. 여기에도 한 가지 사소한 문제가 있었죠. 그가 우리한테 와서 이곳에 뿌리내렸다면 무슨 일이 일어났을까? 당신이 그처럼 여유롭게 동물의 왕국을 창조하고, 금칠한 꽃 안에 있는 섬세한 수술들, 이 놀라운 연못과 호수들, 강과 시내들을 창조할 때, 내 마음속을 들여다보고 나의 두려움과 소망, 꿈과 실망을 볼 시간은 없었나요?

나에게 나만의 것은 아무것도 남지 않았어요. 나는 다른 사람의 앞마당에 뿌리내려야 했고, 그곳에 새싹을 키우고, 그곳에 꽃을 피워야 했죠. 그는 점점 나에게 애착을 갖게 되었고, 내 정체성은 녹아 없어졌어요. 나는 이름마저 잃어버렸답니다. 나의 새 이름이 뭔지 아세요? 그의 아내예요. 내 몸과 마음도 내 것이 아니었어요. 놀랍게도 그는 내 몸을 원했어요. 내 몸은 나조차 미처 알지 못한 놀라운 회복력을 갖고 있었죠. 그는 나를 게걸스럽게 탐했어요. 그런 순간들을 제외하면, 당신이 그에게 부여한 권력의 상징이 그의 손에서 빛나고 있었죠.

그의 교활함이 어디서 어떻게 생겨났는지, 난 모릅니다. 그는 순식간에 내 심장을 갈기갈기 찢을 수 있었고, 그 조각들을 사방팔방에 흩뿌리곤 했지요. 내 몸은 그의 운동장이었고, 내 마음은 그의 손아귀에 든 장난감이었어요. 나는 이렇게, 이런 식으로, 내 찢어진 마음을 치료하려고 진통제를 바르곤 했지만, 그는 온갖 변덕으로 내 심장을 계속 찢어 놓았어요. 프라부, 왜 내가 장난감이 되어야 했나요? 나는 그를 미워하지도 않고, 그가 내 장난감이 되는 것도 바라지 않아요. 다만 내가 그의 등뼈였다면, 그리고 그가 내 눈물을 닦아 주는 다정한 손이었다면 얼마나 좋았을까요…….

그는 대엿새 동안 내 몸을 마음대로 써먹은 뒤, 미치광이처럼 소리를 질렀어요. "난 도대체 뭐야? 내 지위는 뭐야? 나한테 수십만 루피를 줄 사람이 얼마든지 있는데도 나는 결국 너 같은 비렁뱅이를 집에 데려왔어!"

나는 뭐라고 대답해야 했을까요? 엄마의 충고대로 침묵을 지켰어요. 그는 명령했죠. "당장 네 부모 집에 가서 5만 루피를 가져와. 안 그러면 다시는 친정에 발을 들여놓지 못할 거야." 나는 더러운 헝겊에 싸인 싸구려 장신구 같은 꼴로 엄마에게 돌아갔지요.

엄마의 얼굴이 환하게 빛났죠. 수많은 해와 달이 엄마의 눈 속에서 한순간에 빛을 뿜었어요. 하지만 그가 함께 오지 않은 것을 알고 그 빛은 당장 흐려졌어요. 엄마는 나를 가만히 지켜보았죠. 5만 루피를 가져오라는 요구는 내가 행복한 표정을 짓는 것을 방해했어요. 그날 밤 엄마 곁에 누웠을 때 나는 편안한 기분을 느꼈지만, 곧 그가 내 마음에 떠올랐어요. 사랑으로 충만한 엄마의 마음은 견고한 요새 같았지만, 그 요새에 구멍이 뚫리고 말았죠. 그가 그 구멍으로 기어들어 왔어요. 사흘이 지났을 때는 나도 까치발을 들고 간절히 그를 기다리고 있었죠. 그는 돈을 받아 냈느냐고 물었고, 내 움츠러든 얼굴을 보고는 이렇게 말하더군요. "우리가 여기 오는 건 이게 마지막이야. 넌 앞으로 친정에 돌아오지 못해. 네 부모도 우리 집에 못 와."

엄마는 내 배가 가득 찰 때까지 나를 먹였어요. 그리고 진심을 다해 나를 축복해 주었죠. 엄마는 내 머리를 곱게 빗질하여 엉킨 곳을 다 풀고는, 애정이 넘치는 입맞춤을 함께 짜 넣듯이 내 머리를 정성껏 땋아 주었어요. 엄마가 내 머리에 묶어 준 재스민 꽃줄은 엄마처럼 향기로웠어요. 크로산드라꽃이 재스민꽃과 숨바꼭질을 하고 있었죠. 나는 1초마다 한 번씩 엄마를 뒤돌아보면서 내키지 않는 발걸음을 억지로 떼어 놓으며 그를 따라 걸어갔어요.

그는 자기가 한 말을 뒤집을 사람이 아니었어요. 그의 오만함에는 한계가 없는 걸까? 나는 그의 집에 돌아간 뒤 사흘 동안 땋은 머리를 풀지 않았어요. 엄마의 입맞춤이 사라져 버릴까 두려웠으니까요. 내 마음은 엄마에게 달라붙어 있었고, 그의 마음은 내 입을 틀어막고 나를 복종시키는 데 집착했어요. 그 후 나는 엄마를 만나지 못했어요. 내가 굳이 여기에 당신의 관심을 끌 필요는 없겠죠. 당신은 이 모든 것을 알고 계시니까요. 당신의 장부 관리자들이 날마다 수많은 보고서를 당신에게 가져올 테지만, 그것은 모두 펜으로 쓰인 반면 이 보고서는 마음으로, 한 여자의 마음으로 쓰였고, 그 글들은 심장의 뾰족한 촉과 심장 안의 붉은 잉크로 쓰인 거예요. 아마 지금까지 이런 청원서는 당신에게 닿은 적이 없을 거예요. 당신의 장부 관리자는 아무도 나 같은 마음을 갖고 있지 않으니까요.

늘 그랬듯이 나는 사로잡힌 포로예요. 내 자유를 빼앗은 사람은 출입문과 창문을 모두 닫아 버렸어요. 그 후 다시는 엄마도 아버지도 남동생도 보지 못했답니다. 엄마가 가만히 있지 않을 거라는 희미한 기대가 있긴 했어요. 엄마가 나를 만나려고 여러 번 애썼다는 건 나도 알아요. 하지만 그가 지은 요새가 워낙 튼튼해서 엄마의 노력은 모두 허사로 끝났죠. 돈에 대한 그의 탐욕은 우리의 애착과 사랑과 감정을 모조리 삼켜 버렸어요. 그는 눈이 멀었지만 자기 입장에 대해서는 흔들림이 없어요.

몇몇 이웃 사람은 그의 사고방식이 옳다고 나에게 충고하곤 했어요. 당신도 줄곧 같은 설교를 했죠. 남편은 아내의 신이고, 남편에게 순종하는 것이 아내의 의무이고, 이 세상에서 남편은 자기가 원하는 대로 언제 어디서나 누구든 만날 수 있다고. 하지만 저는요? 어머니도 신과 대등하다고 말한 건 당신이었어요. 어머니의 발치에는 천국이 있다고 말한 것도 당신이고요. 하지만 나는 단 한 번도 어머니를 만날 수 없어요. 나의 모자란 생각을 타격하는 이 사소한 문제들을 당신이 해결해 줄 시간이 있든 말든, 내 인생 전체가 당신에게 세 시간짜리 연극으로 느껴지든 말든, 내가 당신에게 배우처럼 보이든 말든, 한 가지만 명심하세요. 나의 행복과 슬픔은 남에게 빌린 게 아니라는 것. 행복과 슬픔은 연기할 수도 없어요. 그건 직접 경험해야 하는 거예요. 당신은 무심한 연출자일 뿐이에요. 당신의 연극에 등장하는 인물들 가운데 하나가 내 마음을 공격하면, 연출자로서 당신은 아무런 의무도 없나요? 나에게 한 가지만이라도 위안을 주세요. 이 모든 일에서 내 잘못이 뭔지 말해 주실래요?

그는 나에게 식사를 했는지 뭔가 마셨는지 물어본 적이 없어요. 하지만 그는 밭을 갈고 씨를 뿌렸죠. 가슴은 찢어지고 영혼은 피로로 가득 찼지만, 몸은 성숙했고 자궁은 준비가 되었고, 그의 허기도 여간 심하지 않았어요. 나는 어머니가 되는 길을 걸어가고 있었지만, 모퉁이에 이르면 내 어머니가 살고 있는 친정집을 돌아보곤 했어요. 하지만 저 머나먼 지평선까지 바라보아도, 어떤 형체도 어떤 모습도 내 눈에는 보이지 않았어요. 내가 볼 수 있었던 것은 초록빛을 띤 기억 속의 나무 몇 그루뿐. 그 나무들은 잎을 다 떨어뜨리고 벌거벗은 상태였죠.

나중에야 알았지만, 엄마는 팔 수 있는 것을 죄다 팔아서 2만 루피의 돈다발을 만들어 우리 집에 가자고, 어떻게든 아버지를 설득했대요. 그날은 까마귀가 까악까악 울고, 오른쪽 눈꺼풀이 실룩거리고, 화덕이 웅웅 소리를 냈어요. 아마 엄마는 우리 집에 오려고 했을 거예요. 엄마는 출발했지만, 우리 집에 도착하지 않았어요. 어딘가에서 사고가 났나 봐요. 그런 소문이 들렸어요. 그는 내가 엄마의 시신을 보러 가는 것도 허락하지 않았어요. 그 대신, 무슨 일이 일어났는지를 내가 듣지 못하게 하는 데에만 신경썼지요.

여기, 우리 동네에 있는 큰 병원에서 어머니의 시신을 부검했나 봐요. 어머니의 심장은 아마 절개하지 않았을 거예요. 절개했다 해도 심장에서 응고된 핏덩이를 발견하지는 못했을 거예요. 그 대신, 응고된 영혼, 넘을 수 없는 금단의 선들, 수십 번 불에 덴 흔적을 발견했을 거예요. 하지만 한 가지는 사실이에요. 엄마가 살아 계실 때 몸이 산산조각으로 부서졌다 해도, 엄마가 죽은 뒤에는 아무도 엄마의 심장에 손을 대지 않았고 엄마의 영혼도 건드린 사람이 없다는 거죠. 영원한 처녀로서 엄마의 눈은 끝내 감기지 않았어요. 나는 엄마가 누구를 보고 싶어 했는지 궁금해요. 엄마의 불운한 눈은 누군가의 도착을 기다리며 기대감으로 열려 있었어요.

여기저기서 들려오는 단편적인 소식을 나는 창문을 통해 주워들었지만, 모든 것을 보러 갔던 그는 여전히 완고했어요. 엄마의 시신 곁에 앉아 있던 아버지가 엄마의 허리춤에 묶여 있던 2만 루피의 돈다발을 꺼내 그에게 건네면서, "우리 딸을 지금 여기로 데려와 주게." 하고 애원했나 봐요. 그런데도 그는 여기에 대해 한마디도 하지 않았고, 나를 거기로 데려가지도 않았죠.

이윽고 딸이 태어났어요. 딸의 얼굴은 내 엄마를 꼭 닮았고, 눈은 깊은 연못 같아요. 나는 엄마가 나한테 그랬던 것처럼 딸을 안아 올려 품에 끌어안고 함께 놀아 주었죠. 이제 내 눈물은 흐르지 않고, 연못이나 강을 만들지도 않게 되었어요. 그 대신 내 눈물은 눈가에서 안개처럼 어렴풋이 빛나곤 했죠. 멋진 선물 주신 것 감사드려요. 당신은 나에게 망각의 힘과 결의를 주셨어요. 옛 추억의 시원한 산들바람은 삶의 사막 위에서 평화로웠죠. 나는 아직 딸에게 모유를 먹이고 있지만, 다시 임신했답니다. 딸내미를 품에 안으면 뱃속에서 또 다른 한 쌍의 다리가 배를 가볍게 걷어차고, 작은 심장의 고동이 내 안에 뿌리를 내렸어요.

나는 심하게 동요했어요. 그는 자기 콧수염을 잡아 비틀면서 말했죠. "애들을 키우는 건 나야. 애들을 낳는 데 무슨 문제가 있지?" 가엾어라. 그의 말이 옳아요. 당신이 그에게 한 번만이라도 출산의 고통에 대해 말해 주었다면 그가 그런 말을 내뱉지는 못했을 텐데요. 오만하고 행복한 존재, 단순한 인간을, 당신은 가래를 뱉는 것처럼 쉽게, 압박감을 덜기 위해 오줌을 누는 것만큼 쉽게 창조해 놓고, 지금은 아예 관심도 없네요. 그를 피와 살로 불편하게 만들어야 할까요? 그의 뼈를 이루는 소금을 가루로 빻아서 자궁에 먹일까요? 살과 피 사이에서만이 아니라 갈비뼈가 부러질 만큼 격심한 고통 속에서도 살게 해야 할까요? 그가 이런 경험을 한 번이라도 해 봤더라면. 아니, 내게는 이런 걸 물어볼 기회도 없어요. 당신은 창조자이고, 그는 당신이 사랑하는 창조물이니까요. 그래서 나를 사랑받지 못하는 창조물로 만들었나요?

그가 바란 대로 아들이 태어났을 때 그의 행복에는 끝이 없었어요. 나는 기쁘지 않았지만, 한 가지는 나에게 만족감을 주었지요.

적어도 나처럼 무력한 또 하나의 종신 포로를 창조하지는 않았다는 거죠. 평생 불안정한 처지로 불쌍하게 살아야 했을 누군가 대신, 수컷이라는 오만함으로 완전무장을 갖추고 자랑스럽게 앞으로 나아갈 수 있는 아들을 낳았다는 거예요.

나는 아들보다 딸에게 더 많은 사랑을 쏟았어요.

두 아이 모두 무럭무럭 자라고 있었죠. 그의 지위, 우월감과 오만함은 계속해서 알을 낳고 자식을 보았어요. 나는 가장 충실한 하녀가 되었답니다. 그것이 내가 택할 수 있는 유일한 길이었으니까요. 세상에 아무것도 주지 않고, 세상으로부터 아무것도 받지 않고, 사회관계에 대해서는 아무것도 모르고, 하나의 온전한 인간도 못 되는, 이름 없는 존재. 나는 그저 그의 아내, 바꿔 말하면 공짜로 일해 주는 노동자에 불과했죠. 밤에 잠자리에 누워서, 만약 그가 나를 보호해 주지 않으면 나에게 무슨 일이 일어날까 상상하자 몸이 떨리기 시작했어요. 그가 없으면 나는 아무것도 아니었고, 그 엄혹한 현실은 언제나 내 눈앞에 있었어요. 나는 단지 그림자일 뿐이었죠. 처음에는 이런 현실을 받아들일 준비가 되어 있지 않았어요. 마음속에서 많은 갈등이 일어났죠. 그가 없는 미래를 슬쩍 내비치기만 해도 나는 겁에 질리곤 했답니다. 그 상황을 상상만 해도 두려웠어요. 나는 노예였죠. 그래도 내 노동의 대가로 나에게 음식과 피난처를 내주는 주인은 나에게 '마하트마'*였어요.

어쩌면 이런 상황이 계속될 수도 있었을 거예요. 나는 결국 아이들을 결혼시키고, 그런 뒤에는 엄마처럼 죽었겠죠. 하지만 어느 날 그가 나를 병원에 입원시켰어요. 분명 내 위 속에서 종양이 자라고 있는 것처럼 보였거든요. 의사들은 이것저것 검사를 한 다음, 수술이 필요하다고 말했지요. 그의 얼굴이 나한테 화가 난 것처럼 일그러지더군요. 하지만 의사들 앞에서는 아무 말도 하지 않았어요. 일단 수술이 끝나자 그는 돌아와서 이러더군요. "당신이 차고 있는 그

---

* '위대한 영혼'이라는 뜻의 산스크리트어. 모한다스 간디의 별칭으로 널리 알려졌지만, 일반적으로는 부처님과 같은 위대한 영혼을 가진 인물을 지칭할 때도 쓰인다.

목걸이를 줘."

이 목걸이에 대해 몇 마디 해 두는 게 좋겠네요. 엄마는 내가 결혼할 때 두 가닥으로 된 이 목걸이를 맞춰 주셨는데, 엄마가 결혼할 때 외할머니가 주신 금붙이를 녹여서 만든 거예요. 나는 엄마에 대한 증표로 그 목걸이를 항상 걸고 다녔어요. 내가 목걸이를 남편에게 건네주기를 망설인 건 그 때문이었어요. 나는 더듬거리며 물었죠. "왜 지금 이 목걸이를 달라는 거야?" 내가 그에게 질문을 던진 건 그때가 내 평생 처음이었을 거예요.

그는 잠시도 망설이지 않고, 털끝만큼의 자비심도 없이, 너무나도 태연하게 대답하더군요. "난 다시 결혼할 거야. 그걸 새 아내한테 주고 싶어."

어둠이 나를 에워쌌어요. 링거병을 떼어 버리고 달아날까? 하지만 어디로 도망치지? 그를 한 대 쥐어박을까? 젠장! 그건 불가능해. 아이들은 어떻게 될까? 내 집의 네 벽조차 나를 가둘 수 있다는 가능성은 내 눈앞에서 확고부동한 사실이 되었어요. 그리고 나는 그만 뭉그러지고 말았죠.

나는 목걸이가 내 목숨이라도 되는 것처럼 왼손으로 움켜잡고 말했어요. "절대로 안 줄 거야."

그는 당황했어요. 아마 그런 반응을 예상치 못했기 때문이겠죠. 그는 증오가 가득 담긴 눈으로 나를 바라보더군요. 목걸이를 받지 못한 것보다 나한테 거부당한 게 그에게 더 큰 모욕감을 주었나 봐요. 그는 발끈해서 내게 앙갚음하고 싶어 했어요.

"그 목걸이가 없으면 내가 결혼하지 못할 줄 알아?" 그는 소리쳤어요.

나는 겁을 먹고 기어드는 목소리로 물었어요.

"왜 이제 와서 다시 결혼하고 싶어 하는 거야?"

"너한테 설명까지 해 줘야 돼? 좋아, 그럼 들어 봐. 너 같은 비렁뱅이와 더 이상 내 인생을 낭비하고 싶지 않아. 병든 주제에 무슨 쓸모가 있나? 나는 좋은 집안 출신의 좋은 여자랑 결혼할 거야."

프라부, 당신은 나한테 고통을 견디는 힘을 주셨어요. 하지만 그 고통이 초래하는 잔인함은 그에게 주지 말았어야죠. 인내심의 한계가 뭔가요? 인내가 내 삶의 바탕이라 해도, 나는 무력하게 무너지고 말았어요. 내가 미처 입을 열기도 전에 그가 말했어요.

"더 듣고 싶어? 내가 너한테 어떤 쾌락을 얻었지? 내가 만질 때마다 넌 그냥 송장처럼 누워 있기만 했어. 내가 다시 결혼하기로 한 건 그 때문이야."

나는 제대로 생각할 능력을 잃었어요. 내 말은 침묵이 되었죠. 내 눈은 눈물의 베일에 가려 부옇게 흐려졌어요. 나는 쓰레기처럼 길바닥에 내던져질 판이었고, 내 마음은 분노로 가득 찼죠. 침대에서 일어나고 싶었지만 일어날 수가 없었어요. 나는 천천히 생각하기 시작했죠. 내가 그를 막을 수 있을까? 그의 충실한 하녀로 살던 시절에는 서너 가지 간단한 질문만 했고, 거기에 대한 답변으로 수천 가지 대답을 받곤 했어요.

"이봐, 넌 몸이 안 좋아. 남편이 다시 결혼하게 내버려 둬." 한 목소리가 말했어요. "이건 정말 좋은 일이야. 그는 남자니까, 한 번이 아니라 네 번까지 결혼할 수 있어. 그런데 네가 뭘 따질 수 있지?” 다른 사람들은 거짓된 동정심을 보이면서, 콧수염 밑에서 히죽히죽 웃으면서 충고했어요. “남편이 원한다면 결혼하게 내버려둬. 그리고 매달 약간의 돈을 달라고 요구하는 소송을 제기해. 판결이 나오려면 4, 5년쯤 걸릴 테니까, 그때까지 날품팔이라도 하면서 버티면 돼.”

그건 그가 하려는 짓을 사회가 용납한다는 뜻이에요. 사람들은 당신이 이런 짓을 돕는다고 말하기까지 한답니다. 나는 당신의 불완전한 창조물이기 때문에 그가 당신의 이름으로 이런 짓을 한다는 거예요. 이봐요, 프라부! 내 불만이 들리세요? 내 외침이 당신에게 닿고 있나요? 나는 어떡하죠…… 난 어떡하죠…….

그는 사흘 동안 병원에 오지 않았어요. 내 아이들과 나는 병원에서 주는 무료 급식을 나누어 먹었어요. 그런데 그마저도 끝나 버리고, 이제 의사들은 나를 퇴원시켰어요. 나는 아이들을 데리고 간신히 집으로 걸어갔어요. 앞문에 커다란 자물쇠가 채워져 있더군요. 집 앞에 야자나무 잎으로 만든 초록색 차양이 쳐져 있었어요. 집에는 아무도 없고, 이웃 사람들은 담벼락 너머에서 엿보고는 사라졌어요. 아이들은 나한테 몸을 바싹 붙이고 앉았어요. 내가 집 앞에 앉아 있는 동안 낮이 지나고 밤이 왔어요.

마음으로 들어가는 문도, 집으로 들어가는 문도 모두 닫혔어요. 어둠이 깊어지고 있었어요. 무력한 엄마를 보고 아이들은 배고프다는 말도 하지 않았어요. 나는 다리가 뻣뻣해서 두 다리를 쭉 뻗었지요. 아이들은 나를 꽉 잡고 땅바

닥에 누웠어요. 나는 꾸벅꾸벅 졸았어요, 몇 시인지도 몰랐
는데, 내 심장을 태울 만큼 요란한 비명 소리에 눈을 떴어
요. 그리고 내 아들이, 내 옆에서 자고 있던 아들이 도랑에
빠진 걸 보았죠. 나는 단번에 도랑으로 뛰어내려, 진창 범벅
이 된 아들의 몸을 끌어안았어요. '템포'* 한 대가 차양 밑에
멈춰 서는 소리가 들린 것은 바로 그때였어요. 사람들이 흥
분하여 떠들어 대는 소리, 축하의 말을 외치는 소리. 그가
차에서 내렸어요. 그러고는 뒷문을 열고, 금실로 수놓은 옷
감에 싸인 귀중한 보석처럼 붉은 옷을 입은 여자를 힘센 두
손으로 번쩍 들어 올렸어요. 그는 중대한 목적을 수행하러
가는 사람처럼 과감하게 성큼성큼 걸음을 옮겼어요. 집의
앞문이 열리고, 사람들은 모두 그와 함께 안으로 들어갔어
요. 내 아들은 덜덜 떨면서 나를 끌어안았죠. 나는 눈을 크
게 뜨고 그 모든 광경을 지켜보았어요.

붉은 잉크로 가득 찬 내 심장의 뾰족한 촉이 부러졌어
요. 내 입은 더 이상 말을 하지 못해요. 더 이상 쓸 글자가
없어요. 나는 인내의 뜻을 알지 못해요. 당신이 세상을 다시
만든다면, 다시 남자와 여자를 창조한다면, 경험 없는 풋내
기 도공처럼 하지 마세요. 여자로서 지상에 내려와 보세요,
프라부!

오 주여, 한번 여자가 되어 보세요!

---

◆ '포드' 자동차 회사에서 1983년부터 1994년까지 생산한 중형차.

옮긴이의 덧붙임<sup>◆</sup>

이 책은 인도의 작가 바누 무슈타크의 단편집 『하트 램프(Heart Lamp)』를 우리말로 옮긴 것이다. 원작은 인도 남서부의 지역어인 칸나다어<sup>◆◆</sup>로 쓰였고, 이것을 인도의 작가이자 번역가인 디파 바스티가 영어로 옮겼으며, 올해인 2025년 '국제 부커상'을 수상했다. 한글 번역본은 영어 번역본을 대본으로 삼아 작업한 것이다.

바누 무슈타크(Banu Mushtaq, 1943~)는 인도 남서부의 카르나타카주에서 태어나 비교적 부유하고 진보적인 무슬림 가정에서 성장했다. 당시 인도 사회에서 무슬림 여성은

---

◆ 이 글은 영어 번역자의 '역자 노트'와 인터넷상의 여러 자료를 바탕으로 작성되었음을 밝힌다.

◆◆ 인도 남서부의 카르나타카주에 거주하는 드라비다계 민족인 칸나다인이 사용하는 언어로, 카르나타카주의 공용어이며, 인도 인구 14억 명 가운데 6천만 명 정도가 사용하고 있다.

309

이중 삼중의 차별을 겪는 존재로, 종교적 소수자이자 젠더적 약자라는 이유로 공적 담론에서 배제되는 일이 많았다. 교육 기회는 제한적이었고, 여성의 자율성과 표현의 자유는 문화적, 종교적, 제도적으로 억압받는 구조 속에 놓여 있었다. 사회적 약자로 분류되는 정체성을 안고 자란 무슈타크는 일찍이 여성과 소수자의 권익 문제에 관심을 가졌고, '개인적인 것이 정치적인 것이다'라는 구호가 지적 사고의 주요 테마로 등장한 시대에 성년이 되었는데, 대학에서 법학과 언론을 공부하며 사회구조 속 억압을 직시하게 된다. 이후 변호사, 언론인, 교육자, 활동가의 길을 걸으며 인도 사회 내 여성 인권과 언어 다양성 문제에 꾸준히 목소리를 내왔다.

무슈타크의 문학 활동은 인도 내 저항문학 운동인 '반다야 사히티야'와 깊이 맞닿아 있다. '반다야 사히티야'는 1970년대 후반 인도 남서부 지역에서 시작된 저항문학 운동으로, 불평등과 차별에 맞서 목소리를 내기 위한 지역 문인들의 집단적 시도였다. '반다야(Bandaya)'는 칸나다어로 '반대', '저항'을 의미하며, 이는 곧 억압받는 계층—특히 달리트(불가촉천민), 여성, 노동계급—의 삶을 문학의 언어로 드러내는 데 목적이 있었다. 이 운동은 문학을 단지 미적 표현이 아닌 사회적 실천의 도구로 삼았으며, 문학이 변화의 기폭제가 될 수 있다는 믿음을 기반으로 성장해 왔다. 이런 흐름 안에서 무슈타크는 '남자와 여자가 만난다'는 낭만적 소설의 서사 구조에서 의식적으로 벗어나, 카스트제도와 가부장제를 비판하고 그것의 위선적 전통과 관행을 비판하는 이야기를 찾아냈다. 그의 문장은 단순한 사실 기록을 넘어, 고통을 겪은 이들이 스스로 이야기의 주체가 될 수 있음을 보여 준다.

이 책을 영어로 번역한 디파 바스티(Deepa Bhasthi, 1983~)는 책 뒤에 붙인 '역자 노트'에서 이렇게 말하고 있다.

"나는 바누의 소설을 번역하기 시작했을 때, 이 프로젝트의 근본적인 문제—신앙에서 멀어진 힌두교도이자 상층 카스트 출신인 내가 사회적 소수자의 목소리를 우리 모두의 외계어인 영어로 옮긴다는 사실—를 해결하려고 고심했다. 바누의 작품을 그의 종교적 정체성으로 축소하는 것은 그에게 폐가 될 것이다. 그의 소설들은 종교와 그 문화적 전통이라는 한계를 초월했기 때문이다. 그럼에도 극우 정치가 10년 전부터 '힌두트바'* 주도의 다수결주의, 소수파에 대한 증오와 박해—물론 이런 폭력이 되풀이되는 현상은 인도만이 아니라 전세계적으로 찾아볼 수 있다—로 위험하게 전락한 오늘날의 인도에서, 작가가 살고 일하는 환경에 주목하는 것은 매우 중요하다. 물론 번역자가 작가와 같은 배경을 가져야 할 필요는 없다. 그럼에도 우리의 차이, 각자의 입장과 특권을 인정하고 이를 번역에서 더 큰 책임감과 감수성으로 이어가고자 하는 태도는 내게 중요했다.
내가 바누를 번역한 이 무모함, 이 구스타키**는, 그가 한때

* 힌두교적 정체성을 국가 정체성과 일치시키려는 종교 민족주의 이념.

내게 한 말 한마디에서 비롯된 것이라 말하고 싶다. 그는 자신이 어떤 공동체에 속한 특정한 유형의 여성만을 쓰고 있다고 생각하지 않는다고 말했다. 세부는 다를지언정 여성들이 어디에서나 마주하는 문제들은 본질적으로 닮아 있으며, 자신이 쓰는 것은 바로 그러한 문제들이라고. 우리 여성들이 속해 있는 집단의 이 자매애는 내 번역의 완충재 역할을 해주는 쿠션이다. 우리가 고안하는 대항 메커니즘, 우리가 모색하는 해결책, 우리가 남성들 주위에서 애쓰는 적응은 여러 세대를 거치면서 양성된 생존 전략이다. 특정한 면에서는 다를지 몰라도 핵심은 통제받고, 길들여지고, 자신의 잠재력을 탐색하는 것조차 허용되지 않는 데 대한 저항이다. 바누도 나도 이런 경험은 전 세계 어디에서나 찾아볼 수 있다고 믿는다. 어떤 이들은 타다 남은 숯덩이 위에 올라서서 제 몫의 공간을 개척한다. 또 어떤 이들은 불길과 너무 가까운 곳에서 살아가는 법을 배운다. 우리 중 누구도 상처 없이 살아남지 못한다.”

『하트 램프』는 바누 무슈타크가 1990년부터 2023년까지 30여 년 동안 발표한 여섯 권의 단편집에 실린 50편의 단편소설 가운데 디파 바스티가 12편을 골라 묶은 것이다. 이 작품들에서 무슈타크는 사회 주변부에 있는 사람들—인도 남부의 무슬림 공동체에 속해 있는 여성들—의 삶을 묘사한다. 이 이야기들은 현대사회에 널리 퍼져 있는 카스트,

◆◆ 우르두어로 ‘무례함’, ‘건방짐’, ‘분수에 넘는 태도’를 뜻한다.

계층, 종교의 단층선을 통해 사회 내부의 썩은 부위 — 부패, 억압, 불공정, 폭력 — 를 드러내고 권력과 편견 앞에서 진실을 말하고 있다. 단단한 스토리텔링, 생생한 대화, 수면 아래에서 당장에라도 터질 것처럼 부글부글 끓어오르는 긴장감, 굽이마다 도사리고 있는 놀라움……. 무엇보다, 잊을 수 없는 등장인물들 — 활발한 아이들, 넉살 좋은 할머니들, 거만하고 우스꽝스러운 몰비*들, 흉포한 남자 형제들, 때로 불행을 겪기도 하는 남편들, 살아남기 위해 큰 희생을 치르고 감정을 견뎌 내는 어머니들……. 겉으로는 단순해 보이는 이야기들이지만, 그 하나하나가 막대한 감정적 무게와 도덕적 가치, 사회경제학적 영향력을 갖고 있으며, 더 깊이 파고들 마음이 절로 우러나게 한다.

2025년 5월 20일 '국제 부커상'을 발표하는 자리에서, 심사위원장인 맥스 포터(영국 작가)는 『하트 램프』에 대해 "여성의 삶, 생식권, 신앙, 카스트, 권력, 그리고 억압에 대해 이야기하는" 작품이라며, "아름답고 활기차며 삶을 긍정하는 이 이야기들 속에는 놀라운 사회·정치적 함의가 곳곳에 녹아 있다"고 평했다. 그리고 『하트 램프』의 영어 번역에 대해 "영어권 독자들에게 새로운 문학적 경험을 선사했다"고 극찬했다.

『하트 램프』는 무슈타크가 오랫동안 참여해 온 반다야 사히티야 운동의 정신을 그대로 담고 있다. 억압과 침묵에 대한 저항, 주변부의 언어와 서사에 대한 복권, 그리고 문학

* 이슬람 율법에 정통한 학자나 교사.

313

을 통한 연대와 실천의 가치가 작품 전반에 흐른다. 부커상 수상은 이러한 저항문학적 전통이 단지 지역의 담론에 머무르지 않고 세계문학의 보편적 메시지로 확장될 수 있음을 보여 준 상징적 사건이라 할 수 있다.

무슈타크는 부커상과의 인터뷰에서 이렇게 말했다.

"내 이야기들은 여성에 관한 것입니다. 종교, 사회, 정치가 여성에게 무조건적인 복종을 요구하며, 그 과정에서 인간 이하의 잔혹함을 가하고, 그들을 단순한 하위 존재로 만들어 버리는 이야기를 담고 있습니다. 이 여성들의 아픔, 고통, 무력한 삶은 내 안에 깊은 감정적 반응을 일으켜 글을 쓰지 않을 수 없게 만듭니다."

영어 번역자는 작품 중에 나오는 칸나다어, 우르두어, 아랍어 낱말을 이탤릭체도 사용하지 않고 그대로 두었다. "이탤릭체를 사용하지 않음으로써 독자들이 아무런 방해도 받지 않고 이들 낱말에 다가갈 수 있기를 바랐고, 물 흐르듯 자연스럽게 책을 읽는 과정에 다른 언어의 낯선 낱말을 한두 개쯤 배울 수 있기를 바랐기" 때문이다. 물론 각주를 달지도 않았다. 그러나 한글 번역에서는 그럴 수가 없어서, 한글로 번역할 수 없는 단어들은 각주로 설명했는데, 그 과정에 '구글'의 도움을 많이 받았다.

2025년 만추

김석희

314

# 하트 램프

© 바누 무슈타크

초판 1쇄 인쇄 2026년 1월 5일
초판 1쇄 발행 2026년 1월 15일

지은이 바누 무슈타크 | 옮긴이 김석희
기획실 정진우 정재우
책임편집 김혜원 | 편집 이예준 이다영 | 디자인 강희철
디지털콘텐츠 구지영 | 제작 관리 윤준수 고은정 이원희
제작처 영신사 | 표지 본문 디자인 상록

펴낸곳 열림원 | 펴낸이 정중모 방선영
출판등록 1980년 5월 19일(제406-2000-000204호)
주소 경기도 파주시 회동길 152
전화 031-955-0700 | 팩스 031-955-0661
홈페이지 www.yolimwon.com | 이메일 editor@yolimwon.com
페이스북 /yolimwon | 트위터 @yolimwon | 인스타그램 @yolimwon

ISBN 979-11-7040-391-3  03890